KEY·可以文化

琥珀之夏

［日］辻村深月———— 著

何忆鸽———— 译

浙江文艺出版社
Zhejiang Literature & Art Publishing House

图书在版编目（CIP）数据

琥珀之夏 /（日）辻村深月著；何忆鸽译. —杭州：
浙江文艺出版社，2024. 8. — ISBN 978-7-5339-7656-9

I. ① I313. 45

中国国家版本馆 CIP 数据核字第 2024XB0800 号

统　筹	曹元勇
策划编辑	睢静静
责任编辑	睢静静
营销编辑	耿德加　胡凤凡
校　对	李子涵
责任印制	吴春娟
装帧设计	道辙 at Compus Studio
数字编辑	姜梦冉　诸婧琦

琥珀之夏

[日]辻村深月　著

何忆鸽　译

出版发行	浙江文艺出版社
地　址	杭州市环城北路 177 号
邮　编	310003
电　话	0571-85176953（总编办）
	0571-85152727（市场部）
印　刷	上海盛通时代印刷有限公司
开　本	889 毫米 × 1240 毫米 1/32
字　数	245 千字
印　张	12.375
插　页	1
版　次	2024 年 8 月第 1 版
印　次	2024 年 8 月第 1 次印刷
书　号	ISBN 978-7-5339-7656-9
定　价	52.00 元

目录

序幕 001

第一章　美夏 007

第二章　法子 053

第三章　法子 089

第四章　美夏的回忆 111

第五章　夏天的呼唤 179

第六章　破碎的琥珀 229

第七章　碎片的去向 253

第八章　未来的孩子们 291

最终章　美夏 323

尾声 375

序幕

脚步声越来越近。

近藤法子坐在会议室冰凉的椅子上，随着脚步声的接近正了正身，挺直了后背。她发现自己呼吸变得急促，比预想中还要紧张。

"久等了。"

一个又高又瘦的女人打开门走了进来。她的年纪看起来比法子大不少，没有化妆也没有染发，夹杂在黑发中的几根白发格外扎眼。

"我叫近藤，是一名律师。"法子站起来，鞠躬行了个礼。

"我叫田中。"女人冷淡地回了一句。法子心中暗暗期待这个女人能够简单表明一下自己的立场和身份，可未能如愿。

法子心想，我要求与这里的负责人或了解情况的人会面，眼前这位算是什么人呢？算了，至少没有被当场拒之门外，还争取到了一些时间，已经算走运了。

法子本来是准备和所长一起来的，但打电话联系的时候，对方表示希望来的人越少越好，法子便只身前来了。

如果被这里的人团团围住可怎么办？法子有些害怕。不过，目前看来这种担心好像是多余的。

"说吧。"

女人的语气中满是不耐。对他们来说，绝大多数的情况下，律师上门都意味着没什么好事。

女人在法子对面坐下，毫不掩饰地流露出对法子的厌烦，问道："从接电话的人那边只听说了一些大致情况，具体来讲到底是怎么回事？"

一边观察女人说话的样子，法子一边判断，这个人的社交能力和待人接物的方式似乎都不太行。也许她能够很好地与组织内部的人交流，可似乎还不太习惯与外人打交道。自己明明什么信息都还没有透露，对方就已经开始为了自我保护而采取带有攻击性的交流方式了。若是从这些人当下的处境来看，倒也合情合理。他们为自我保护而采取的这种攻击姿态，一经过媒体报道就会被放大，甚至会让人感觉受到威胁。但他们自己一定对这种事一无所知，天真得让人无奈。

"上个月在静冈县发现了一具少女的尸骨，我们想询问一下具体情况。"

女人像戴着能乐①面具一般面无表情地听法子说完，直勾勾地看着她，似乎想在气势上压倒对方。会议室本就光线不好，又没有开灯，即便在白昼也很昏暗。此时，这种昏暗突然压得法子透不过气。

"委托人跟我们说，在未来学校的旧址发现的那具尸骨有可能是自己的孙女。我是作为代理人来了解情况的，委托人名叫……"

"这跟我们没关系。"

女人打断了法子。虽然屋内昏暗，但由于女人大部分时间都面无表情，即便是脸上细纹轻微的波动都特别引人注目。女人有着高高的鼻梁、细长的眼睛，可以说是美丽优雅，但那过于瘦削的脸颊和锐利的目光也确实令人不寒而栗。

门突然打开了。

"打扰了。"

一个大学生模样的年轻男子端着茶水走了进来，原本剑拔弩张的气氛随之消散。他一进来，这个叫田中的女人便沉默了。在凝重的沉默中，法子对青年说了声"谢谢"。她没想到，这里的人还会端出茶水来招待自己这个不请自来的客人。

但是……

"不用谢。"

青年竟然冲法子露出了微笑，一个极其自然的微笑，既无嘲讽之意也无轻蔑之感，在这里甚至有些违和。

————————

① 日本的传统戏剧。

这个戴着眼镜的青年有着像小鹿一样端正可爱的容貌。法子记得这种仿佛对人世中的恶意一无所知，并且对任何人都毫不吝惜的笑容。虽然时过境迁，听说"学校"已不复从前，但这个青年大概就是在那里长大的孩子吧。

青年出去后，田中再次开口道："总之，这件事与我们没有任何关系，我们对警察也是这样讲的，对他们的搜查也积极配合了。"

"果真如此吗？"法子问。

话音一落，女人便将目光移向了法子。这是女人第一次认真观察法子，或许应该说是瞪着法子，眼神中透出敌意。那样的眼神让法子意识到，他们大概早已被质问过多次，每次都精疲力竭。恐怕这也不是第一次有人怀疑尸骨与他们有关。

女人不耐地回答："毫无关系。对于这种突发状况，我们也十分困扰。"

法子一边听着女人敷衍应对，一边陷入了沉思。

她在心中不断追问："果真如此吗？"

直到现在，我依然可以隐约回忆起那里的光景。

杂草丛生的*广场*。

位于*广场*一角的铁皮置物小屋。

还有一辆被扔在草丛中，或许是因为常年被弃置而变得锈迹斑斑的自行车。

鸟儿的鸣啭，湍急河面上飞舞的蝴蝶和蜻蜓，大家每天结伴而去的小山丘另一面的澡堂，摆放在食堂里的刨冰机，阳光下树影斑驳的木造*学舍*，林中小路通往的蓝色屋顶的*工厂*，与老师的问答，在白板上互相比着写单词的游戏，浅滩上河水深邃的绿色，烟花燃烧后飘浮在*广场*空气中的烟，森林深处静静流动的泉。

按顺序来。

按顺序来，不要挤。

大家在应和声中争先恐后地上前一睹泉的真容，然后把大小水桶放在广场的一角，远远望着夏日的骄阳，安闲地休息。

听到有关尸体的报道，我的脑海中首先浮现出来的就是那个广场。得到确认后发现，"她"果然就是被埋在了曾经是广场的那个地方。

不只是委托人，连我自己也意识到："她"也许是我认识的人。

被发现的，可能是美夏的尸体。

那个夏天，我也在那里。所以，真的是她吗？

第一章

美夏

美夏最初的记忆，是从**学舍**的玄关处开始的。

她不记得自己是怎样到那里的，只记得自己一个人站在老师们的面前，仰头看着他们。

"欢迎，从今天起这里就是你的家了。"

当时的自己是感到惊讶，还是好奇呢？现在已经记不清了，只记得那些初次见面的大人脸上总是挂着和善的笑容。

"真是个美丽的孩子。"不知是谁感叹了一句。

美夏曾被人夸过可爱，但从没被夸过美丽。她有些疑惑，但有一点是可以确定的：自己好像是受欢迎的。对于自己的到来，大家似乎都很高兴。

"只有这里才有'未来'。"一位老师说。

美夏还以为老师说的"这里"是一个地点，没想到老师轻触了一下她的额头，又拍了拍她的头顶。只有"这里"才有的"未来"，似乎就在自己头脑中沉睡。她感到似懂非懂，却真切地感受到了，觉得有些好笑，又有些骄傲。

但是……

她完全不记得自己到底是怎样来这里的。她突然发现，之前牵着她的手不见了。于是，她哭了。不见了，不见了，不见了。

她不停地哭，眼泪止不住地涌出眼眶。

她理所当然地等待有人出现在她面前，对她说："在那边哦。"从前，和同行的人走散的时候，不管是在超市还是在从公园回家的路上，只要边哭边找，总是很快就能找到熟悉的身影，可这次没有。

"没关系，没关系。"老师们说。

"没关系的，美夏。"有人用温暖的双臂把她抱了起来。

虽然老师们的胸膛和手臂都很温暖，但他们没有对美夏说"在那边哦"，只有一位老师小声地说："看来要花些时间了。"

等美夏弄明白"花些时间"做什么，已经是这段记忆成为很久远的过去之后的事了。

◇◆◇

老师们告诉美夏，森林里涌出的泉水是恒温的，冬暖夏凉。

用泉水擦拭学舍走廊的地板，是美夏和其他女孩每天早上都要做的工作。男孩们打来泉水，女孩们用泉水擦地板。

"那边擦完了吗？"

"擦完了。啊，美夏。"

说话的是四年级的佳绘和理绘。美夏特别喜欢和年纪比自己大的小学部的姐姐们聊天。

美夏说："我来帮忙。"

尽管美夏在幼儿部，但她很快就完成了用抹布擦地板的任务。在幼儿部，老师们会帮孩子们擦地板，所以任务并不重。

听到美夏的话，佳绘和理绘对视了一下。佳绘一把抱住美夏，用宠溺且有些夸张的声音说："美夏真可爱！"

"好呀，那就麻烦你啦，一起擦吧。"

"嗯！"

美夏之所以急匆匆地完成了自己的任务，就是为了来找小学部的孩子们。她想被佳绘她们夸奖和疼爱。

美夏拿起抹布，将手伸进了水桶中的泉水里，泉水冰冰凉凉的，感觉很舒服。耳边传来晨鸟的鸣叫声。到了冬天，美夏虽要忍受寒冷，但可以明显感受到学舍周围森林里的空气一天比一天更加干净透明，回荡在天空中的鸟鸣也越发清亮悦耳了。

突然传来咣当一声，女孩们都抬起头。原来是去森林里打水的男孩们提着水桶回来了。

佳绘她们倏地站起来，从刚擦干净的走廊一直跑到玄关前，看见了六年级的小滋和三年级的洋一。男孩们提着满满三桶水，水面上映着从窗外射进来的阳光，一闪一闪的。

"小滋。"

理绘开口招呼。小滋把水桶递给理绘，静静地看着她。

小滋是个不爱说话的孩子，瘦高的个子，留着寸头。

留寸头的男孩不止小滋一个，但美夏最喜欢小滋的寸头。有一年夏日祭典的时候，六年级的孩子背着幼儿部的孩子玩，小滋就背着美夏。那天，美夏摸了小滋的寸头，扎扎的，手感很好。从背后看过去，小滋的发丝被阳光照成了银灰色，特别好看。

美夏本以为，从明年开始就可以每天跟小滋一起去山麓那边的小学了。老师却告诉她，等到那个时候小滋就是中学生了，他们还是不能一起上学。这让美夏很失望。

小滋有些不耐烦地看着理绘，默默地等她开口。

理绘说："昨天我不是说了吗，我们准备明天去打水，小滋就不用去了，可以留下来擦地板，休息也行。"

佳绘随着理绘响亮的嗓音不断点头。

小滋困惑地皱起眉头，好像在说"真麻烦"。

佳绘说："昨天我们说了今天想去打水的，可一转眼你们就不见了。你们男生起得可真早啊！"

小滋嘟囔了一句："……不能让女孩干体力活儿。"

理绘和佳绘兴奋地叫了起来："说什么呢！""好帅气呀！"

听到女孩们的夸奖，小滋看起来也不是很高兴。他表情阴沉，显得很困扰。

"好啦！"理绘有些强硬地说，"我们自己都说了想去打水，你就不用客气了，明天交给我们吧！放心，不会让老师发现的。"

"……走吧，洋一。"小滋说着，和洋一走出了学舍。

"怎么这样！"

"小滋，你就不能通融一下吗？"

"通融"是什么意思？美夏一边思考一边问道："姐姐们是想去打水吗？"

打水绝不是轻松的任务，要在女孩们擦地板之前起床，还要在学舍与森林深处的泉水之间往返多次。

听到美夏的提问，理绘和佳绘看向彼此。四年级的学生里只有她们两个女生，两人明明发型和长相都不一样，可还是会让人误以为是双胞胎，也许是因为她们一天到晚形影不离吧。

理绘问佳绘："要告诉美夏吗？"

"怎么办呢？"佳绘先是用很刻意的语气大声回应，然后朝美夏调皮地笑了笑，说，"那就告诉美夏吧，谁让她那么可爱呢。"

正说着，理绘和佳绘不约而同地"啊"了一声。和美夏同岁的知登世不知什么时候走了进来。美夏草草擦完走廊之后，知登世又认真地重新擦了很久，或许她是来换水的。

美夏心想："她会不会觉得我偷懒跑来跟小学部的人玩？"不知是不是知道美夏的心中所想，知登世看了她们一眼后立刻将视线移开，径直走向了装满水的水桶，在桶中洗起了抹布。

知登世有一头黑黑的长发，长得盖住了半个后背，平常就那么披散着，头顶系着一个蝴蝶结。很多小学部的女孩儿都说，知登世是在炫耀自己的长发。

甚至有孩子说，知登世有些做作。其实，美夏也有点儿认同。

"因为知登世不是在这里出生的。"

第一次听到二年级的娜娜这样说的时候，美夏觉得仿佛被闪电击中了一样，既震惊又难过。娜娜和其他孩子赶紧抱紧美夏安慰她说："美夏跟她不一样！美夏不是一直跟我们待在这里吗？"还有的孩子说："我跟美夏一样。"

大家来这里……美夏来这里的时候，都已经是很久以前的事了，久到没有人记得他们是什么时候来的。但是，知登世来时的光景，大家却记忆犹新。那是去年春天的事。

唰唰，唰唰。

玄关里回荡着知登世涮洗抹布的声音。理绘和佳绘不太愉快地对视了一下，理绘用小到几乎听不见的声音抱怨道："难道非要在这里洗抹布吗？"

知登世应该是听到了理绘的抱怨，但依旧弓着腰，凝视着水桶中的水，耐心地洗着抹布，看上去毫不在意。

因为知登世和自己一样大，美夏很想帮她说点什么。她不喜欢看到伙伴被排挤，却一句话也说不出来。

佳绘说"过来"，然后轻轻地把美夏拉到了一边。

佳绘和理绘围住美夏，小声说："要保密哦。"她们把声音压低，好像要防着知登世似的说：

"如果早晨第一个去泉边，把重要的东西扔进泉水中，然后许愿的话，什么愿望都会实现。"

"什么？"

"是真的，我听中学部的孩子们说的。你知道成美吧？"

美夏点了点头。成美是中学三年级的学生，举止成熟稳重，像个小领导一样。正在美夏试图回忆成美长什么样子的时候，理绘继续说道："听说她谈恋爱了，就在不久之前，开始和高中部的信介交往了。"

"交往？"

发现美夏不明白"交往"是什么意思，佳绘和理绘咪咪地笑了起来，边笑边说："哎呀，美夏你真可爱。"

"美夏可能还不懂什么是交往，抱歉抱歉。"

美夏问："理绘和佳绘也有喜欢的人吗？"虽然还不懂"交往"是什么意思，但"谈恋爱"这几个字让她有些激动。

听到美夏的问题，刚才还嬉皮笑脸的理绘和佳绘都沉默了下来。她们再次对视之后，朝美夏笑了笑，果断地说："即便是美夏，我们也不能说。"

年级不同，年龄也不同，美夏没有办法继续追问。美夏感到自己和姐姐们的中间出现了一道无法逾越的墙，但理绘和佳绘很快又笑着说：

"必须清晨第一个去泉边才行吧！"

"对啊……必须赶在男生们之前。"

两人看着美夏，意味深长地笑了笑。

佳绘说："如果美夏也想去的话，得早点起来。"

"嗯？"

佳绘和理绘嬉笑着问："美夏喜欢小滋，对吧？"

问题来得太突然了，美夏一时不知道该怎么回答。

"喜欢小滋的孩子不少，五年级的绘理花、中学部的优子都喜欢他吧？"

"还有，美夏可能不知道，山麓的学校里也有很多孩子喜欢小滋哦。"

理绘和佳绘轻轻笑了笑，转身离开，留下美夏一个人。

"明天我还是想早点儿起。"

"那我也早起。"

两人说笑着走远了。

美夏感到手里的抹布就像凝固了一样突然变得很沉。美夏想，也许在别人看来，自己就像是被四年级的两个姐姐抛弃了一样，一点也不体面，真讨厌。她抬起头，发现知登世依然在洗抹布，便默默地走到另一只水桶旁边。这时，知登世停下了手中的动作，看向美夏。有高年级学生在场的时候，美夏没什么机会跟知登世讲话，但因为跟知登世同岁，而且在一起生活，所以美夏知道，其实知登世的声音非常可爱，像银铃般悦耳。

美夏想，她是看到了刚才的事，想跟我讲点什么吗？

知登世对有些紧张的美夏说："用我的这个水桶吧。"

"啊？"

"用吧。"

知登世水桶中的水虽然已洗过抹布，但完全没有变浑浊。或许是因为她一直在洗的是本就干净的抹布。

"嗯。"美夏回答，然后把手中沉重的抹布一点一点地浸入了水中。

晚上，大家把被褥铺到大厅里一起睡觉。在幼儿部，男孩和女孩睡在同一个房间里。听说升到小学部以后，就要在不同的房间里睡了。

每个人睡觉的位置和使用的被褥都是固定的，被子和枕头上都印有相同的数字。这些数字并不是"1、2、3、4"这样依次排列，而是"3、7、12、23、34"，看不出规律。不知道为什么会这样，也许起初是连贯的，慢慢被打乱，直到变成现在这样。美夏用的是第47号的被子。

几个老师和孩子们睡在同一间屋里，可老师们并不和孩子们同时就寝。他们比孩子们睡得晚，起得早。老师们用的成人被褥比美夏他们的被褥大很多，一般铺在最里边的出入口处。

说完"晚安"，仁美老师便关灯走了出去。

起初大家都很安静，过一会儿就说起了悄悄话。美夏有时会参与，有时不会。当然，有时大家一直很安静。

一天夜里，睡在美夏旁边的久乃来找她说话。这一阵子，久乃经常说知登世的坏话，比如"吃完饭收拾桌子的方法不对""老不说话感觉怪怪的""动不动就哭"。美夏最近也经常看到知登世哭鼻子。如果看到别的孩子哭，久乃一般会很温柔地关心并安慰，但看到知登世哭的时候，久乃竟只是一脸不耐烦地说了一句"真烦人"，这让美夏很吃惊。

久乃之所以讨厌知登世，可能是因为在夏日祭的时候，小学部的小隆背了知登世。夏日祭时，谁跟谁一组基本是根据身高和生日事先定好的。知登世来之前，久乃经常和小隆一组，但知登世来后配对安排就变了，这让久乃觉得小隆被抢走了。

这天夜里，美夏以为久乃会像往常一样数落知登世的不是，没想到久乃换了个话题："你听说泉水的事了吗？"

美夏想：应该就是小学部姐姐们说的，能实现愿望的泉水的事。

听到是自己早就知道的话题，美夏松了一口气。

秘密和悄悄话一般是从高年级传到低年级，从中学部传到小学部，最后才到美夏他们的幼儿部。幼儿部里年级低的孩子不知道秘密也没什么，但年级升高后，如果还是什么秘密都不知道，就有些没面子了。比方说，像知登世这样，虽然很可怜，但可能没有人跟她说任何秘密。

美夏小声回答"听说了"，然后和久乃各自拽起被角藏住半边脸，面对着面聊了起来。

"如果要投进泉水里的话，美夏打算把什么投进去呢？"

"什么？"

"宝物啦……"

美夏听说的版本是要把"重要的东西"投进去，也许久乃听的版本是要投"宝物"吧。

美夏小声重复着："宝物……"

睡前说悄悄话的时候，两人经常说着说着就进入了梦乡，也不知对话是怎样结束的。

就这样，美夏和久乃一边念叨着"宝物……宝物……"，一边不知不觉地睡着了，到最后也没人回答到底打算投什么下去。

如果不把最重要的东西投进去，就不能实现愿望吗？美夏的心中隐隐作痛。

白天，孩子们常常去泉水边散步，不管晴天雨天，即使下雪也要去。

老师们说，不只是阳光灿烂的晴天，在阴郁的雨天或严寒的雪天去泉边观察泉水千变万化的姿态也很重要。

那天正好是雨天，美夏他们打着伞，穿着长靴，像往常那样排成两列，走进了森林深处。

雨下得很急，但雨点不大，淅淅沥沥的。可一踏进森林，雨点突然变得大而稀疏。小时候，曾经听老师们说，积在树叶上的雨滴会汇聚到一起再落下来，所以会感觉雨滴变大了。

大家都不喜欢在雨天散步，但美夏并不讨厌。她喜欢长靴踩在泥里的感觉和泥土的味道，仔细盯着脚下才能发现的小蛇、小蚯蚓、青蛙，一切都很有趣。

但也确实，雨也分自己喜欢的雨和不喜欢的雨。起初美夏自己也不明白两者有什么区别，但最近渐渐懂了——自己喜欢的是温暖的雨，比如夏天的雨。

像今天这样的冬雨实在太冷了。

打着伞和朋友并肩走路时的感觉，和躲在被窝里一起说悄悄话的感觉很相似，就像是躲在小小的屋檐下一样。有男生故意捣乱地大喊大叫，久美子老师生气地制止了那些调皮的男孩："脚下的路不好，不要捣乱，好好看着前面！要是跌倒了，可是会伤得很重的！"

"喂！"

美夏突然听到旁边有人叫了自己一声，默默转过头去，发现是知登世。她问美夏："路不好是什么意思？"美夏想了一下，看了看自己的脚边答道："就是这种路面不好走的意思吧？又湿又滑。"

"这样啊。"知登世点了点头。

从小时候起，这条通往泉边的小径就是美夏每天的必经之路。天气晴朗的时候，大家在这附近嬉戏玩耍；雨雪天的时候，大家则站在泉边静静欣赏。

泉水周围十分寂静，环绕着郁郁葱葱的树木。树木都笔直地站着，个子高的树从上方凝视着水面，就好像整个森林把泉水拥在怀里一样。

散步的时候，大家一般会沿着泉边的小溪往山坡上走，途中会经过加工泉水的工厂。一看到工厂蓝色的屋顶，就知道快到泉边了。

一到泉边，排列整齐的队伍就散开了。虽然并没有人叫他们散开，大家却不约而同地围着泉水站成一圈，各自观察水面。

水野老师说："在大自然中，泉水会向我们展示各种各样的表情。"

水野老师是幼儿部的校长，年事已高，有着白白的头发和胡须，好像还是一个有名的美术老师。

美夏很喜欢水野老师。

之前，美夏路过校长办公室的时候，发现门开着，水野老师在办公室里吃零食。老师意识到自己吃零食被美夏看到了，有些害羞地说了句"被发现了呀"，然后把手里的仙贝分给美夏一块，叮嘱她"这是秘密"。那是美夏第一次在三餐和规定时间之外得到零食。对那时的她来说，洒满砂糖的仙贝简直是世界上最好吃的东西。在那之后，美夏常常偷偷去校长办公室。水野老师一看到她便苦笑着请她进来，把各种零食分给她吃。美夏最喜欢的是饼干，那种背面是粉色或白色、甜甜的、松脆的饼干。

每当水野老师把手轻柔地放在她的头上时，她都会想：自己初到这里时，抚摸着她的头说"只有这里才有'未来'"的，一定也是水野老师。

雨水轻轻击打着水面，美夏觉得就好像很多小小的乐器被一齐奏响了一样。

"大家觉得雨天的泉水怎么样？"水野老师问孩子们。

老师和孩子们的问答开始了。最先被点到的是小靖。虽然被雨伞挡着，美夏看不到他的脸，但可以看见在靠近老师的地方，他那把蓝色的雨伞倾斜了起来。

"很凉。"小靖回答。

"从什么地方可以看出泉水是凉的？"

"唔……嗯……"

小靖支支吾吾的话音在雨中更听不清楚了。美夏想，如果自己被问到了，要怎样回答呢？就说"像许多乐器被一齐奏响一样"可以吗？水野老师应该会表扬我吧？也许还会说"美夏的感受力真敏锐，大家也要培养这样的感受力"之类的话。

"美夏、美夏！"久乃突然把伞贴了过来。问答还在继续，老师们仍在耐心地引导小靖做出回答，就像做脑筋急转弯的时候一点一点给解题者提示。问答的时候，每个被叫到的学生至少会跟老师交流三轮，美夏她们暂时还不用担心自己被点到。

久乃看了看站在前面的知登世，有些突然地对美夏说："要是哪天知登世要把什么东西扔到泉水里，我们就去阻止她吧！"知登世好像并没有意识到自己正被人谈论，一直在盯着落入泉水中的雨点。

久乃可能是担心，一旦知登世许了愿，自己喜欢的小隆就会被她夺走。还没等美夏回答，久乃便催促她说："我们约好了哦！"

"那孩子可能是想跟我们一起玩，如果她真的许那样的愿，我们不是很麻烦吗？"久乃的语气变得急躁了起来，"而且，没准儿知登世还喜欢小滋。"

美夏吃惊地看着久乃问道："什么意思？"

美夏不解地想，久乃不是因为喜欢小隆才想阻止知登世许愿的吗？

久乃笑了笑，说："他们不是说过话吗，喜欢上也不奇怪。"

久乃的回答让美夏觉得似懂非懂。可能久乃是看美夏没有立刻回答，才随口提到小滋，也可能她只是看知登世不顺眼，不管知登世做什么事都想阻挠。

可知登世知道怎么对泉水许愿吗？四年级的姐姐们告诉美夏许愿的方法的时候，知登世就在旁边洗抹布，听到了也不奇怪。

小靖终于说出了自己的答案："因为地面寒冷，所以泉水应该也是冰凉冰凉的。"

"原来如此！"水野老师他们高声附和，"那你为什么会这样想呢？"

小靖答道："因为现在是冬天……"

水野老师长长地吸了一口气，大声说："太棒了，小靖真棒！同样是下雨，冬天和夏天的泉水温度肯定是不一样的。有没有人记得夏天的雨是什么样的？小隆，你记得吗？"

老师点了其他孩子的名字，美夏觉得有些遗憾。看来，今天没有回答"雨滴像乐器"的机会了。

今天，雨中混杂着的泥土的香气似乎比往常更浓烈。雨鞋上沾满了黏糊糊的泥土，脚尖也被冻得冰凉。美夏听着小隆和老师开始新一轮的问答，一边想："好想快点回去啊。"

站在前方的知登世依然一言不发、出神地凝视着泉水，似乎完全不知道自己刚才成了美夏她们议论的对象。当然，也可能正是因为听到了她们的议论。

每天，秘密都会从各个地方传出来。

美夏和久乃其实都明白，自己是不可能有机会对着泉水许愿的。清晨第一个赶到泉水边，中学部的孩子也许能做到，但幼儿部的孩子是一定做不到的。别说幼儿部了，小学部的姐姐们可能也不行。

但是不久之后，美夏就听说了一个秘密：小学部五年级的绘里花向泉水许愿时，把自己心爱的蝴蝶结扔到了泉水中。

据说，绘里花的愿望是希望和小滋"两情相悦"。

早上擦地板的时候，佳绘和理绘对美夏说："怎么办呀，美夏？小滋要被人抢走了哦。"美夏隐隐约约地明白了"两情相悦"的意思。

告诉美夏这件事的时候，佳绘和理绘表现出些许担心和些许得意。两人都说"绘里花很有勇气"，这使"勇气"这个词给美夏留下了深刻的印象。

美夏决定，如果哪天晚上起床去上厕所的话，就去泉边。

之前，美夏也曾经在夜里突然醒过来，一个人去厕所。所以，即使不刻意计划，总有一天会在夜里突然醒过来。美夏暗暗下定决心：到时候，顺便去泉水边就好了。

美夏睁开眼的时候，其他孩子还在睡，房间里只有一片均匀的呼吸声。又大又圆的月亮映在大厅上方的窗户上，月光直射进来，落在美夏的被褥之上。伸手触碰到月光的一瞬间，美夏清醒了过来。

她知道黑夜和清晨是相连的。

有的老师起得很早，如果问他们是什么时候起的床，他们便会回答："天还黑着的时候就起来了。"然后笑着说："老师们很勤劳吧？"

"还黑着的时候"和早晨是相连的，夜里就出发的话，早晨一定能第一个到。

现在，没有老师躺在大厅角落的被褥上，不知道是已经起来了还是没睡。

美夏悄悄地走出回荡着呼吸声的大厅，走进了厕所打开灯，突然亮起的灯光照得她睁不开眼。

美夏并不害怕被发现，也没有躲躲藏藏，而是安静从容地走出了大厅，来到了放着行李和换洗衣物的房间。她从置物架上长长的一排抽屉中找到自己的道具箱，取出了一件被包成长方形的"宝物"，然后披上外套走了出去。

幼儿部学舍的玄关没有上锁，美夏站在外面，月光甚至有些刺眼。哈出的气起了白雾，外面比想象的冷多了。

学舍里有的窗户还亮着，看来大人们还没睡。现在是靠近黑夜还是靠近早晨？到底几点了呢？美夏什么也不知道。

沿着每天散步的泉边小路，美夏一个人走进了森林。

夜里的森林是一个未知的世界。一走进森林，月光也就变了样，只能从树缝间挤进来，不再刺眼。小路上有的地方光影斑驳，有的地方则是一片黑暗。

水野老师曾说过，"泉水会向我们展示各种各样的表情"。

想到这里，美夏学着水野老师的语气在心中感叹："森林会向我们展示这样的表情。"实际说出来之后，美夏觉得自己好像成了个小大人。

美夏心想：一个人在林间走虽然多少有点忐忑，还是觉得自己挺厉害的。她就这样沿着这条从小不知走过多少次的小路，向泉水走去。

美夏并不害怕，或许是因为老师们告诉过她，森林中的动物和小虫都是她的朋友。老师们还说过，这森林是守护着泉水的森林，是特别温柔的森林。

即便听到窸窸窣窣的响声，听到似乎是猫头鹰发出的咕咕声，看到像怪物一样的树影，美夏也没有停下脚步。她一点也不怕，反而觉得看到了白天里看不到的森林，感到很新鲜。

但是，发现自己迷路后，美夏开始感到害怕了。

"咦，是走错路了吗？"

美夏突然发现周围的景色很陌生。

这可是每天都散步的地方啊，怎么可能走错？

怎么可能怎么可能……

这一定是我知道的地方，只因为现在是夜里，所以看起来陌生而已。

但以往散步时，好像确实没看到过那块巨大的岩石；还有那棵好像生有巨大鳞片的树，如果见过的话一定是忘不了的，可自己却没有一点儿印象。这条路可能是和老师们在森林里探险时走过的路，不是通往泉水的路。我可能迷路了。

美夏突然觉得很害怕。

美夏小声喊着"喂——"，却听不到任何人回应。一个人也没有。

"我该往哪儿走？"美夏再次发问，可依旧没有人回答。

美夏本来打算许完愿立刻回去，但此时脚趾变得比雨天散步时还要冷，远方传来猫头鹰咕咕的叫声。

美夏跑了起来。

因熟知这片森林，即便是夜里来也不害怕，可此时突然感到恐怖。头顶的树枝层层叠叠，看上去就好像有一张陌生而巨大的脸，不断从身后追上来一样。美夏甚至能听到自己紧张急促的喘气声，心脏怦怦直跳。

美夏小心翼翼地把那个长方形的包裹抱在胸前，飞奔了起来。

美夏已经记不起，当时的自己是怎样地向着哪里奔跑。

只知道，目标肯定是森林的出口。忽然，一束光闯进了美夏的视线。那是从树丛深处射来的光，一闪一闪的，好像向美夏发出召唤。

是泉水。

水面反射着月光，十分耀眼。

虽然迷了路，走的路线和平日散步时走的不一样，但总算到了泉边。来到了熟悉又开阔的地方，美夏松了口气，也突然感到一阵寒冷。

此时，这是只属于自己一个人的"夜之泉"。四周很安静，只有附近河里的流水声传来。呼出的气变成了白雾，美夏的身体因寒冷而不住地颤抖。泉水映着圆圆的月亮，仿佛一块把月亮封入其中的巨大宝石，十分动人。

美夏把长方形的包裹拿在手里，静静地端详着。

这是她心爱的宝贝——爸爸妈妈送给她的画画用的颜料。

美夏想：要把宝物丢进泉水里，然后许愿。可具体要怎么做呢？在什么时机许愿？是在心中默念愿望，还是要大声说出来？抑或是把愿望写在什么东西上，与宝物一起扔入泉水中呢？虽然自己已经会写大部分平假名了，但现在手边没有用来写字的东西。唯一能用的就只有颜料了。

美夏打开了那个写着"16 色水彩颜料"的小盒子，盒子里整齐地摆放着蓝色、红色等各色颜料管。

美夏画得很好，所以上次回家见爸爸妈妈时，他们将颜料作为礼物送给美夏。爸爸笑着告诉她：其实美夏是不可以私自带东西进去的，但幼儿部校长水野老师是美术老师，也许会网开一面。还有，最好是把颜料交给老师，和大家一起用，不要独享。

可美夏最终还是没有把颜料交给老师。这可是来自爸爸妈妈的宝贵礼物。从家里回来后，美夏立刻把颜料放进了自己的道具箱。为了不被别人发现，还特意藏到了图画本下面。开始时，她总是会担心颜料被别人发现，但没有任何人跟她提过颜料的事，慢慢地也就不再想了。

美夏的手都冻僵了，她拧开了蓝色的颜料管，颜料的气味有些刺鼻。在学舍里，孩子们也会用颜料玩，比如用颜料按手印或者做彩色墨水什么的。但独享一盒颜料，还是第一次。美夏想，这是爸爸妈妈给的，只属于我一个人的宝物。

她在水边探出身子，将拿着颜料管的手伸入了泉水中。水虽有些凉，倒也不是不能忍受。她使劲把颜料挤了出来。月光下的泉水很快变成了鲜艳的蓝色，特别有趣。美夏很兴奋，使劲把颜料全都挤了出来。

然后，美夏开始许愿，她大声说出了藏在心底的愿望：

"希望能跟爸爸妈妈见面。"

说完，美夏觉得只有蓝色可能不够，便接着把其他颜料也挤入了水中。先是红色，然后是白色……各色颜料逐渐混合在一起，泉水原本纯净的颜色逐渐变得有些浑浊，挤颜料的手也越发冰凉。美夏又绕到泉水的后边，往还没被染色的水中挤入了其他颜色。

"希望能跟爸爸妈妈永远在一起！"

"我想见他们！"

"想和他们在一起！"

美夏不断地大声重复许愿的声音，伴随着白色的雾气升入夜空。

原本在每年年末和正月是可以见爸爸妈妈的，现在不行了。美夏要一直等一直等，等过了春夏秋冬。

那一年，过完正月准备回幼儿部学舍的时候，美夏哭着说不想回去。虽然爸爸妈妈告诉她很快就能再次见面，但她知道，一旦离开就再难以相见。美夏挠柱抓墙地闹，拼命拒绝回学舍。爸爸看着她笑着说，这哭闹方式怎么跟漫画上画的一样？妈妈掩着面说，闹得我都想哭了。

"希望能跟妈妈在一个被窝里睡觉。"

美夏不断地呼喊，喊得嗓子都有些哑了。美夏突然意识到，这样把愿望大喊出来恐怕会被别人听到。她隐约想到，自己的愿望是不能让大人们知道的。她也没有把自己的愿望告诉过任何人，包括水野老师、仁美老师和她的小伙伴们。

来吧，美夏。

和小伙伴们的被窝不同，妈妈的被窝有一种舒适的香味。把脚搭在妈妈腿上，躺进妈妈伸开的手臂里时，全身很快就会暖和起来，比自己一个人睡的时候舒服多了。那时，美夏真希望时间能够静止。

"希望能跟妈妈一起睡觉，希望能喝到妈妈煮的粥。"

那已经是很久以前的事了。有一次美夏发烧了，妈妈给她做了一种白白的、黏黏的食物，配着切成小块的甜甜的玉子烧和淋了酱油的木鱼花吃。美夏觉得，那是自己吃过的最好吃的东西。在学舍时，美夏也发过烧。那时，美夏向仁美老师讲了妈妈做的好吃的食物的事，仁美老师告诉她那是粥："可惜，这里没有粥。"在学舍里只能吃到味噌汤泡饭，可美夏真正想喝的是粥。

"希望能和爸爸妈妈一起喝粥。"

美夏一边不断将颜料换着地方挤入泉水中，一边默默地祈祷着。她的手脚和脸颊都冻得冰凉，慢慢地忘记了自己到底在干什么。

"希望能和爸爸……妈妈……"

她哽咽起来，仿佛心中被一种既悲伤又痛苦的、无以名状的东西给占据了。

美夏哭着反复呼唤："爸爸、妈妈、爸爸、妈妈、爸爸、妈妈、爸爸、妈妈、爸……爸……妈……妈……"

她已经不知道自己为什么难过，为什么喊爸爸妈妈了，只是不停哇哇大哭。哭着哭着打起了嗝，到最后嗝都打不出来，却仍在不停地哭。

希望能和他们拥抱。希望他们能来接我。希望他们能握住我的手，轻声唤我的名字。希望能被妈妈轻抚。希望能跟他们在一起。

美夏继续大声哭着。突然，她有些后悔把颜料都挤进了水中。这可是从爸爸妈妈那儿得到的宝物啊，那么珍贵。自己小心翼翼地藏了那么久，就这样都挤完了。可是，不挤入水中的话，愿望就不会实现，就没法再见到爸爸妈妈。自己哭得这么大声，别说泉水了，没准爸爸妈妈都能听得见。如果他们听到，会不会伤心呢？

手上满是水和颜料，黏糊糊的，她想洗手，又实在不想再次把手伸进那寒冷刺骨的水里。手虽是自己的手，却冻得像塑料一样硬邦邦的。

外套和睡衣上也沾满了颜料，甚至泉水边的大片草叶上也被溅到了。颜料管几乎都被挤空了，全都瘪瘪的。

美夏突然担心起来：就这样把颜料用光了，爸爸妈妈知道了会不会伤心呢，会不会生气呢？说不定爸爸妈妈会不喜欢我了。

想着想着，她感到一阵浓浓的睡意。虽然此时她痛苦又难过，那睡意却是那么暖而柔，就像在妈妈的被窝中做的一场梦那样甜、那样暖。

"美夏。"

她听见有人叫自己的名字，于是醒了过来。眼皮重得睁不开。不只是眼皮，浑身上下都是沉重的。

"美夏。"

小滋的寸头出现在美夏的视线中，他看上去有些担心。

"小……滋……"

美夏感到浑身发烫，后背也很难受。睁开眼睛的一瞬间，就好像被人从背后推倒了一样，晕头转向。

被泉水打湿的草贴在了脸颊上，湿漉漉的地面散发出泥土的味道。近处放着三个水桶，洋一站在水桶后面，有些惊恐地看向这边。美夏想起他们是来打水的。

美夏感到了太阳的存在。她想，已经是早上了。

小滋问："你还好吗？"美夏无意识地点了点头。她用尽全力想开口回答，却只是有气无力地"嗯"了一声。

小滋和洋一对视了一下。然后，小滋背起美夏，向森林外走去。像去年夏日祭时那样，美夏轻轻地摸了摸小滋短短的头发。他的头发比去年又短了些，摸起来仍然有些扎手，和原来一样。

"小滋"

"嗯？"

洋一抱着水桶走在后面。美夏有些急促的呼吸触到了小滋的脖子，热乎乎的。

"你的头发不会长长吗？"

美夏自己也不知道为什么问这个问题，小滋应该也有些奇怪。过了一会儿，小滋还是回答了，他说："我妈给我剪的。之前见面的时候剪的，现在很短。"

"这样啊。"

一点头，美夏又要哭出来了，于是使劲闭上了双眼。为了不使自己滑下去，她努力抱紧小滋的后背。可因为浑身无力，好几次差点从小滋背上掉下来。从泉水处流出的溪水一直在耳边哗哗作响。

在雪中，美夏总是觉得就像溺水一样喘不过气来。

她的脑中一片空白，即使闭上双眼也感觉置身于一片白雾之中，不知身在何处。头枕在枕头上，却好像要与枕头一起下沉到褥子的深处一样，身子似乎要被褥子吞下去。

大人们都很慌乱。美夏睡在一间小屋子里，这里既不是平常大家睡觉的大厅，也不是学舍的保健室。

她想起了在小滋背上时的感觉，但小滋不在这里。

大人们把她从小滋背上抱下来时，小滋很担心地朝她看了看。她不希望小滋离开，但小学部和中学部的那些她不认识的男老师把她抱了起来。

她又困又倦，再加上头疼，即使醒着了，意识也不清晰，就好像在做一个长长的梦。

刚躺下时，被子凉凉的很舒服，但眨眼间就被她滚烫的身体焐热了，毛毯也被蹬乱了。她听到好像是仁美老师说了一句"不好了"。

美夏的枕头，那个好像要把她的头一口吞下去一样的枕头，不知什么时候换成了冰枕。每当头转动的时候，里面的冰块都会发出咔啦咔啦的响声。枕着这些硬硬的冰块，虽然很舒服却硌得头疼。

也不知是白天还是黑夜，美夏能感到的只有窗外光线的变化。也不知道是什么天气，似乎是在下雪，也许是因为自己一直有一种溺在雪里的错觉。暖炉的热气让窗户蒙上了一层白雾。虽能感到屋内的热气，可身体内部依然是冷的，只有皮肤表面热辣辣的。

"美夏，吃得下去这个吗？"仁美老师端来了食物。是白白的饭，像汤一样的饭。是粥！美夏立刻点了点头。那气味有点像做手工用的糨糊加热后的气味。美夏起不来，仁美老师扶着她坐了起来，用勺子喂她。粥触碰到干燥的嘴唇时，她才意识到自己好像已经很久没喝过水了。

一直梦寐以求的粥竟是无味的，也许是因为没有加甜甜的玉子烧和淋了酱油的木鱼花吧。美夏不太确定。仁美老师拿着一个形状既像小鸟又像笛子的容器喂美夏喝水，用比以往都要温柔的语气说："美夏，别担心，烧一定会很快退的，让身体自然恢复是最好的治疗方法。"老师竟然对自己如此温柔，温柔到美夏觉得有些不可思议。

"大家都没有生美夏的气。"老师说。

美夏这才想起来，自己好像做了让大家生气的事。夜里独自外出大概是不允许的。虽然也有小学部的孩子去泉水边许愿，但都是在早晨，大概没有人是半夜溜出去的。

"美夏。"

这次美夏听到的不再是仁美老师的声音了，是一个男人，是幼儿部*学舍*的校长水野老师的声音。

外面天色已经黑了，美夏隐约看见房间入口处暖炉里蓝红色的火焰，还能感到一些温热。仁美老师不见了，粥也不见了。从那之后，不知过了多久。

水野老师坐在床边低头看着美夏。

"……老师。"

美夏想叫"水野老师"，可嗓子深处就好像黏在了一起，没能清楚地说出"水野"。

水野老师的眼睛就像出现在图册或录像里大象的眼睛一样，温柔，又有些神秘，不知道他在想什么。

从水野老师身后又出现几位老师，基本都是小学部或中学部的。美夏比较熟悉的幼儿部的老师——包括仁美老师——反而不在。

"难受吗？"

美夏没有点头。她头脑昏昏的，连自己是不是难受也不清楚，只是望着老师花白的胡子。

老师又开口问："在泉水里涮颜料的是美夏吧？"

美夏还是没有点头。因为自己只是把颜料挤到水里，并没有涮。

水野老师默默地看着美夏。美夏想从老师的目光深处读取出他在想什么，可惜并没有成功，她还是不知道老师在想什么。一种无以名状的不安在美夏心中逐渐弥漫开来。

水野老师继续问："你把颜料混进水里，是因为听小学部的孩子们说了许愿的事，所以自己也想许愿，对不对？应该没有其他理由了吧？"

美夏终于点了点头，但依旧没有开口。

美夏想，仁美老师把粥端来的时候说老师们没有生气，水野老师应该不是在训斥我。可是，为什么大人们看起来还是有些不满，有些困扰呢？可能是因为往泉水里扔了东西的不止我一个人，还有人扔了缎带之类的，告诉我这件事的佳绘和理绘没准也扔了什么东西。

忽然，美夏意识到：仁美老师说大人们没有生气，是指对美夏半夜偷偷溜出去之后再发烧到现在这件事没有生气。她的内心深处突然升起了一股湿冷湿冷的寒气，与发烧时感到的寒气不同。

美夏想，估计大人们会继续追问关于许愿的事吧。如果被问到许的是什么愿，就大方说出自己的愿望是想见爸爸妈妈。她暗下决心，就算被训斥也要这样回答。

可是，不管是水野老师还是他身后的其他老师，都没有问美夏关于许愿的事。他们只是表情严肃地看着彼此，谁也没有再问什么。

"睡觉吧。"水野老师说，声音平和沉稳，"好好休息，早日恢复。"

"……好。"美夏的声音有些嘶哑。

大人们说着话走了出去，门外传来了水野老师和其他老师说话的声音。

大人们走后，美夏想：为什么没有老师问我的那些宝贝颜料是哪儿来的呢？他们已经问过我的爸爸妈妈了吗？爸爸妈妈会不会因为把颜料送给我而被老师们责怪呢？

想到这里，美夏感到好像被什么东西勒住了一样胸口发紧。而且，她的愿望并没有实现。明明许愿想见爸爸妈妈，可谁都没有来看望她。

明明已经把宝物投进了泉水里，她想，或许那不叫"投"，而是像老师们说得"混"进了泉水里？她用双手捂住脸，在被子里蜷缩了起来，指尖上还残留着颜料的味道。她伤心极了，比被大人们训斥时的伤心更强烈。泪水从眼角渗了出来，滑下干燥的脸颊，泪水里的盐分刺痛了皮肤。她的精神早已被哀伤和后悔占据，因为既没有实现愿望还失去了宝贵的颜料。她在被子中无声地哭了起来。在泉边时，自己明明哭得那么大声，也没有等来一个人，老师们没来，爸爸妈妈也没来……

不知过了多久，美夏听见有人叫她的名字，是一个孩子的声音。因为一直跟老师们说话，她好像已经很久没听到过和自己年龄相仿的孩子的声音了。虽然不知道已经在这里昏睡了多久，但美夏觉得比之前清醒了不少，可以思考一些事情了，浑身发冷的感觉也好多了。不过，由于一直以同一个姿势躺着，后脑勺很疼。

窗边传来了咚咚咚的声音，一看，是一只小手在轻轻地敲玻璃。美夏慢慢起身，从被窝中钻出来，就好像忘记了怎样走路一样，用膝盖一点点蹭到窗边。即便如此，腿还是麻了。到窗边后，她慢慢站了起来，看到知登世正踮着脚尖站在外面。原来是知登世在叫自己的名字。

美夏看着知登世，知登世的脸冻得红红的，看来外面很冷。知登世戴着帽子，系着围巾，一个人孤零零地站在外面。

美夏想把窗户打开，可不管怎样伸手踮脚，都够不到窗户的把手。

"不打开也没关系。"知登世说。

可美夏还是想打开窗户，因为隔着窗户声音太小听不清。美夏使劲把手伸向窗户把手。可因为她很久没有起身了，腿一软差点跌倒。

"别开了。"知登世又说了一次。

"其他人呢？"美夏问。因为很久没说话，好像都不会发声了。

"在玩呢。"知登世回答，"今天的活动是游戏，大家都去广场或农田了。"

"哦。"

因为很久没见了，美夏有些想念其他孩子。

"你许过愿了吗？"知登世突然问。

美夏有些惊讶，因为她从未跟知登世提起过许愿的事。可知登世的眼睛清澈明亮，看来并没有觉得美夏做错了事。于是，美夏点了点头回答："许过了。"

知登世在窗户外面轻轻地呼了口气，白雾从知登世嘴边升起。看来，室外和室内的寒冷程度完全不一样。

知登世好像想说什么。可哨声突然响了，是老师们用来告诉大家游戏和各种活动结束的哨声，美夏卧床期间也听到过很多次。

知登世默默地看了看哨声响起的方向，又把头转向了美夏。她好像还是想说点什么，可最终没能说出来，只是小声地说了句："回头见，要尽快恢复健康哦。"

美夏答道："嗯。"

可知登世大概没有听到，跑着离开了。美夏好像隐约看见远处还有其他孩子的身影。这让她感到很寂寞，仿佛一个人来到了一个不该来的地方。为了摆脱这种寂寞的情绪，她回到了被窝中，蜷起身体努力让自己再次入睡。

"孩子们，美夏的感冒好了，今天回来了。真是太好了，是不是？"仁美老师说。

美夏坐在自己的座位上，其他同学安静地看着她。

第一个活动是**语言**。大家每天都会商量决定今天要做什么。这一天，由于外面很冷，很多孩子选择进行**语言**这个室内活动。

"待会儿，我想请大家回答问题，是关于大家学过的谚语和成语的问题。之前写在骨牌上的词句，大家还记得吗？"

孩子们七嘴八舌地回答："记得记得！""如虎添翼！""事实胜于雄辩！"谚语和成语是从古代传下来的**语言**，里面饱含着各种生活所需的启示和人生哲理。美夏她们从小就要背很多这样的句子。

老师说："大家和坐在旁边的同学互相交流一下自己喜欢的谚语或成语吧。"

美夏感到有些奇怪，坐在旁边的久乃居然一句话也不跟自己说，甚至连看都不看自己一眼。

美夏想叫久乃的名字，可不知为何没有说出口。**语言**活动结束后，美夏意识到，自己是害怕即便叫了久乃的名字，久乃也不搭理自己。做游戏的时候，久乃也没有理会美夏，旁若无人地跑去和其他孩子玩了。美夏这才确认，久乃是真的不想和自己说话。

美夏不清楚自己到底和大家在不同的房间里睡了多久，但有一点很清楚，那就是自己似乎已经和大家身在不同的世界。

第二天早晨，美夏去擦学舍的地板，路上不禁想着："马上就能见到自己最喜欢的佳绘和理绘了，她们每次都会告诉我很多事，这次会说些什么呢？"她手里拿着抹布向佳绘和理绘走了过去，两人看了看美夏，若有所思，但一句话都没跟她说，然后将目光从美夏身上移开，就好像没看见她一样开始擦起地板。

"理绘，从那边开始擦吧。"

"好啊，那佳绘你擦那边吧。"

美夏觉得她们好像是故意说给自己听的，忍不住朝她们喊了一句：

"喂!"

拿着抹布弓着腰的两个人立刻不再说话，嘴唇紧闭，神色有些不快，但还是一言不发。

美夏问："大家都很生气吗？"

她觉得应该有人夸奖自己勇敢的行为，就像有人夸奖绘里花为了许愿把自己心爱的蝴蝶结扔进泉水里那样。她心想：难道没有人悄悄夸我才上幼儿部就这么厉害吗？

佳绘和理绘对视了一下，露出了厌烦的表情。那表情让美夏脊背发凉，她意识到，原来她们真的很生气。怎么办，怎么办？她感到很焦虑。

"美夏你是去许愿了。对吧？"佳绘先开口问道。

美夏害怕极了，半句话也说不出来。随后，理绘也用责备的语气问："你为什么偏挑晚上去？"

美夏依旧沉默着，她想辩解"因为黑夜和白昼是连在一起的，深夜和清早离得很近"，但又觉得即便这样说她们也不会理解。

佳绘和理绘气极了，见美夏一句话都不说，佳绘打破了沉默："许愿的事可是让大人们知道了。"美夏把嘴张得大大的，可还是什么也说不出来。

理绘也不满地说道："许愿的事暴露了，大家都被大人们问长问短：都有谁去过？谁第一个做的？去许过愿的孩子都被训了。"

"老师严禁大家再做这种事，而且早晚都有老师巡视，我们再也许不成愿了。"

"都怪美夏。"

理绘和佳绘的话语刺穿了美夏的胸膛。

都怪美夏！

"开会的时候，大人们说，泉水非常宝贵，不可以往里面扔东西。

凡是许过愿的孩子被要求站在大家前面，向大家道歉。"

"很多孩子都哭了。"

美夏想象那场面。

孩子们的**学舍**和大人们的**事务所**中间有一栋高大的建筑，每次会议都在那里举行。宣布重要事项的时候，上至大人下至幼儿，**学舍**里所有人的都会来这里集合。所有许过愿的孩子都当着大人们的面站到前面道了歉。美夏隐隐约约明白，不管是许愿的事还是"有喜欢的人"的事，都是只属于孩子们的秘密，不应该暴露给大人。

佳绘和理绘说大家都哭了，那被大家称赞很有勇气的喜欢小滋的绘里花也哭了吗？一股强烈的自责感涌上了美夏的心头，她觉得必须向大家道歉，但又不知该如何是好。

佳绘和理绘生气地瞪着美夏，冷冰冰地问道："为什么你没有参加**会议**？"

"虽说是感冒了，可你为什么到现在也不跟大家道歉呢？"

"首先，你才上幼儿部，有什么愿好许的？"

"其次，你也没有很喜欢小滋吧？"

"就算喜欢也没有用，小滋已经六年级了，你才上幼儿部。"

两人就这样你一句我一句地责备着美夏，美夏早已分不清哪一句是谁说的，也越发说不出话来。说不出自己的愿望跟小滋没关系，也说不出自己的愿望并没有实现，更没说泉水实现许愿的事是骗人的。

但她发现了一件事：佳绘和理绘之所以责怪自己，并不是因为许愿被禁止了，而是因为许愿这个原本只有孩子们知道的秘密被大人们知道了，所以她们不愿原谅自己。

理绘没有对着美夏，而是冲着佳绘小声说："我们就不该告诉美夏。"

"真后悔向美夏敞开心扉。"

"敞开心扉"这个词像一把刀子一样扎进了美夏的心里。虽然她并不完全理解这个词的意思，但知道此时自己好像失去了什么重要的东西。

佳绘继续责备美夏："你都把泉水弄脏了，怎么还能这么若无其事？"

听到"弄脏"这个词，美夏突然醒悟了。发烧卧床的时候，老师们来看她，那时她就已经觉得好像有什么不对劲了。现在听到"弄脏"这个词，她终于知道哪里出了问题。对她来说，自己只是把宝贝投进了泉水里，可在大人们看来，她是污染了泉水。她清楚地回忆起了那天夜晚颜料在水中逐渐晕开的景象、沉浸其中的自己、冰冷的双手。当时，水野老师问美夏"你把颜料混进水里，是因为听小学部的孩子们说了许愿的事，所以自己也想许愿，对不对？应该没有其他理由了吧？"，应该也是这个原因。

"你肯定会被赶出去的。"理绘说。

"老师们都很生气。"

美夏回过神来的时候，发现自己已经独自回到了幼儿部的校舍。

看来，自己真的犯下了不得了的大错。想到这里，她胸中苦闷，头脑发昏，几乎无法正常呼吸。她想，自己肯定会被赶出去。

为什么老师们都没有严厉地训斥我呢？如果老师们训斥了我，我一定会道歉，一定会好好解释自己并不是故意弄脏泉水的。

爸爸、爸爸、爸爸！

妈妈、妈妈、妈妈！

爸爸妈妈知道我干了什么吗？如果知道的话……

既然如此，还不如让老师们和爸爸妈妈知道自己的愿望，反正横竖都会被训斥，还不如把愿望告诉他们。

她一边想一边咬紧牙关，攥紧了拳头。

好想和爸爸妈妈在一起。她又想起了自己的愿望，但现在有比这个愿望更让她感到紧迫、痛苦的事："如果被赶出去该怎么办？"

美夏在水野老师的办公室前碰到了知登世。知登世今天也是独自一人，看见美夏，表情却毫无变化，只是眨着透亮的眼睛喊了一声"美夏"，那神情和之前去看卧病在床的美夏时一模一样。

除了知登世，其他孩子都不愿再跟美夏说话。不管是擦地板、画画的时候，还是散步的时候，知登世都表现得和从前没有两样。没有和周围的孩子打成一片的只有知登世和美夏了。虽说两个人都落了单，成了同类，但知登世并没有和美夏变得更亲密。但是对美夏来说，知登世的存在确实减轻了自己的心理负担。

正当美夏准备敲水野老师办公室的门的时候，知登世问："你找水野老师有事吗？"

"嗯。"美夏回答。

"我也是。"

说完，两人都沉默了。过了一小会儿，知登世开口道："我是被水野老师叫过来的。"

"你能跟我一起进去吗？"美夏问。

之前，水野老师每次都会悄悄给美夏零食，和蔼可亲。美夏以为那是水野老师对自己的特别关照。水野老师对知登世也是这样的吗？虽然水野老师平时一直慈祥和蔼，但今天美夏觉得有些惴惴不安。

听了美夏的话，知登世眼睛瞪得圆圆的，但还是很快答应道："好啊。"

美夏敲门后，屋内传来了一声"请进"，两人便静悄悄地把门推开走了进去。

屋内只有水野老师一个人，看到知登世和美夏后，他露出了些许惊讶的表情。

校长办公室并不宽敞，里面只有一张办公桌和一把椅子。暖炉上放着一个烧水壶，水开了，发出有些刺耳的声音，暖融融的水汽在屋内飘浮着。

水野老师问："怎么了？"

美夏咬住嘴唇，感觉腹腔深处疼了起来。知登世有些担心地朝美夏看了看，然后直率地对水野老师说："我来见老师，在门外碰到了美夏。"

"嗯。美夏，你怎么了？"水野老师的语音语调和佳绘她们完全不一样，可以听出老师并不生气。可这反而使美夏有些不安。

"我是来……道歉的。"她终于说了出来，说完便觉得心里火辣辣的，就好像喉咙被一个滚烫的东西从下面顶住了一样。虽然她并不想哭，可喉咙不住颤抖，眼泪留下之前先说话已经带了哭腔。

水野老师惊讶地看着美夏，美夏继续说："我听大家说，不应该把颜料挤到水里。在我还睡着的那段时间，老师们对大家都特别生气。"

"你听谁这么说的？"水野老师问。

美夏想，如果把是谁说的告诉老师，那老师肯定会责问那个孩子，所以绝不能说。她只回答是"大家"说的，然后补充道："大家都这么说。明明是我干的，可为什么只有我没有被老师们训斥呢？"

知登世一言不发地站在旁边，这对美夏来说是一种安慰。她庆幸自己是跟知登世一起进来的，她就知道知登世一定会默默守在自己身边。

"老师，对不起。"美夏对老师说，泪水清晰地从眼角流出，滑下脸颊，"虽然您和仁美老师都没说我什么，但如果你们生气的话，就朝我发火吧，我会道歉的，对不起，我认错。"

"啊……美夏！"水野老师突然站了起来，走到美夏身边弯下腰，用那双布满皱纹、粗糙的大手捧起了她的脸，又用干燥的手指擦去了挂在她下巴上的泪珠。

美夏惊诧极了，她望了望老师。老师的眼神中透出悲伤，显得十分慈爱，没有愤怒、不满、厌烦。美夏哭了起来，用比刚才更大的声音喊着："对不起！"

"老师，是我错了。"

"美夏不要这么想，"水野老师大声说，"别哭了。对不起，都怪老师没有跟其他孩子解释清楚，让美夏受委屈了。"

美夏只是沉默地不停摇头。

水野老师直起腰，捧起美夏的脸，让她把头抬起来。美夏的眼睛依旧泪光闪闪，水野老师看着她的眼睛说："谁都没有生你的气，老师们真的只是担心。而且，老师们也没有教训其他人，只是叮嘱孩子们不要再做类似的事情。"

美夏哭得上气不接下气，仍在大声说道：

"但我把泉水弄脏了啊。"

水野老师深深地叹了一口气，用温柔的眼神望着她说："原来你是这样想的啊，是觉得自己做了坏事，所以一直很自责吗？"

"因为……因为……"

"美夏真是个好孩子。那不怪你，你只是不知道不应该那样做。"水野老师忍不住抱紧了美夏。美夏的泪水沾湿了他的胡须，被沾湿了的胡须又蹭到了美夏的脸颊。美夏第一次跟老师靠得这么近。

"颜料的事不要紧的。"老师就这样抱着美夏说，"后来，老师们仔细地问过对颜料比较熟悉的朋友，朋友说美夏用的颜料是水彩颜料，所以没关系，可以完全溶解到水里被冲走，水迟早会变清澈。如果是油性颜料就麻烦了，因为油性颜料比较沉，会积在泉底。总之没事的，泉水不会被水彩颜料弄脏的。"

美夏打起了嗝，水野老师把她安稳地抱在怀里，继续看着她的眼睛说："大家知道泉水没什么大碍后，就都不生美夏的气了，真的已经没人在生气了。"

美夏半信半疑，还是有些不安。水野老师对她深深地点了点头说："我很感动。"然后看了看站在旁边的知登世，问道："知登世也很感动吧？没有任何人责怪美夏，但美夏独立地思考，反省了自己的过错，还专门前来向我道歉。这是发自内心的反省啊。"

知登世被水野老师挡住了，美夏没能看到她的表情。水野老师有些自说自话地对美夏大声讲："我要对美夏这纯粹的心灵做出回应。下次进行问答时，大家一起来讨论。不光是幼儿部、小学部，还有初中部和高中部，甚至大人们都要来参加。"

水野老师站了起来，打开门朝楼道喊："仁美老师！仁美老师！有人吗？"楼道里传来了"来了来了"的声音和脚步声，好像有一个老师过来了。接着传来了水野老师的声音，好像是在夸美夏了不起。

不知不觉，美夏脸颊上的泪痕已经干了。她有些惊讶，还有些恍惚：本以为会被老师狠狠教训，没想到竟然被夸奖了。走廊上，老师们还在讨论着，说要举办会议，还有问答。

被留在小小的校长办公室里的美夏朝知登世看了看，知登世也和美夏一样显得有些不明所以。美夏想，知登世是被水野老师叫来的，现在又没事了吗？是自己打扰了他们吗？知登世为什么会被叫来？虽然她很想问问知登世，但又问不出口。她想，知登世刚才什么也没问，只是默默地陪在自己身边，所以自己也别多问了。

"今天的问答将会很长。"

第二天，幼儿部举行了问答，老师和孩子们被召集到一个宽敞的大厅里。水野老师一个个地与他们对话。

"我想大家可能已经知道……"水野老师从美夏夜里偷偷溜去泉水边的事开始说起……

> 夜里外出是不对的吧,泰明?
>
> 往泉里扔东西或者弄脏泉水也是不对的,是吧,飞鸟?
>
> 大家觉得为什么不对呢?有什么危险呢?

水野老师的问答这样进行着。

> 但是,美夏她不知道。
>
> 因为她不知道这样做不对。
>
> 尽管如此,她还是来跟我道歉了。
>
> 虽然没有任何人责怪她,但她还是反省了自己,用一颗纯粹的心。
>
> 她说,她也想跟大家道歉。

"你觉得该如何评价拥有这样心灵的人,久乃?"

看到久乃被点名,美夏有些惊讶。久乃原来和她关系一直很好,不管问答的时候还是吃饭的时候两个人都在一起,但出事后久乃就再也不理她了。

此时,比美夏还要惊讶的是久乃本人,她挺直了腰板,环顾四围,看到美夏后立刻把视线移开了,然后说:"我觉得很了不起。"

久乃发言时,美夏紧握着双手,祈祷久乃说的是真心话。她希望这不是久乃专门为问答准备的、只是为了说给大人们听的话。希望久乃是真心这样认为。

平常做问答时用的白板也被搬了来，水野老师在上面写了一个词——宽恕。

"泉水固然重要，"水野老师说，"可更重要的是宽恕真心悔过的人。我们应该接受美夏的道歉，她没有错。我想大家都知道，她把颜料挤到了泉水里。"

孩子们一言不发地等着老师继续讲。

"但是，泉水并无大碍。老师问过专家，美夏挤进去的颜料成分安全，过一阵子就会顺着水流走，并不会污染泉水。泉水现在已经恢复原状了。"

听了水野老师的话，大厅里凝重的空气变得轻松起来。

"美夏，"老师突然叫了她的名字，"你不是有什么话想和大家说吗？"

突然被叫到，美夏吓了一跳。她并没有什么想说的，一时也不知道该说些什么，但水野老师看着她，等她发言。

美夏想，虽然没有想说的，但还是走过去比较好。她拼命思考着，说什么才能让老师高兴，想啊，想啊，想啊，大脑里一片空白。她想，和平常问答时一样，要说出能让老师高兴的、能被表扬的回答。

然后，她起身走了过去，站在了大家的面前。

"……大家，对不起。"

虽然这并不是她想说的话，但一说出口，眼泪就不由自主地流了出来。一流泪，她便觉得这仿佛真是她想说的话。

老师们都跑过来，水野老师和仁美老师安慰她说："好了，美夏。""没关系的，美夏。"

其他老师也纷纷握住她的手安慰她。

大人们对她说："不过是水彩颜料，完全不用担心！"

持续了很久的问答结束后，久乃来到了美夏身边，有些尴尬地左顾右盼了一会儿后，对美夏说："一起走吧。"

美夏高兴极了，用颤抖的声音回答"好"，久乃露出了欣慰的表情。

就像水野老师说的那样，这样的"问答"在小学部、中学部、高中部也举行了，大人们或许也参加了。

早晨擦地板的时候，佳绘和理绘尴尬地对视了一下后，对美夏说："那个……对不起。"

"不过，美夏并不是因为被我们说了才去道歉的吧？"

"是自己认识到错误才去了水野老师那，对吧？"

后来，在全校的会议上，美夏感到高中部和中学部孩子们看向自己。会议结束后，高中组来了一群女学生问她："你就是美夏吗？"

被比自己大很多又成熟的姐姐们问话，美夏不仅害羞还有些紧张，其中一个姐姐对她说："你很勇敢。"

还对她说："听说你马上要升入小学部了？升入小学后，就能和我们一起做各种各样的事了，我们很期待！"

到了春天，美夏就是小学生了。

和久乃那些小学部的孩子们重归于好后，她终于松了一口气。可知登世还是一如既往地独往独来。

再也没有主动找美夏说过话。美夏有些担心地想，自己孤单一人的时候，知登世主动来找自己说话，可现在却不来了，会不会因为自己，她又变成孤单一人了呢？而且，接下来要去上山麓那边的小学，在学舍里开始新的生活，和高年级的孩子们接触的机会会越来越多。可没有哪个高年级的孩子跟知登世特别要好，真的不要紧吗？

平常的生活中，美夏也比之前更关注知登世。孩子们一起去参观山麓的小学时，所有人都在认真听老师讲话，只有知登世呆呆地看着窗外。那正是严冬结束、春天到来的时节，窗外阳光普照，金灿灿的。在金色的阳光下，知登世长长的头发看起来美极了。

参观结束后，大家回到学舍。大家排队返回教室的时候，只有知登世被仁美老师叫住，被带去了走廊的另一边。那时，久乃和其他孩子正在讨论吃什么饭，没有人注意知登世，可美夏注意到了。知登世最近经常被老师们叫走，美夏去找水野老师那天，知登世也在，她被水野老师叫去了校长办公室。

美夏也离开队伍，一个人来到知登世和仁美老师消失的走廊拐角，小心地探出头，想看看是什么情况。

她看到水野老师的校长办公室门口站着一个女人，留着短发，身形消瘦。看到女人红润的嘴唇，美夏意识到她化妆了。在学舍里没有老师化妆，这个人像是山麓那边的人。不，她应该就是山麓那边的人，身上穿的套装也和学舍的老师们穿的完全不一样。她的衬衫上的印花就像千代纸的纹样，长裙是樱花色的，她仅仅是站在那里就衬得整个楼道都鲜亮了起来。

女人看着知登世，脸上露出了笑容。

那么、那么温柔的脸。

她用细长的手指摸了摸知登世的头。

看着女人的动作，美夏看出她是知登世的妈妈。

在学舍里，没有大人会这样抚摸一个孩子。知登世背对着美夏，美夏不知道她是什么表情。美夏慌慌张张地藏到了走廊的角落里，不知为何心怦怦直跳。

如果……如果知登世用我们从没见过的笑容回应了那个女人

的话……

想到这里，美夏突然感到很难过，她不想看到那样的场面。

到了春天，大家一起上小学，学校是怎样的地方呢？早上走哪条路上学呢？和小学部的姐姐们一起生活是什么样的感觉呢？

从学舍到山麓那边的小学需要走很长的路，此前和小学部的姐姐们一起走过几次，真的很远。老师们发给每个孩子一顶黄色的帽子，说一定要戴着这顶帽子上下学。

可老师们没发帽子给知登世，只有知登世的课桌上没有帽子。

这是为什么呢？睡前，美夏正躺在被窝里想这个事，睡在旁边的久乃小声对她说："听说知登世好像不去小学部。"

"什么！？"美夏心里咯噔了一下。

知登世的被褥铺在大厅靠里的地方，和美夏她们隔得比较远，但是，美夏还是忍不住朝那边看了看。房间中十分昏暗，只能勉强看见枕头上知登世的脑袋。

久乃继续说："她好像马上要离开这里了。"

"是听谁说的，老师们吗？"

"不是。"久乃摇了摇头。

"老师们什么都没说，但今天不是没有给知登世发帽子。是小学部的孩子们说的，他们说：'原来知登世不去小学部啊。'之前，不是也有孩子离开这里了吗？小唯呀，小智呀，你还记得吗？"

"离开后她要去哪里？"美夏的心又开始怦怦跳了。她想起了那个轻抚知登世的头的女人。离开这里后，知登世可能……

"不知道去哪里。"久乃困倦地摇了摇头，接着说，"我就说嘛，总感觉那孩子跟我们不太一样。"久乃的语气和往常不一样，并不是在说知登世的闲话，而是发自内心这样感慨。

美夏觉得身体深处就像麻痹了一样，很不舒服。明明没有被什么东西撞到，却还是感觉好像有什么地方隐隐作痛，浑身发沉，难受得不得了。

就像久乃说的，之前也有孩子半途离开。小时候曾经在一起生活，可不知什么时候不见了踪影。美夏还记得那些孩子离开后，知登世来到这里时的情景。这次，轮到知登世离开了。

渐渐地，她意识到自己内心其实是不开心的。她再次看向了铺着知登世被褥的方向，她不知道知登世知不知道她们在讨论她的话题，但可以肯定的是，黑暗中知登世的脑袋一动不动。睡在旁边的久乃不知何时已将身体缩进了被窝，美夏也学着久乃的样子把身体和头都缩进了被子里。

她慢慢意识到，自己不开心不是因为知登世要离开这里。当然，如果可能的话她也想和这里的小伙伴们一直在一起。但她跟知登世并不是特别要好，也没有整天都在一起。

会不会正是因为美夏并没有对知登世足够好，才导致知登世要离开这里呢？想到这里，美夏有些难过。

她想，早知道，应该对她更好一些。

如果，只有知登世能离开这里和妈妈一起生活，这太不公平了，不公平！

怎么能这样？为什么只有知登世能和妈妈一起离开，太狡猾了。

在走廊上见到的那个温柔的女人不是美夏的妈妈，完全就是个陌生人。但是，美夏一想起那个女人轻轻抚摸知登世的头顶，拉着手带走她的情景，就觉得好像有什么东西在抓挠自己的心脏一样难受。早知道会这样，应该跟知登世好好相处，成为好朋友。她一边想一边在被窝中止不住地流泪。

◇◆◇

老师们还是什么都没说。

如果知登世要离开的话，应该会举办**告别**活动，可老师们什么都没有说。如果美夏她们没察觉知登世要走的话，老师们准备怎么做呢？即使某一天在大家都不知情的情况下知登世突然消失，没人跟她告别，老师们也不在乎吗？

知登世自己也什么都没说。因为马上要毕业了，六年级的孩子们把自己用过的书包拿到了幼儿部，并挨个在大家面前发言：

"学校是一个让人开心的地方。"

"在**学舍**进行的**问答**能够促使人思考，上学后依然受益颇多。"

"在学校，因为和小学部同学结下深厚的友谊，我们过得很开心。"小滋也在其中，他拿着一个黑色的书包，书包上方的皮子皱皱巴巴，几乎快要剥落。他站在大家面前说道："请大家珍惜我们的书包，好好使用。下次就轮到你们把这书包交给新入学的孩子们了。"小滋的目光从包括美夏在内的所有的学生身上扫过。他们就要成为中学生，去市里的学校上中学了。

书包陆续发到孩子们的手里，有的孩子得到的是六年级孩子用过的旧书包，有的孩子得到的是老师买来的新书包。从包装盒里取出的新书包，锃亮锃亮的。

以前，美夏他们经常听到比自己年长的孩子议论书包的事，有人说很羡慕能得到新书包的人，也有人问是不是旧书包坏了就能拿到新书包。孩子们都知道，书包每年都是有新有旧的，也就没有多想。可一见到实物，孩子们立刻就明白为什么大家都想要新书包了。唯独美夏不一样，她想要的就是小滋的旧书包。可孩子们没有选择书包的权利，只能等大人们把书包分到自己跟前。美夏他们紧张地等待着决定命运的瞬间。其实美夏知道，小滋的书包是不可能分到自己手里的。因为早已规定了女孩们用红书包，男孩们用黑书包。

书包按由新到旧的顺序放成一列，一个一个地被领走，只有几个旧的剩了下来，其中就有小滋的书包。小滋书包的皮革已经很旧了，有的地方都快破了，所以没人领。美夏抱着崭新的书包想："小滋的书包会被扔掉吗？小滋会怎么想呢？"小滋只是低着头看着自己的脚尖。

知登世不在这里。美夏没问过知登世是怎么回事，但听说久乃和其他几个孩子直接问过知登世。

"你要回去了吗？"

知登世点头回答："要回去了。"

"回去哪儿？"

知登世回答："长崎。"

美夏并不知道长崎是什么地方。

回去了。

知登世回去了。

那一天，老师们还是什么也没有跟美夏他们提起，但知登世起床后没有像往常一样去擦地板。

知登世用来放换洗衣物的置物架一向整洁，不知何时也空了。

在她准备去校长室时，美夏喊住了她。

"你要走了吗？"美夏问。

"嗯。"知登世慢慢转过身来看着美夏。知登世长长的头发漂亮极了。不只头发，那略显锋利的眼睛和说话腔调都很可爱。美夏一直觉得，知登世其实是一个既可爱又美丽的孩子。老师们没有跟孩子们正式宣布，美夏也不知道该不该跟知登世告别。

和知登世分别后，美夏开始奋力地擦拭二楼的地板，正在这时，楼下传来汽车引擎的声音。美夏和身旁四年级的女生向楼下看去，她们看到知登世和那天在走廊上见到的女人站在一辆汽车前，旁边还有一个男人。男人面向汽车，只能看到侧脸。美夏猜，那个人应该是知登世的爸爸，比起妈妈，知登世长得更像爸爸。

佳绘和理绘议论道："知登世今天走啊！""那是她的爸爸妈妈吧？"

美夏将抹布一把扔到地上，向知登世那边奔去。

美夏穿着室内鞋跑到学舍后门，大喊："知登世！"

知登世和也许是她爸爸妈妈的两人一齐转过身来。除了他们，水野老师和仁美老师等负责幼儿部的老师们也在。大家都吃惊地看着突然出现的美夏，只有知登世很冷静。

"美夏。"知登世回道。

美夏不知道说什么好，沉默着慢慢走到了知登世面前。

知登世的妈妈和蔼地问知登世："你的朋友？"又问美夏："你是来给知登世送行的吗？"

从知登世妈妈的身上传来一股香香的味道，很好闻。

仁美老师告诉知登世的妈妈："这是知登世的朋友，她们俩同岁。"

水野老师补充说："她们两个特别要好。"

美夏以前并不觉得自己和知登世关系有多么要好，但被老师们那样介绍后，她忽然觉得自己跟知登世关系似乎真的很好，似乎自己本来就特别喜欢知登世。

大人们交谈起来："啊，是这样啊。""是的，她们一定很舍不得对方。""既交到了这么好的朋友，又亲近了大自然，托老师们的福，知登世在这里看来真的收获良多。"这时，知登世突然用大人们听不见的声音问美夏："那天你许了什么愿望？"

美夏很意外，缓慢地眨了眨眼。

知登世的表情很严肃。平时，知登世总是一副不知道在想什么的表情，但这时，她用认真的眼神直勾勾地看着美夏。

"……我的愿望是能见到爸爸妈妈。"

微小的声音一说出口，就仿佛消散在了空气之中。美夏突然意识到，其实自己一直希望有谁知道自己许了这个愿望。

这回换成知登世吃惊了。她紧抿着嘴唇，盯着美夏。

美夏没有再说什么，知登世也没继续追问。知登世默默地把手伸向美夏，环绕住她的脖颈，紧紧地搂住她。知登世纤细的身体紧紧贴住美夏，又慢慢离开。她身上也有和她妈妈同样的香味。她的眼里虽然没有泪水，但泫然欲泣。

水野老师说："美夏，知登世同学，时间差不多了。"

他对美夏直呼其名，却称知登世"同学"。

"能认识这么好的朋友，你们两个真的都很幸运。"

水野老师眯起眼睛不住地点头，知登世的妈妈看上去也很欣慰。可知登世的爸爸却始终一言不发，并没有像知登世的妈妈那样冲美夏点头微笑。他一直看着旁边的车，甚至连老师都不正眼看。虽然知登世的爸爸并没有对美夏说什么，但他那样的态度还是让美夏感觉自己好像被讨厌了。

仁美老师唤着美夏的名字，从背后抓住美夏的肩膀，将她从知登世身边拉开。知登世的眼睛依然看着美夏，在妈妈不停地催促下，她终究还是转身离开了。

美夏只记得这么多，那之后的事情美夏已经记不清了。

佳绘和理绘应该在楼上看到了美夏跑下楼后发生的事。美夏回去后，她们或许对美夏说过什么，但美夏也已经没有印象了。知登世走后，幼儿部的其他孩子们有没有觉得不舍，有没有感到悲伤，她也都忘记了。

关于幼儿部的记忆到此结束了。

和知登世的分别，似乎占据了她全部的记忆。

在那之后，转眼间美夏就成了未来学校的小学生。

第二章

法子

法子正坐在巴士的后座上思考着一个问题："怎么会这样？"

以前，不管坐多长时间的车，法子都没有像现在这样难受过。学校每年发的远足通知上，必备品一栏里都写有"晕车药"。低年级的时候，法子曾问过妈妈什么是晕车药。妈妈告诉她，晕车药是给容易晕车的孩子准备的，你不需要。从那以后，法子知道了世界上原来还有人晕车，但一直觉得与自己无关。

由衣的爸爸开车把法子和由衣送到了巴士站的时候，法子还没觉得难受。巴士出发后，法子也还是能和邻座的由衣一起指着车窗外的景物你一言我一语地说笑。可巴士开上盘山路之后，因为下坡时弯道多，法子开始觉得恶心了。由衣对法子说："那个广告牌上的画真搞笑！""路边的花都开了。"可法子每点一次头，恶心的程度都增强几分。说出"我好像有点难受"的瞬间，法子感觉几乎要吐出来。由衣大喊"妈妈！"，将妈妈和其他大人叫到了法子身边。

法子听到大人们说"似乎是晕车了呢"，才意识到晕车原来是这种感觉。

大人们让法子躺在车后座上，在她眼睛上搭了一块毛巾，然后找了一个从家里带来的超市购物袋放在她嘴边，告诉她这是呕吐袋。法子虽然想吐却吐不出来，感到越发难受了。

大人们问道："早晨没吃晕车药吗？"

法子摇了摇头。其实她很想解释，因为自己不是容易晕车的小孩，所以就没吃药，但最后什么也没有说。她突然想起，由衣的父母给她的纸质注意事项上，也写了要准备晕车药，可她觉得和自己没关系就没在意。

法子本来十分期待能跟由衣像"闺密"那样谈天说地，愉快地度过乘车时光，可因为实在太难受，只能闭着眼跟着车摇摇晃晃，祈祷能早点到达目的地。法子还觉得有些对不起由衣，因为自己离开了原来的座位，由衣只能孤零零地一个人坐了。法子有些担心，由衣会不会后悔，想着"早知如此当初就不该和法子一起坐"呢？

载着躺下的法子，巴士又绕了几个接站点，接了其他等候的乘客，一同朝着目的地开去。

在路过其中一个接站点的时候，法子听见有一个孩子上车的时候喊了一声："由衣！"由衣也应声喊了："亚美！"看来两人本就认识，之后两人一路都有说有笑的。法子一直躺着，虽然看不到车内的情况，但她知道亚美大概是坐到了由衣身边的空位上。法子耳边传来了亚美和由衣看窗外景物时发出的兴奋的叫声，还有其他孩子嘈杂的说话声。法子想，看来由衣不会孤单了，太好了。如果因为自己晕车了，由衣一路只能孤零零地一个人坐，似乎失去了一起来的意义。

远处传来由衣和亚美说话的声音：

"亚美，你和那个人怎么样了，他是叫悠介吧？"

"哎呀，真是的，那已经是老早以前的事了，现在……"

只听声音，法子就觉得亚美一定是跟由衣一样可爱的孩子，从她俩聊的话题就能听出来。要是自己没有晕车，还坐在原来的位置上，由衣肯定会向自己介绍亚美，让亚美和自己交朋友吧？法子感到有些遗憾的同时，又感觉松了口气，不说也罢，自己其实不是很擅长跟那种长得可爱又喜欢聊恋爱话题的孩子交朋友。

巴士上有个孩子问道："那孩子是睡着了吗？"

另一个说："她是怎么了呢？"

那两个孩子好像在朝自己这边看。法子感到有些羞耻，全身都紧绷了起来。她想着，自己到底为什么会这样呢？

旅行的契机，是放暑假之前的事了。

有一天，法子练完钢琴刚回到家里，由衣的妈妈就来家里做客了。

"你好呀，法子。"由衣的妈妈跟法子打了个招呼。

法子有些吃惊，她一直觉得由衣的妈妈跟自己的妈妈关系也没有很好，不管是参观课堂、亲子远足，还是运动会，她们俩都没有一起参加过。和法子妈妈关系比较好的应该是惠美的妈妈，她们在同一个儿童俱乐部共事过，还有和法子同一个托儿所的拓真的妈妈。

由衣上的幼儿园，校服是胭脂色的，离这里很远，需要乘巴士上下学。两家现在分别位于小学校园的两侧，方向正相反。

更不要说，由衣和法子也算不上关系特别好。孩子之间、家长之间关系都不是特别好，为什么由衣的妈妈会在自己家里呢？法子觉得有些不可思议。

"阿……阿姨好。"法子有些尴尬地跟由衣的妈妈打了招呼。

由衣是一个特别招人喜欢的孩子。与其说是法子这样认为，不如说是班上所有人都这样认为。班上的同学讨论"喜欢的人"的时候，几乎所有男生都说了由衣的名字。虽然法子觉得景子和真莉也很可爱，但不管女生还是男生，绝大多数的人都认为由衣最可爱。所以，法子也这么觉得。听说由衣多才多艺，既学芭蕾又学钢琴，还学英语和书法，最近连艺术体操都开始学了。可能正因为这样，上体育课的时候老师经常让由衣给大家做示范。看了由衣做的动作，法子第一次知道原来学芭蕾和艺术体操的孩子身体可以这样柔软。

虽然法子也在学钢琴，但比由衣弹得差远了。她无法像由衣那样大方自信地演奏。法子不想让由衣的妈妈知道自己也在学钢琴，悄悄地把妈妈给她做的钢琴图案的乐谱包藏到了身后。

法子的妈妈对法子说："我跟由衣妈妈还要再聊一会儿。"

法子的妈妈是护士，这个时间在家说明她今天可能是上夜班，或是刚下早班。法子想："如果是上夜班的话，晚饭是爸爸做吗？如果爸爸下班也晚的话，是不是要去奶奶家吃晚饭，吃完在那儿睡觉呢?"客厅的桌子上放着很多不知哪里来的宣传册和宣传单，看来是有什么事情要讨论。法子有些好奇，回屋后竖起耳朵听偷听她们的谈话。

"其实能不能考上好高中，上不上补习班不重要，小时候有没有在大自然中玩耍过才重要。"

"真正好吃的蔬菜，即便不使用任何调味料烹饪也是好吃的，对不对? 也就是说，蔬菜的味道取决于种蔬菜时浇的水。"

"由衣就一点也不挑食。"

"至于学校的功课，由衣也基本是靠在那儿学习获得的能力才得心应手。现在虽然才四年级，但即便是到了中考的时候，我们也觉得不上补习班她也没问题。"

由衣的妈妈讲个不停，法子的妈妈只是"嗯""啊"地应和。法子从她隐约听到的话里推测出妈妈们应该在谈跟自己有关的事，于是感到有些坐立难安。又过了一会儿，她听到妈妈在喊她的名字。

法子回应道:"干什么呀?"

妈妈说:"阿姨带录像来了，过来一起看吧。"

法子刚来到客厅，视频就开始播放了。

电视画面上出现了**"未来学校"**四个大字，下面还有一行字——"夏日的**学舍留学篇**"。

影像中最先出现的是一位妈妈，膝上坐着一个三四岁的孩子。她坐在一个小沙发上，后面是厨房，那厨房的环境和住在住宅小区里信太同学家的厨房差不多。

"我非常惊讶，"这位妈妈说，"孩子从未来学校回来，一进家门，我就发现他的眼睛变得闪闪发亮。他说，那里的米饭非常好吃，米粒吸收了水的味道。还说，给妈妈写了信，和那边的老师们约定回来后也要给他们写信，想要信纸……一开口就停不下来。竟然会这样，这孩子本来不爱说话。"

　　除了坐在妈妈膝上的这个孩子，还有一个看上去跟法子差不多大的孩子从妈妈身后经过。孩子有些害羞地朝摄像机看了看，转身跑走了，妈妈只是微笑地看着。

　　"这孩子很不擅长用语言表达自己的所思所想，但这次回来后，我感到孩子的语言就像泉水一样源源不断地从嘴里涌出来。去那边之前，这孩子一定是写不出这么长的文章的。尽管只有短短一周，我就已经感受到孩子的成长了。"

　　画面切换到了另一个家庭。

　　"我们认为问答这个活动真的很厉害。"

　　画面里依旧是一个不认识的某个孩子的妈妈和爸爸。画面中虽然没有小孩，但看这两个人说话的感觉，可以推测出来。这家的环境和第一家完全不同，就像电视剧里看到的那种别墅，看起来很宽敞，后面还有一个生着火的壁炉。

　　"孩子的对话能力确实得到了提高，而且不是被大人们逼着或教着说。怎么讲呢，应该说是既保护了孩童的天性，又获得了逻辑思维的能力。"

　　讲话的这位爸爸头发稍显花白，脑后梳了一个辫子，看气质像个画家或艺术家。坐在身边的妈妈身形苗条、面容姣好，穿了一件纯白的毛衣，毛衣上没有一点污渍，看起来就像新的。去年，法子跟妈妈说她想要一件白色的新毛衣，可妈妈说白毛衣太容易弄脏不能买。视频中这个妈妈穿的就是那样的毛衣。

　　"因为要离开父母一个星期，开始我们还是很担心的，但下决心送过去真是太对了。他认识了来自全国各地的小朋友，一定在心中勾勒出了一幅新的地图，不再只局限于自己出生的地方了。另外，能和从小在学舍里长大、经常接受问答等语言训练的孩子们交流，对他来说也是一个很好的刺激。"

听到这对父母将孩子当作一个独立的个体来谈论，法子感叹这真是一个"优秀的家庭"，心情突然变得有些复杂：在这样的家庭里出生的孩子，应该会学那些比较特别的东西吧，比如芭蕾啊，小提琴啊；父母应该也会以对等的姿态听取孩子说的话……就像由衣家里那样。

和我家里完全不一样。

接下来，镜头切换到了一座景色优美的山里，很多孩子出现在了镜头前。看起来像是夏天，不少孩子晒得很黑。有的孩子拿着捕虫网，在镜头前展示自己捉到的独角仙或锹形虫；有的孩子聚在一起看着一张展开的纸，似乎是地图，他们讨论着："喂，是那边吗，目标位置？"似乎是在探险。镜头再次切换，镜头里的孩子们齐声喊着："我开动了！"他们正在一个像是食堂的地方，镜头逐渐拉近孩子们吃饭的场景。

画面里，一个孩子正大口吃着青菜，边吃边笑着大声说："好吃！"还有一些孩子排着队轮流用刨冰机咔嚓咔嚓地做刨冰，刨好的冰淋上了五颜六色的糖汁，四处响起了孩子们的笑声。之后，所有孩子开始齐声背起了画面上显示的文字，有《论语》《百人一首》，还有一些谚语。孩子们的脸部特写出现在了镜头里。然后，背诵声渐渐消失。

突然，镜头里出现了一个寂静的湖。

湖面在一片被深绿色的树木环绕的森林中闪闪发光。阳光从树木的缝隙间投射下来，鸟儿叽叽喳喳地鸣叫，还能听见"叽——叽——"的声音，也许是小虫发出的，还有翩翩起舞的大凤蝶和乌鸦凤蝶。

看起来就像是童话故事或 RPG（角色扮演游戏）里出现的"传说之泉"。只要喝上一口这里的泉水，主人公的 HP（生命值）和 MP（魔法值）就会全部加满。简直就像是欧美奇幻电影里出现的场景，日本真的有这样的地方吗？

展示湖水的影片之后，画面又切换到了一个全新的地方。

这次是室内，很宽敞，应该是一个教室，很多孩子坐在里面。孩子们的前面站着几个表情严肃的大人，看起来就像学校一样。孩子们的表情和在室外玩耍时完全不一样，十分认真专注。有一个戴着眼镜、似乎是老师的老爷爷正在跟孩子们讲话。

"大家觉得为什么战争总是没完没了地发生？"

孩子们都认真地看着前方。一个孩子回答："因为人们都只考虑自己。"

老师继续追问："你觉得大家总考虑自己的什么呢？"

那个孩子低下头，回答："金钱、财富什么的……"

然后，一个看起来大一点儿的男孩子说："我觉得不止如此。我也想拥有财富，但我觉得不能只有我一个人富裕。"

另一个女孩子用有些强硬的语气说："你说的虽然没错，但正是因为人类对财富的向往，我们的世界、我们的地球才发展到现在的程度。我觉得，可能是在某个环节上出问题了……"

"如果人人都有仇必报的话就会发生战争。"

老师问："但是，真的有人能做到以德报怨吗？"

孩子们都沉默了。有的孩子紧闭着双唇，低头盯着自己的手看。

所有人表情都很认真，没有人笑。

看着录像，法子受到了很大震撼。

不只是因为她看到刚上小学的孩子就讨论这样深刻的问题，更因为她看到有几个孩子哭了。有一个男孩子，泪水在眼眶里打转，但他并没有擦，只是任凭泪珠掉下来，滑落到他的膝盖上。他哭并不是因为自己被欺负了，也不是因为什么地方疼，而是在为看不见的人们流泪。法子知道，现在的日本是没有发生战争，可世界上有一些地方仍处于战火中，这个孩子是在为那些正在经受战争摧残的人流泪。

法子从没看到过这种眼泪。如果流泪的是大人，法子是理解的，可那孩子年龄跟她差不多，这让她觉得难以置信。

录像放完后，由衣的妈妈问法子："怎么样？"她看起来有些不好意思，眼睛红红的。看刚才的录像的时候，阿姨似乎落了泪。

法子心中感叹："真是个好人啊。"

"夏天，要不要和我家由衣一起去那里呀？不用担心，阿姨也会去的。和你妈妈商量一下吧。"

由衣的妈妈走了之后，法子的妈妈似乎并没有表现得很积极。

"妈妈觉得去不去都行吧。"她轻飘飘地说，应该是真的觉得无所谓，"你看看想不想跟由衣一起去玩吧。说不定，你们班的惠理可能也会一起去。"

听到惠理的名字，法子觉得心头有点沉重，刚才那种期待的心情瞬间消失了。她很喜欢由衣，但不太喜欢惠理，惠理也并没有想和法子交朋友的意思。而且，由衣和惠理关系很好，如果她们两个都去的话，一定会干什么都在一起，法子肯定无法加入她们。法子早早做出了决定：如果惠理去的话，自己就不去。

可第二天法子一到学校，由衣就微笑着过来搭话："法子，要不要一起去学舍呀？"

由衣性格明朗，是个不管在哪儿都很耀眼的孩子。

虽然住在同一个小城，可只有由衣看起来像生活在大都市里的孩子。是因为她妈妈给她买的衣服很时尚吗？发型也是，虽然都是麻花辫，可由衣的辫子就比大家的好看。由衣的辫子看起来十分柔软，不像法子的妈妈编得那么古板。

法子想，由衣说的学舍应该就是指昨天在录像中看到的未来学校吧？

由衣说："我妈妈呀，昨天还说，要是法子也能一起去就好了。"

"啊，嗯……我还在犹豫。"

在班级里，只有一小部分同学会这么亲密地叫法子的名字。被由衣叫得这么亲密，她觉得心里痒痒的。

法子在班里属于那种比较老实、有些土气的孩子，虽然她自己不这么想，但从身边同学对她的态度可以感觉出来。明明自己的行为举止很正常，但好像总是和周围的人有些不太合拍。男生们讨论喜欢哪个女生的时候，也不会有人说出法子的名字。

法子看着镜子想：难道我的脸长得很奇怪吗？可她看不出来自己和其他人有什么不同，身材不胖也不瘦。即便如此，她还是能隐约感觉到自己不怎么受欢迎。如果法子能对自己的现状死心的话也还好，可她还是很想和由衣她们那些受欢迎的女孩子成为朋友的。但是，在那些女孩子里，除了由衣，她觉得都跟自己性格合不来，那些女孩也一定不会那么亲切地叫她的名字。

由衣是那些女孩里最可爱、最聪明的，而且对法子也很友善。法子每次看到由衣都感叹，真正优秀的孩子是不会嫌弃任何人的，不管对谁都一样热情。

看过昨天的录像后，法子似乎明白了由衣的那种单纯善良是从哪儿来的。还有由衣那看录像看得眼圈都红了的妈妈，正是因为有那样的妈妈，才培养出了现在这样的由衣。

由衣露出了她的小虎牙笑着说："在学舍真的特别开心。"

每次看到由衣的笑容，法子都觉得那对小虎牙特别俏皮可爱。惠理她们也曾夸过由衣的虎牙很可爱。那是法子第一次知道虎牙的存在。

由衣滔滔不绝地对法子讲起了关于学舍的事："那里的饭菜特别特别好吃，每天我们都在小溪里游泳，游完泳大家一起做刨冰、吃刨冰，想吃多少吃多少。那里的米也跟家里的完全不一样，甜甜的，蔬菜都是从附近的农家直接运来的，很新鲜，特别甘甜。"

法子不太喜欢吃蔬菜，青椒、葱、茄子是一口都吃不下去，西红柿和洋葱勉强能吃，但绝不爱吃，经常被妈妈批评挑食。

她从没想过蔬菜能是甜的，如果真有甜的蔬菜，她倒是想吃吃看。但由衣都说好吃了，可能是真的好吃吧。

"一眨眼一周就过去了，真的特别开心，一起去吧。"

平时在班级里，由衣可不会这么跟自己说话。"一起去吧。"这句话击中了法子，在她的心中回荡了起来。太开心了，由衣这么努力地邀请自己。

由衣转而用有些遗憾的表情继续说道："我也邀请了惠理，但惠理说那段时间她要去奶奶家。奶奶家离海边很近，如果等暑假快结束的时候再去的话，海里有了水母就不能游泳了，所以得早点去。"

"这样啊。"

由衣看起来有些遗憾，法子可不觉得遗憾，她内心动摇了：惠理不来，只有由衣在，那个谁都喜欢、想和她成为朋友的由衣。

在那儿度过的时光是班上其他同学无法得知的。如此说来，从"学舍游学"回来后，由衣没准儿会把自己当成特别的朋友。一定会的！

法子小声说："……我有点想去。"

由衣听了，表情一下子明亮起来，用力地点了点头，对法子说："嗯！那就这么定了！"

放学的时候，法子基本已经下定了决心。虽然她不知道有没有其他同学被邀请，但觉得今年夏天去那边看一看也不错。正当她收拾完书包要走出教室的时候，突然被人叫住。回头一看，是惠理，旁边还站着晴美和美绘，都是经常跟由衣一起玩儿的孩子。

她们开门见山地问："你是要去未来学校吗？"此时，由衣已经不在教室里了，是已经回家了吗？法子想，她们可能是听到早上自己和由衣的对话了吧。她们总是这样，所以法子觉得难以相处。对于法子这样有些不起眼的孩子，她们是不会叫名字的，都是上来就说，而且不顾对方的感受，总是想问什么就问什么，想说什么就说什么。

"嗯，虽然我还没跟妈妈说定，但应该会去的。"

虽然也知道没必要，但是跟这些孩子说话时，法子总会紧张，担心自己会惹她们生气。

听了法子的话，三个人互相看了看。她们喜欢的由衣，如果和法子这样的孩子一起玩就太没意思了。

惠理说："由衣上幼儿园是中途入园，在那之前一直在上未来学校哦。虽然后来和惠理我都进了向日葵班，那之前一直在那边。"

她们又开始自说自话了，净说些只有她们自己明白的事。每次听到这样的声音，法子都会有些畏首畏尾，不知道该回以什么表情。如果她能配合她们讲话的内容，立刻做出合适的反应，可能也就能跟她们愉快相处了吧。

惠理扫了法子一眼，继续说："你知道吗？"

法子摇摇头说："不知道。"

她不知道除了摇头还能说些什么，也不知道现在是什么情况，脑子里有些混乱。

她想起，昨天看的未来学校的宣传手册和宣传视频上出现过"静冈县"。也就是说，由衣是从静冈县搬来的吗？

惠理转身朝另外两个人看了看，好像和平时有些不一样，总是自顾自说话的惠理，似乎想要和法子认真沟通。她一步一步地走过来，对法子小声说："一直到中班哦，厉害吧？"

"什么？"

惠理有些着急地说："法子你啊，用不着跟她去啦！"

法子还是不明白她想说什么。她沉默地看着对面的三个人，她们的表情看起来都有些阴沉。法子意识到，自己没有给出她们想听的回答。

惠理皱了皱眉头说："你倒是说点什么啊。法子你真是……虽然挺聪明的，但就是无法沟通。"

法子的喉咙和两肩腾地热了起来。

她知道，成绩好是自己唯一的可取之处。上课时，如果没人举手发言，老师一定会叫法子回答问题。法子很清楚，这样会让惠理她们不高兴。她们经常在背后说她的闲话："老师就知道偏袒法子！""她以为只要学习好就行，真让人生气！""跟她比起来，我还是觉得有运动天赋更好！""虽然我是个笨蛋，但至少我有朋友。"

法子学习虽好，却近乎绝望地狼狈。有很多同学想成为由衣——学习好，跑得快，身体柔软，会艺术体操又会跳芭蕾，但没人想成为法子。法子自己也明白，但她不知道该怎样改变。

三人看到法子无力反驳，得意地笑了起来：

"惠理你说得可有点过了。"

"哎呀，抱歉，如果伤害到你的话还请见谅啊。"

法子知道她们就是故意要伤害自己，但是，这么思考的自己是不是也有问题呢？就因为自己老是这样想，才会被人认为"无法交流"吧？

她们也算是道了歉，法子只能回道："没有的事。"

法子想要笑着说一句"没关系，是我不好"，却紧张到脸颊上的肌肉都抽搐起来。三个人丢下不知所措的法子，笑着离开了。**为什么明明自己什么坏事都没有做，却总是在道歉呢？**

法子决定暑假去参加"学舍游学"活动后，由衣和她的妈妈便经常来家里做客。知道由衣要来自己家时，法子特别高兴，就像做梦一样。由衣钢琴弹得好，自己家的钢琴在她的演奏下就好像变成了一件全新的乐器。

由衣说："今年暑假能和法子一起过真是太开心了。"

其实，法子比由衣还要开心。

"我们去置办去**学舍**要用的东西吧，夏天穿的衣服和睡衣也得买了。"

听到妈妈这么说，法子高兴极了，平时妈妈都不带她去买衣服的。法子跟妈妈说想要裤脚带荷叶边的淡紫色的睡衣，妈妈却说睡衣不用穿得那么花哨。不过，这次法子没有让步，她觉得要跟可爱的由衣交朋友，不能穿得土土的。

摸着轻柔的荷叶边，法子把新睡衣装到行李箱里的时候，心里美得快跳起来了。

"可别得了思乡病哦。"妈妈笑着说。

"思乡病?"法子不明白是什么意思。

"就是想家、想妈妈想到哭鼻子。"

"我才不会呢。"

法子想，我都四年级了。看到妈妈有些幸灾乐祸地笑着，她觉得自己好像被妈妈戏弄了，有点生气。反正平时妈妈经常上夜班不在家，我怎么会那么依恋妈妈呢?

"哦，也是，我家孩子哪有那么敏感。"

被母亲这么说，法子更加无语了。她觉得妈妈才是神经大条的人，谁说妈妈大大咧咧女儿就一定也会大大咧咧? 她不喜欢妈妈说话总是不考虑她的情绪。如果妈妈是那种说话能照顾到孩子的想法的家长就好了。

由衣家里的对话，一定就是那样的。

法子不知不觉间睡着了，从晕车的痛苦中解脱了出来。等再次睁开眼时已经舒服多了，只剩下一点疲倦的感觉。她不知道自己睡了多久，只觉得巴士中的气氛变了。她慢慢掀开盖在眼睛上面的毛巾，发现大人们已经不在身边，孩子们说话的声音也没有早上那么喧闹，也听不到由衣和亚美说话的声音。

法子躺在座位上，仰头看了看斜上方的车窗。巴士应该是驶入了山里的树林中，绿色的枝叶在窗外伸展。在夏天的太阳下，树影看起来更黑了。黑色的树影重叠在绿色的树叶上，与绿色的树叶形成鲜明对比，漂亮极了。巴士依然在山路上行驶，不过，已不是刚才那种弯弯曲曲的盘山路，似乎是在爬一个长长的坡。

看到法子醒了，由衣的妈妈走过来问道："法子，好点了吗？"

法子觉得自己给大家添了麻烦，不好意思地轻轻点了点头。

"啊，那太好了！马上就要到了"由衣的妈妈大声说，又看了看由衣坐的位置，"由衣刚刚也睡了一会儿。出发时间太早了，看来还是得补个觉。"

"嗯。"

我们去的竟是一个远到在路上能睡一觉的地方，现在估计已经离家老远了吧。

学校远足的时候，法子也跟同学们一起走着去过很远的地方，但晚上就回家了，而且一起去的同学也都很熟悉，老师也在。而现在，除了由衣和她妈妈就没有法子认识的人了，法子这才意识到，这竟是自己第一次离开父母。

由衣想不想家呢？虽说妈妈在她身边，可爸爸不在啊，她的爸爸一个人留在家里是不是也很寂寞呢？

一个叫时田的女人对大家说："马上就要到学舍了，大家准备一下！"这个人从集合地点开始就一直和大家在一起，外表漂亮又能干，还很贴心地照顾了晕车的法子，气质有一点像由衣的妈妈。法子想，这种苗条又漂亮，温柔又会说话的女性跟自己的妈妈是完全不同的类型。虽然时田看起来很年轻，自己管她叫"姐姐"也不奇怪，但她抱着一个婴儿，应该也是一位母亲。

行驶中的巴士突然停了下来，法子起身往窗外一看，似乎是一个停车场。除了法子他们，还有很多辆巴士在排队等着停车。看到居然来了这么多人，法子很吃惊。

"法子！"由衣拿着法子的双肩包，背着自己的书包凑了过来。看来她已经做好了下车的准备。

"你已经没事了吗？"

"嗯，没事了。"

"那就好。"由衣安心地点了点头。

由衣身后站着一个圆眼睛的高个子女生，短头发，皮肤晒得黝黑，估计很擅长游泳之类的运动。由衣向法子介绍："这是亚佐美，每年都来学舍。跟我们一样大，大家都叫她亚美。"又转向亚美说："亚美，这是刚才跟你说的，跟我同校的法子，叫她法子就可以。"

亚美回答："OK，请多指教！"和站在一旁显得有些不知所措的法子完全不同，亚美的声音明亮又爽朗。法子心想，这个孩子一定跟由衣一样，在学校肯定是"中心团体"的成员，备受瞩目。

亚美问道："我就叫你法子行吗？"面对亚美，法子虽然有些畏首畏尾，但非常开心。她知道，即使是上同一个学校，亚美是不会和自己这样的人成为朋友的，但只要有由衣的介绍，亚美就一定能跟自己成为好朋友。

法子有些僵硬地点了点头："那我也叫你亚美，行不行？"

"当然！"

即使法子在学校几乎没有朋友，但在这里无所谓，由衣会帮自己介绍。这让法子觉得自己在学校里仿佛也成了由衣那一群孩子中的一员，真是太开心了。在这里，她可以一直假装本就是那样。法子甚至觉得，这样也挺好的。

"请多指教。"

可能因为睡了一路，法子的声音有些嘶哑，她有些窘迫。如果亚美发现自己是那种性格阴沉、话都不会说的孩子怎么办？但是，亚美和由衣好像并不在意。

"不要紧吧？如果不舒服的话要说哦，这里很多老师我们都认识，可以帮你去说。"

听到"老师"这个词，法子才意识到原来学舍里也是有老师的。回想起来，录像里确实也有一个像是校长的老爷爷站在一个教室般的房间里。

"不知道后面我们能不能分到同一个小组了，可能不行。"

"嗯，这也没办法。"

听了法子和亚美的话，法子吃了一惊。"小组"这个词让她心里发沉。法子和亚美好像看透了法子的内心，对她说："同一辆巴士上的孩子几乎不可能被分到同一个小组，但是没关系，很快会交到其他朋友的！"

"这……这样啊。"

本以为这一周都可以一直跟由衣待在一起，法子感到有些不安。确实，由衣和亚美一定很快就能交到新朋友，可自己呢？有人想跟自己交朋友吗？

"亚美！"

有人在呼唤亚美，正是刚才那个大姐姐一样、怀里抱着婴儿的时田。亚美回过头，叫了一声"妈妈"。

"把大瓶的护发素和洗发水带来了吧？去年你说旅行装的不够用，我就买了大瓶的放在洗手台上了。"

"啊？我只带来了旅行装。"

"啊，什么样的？就算你跟妈妈说不够用，妈妈也不借你用咯。"

法子大吃一惊，没想到这个漂亮又年轻的人竟是亚美的妈妈。亚美的妈妈边跟亚美说话，边把怀里的婴儿交给了别人，嘴里说道："好啦，回妈妈那边去吧。"原来，她手里抱的是别人的孩子。

由衣对法子说："亚美的妈妈是英语老师。"法子以为是学校的英语老师，可由衣却接着说，"亚美的妈妈以前在美国生活过，所以会说英语。现在，经常在家里教亚美她们学校的孩子英语。"

"这样啊。"

法子突然想起来一件事——她的奶奶和爸爸知道邀请法子去学舍的是由衣的妈妈时，曾说："由衣的妈妈可厉害了，人家可是东京的那个大学毕业的。"据说，住在附近的大人们都知道这件事。他们还说了大学的名字，那可是电视里了不起人物或漫画里聪明的角色经常上的大学。

叔叔对他们说："一般人可考不上那个大学。"他告诉法子，那些经常出现在电视里的政治家、著名学者之类，很多都是从那个大学毕业的。法子觉得有些不可思议，跟那些杰出的人上同一所大学是一种怎样的感受呢？为了上大学，离开家乡去东京，真是太厉害了。

在巴士上招呼孩子们做好下车准备的阿姨们，都特别温柔，怎么说呢，看起来很优雅，或者说像是"大户人家出身"，但好像也并没什么特别之处。可这些看似普通的人里面，既有毕业于名牌大学的人，又有说英语说得特别好的人——比如由衣的妈妈和亚美的妈妈。这让法子大开眼界。

马上要下车了。法子躺了一路，站起来后有些头晕。但她还是排着队，紧跟着前面的孩子下了车。离开车厢的一瞬间，她不由得发出了"哇"的一声惊叹。

这里的空气和家附近不一样，特别新鲜，清清凉凉的。虽然是夏天，却感觉不到一丝炎热，被浓绿覆盖的山似乎就在眼前。天空湛蓝，云朵雪白。目之所及,都像被水洗过一样,色彩自然而鲜亮,和城里大不一样。

其他巴士上的孩子也陆续下了车。他们也都背着双肩包,有男有女。

在停车场指挥停车的叔叔们在给大家指路:"往那边走,会议马上要开始了,请先去讲堂……"

停车场离建筑物还有一段距离,大家排成一行,沿着山路走了下去。

叔叔们说的建筑物前面摆着一张长桌,桌上放着许多写了名字的卡片。跟孩子一起来的大人开始逐一确认卡片上的名字。有的卡片上好像还写着由衣所说的组名。确认完后,大人们便把卡片拿了回来。

"我来给你们发。"大人们说着把名牌交到每一个孩子的手里。

卡片上写的组名并不是数字区分的"一组""二组"。法子被分到了"绿组"。卡片上写的是"绿 四年级 法子",并没有写姓氏。

孩子们都拿到了自己的名牌,一走进讲堂便听到各种声音此起彼伏:"'红组'在这边!""'蓝组'的孩子们来这边!"由衣是"紫组",亚美是"黄组"。每个组里的人数相当多,有十人至十五人不等。与其说是小组,不如说是班级。

大人们好像也分成了各种各样的小组,不知何时,他们胸前也戴上了和法子他们相同的卡片。

大家都走向自己的小组。分开之前,法子的右手被由衣一把拉住。没想到由衣力气这么大,法子吓了一跳,抬起了头。

由衣说:"睡觉的时候要一起啊!"

"啊?"

"睡觉的时候不分组,可以自由移动。我、你,还有亚美,我们三个人一起睡吧? 我帮你占好位置,到时候来找我们哦!"

"……知道了。"法子点点头，由衣满意地去了自己的小组。越过由衣的背影，法子看到对面墙壁的上写着几个大字："欢迎来到未来学校"。仔细一瞧，那文字竟是用撕碎的和纸拼贴出来的，是一幅纸贴画。文字旁边还有西瓜、独角仙、蝴蝶的画，也都是用和纸拼的。这样大的一块看板，想必是好几个孩子一起用心做的。法子的学校也是这样，每到新生欢迎会和运动会的时候，六年级的孩子会一起做纸贴画。法子突然意识到了一件事：这里不仅是合宿（游学、团建）的地方，更是一所"学校"。就像法子平日里去上学一样，是不是也有很多学生每天来这里上学呢？

"下面请未来学校的校长，慎太郎老师给大家讲话。"

主持人介绍了校长后，讲堂里原本吵闹的孩子们都安静了下来，跟法子学校里集会的情形一样。只要校长一发言，孩子们就会安静下来。

站在台上的校长不是录像里看到的那个老爷爷，更年轻一些，黑发里夹杂着少许白发，戴着眼镜，穿着很普通的 T 恤和裤子。看起来并不像校长，倒像是哪位同学的爸爸。

慎太郎老师说："欢迎大家来到未来学校。"

法子听着校长的开场白，漫不经心地想，真是什么样的老师都有啊。她现在满脑子琢磨的都是，小组里到底有没有能跟自己成为朋友的人。周围似乎都是小学生，刚才在巴士上遇见的那些还在上幼儿园、托儿所的孩子不知何时已不见了身影。在讲堂前面的时候，法子听到了"幼儿部往这边走"的喊声，他们可能是去那边了。

每个小组有几个跟自己一样大的孩子呢？法子想，虽说就算年龄相同也不一定能玩到一块去，但还是先找同是四年级的女孩子说话吧。

大人们总是做这样的事。

他们把关系好的孩子拆开，觉得让他们进入新的集体去结交新朋友是好事。在学校一般两年换一次组。升到三年级的时候，原本和法子关系很好的安子和小笑被分到了不同的组，从那以后，法子就变成了孤身一人。

"听到'学校'两个字，大家可能会以为这里也是个一板一眼的地方吧。不过，未来学校是不一样的。这是一个边玩边学的地方。其实，真正的学习必然来自游戏，'学习等于玩耍'是这里的大原则。获得知识的同时，必须要感受到喜悦和快乐才行。请大家轻轻按一按自己的脑袋。"

法子还没回过神来，周围的孩子就已经把双手放到头顶了，站在前面的校长也是同样的姿势。法子便也赶紧学着做。

"只有这里，才有未来。"慎太郎老师说，"未来不在大人们这里，而是在大家那里。"

他把手放了下来，注视着孩子们。

"首先，请大家从今天起就要一起生活的同伴中，多多交朋友，满载而归。下面，我来介绍一下各位老师。首先是黄组的纯平老师。"

"到！"

老师们挨个上前跟大家打了招呼。

在这里，老师们也都是以名字相称，不加姓氏。孩子们都满怀好奇地看着自己组的老师。

接下来的事让法子大吃一惊。

"橙组，麻美老师。"

"到！"

这响亮的声音竟来自在巴士上见过的亚美的妈妈。法子正在吃惊，又发现下一个被叫到的是"黄绿组"的千春老师，竟然是由衣的妈妈。

"请大家多多指教。"由衣的妈妈说。

法子扫了由衣一眼。虽然分到了相距很远的小组，但法子很关注由衣坐在哪里，即使讲堂很大也一直下意识地搜寻着。

由衣一言不发，跟周围的孩子一同目视前方，似乎并不在意站在眼前的是不是自己的妈妈，对她来说都一样。

还有很多在车上见过的叔叔阿姨被一一介绍，他们也都是"老师"。法子想，其他老师一定也都是从停车场停着的巴士上下来的人吧。如果真的是这样的话，也就是说他们并非一直在这里工作。可即便如此，他们依然是这里的"老师"，这真是不可思议。

所有小组的老师都一一得到介绍。这时，法子突然感到了什么——在讲堂的深处，似乎有人在等待着。

"下面给大家介绍一下**学舍**的小朋友，他们将会和大家一起度过愉快的一星期。"

慎太郎老师话音一落，孩子们便陆续现身了，有的跟法子差不多大，也有的比法子大不少，初中或高中的孩子，加起来一共二十几个。

老师接着说道："如果大家有不明白的地方可以随时提问。好，那接下来的时间就交给大家了。"

讲堂里的气氛一下子就变了。高中生们——不管男生还是女生——都很潇洒帅气，一看就是"前辈"。他们很熟练地从慎太郎老师手里接过麦克风，站在了大家的面前。

一个看上去十分成熟稳重的女生说："我们由衷地欢迎各位来到**未来学校**。"在场的所有人都被女生大方自信的姿态折服了。

法子想，这个孩子是一直在这里上学吗？我们只是暑假时来，难道这个孩子一直在这里生活？这时，之前惠理说过的那句话突然闪过脑海："一直到中班哦，厉害吧？"法子本以为会有人来详细介绍一下跟这些孩子有关的事，可老师只告诉大家他们是**学舍**的学生。这些孩子自己好像也觉得并没有什么好介绍的，只是简单地打了个招呼。

"我叫亚里沙，如果大家有不懂的地方可以随时问我哦。"

"我叫小刚，我想快点和大家成为朋友。"

"我叫理绘。"

"我叫佳绘。"

"我叫久乃。"

"我叫美夏。"

......

面前站着的那么多人的名字，不可能一下子全记住。

虽然法子想着，一下子可记不住所有人的名字。但她发现有几个来过好几次的孩子去年就已经交上了朋友。那几个人朝学舍的孩子挥挥手，学舍的孩子便回给他们一个害羞的微笑。由衣就是其中之一，她朝一个看起来跟她差不多大的女孩轻轻挥了挥手。

"大家一起在心中创建丰富多彩的'未来'吧!"

接着做自我介绍的是一个男孩子。同样是高中生，他的发型和其他留着运动头的男生不一样，戴着眼镜，酷酷的，看起来很聪明，长得也很帅。

看着这个男生，法子想起了之前看的录像里那个进行问答的场面。眼前这个男生，好像和录像里那个讨论战争的话题时眼里满含泪水的、留着寸头的男生有点像。

"请多指教。"男生板着脸，语气有些生硬。他好像叫"小滋"。

"喂喂。"招呼还没打完，坐在旁边的孩子就跟法子搭上话了。女孩头发长长的，戴着眼镜，穿着一件带领子的连衣裙。

"你是四年级的?"女孩指了指自己胸前的姓名牌，上面写着"绿 四年级 沙也"。

法子点了点头，沙也高兴地笑着说："我也是。"

法子问："你是从哪里来的？"

"川崎。"

法子以为沙也会回答县的名字，她也不知道川崎是哪个县的市。正在琢磨，自我介绍的环节就结束了。两人的对话被打断，法子没能再继续追问。法子松了一口气，只要有人来搭话，至少在这一周应该不会是孤身一人了。

欢迎会结束后，孩子们在各自小组老师的带领下参观了学舍。绿组有好几位老师，那一天，主要是由一个叫幸子的女老师负责介绍。这位老师看上去比由衣的妈妈大不少，年龄大概在"奶奶"和"阿姨"之间。

小组老师不是亚美或由衣的妈妈，法子有些失望。如果是那两个阿姨的话，可能会特别关照自己，是乘同一辆巴士来的，还跟自己女儿是同班。如果是那样该多好。

幸子老师说："已经不早了，请大家先洗澡后吃饭，吃完饭后赶快睡觉，明天我再详细介绍这里的生活。"

先洗澡后吃饭？一般不都是先吃饭后洗澡吗？法子觉得老师可能说错了。可老师并没有说错，真的是吃饭之前洗澡。因为人很多，所以分成了两组，一组饭前洗一组饭后洗。

澡堂在学舍的外面。翻过小山丘，可以看见一间孤零零的澡堂。小时候妈妈带法子去过一个露天温泉，那个露天温泉也是要从旅馆的房间走很长时间才能到，和这里差不多。

和不认识的孩子一起入浴，法子有些紧张。尽管还是小学生，有的孩子已经开始穿内衣了。法子则是有时穿有时不穿。脱衣服的时候法子很害羞，可老师催促"不快点洗的话就没时间泡澡了"，也就没时间磨蹭。今天法子没有穿内衣，她迅速地脱了衣服，洗了起来。泡澡的浴池很浅，即使蹲下来，水面也没过肩膀，冬天估计会很冷。

"你是第一次来这儿？"

跟法子说话的，是刚才认识的沙也。但洗澡时沙也没戴眼镜，法子一下子没认出来，以为是陌生人，吓了一跳。

"是的。"法子点头。

孩子们赤身裸体，一个挨一个地坐在浴槽里。法子发现，大家带来的洗发水和护发素都比自己的量大，自己带来的量可能不够用一个星期，亚美在车上也被妈妈说过。

要是不够用可怎么办啊？在学校里，头发油腻、满是头皮屑的孩子会被大家讨厌，被说坏话，而招人喜欢的可爱的孩子头发总是很干净，还散发着清香。

要是自己的洗发水用完了的话，有没有人会借给自己呢？要是能跟沙也成为朋友的话，也许她会借给自己吧？但是，沙也带来的是大瓶装的吗？

法子问："沙也呢，之前来过吗？"

"我也是第一次来。"沙也使劲把眼睛闭上，捧起浴池中的水洗了洗脸，"我妈希望我能改掉挑食的毛病，问我是想去寺庙坐禅，还是想来这边体验生活。我选了这边。"

"坐禅……"

坐禅就是那样的吧——很多人整齐地坐在地板上，一个拿着木棒之类的东西的和尚在人们背后走来走去，用木棒敲打那些乱动的人的肩膀。

沙也淘气地笑着说："坐禅脚会疼，我就选了这边。"

法子吃惊地想：果然就是自己想的那种"坐禅"，原来小孩也可以去坐禅啊。学舍也好坐禅也好，世界上竟有这么多自己不知道的游学项目。

法子说："我也经常挑食。"

沙也笑笑说："我呀，不喜欢牛奶和鸡蛋，肉也不是特别喜欢。"

"真的吗！那你都吃什么呀？"

"我吃蔬菜还行。"

法子心想，可很多料理里都有鸡蛋，自己倒是没想过喜欢不喜欢牛奶。

浴室的门突然开了，是幸子老师。

"好啦，其他班的孩子要进来了，大家快出来吧！今天我会催大家做这做那，明天就不会催了，希望大家能自己注意时间。"

"明——白——了——"

老师话音刚落，孩子们就一齐站了起来。法子也没工夫害羞了，很快就穿好了衣服。

法子发愁穿了一天的内裤要怎么处理时，老师对孩子们说："明天早上会去收大家的脏衣服。明天我们来确定谁负责洗衣服，确定之后，负责洗衣服的人要把衣服拿到洗衣室，还要熨衣服。"

看来这里的生活跟学校的一样，也有各种事项的负责人。虽说有些麻烦，但法子兴奋地考虑着这里都有哪些事需要负责人，自己又会和谁一起负责什么。

法子最期待的是晚饭——好吃到能治好挑食的饭菜。甜甜的蔬菜，还有和家里的味道完全不同的米。

今天还没决定谁担任配餐委员，是五、六年级的哥哥姐姐来给孩子们盛饭，像在学校吃午饭时那样。法子他们也像在学校时一样，排着队等着配餐。有米饭、味噌汤、咕咾肉、玉子烧、煮青菜、牛奶和热茶，看起来和学校的午餐没什么两样。

"人类的生活离不开大地，让我们怀着感恩的心享用吧。我开动了。"

老师说完，孩子才开始用餐。

这就是由衣说的，吸收了山泉水味道的美味米饭。可这米饭吃起来好像并没有什么特别的味道。

法子有些失望，这米饭的好吃程度跟学校的差不多。而且，并不是刚出锅那种热腾腾的米饭，甚至连自己家的都比不上。

蔬菜也一样，并不像由衣说的那样"不加任何调味就很美味"。胡萝卜还是胡萝卜，青椒还是青椒，法子并没有吃出特别的甜味。咕咾肉的调味汁确实是甜的，但像水一样稀薄。

只有玉子烧甜甜的，法子很喜欢。

再看看邻桌的沙也，她甚至连牛奶瓶的瓶盖都没拧开，玉子烧也是一口都没吃。"最好吃的玉子烧被剩下了，真浪费啊。"法子事不关己地想着，"不想吃的话还不如给我。"可因为沙也是今天刚认识的小伙伴，法子开不了口。这时，她听见一个男孩子对沙也说："你不吃那个啊，能给我吗？"

原来是绿组里看起来最调皮、最烦人的男孩子，名牌上写着"真彦"。沙也还没回话，就听到一个声音喊道"不行！"，原来是幸子老师。

"自己的饭菜自己吃，吃别人的饭菜是绝对不可以的！"

听了老师的话，真彦扫兴地皱了皱眉头，和坐在旁边的男生说笑起来。这两个男生是五年级的，比法子她们高一年级。

吃完饭，刷完牙，孩子们回到了大厅。被褥摆放在房间的一角，老师让孩子们自己把被褥铺好。

"谁用哪床被褥并没有规定，大家可以自由选择睡觉的地方，不一定要和同一小组的睡在一起。"

果然跟由衣说的一样。

"法子，你睡哪儿？"沙也问。

正在法子犹豫如何回答的时候，听到有人喊她的名字，回头一看，原来是由衣，旁边还站着亚美。她们正朝这边挥手："法子！来这边，我们把你的被褥也铺好了!"

法子回过头看看沙也，沙也说了句"原来你有朋友啊"，便走开了。

法子有些过意不去，但又不好意思问由衣她们，让沙也也加入。况且，沙也没准也另有朋友。

换衣服的时候由衣问法子："交到新朋友了吗?"

法子边穿睡衣边回答："交到了。"

法子问由衣："那你呢?"

"我也交了新朋友，是一个从仙台来的女孩，叫美和。"

"哇……"

法子有很多话想跟由衣、亚美聊，比如泡澡的感想、吃第一顿晚饭时的感受，还想问由衣为什么说蔬菜是甜的。

这时，法子听到了一个熟悉的声音说："各位同学，都准备好睡觉了吗? 还有人没换好衣服吗?"抬头一看，原来是由衣的妈妈。

自从来到学舍，身边都是陌生人，看到由衣妈妈的身影，法子便感到安心了一些，心想："要是由衣的妈妈能看看我们这边就好了。"可惜，由衣的妈妈看她们这边，似乎没有注意到法子她们在这里。

"千春老师，我的枕罩破了个洞。"

"哎呀，真的吗? 我看看，还真是。谢谢你告诉我。"

由衣的妈妈被别的孩子叫去了，看来是不会来这边了。法子把头转向由衣，她以为由衣一定在盯着自己的妈妈看，可没想到由衣早已换好了睡衣，钻进了被窝。她本想告诉由衣她的妈妈就在那边，可话到嘴边没说出来。看样子，好像还是不说比较好。

由衣躺在褥子上仰着头问法子："觉不觉得小隆哥哥很帅?"

"小隆哥哥?"

"就是刚才在讲堂跟我们打招呼的那个中学生，小隆哥哥。"

"哦……"

法子想，在学舍生活的那些孩子中，似乎是有这么个人。但一时想不起来长什么样。

亚美插话道："去年来的人中间，喜欢小隆哥哥的可不少。很多人说回去以后要给小隆哥哥写信。"

"对对！去年他看起来也不是很帅，但今年是不是变帅了？是不是有点像'光 GENJI'（日本杰尼斯事务所的偶像团体，由原本的'光'和'GENJI'两个组合合并而成）里的那个？"

"哪个啊？"

"嗯……内海光司……"

"不是吧？你喜欢光组啊，我还是比较喜欢 GENJI 组的。"

"其实我也喜欢 GENJI 组。"

由衣和亚美开始聊偶像的话题，法子有点插不上话。法子平时既不看音乐节目也不看电视剧，这也是她跟班上的同学玩不到一块去的一个原因。

等她们说完偶像的事，我想一起聊聊这儿的伙食，再问一问关于学舍的事啊，明天要怎么选出各项事务的委员，这里有什么好玩的……

"我关灯了哦。"

虽然法子还有很多想聊的，但老师把灯关掉之后，由衣和亚美也不聊天了。

"晚安。"

"晚安。"

"晚安。"

三人互道了晚安。

这时，由衣突然说了一句话："这一天，总算是过完了。"

法子愣了一下，吓了一跳。但是，因为过于惊讶，一时说不出话来。

接着，由衣又说："还有六天呢。"

"没办法，"亚美说，"继续坚持吧。"

之后，两人不再出声，四下一片安静。看来大家都准备入睡了。

躺在被窝中，法子的心怦怦直跳，想着："怎么回事？"

她想起来之前，由衣的笑容，还有她对自己说的话：

"在学舍真的特别开心。"

由衣笑起来的时候，会露出那颗小虎牙，她那么拼命地劝说自己：

"那里的饭菜特别特别好吃，每天我们都在小溪里游泳，游完泳大家一起做刨冰、吃刨冰，想吃多少吃多少。那里的米也跟家里的完全不一样，甜甜的，蔬菜都是从附近的农家直接运来的，很新鲜，特别甘甜。"

与此同时，另一个声音也浮现在法子的脑海里。这次不是由衣，而是惠理对她说：

"法子你啊，用不着跟她去啦！"法子的心脏怦怦地跳着。由衣是个好孩子，那么温柔、那么优秀。这我都知道，但……

她并不快乐。

法子这才终于意识到：

"在这里，一点都不快乐。"

法子听着由衣、亚美的呼吸声。不只是她们两个，还有其他孩子呼吸的声音。

法子想起了妈妈的话："可别得了思乡病哦。"

那时的法子回答"我才不会呢"，现在依然这么回答。但这才第一天，还有六天呢。明明刚才还觉得自己不可能得思乡病……

还有那件求妈妈买的带荷叶边的睡衣。虽然换上了，但由衣和亚美聊偶像聊得太起劲，看都没看一眼，更没有赞美她的睡衣，没有对她多说一句话。谁也没有多看她一眼。

法子缩进被窝使劲闭上了眼睛，温热的眼泪渗出眼角。不能再想了，再想下去真的要哭出来了。不知是不是错觉，她好像听见了微弱的哭声，夹杂在孩子们轻微的鼾声中。在这宽阔的大厅中，似乎有谁也在流泪，就像自己一样。

早上起床后，法子一直昏昏沉沉的。因为夜里一直想这想那，醒来后视野还有些模糊。但是，由衣和亚美却和昨天没什么变化。

"早啊！今天也一起加油吧！"她俩声音洪亮地跟法子问了早安，去洗漱了。法子也慢吞吞地跟在后面。

法子一边刷牙一边想："我才不是被骗来的。"这是她想了一整晚，想出来的结论。

> 由衣绝对没有骗人！一定不是因为妈妈让由衣尽量多带小朋友来这里，她才邀请我。绝对不是这样的！

但是，如果不是这样，真相又是什么呢？法子还是想不通，越想心中越乱。

由衣和亚美唰唰地刷着牙。

"法子，你要用这个牙膏吗？草莓味的哦。"由衣说着将牙膏递给法子。这样的由衣，法子真的讨厌不起来。

"好呀。"法子伸手接过牙膏。法子的爸爸妈妈从没给她买过草莓味的牙膏，这次她带来的也是普通的薄荷味的白色牙膏。

"早啊，由衣！"

"啊，美和！今天我也在紫组，一起加油哦！"

由衣和走过来的女孩微笑着互道了早安。应该就是昨天由衣说的那个和她同组的新朋友，美和。其他孩子也陆续来了，由衣一一跟他们打了招呼。每个人都像学校的惠理一样以名字称呼由衣，就仿佛是认识了很久的朋友。

法子已经记不太清在学舍的第二天都发生过什么了。

那天好像有介绍这里的生活的会。在这里，大家都管集会叫会，这让法子觉得怪怪的。

会上任命了各种委员，法子担任配餐委员。从第三天开始，就可以去河边玩了，所以要在去之前定下一些规矩。老师们反复向学生提问："你们觉得可能会有什么危险？"那感觉很像在视频里看过的问答。

吃晚饭的时候，法子路过紫组，由衣叫住了她。法子很开心，因为白天基本都是分组活动，平常几乎遇不到由衣。可由衣却微笑着对她说："今天我跟美和她们一起睡，已经跟紫组的同学们说好了，我也会告诉亚美的。你跟亚美一起睡吧。"

法子笑着说："嗯，明白了。"

她不知道自己笑得是否自然，也不知道自己为什么能笑得出来。虽然她也喜欢亚美，但亚美到底只是由衣的朋友，由衣不在场的话，她跟亚美也没什么话说。

铺被子的时候，法子跟亚美说了这件事，亚美只是回答了一句"这样啊"。由衣虽然说了会告诉亚美，可能没来得及跟她说。

亚美说："那今天我们两个一起睡吧。"

法子心想，亚美对这事好像并不太介意，她真成熟啊。法子很佩服，又觉得对这种事都大惊小怪的自己果然还是太幼稚了，这可不行。

"对了，法子在学校有喜欢的人吗？"

"……没有。"

两人躺下后聊了起来。

熄灯后，法子的眼睛已逐渐适应了黑暗，此时她正一动不动地盯着房梁看。跟亚美聊天聊得并不起劲，亚美一定觉得很无趣吧，法子感到有些过意不去。明天，亚美估计会去跟黄组的同学一起睡。早知如此，当初就不该拒绝沙也的邀请。法子有些后悔地想：现在再去找她，估计也不会再跟我睡了吧。为什么由衣不从昨天开始就跟紫组的孩子一起睡呢？

今天，交到朋友的孩子比昨天多了不少，晚上能听见很多人在说悄悄话，还有愉快的笑声。法子已经困了，她希望老师能来巡逻，训斥一下那些还在说话的孩子。亚美也快要睡着了。法子想，一定是因为她跟我没话说，感到无聊吧。

那是第二天一早发生的事。

法子准备跟亚美一起去刷牙洗脸。法子瞥了一眼由衣，由衣正跟美和她们收拾着被褥，看起来很开心。

"我先去一下厕所。"说完，亚美便一个人走了。

法子独自走向一楼的盥洗室，盥洗室门口排起了长长的队伍。法子不想一个人排队，走上了二楼。

鸟儿的鸣叫声透过走廊的窗户传了进来，孤单的法子看向窗外，绿色的森林还是那么美。虽然大人们说要多交朋友，但要想好好欣赏这里的美景，还是一个人更好。这里空气清新，映入眼帘的绿色全都那么鲜艳，真是不虚此行。如果是一个人来的话，应该会很开心。跟谁睡、能不能交到朋友……统统不用考虑，欣赏美景的时候也更自由，想必能体会到更多的乐趣。

一个声音从背后传来。

"早上好!"

法子吓得心脏都快跳出来了。回头一看,眼前站着一个手拿抹布的女孩。女孩和来体验生活的孩子们不一样,早已换下了睡衣,穿着一件白衬衫和一条牛仔裙。

法子想,这应该是**学舍**的孩子。说起来,这个孩子昨天也来班里了,跟大家一起决定了谁是什么委员,还帮忙一起配了餐。没记错的话,她的名字应该是叫"美夏"。

"啊……"

法子正担心自己擅自上了二楼会被训斥,没想到,美夏大声称赞道:"哇!你的睡衣真好看,颜色和花边都好可爱!"

说完,她露出了一个灿烂的笑容,两眼闪闪发光。

第三章　法子

从兀自播放的电视节目中，法子听到了那个词语。

星期六的午后，法子正在填写要提交的材料。丈夫刚结束了和客户的洽谈，回到家接替她照顾孩子。

她的女儿叫蓝子，马上就三岁了。桌上放着一个空盘子，是丈夫中午吃意大利面时用的，还没有洗，耳边传来孩子的笑声。

法子正在填写的，是"认可保育园"①的入园申请书。近年，保育园入园难已成为一个严重的社会问题，但蓝子零岁就顺利进入了东京都一个小规模的"认证保育园"。虽说不是"认可保育园"，但依然算是幸运。可麻烦的是，蓝子所在的"阳光儿童之森"保育园只接管三岁以下的儿童。

法子希望蓝子能转到接收零至五岁婴幼儿的保育园，已申请了很久。若是申请不到，到了明年，蓝子白天将无人照看。所以，除了保育园以外，法子也在和丈夫商量，是否将孩子送去那些可以提供长时间托育服务的私立幼儿园。可一想到又要像三年前那样，无休无止地奔波于各种保育园之间，法子就头疼。其实，如果没有这些烦心事的话，法子是打算要第二个孩子的。

写着写着，法子抬头看了一眼电视机。

似乎是某一个词语引起了她的注意，起初她并没有反应过来那是个什么词，只是觉得好像有哪里不对劲。

电视画面里，男女主持人正表情严肃地站着，画面右上方打着一行字："在某团体场地内发现一具女童的遗骨"。

---

① 在日本，保育园指的是由于家长工作、生病等原因，无法在家中照顾孩子（零至五岁的婴幼儿）时，替代家庭照顾孩子的机构。它是一种根据《儿童福利法》设立的儿童福利设施，提供综合性照护和教育服务。"认可保育园"是由国家和地方政府提供补助金的保育园；"认证保育园"介于"认可保育园"和"非认可保育园"之间，由地方政府（而不是国家）进行认证和管理；"非认可保育园"则没有政府补助，费用可能较高。

法子心想，估计又是什么跟宗教团体有关的事件吧。

脑中浮现出高中时新闻报道的"东京地铁沙林毒气事件"，以及警察搜索相关设施时的影像。

法子心不在焉地看着新闻画面，突然，无意中听到了一个熟悉的词语：

"这块土地位于静冈县内，曾经是一个叫作未来学校的团体的总部所在地，到 2002 年关闭为止，曾有很多孩子在该地区共同生活。"

法子睁大了双眼。

时间就好像停止了一样，电视的声音比刚才更加清晰。

"最多的时候，有将近一百个孩子在未来学校生活，据调查，其中一大半是那些赞同未来学校理念的人的子女。"

蓝子正在隔壁的房间跟爸爸玩，明亮又活泼的笑声从隔壁传来。法子手忙脚乱地拿起放在桌子边角的电视遥控器，心烦意乱地调高了音量。

"2001 年，因含有杂质的问题，未来学校出售的瓶装水被全面召回。卫生局介入调查后，工厂和相关设施相继关闭。近期，为建设高尔夫球场，专家对那里的地质进行了勘查，尸骨就是那时被发现的。"

画面切换，出现一个包装纸上印有未来学校标签的塑料水瓶。法子一动不动地盯着画面，她记得瓶身上印着的那些画。那明显是小孩画的水彩画。

　　……用的是，画得最好的孩子的画

从前，法子被如此告知。瓶身上画着的孩子旁边还印有一个对话框，上面写着"我们的水"，笔触稚嫩，一看就是孩子的笔迹。塑料水瓶看起来年代久远，估计这影像是十多年前，瓶装水被召回时新闻里播放过的影像吧。真是年代久远的事了。

接下来切到了航空拍摄的画面。

是一座山的上空。直升机飞过，下面是一大片茂密的森林，其间有一个蓝色的屋顶。看到屋顶的蓝色的瞬间，法子不禁起了一身鸡皮疙瘩。

是工厂，是那个生产灌装瓶装水的工厂！

法子紧握着遥控器，探身向前，全神贯注地看着画面。就在工厂的旁边，现在也应该能看到那眼泉水，但是并没有拍到。镜头继续切换，看到下一个画面的瞬间，法子的呼吸几乎停止了。

那是被蓝色塑料布盖住的一角。

看到那块蓝布的一瞬间，刚刚不经意间听到的新闻报道的内容，终于以本该有的重量沉淀在了脑海中。

"女童的遗骨"。

就是在这里，发现了女孩的遗骨。

遗骨虽被塑料布盖着，但周围似乎并没有建筑物。就算曾经有过，法子也记不清了，毕竟那只是孩提时代的记忆。但刚才画面中出现的那间工厂，法子只看了一眼就认了出来。直觉告诉她，这应该是广场附近。

法子的脸色突然变得煞白。

房间里传来丈夫的声音："怎么了？电视的声音是不是开得太大了？"

不知什么时候开始，已经听不到在隔壁房间里玩耍的蓝子的笑声了。蓝子一手抓着爸爸的裤脚，站在法子的旁边，一脸茫然地抬头看着法子。

"我……这个地方……"

"嗯？"

"我，去过，这个地方。"法子指了指电视屏幕。

法子和丈夫瑛士两人是当司法实习生的时候就认识的同行。

瑛士眯起眼睛问："什么？"

"我说，我去过那儿。小时候，去游学，每年都去，去了三年。"

"那儿……是说那个卖水的团体？"

瑛士似乎终于听明白了，看看电视画面又看看法子。法子点了点头，又觉得有什么不对劲，但一时也说不出是哪儿不对劲。

新闻节目还在继续。这个傍晚时在民营电视台放送的新闻节目，一般会请三个专业评论员坐在播音员对面发表意见。

有一个经常对宗教问题发表评论的大学教授说："1995年的地铁沙林毒气事件后，日本人对新兴宗教的认识发生了重大变化。在那种情况下，这个未来学校生产的瓶装水，被发现混入了杂质，对吧？在那种封闭的环境中被逼到无路可退，到底是发生了什么呢？一定是我们无法想象的……"

"啊？什么？等等，这我可没听你说过！"瑛士的声音大得盖过了电视声。

他应该是感到很困惑，可嘴角却扭曲成了微笑的样子。他平时开玩笑时就是这副样子。

他问道："到底是怎么回事？"

"朋友邀我去的。"法子答，神情有些恍惚。

直到今天——真的，直到现在，直到听见画面中传来"未来学校"四个字的瞬间，这一切都被法子彻底忘在脑后。准确地说，她是连"忘在脑后"这件事本身都忘记了，更何况是跟丈夫说这件事。所以也说不上瞒着丈夫，毕竟这件需要说的事已经不存在了。

从小学四年级到六年级，法子每年暑假都会去未来学校住一个星期，对那时的法子来说，这可是一件大事，可是直到现在，她却将这段记忆忘得一干二净。然而，记忆的大门一旦敞开，回忆便如潮水般涌来。

最先想起来的是美夏和小滋。

浅红色的，不知哪个孩子找大人们要来的浅红色的信笺，以及不知何时停止的、写给彼此的书信。

"小学同学的妈妈在那边组织活动，小学四年级的暑假，她邀请我去那儿体验过生活，所以我知道现在电视上放的这个地方。不只是我，当时班上还有其他同学也去过。"

"就是说，这个学校每年夏天都会接收一些外部的孩子进校，像夏令营那样吗？"瑛士激动的心情似乎终于平静了下来。

法子觉得"外部的孩子"这个说法不太贴切，可还是默默点了点头。

丈夫的提问引发了法子的思考——那些暑假究竟意味着什么？对她来说，自己只是接受了同学小坂由衣的邀请，在这种情境下，"外部的孩子""夏令营"这些词好像都不太合适。

暑假，在大自然中，孩子们在团体里畅所欲言，通过对话制定规矩，共同生活。孩子们通过这些活动培养思考能力和实践能力，通过问答培养思辨能力……

啊，对了，那个活动叫问答，老师同学轮番提问，一起讨论一些问题。

一旦想起一个片段，成串的记忆就像挖红薯那样陆续破土而出。法子想起来了，孩子们都管那里叫学舍。

接着，她脱口而出："那是一个……好地方。"说出口的瞬间，连她自己都感到很吃惊。法子心想，也许这才是我的真实想法吧。

在那里发生了很多事。夏天，离开父母，看不成电视，不能想吃什么零食就吃什么零食。山里没有商店，也不能带书和漫画去。那样的生活当然很无聊。和小伙伴们也是冲突不断，即便关系变僵也得一直待在一起，也曾感到过痛苦。

但是，即便如此也还是很快乐的。

认识和学校的孩子不一样的新朋友，在和平时不同的环境中，去河边玩耍、吃刨冰，进行问答时一起讨论那么多各种各样的问题，学习新的词语和思维方式，流着泪告别。

要回山麓去了吧。

一个声音突然出现在法子的脑海中。

电视里，评论员还在解说，旁边的画面上播放的是刚才那种航拍，满屏都是山中茂密的树林。

虽说法子从未考虑过有"内部的孩子"和"外来的孩子"这样的区分，但当时，和法子他们成为朋友的那些在学舍长大的孩子，一般将法子这种山下来游学的孩子叫作山麓的孩子。他们把未来学校的外面，都叫作山麓。

"那里是个好地方。大家在大自然中无拘无束地生活，跟在学校学习不一样，每天干什么都是大家商量着决定……男生浑身抹上泥玩相扑，女生染布、亲手做裙子。"

说着说着，法子心跳越来越快。电视节目标题上的"团体设施"，评论嘉宾口中的"女童尸骨"，都使她心神不宁。她感到一些轻微的违和感，但说不清那违和感到底来自哪里。

"合宿的时候，大家每天住在一起，一定会发生矛盾。发生矛盾的时候，跟在一般的学校里不同，这里的大人会让孩子自己思考、自己解决，把信任孩子这个方针贯彻到底。实际上，邀请我去那里的朋友从小就生活在这样的环境里，不知道是不是因为这样才特别聪明懂事。"

说着说着，法子意识到，是专家评论员说的"新兴宗教"这个词让自己觉得有些违和。她所了解的"未来学校"跟"新兴宗教"风马牛不相及。

"这样啊。"一直默默不语的瑛士小声说，又轻轻叹了口气，"真是的，可别吓我。"

"嗯？"

"你突然说去过那里，我以为你父母是那儿的信徒呢，所以才没和我说过这件事。原来只是你同学家信这个啊。"

"信徒……"这次轮到法子嘴角抽搐了，"未来学校又不是宗教，里面的孩子们都来自普通人家，更没有什么教祖之类的宗教人员。"

"是吗？但就算不是宗教，也非常非常接近吧？听了你的描述，感觉这个学校的做法跟市面上的那种'自我提升研讨会'没什么两样。而且，这个地方虽自称'学校'，却并不是正规的学校法人吧？这也让人觉得可疑。"

"自我提升研讨会"这个词是带有讽刺性质的。

法子想反驳，却不知怎样反驳。进行问答的时候，孩子们讨论为何战争无法从世界上消失；有时，孩子们一一列举每个人的优点，相互交流；还有时，用语言重新梳理自己最珍贵的、最喜欢的、最讨厌的东西，从古人留下的词句中寻找对当下的启示……在各种各样的活动中，孩子们的精神世界变得越来越丰富。对年幼的法子来说，那些活动是非常神圣的。

但是，她也明白瑛士说的意思。

如果法子不是在那里待过，可能也会觉得未来学校是个很可疑的组织。

"还有，水。"瑛士说。

可能是听腻了父母的对话，蓝子放开了瑛士的裤腿，摇摇晃晃地爬到桌边的椅子上，伸手要摸写到一半的资料。法子赶紧把她抱到了腿上。

"如果我没记错的话，**未来学校曾经出过瓶装水的问题吧**？卖水这种行为啊，真的很像新兴宗教做的事。而且当时报道说，这里的孩子必须跟父母分开生活，一般人应该是无法接受这种做法的吧？你妈妈可真行，居然让女儿一个人去这种地方。我一直以为她对子女的教育很认真，没想到啊。"

"水的事件，是我去之后过了好几年才发生的。"

法子只是隐约听说过瓶装水中混入异物的事。那时，因为司法考试失败，她十分焦虑。听到电视里报道那件事的时候，她很吃惊。报道勾起了她去*学舍*合宿的回忆，可她并没有很在意这件事，或许是因为不是出现了死者的大事件吧。

"嗯……回想起来，那个年代的大人对这种团体可能没什么概念吧。也不调查一下就把孩子送去，心也太大了。"瑛士总结发言般说道，随后又补充，"那个啊，我觉得你以后最好别再跟别人提了。"

"啊？"

瑛士尴尬地笑了笑说："虽说你家人并不是信徒，你只是被朋友邀请去的，但容易被误会啦。"

瑛士说的"那个"，指的是什么？法子一时没有想明白。过了一会儿，法子才明白瑛士说的是她去合宿的事。这下，不仅是有些违和感，而是一阵强烈的违和感向她袭来。她也突然明白了这强烈的违和感的本质。

那儿……是说那个卖水的团体？

正是这些人认为未来学校只是一个卖水的团体，正是这个想法让法子感到不太对劲。还有电视上"团体设施"这样暧昧的叫法、"新兴宗教性质"的称呼，或是被和"自我提升研讨会"之类的组织混为一谈……

尽管法子只是上小学时去那里参加过几次合宿，不至于大张旗鼓地宣布自己对那里十分了解，毕竟她也没有在那里长时间生活过。

"但是……"她还是想对瑛士的话提出异议。

"但是"什么呢，她也不知道到底应该怎么说。她问自己，我到底想说什么？

那里的生活确实是不自由的、闭塞的，孩子要离开父母生活这件事也确实令人震惊。

但是……

又想起自己刚刚说过，那里的孩子都来自普通的家庭。自己对未来学校的感觉，如果连长久生活在一起的丈夫都不能理解的话，法子实在不知道怎样才能让那些只看电视报道的人理解。

蓝子被妈妈抱在怀里，够不到桌上的东西，渐渐不安分起来。她从妈妈的臂弯里奋力挣脱出来，跑到一边坐在地板上玩起了心爱的娃娃。蓝子离开时，柔软白胖的脸蛋和法子的脸碰到了一起，法子闻到了牛奶和太阳的香味。

那香味掠过鼻尖的时候，法子打了个冷战。

女童的尸体。

法子感到的惊恐，比瑛士，或是那个一脸得意地断言这是个"新兴宗教"的评论嘉宾更加强烈。电视节目里反复谈论着发现尸体的经过，以及未来学校的瓶装水事件等等。虽然报道的角度不停变换，却没有一点儿新的情报。女童的年龄、尸体被遗弃的时间、有没有外伤、死因是什么……都没有报道，可能电视台还没得到确切的消息。

希望不是自己认识的孩子。

但是，如果这么想来，也就是说，死者确实有可能是当时自己认识的孩子。法子感到毛骨悚然。

说不定是，美夏。

法子最先想到的，果然，就是她。六年级的夏天，最后一次去参加**未来学校**的合宿时，法子没有见到她。她从那么多孩子中，消失了。

美夏对法子说："我告诉你一个秘密吧。"

那是她们第一次见面的时候。

"其实，我是想和妈妈一起住的，就像山麓的孩子那样。"

美夏的语气就像是在说一个天大的秘密。

法子一直以为**学舍**的孩子和外面的孩子不一样：对他们来说，跟父母分开住是很正常的，并不会感到孤单；外人擅自断言他们"很可怜"，反而是一件很失礼的事。她把自己的想法告诉美夏后，美夏笑了笑。

"是吗？"她说，"其实还是会孤单，也会悲伤。"

美夏当时的表情，法子现在依旧能想起。但孩童时代的记忆是残酷的，她已想不起美夏的模样。五年级时，美夏留的是短发，法子能想起她困扰和开心时的表情，可就是想不起她的长相。

美夏经常穿裙子，应该是牛仔裙。法子的记忆中只有一些关于美夏服装和发型的片段，其他部分就像梦境一样模糊不清。

最后一次去未来学校参加合宿，是六年级的时候。

那次，美夏不在。法子没能见到她。其实，来参加夏季合宿的孩子，并不是每次都能见到**学舍**所有的孩子。据说，只有那些经过选拔、来帮忙的孩子会过来。据说，美夏只是那一年刚好没被选上。

但是，当时的法子就很遗憾。就来看她一下下也好呀，更何况，学舍的孩子住的地方离合宿的地方并不远。

思绪变得难以控制。

法子的脑中一片混乱。准确地说，她正处于一种糟糕的兴奋状态。孩童时的记忆与新闻播报的影像产生了共振，她或许是想以个人体验的角度更加接近地理解新闻里报道的那件事。

自己离开学舍多年后，一定是发生了什么。而且，就是在瓶装水事件发生的前后。那时，法子已经成年了。"没错。"她这样说服自己。但是，还有另一种可能。尸体也许早就在那里了，这也不是不可能。

也许，就是法子第一次参加合宿的那个夏天，那个时候，那个不知姓名的女孩的尸体就已经沉眠在地下了。

"一定是出什么事了。"瑛士坐在法子身边一边看电视一边说，"小孩失踪也没人闹着找，肯定是信徒的孩子吧。真可怜。"

法子想起丈夫刚才说，不要把自己去过未来学校的事情告诉别人。思考着丈夫的话，法子想，自己并非有意隐瞒，只是忘记了。

但是……

人们过去把未来学校叫作"那个水的团体"，今天的新闻播放后，肯定要被叫作"那个尸体的团体"了吧。

估计大家已经开始这么叫了。

"近藤律师，您的电话。三号机，是新谷先生打来的。"

法子上班时突然接到一个电话。

法子在银座的山上法律事务所工作，事务所所长山上先生的办公室是单间，其他三位律师和职员共用一个办公室。那天早上，只有法子一个人在公司。

法子的老板山上先生今年六十五岁，主要处理跟企业相关的法律事务。因为年轻时经常游泳，脖颈肩膀的肌肉十分发达，个子又比同龄人高，看起来很威严。

法子拿起电话对职员说了声"知道了"，便按下了三号机的按钮。

"喂，您好。"

电话那边传来了一个熟悉的声音。新谷先生是小岩一家建筑公司的老板，山上法律事务所担当其法律顾问。一直是山上先生亲自处理跟这个公司相关的事，他们很少把电话打到法子这里。

对方还没说什么，法子便抢先回答道："对不起，今天山上先生不在。""不是不是，"新谷打断法子，"跟山上先生说之前，近藤律师，我想先跟您谈一谈。我的一位工作上的熟人，最近遇到一些麻烦，想让我帮忙介绍一位律师，我就想到了您。"

"我吗？"

既然是新谷先生的朋友，估计也是公司老板吧。如果是的话，经验丰富的山上先生不是比自己更合适吗？

"五年前，您不是帮我太太处理过她们家遗产继承的问题吗？我小舅子的事，让您费了不少心。"

"啊……"

那是法子休产假之前的事了。新谷的岳母去世时，法子负责处理其遗产问题。新谷的岳父十多年前就去世了，留下的主要是闲置房产，并不怎么值钱。但不巧的是，新谷的太太有一个已经断绝了关系的弟弟，他们希望尽量遵循法定程序处理弟弟这部分遗产，便咨询了法子。

如果只是断绝关系，倒也不是什么新鲜事。麻烦的是，这个弟弟加入了某个新兴宗教，并出了家。法子虽没刨根问底地打听，但可以想象，这正是他和家人断绝关系的理由。

对新谷夫妻来说，将遗产分给弟弟没有问题，但不希望遗产马上落入新兴宗教的手中。那时，山上律师把这件事交给了法子处理。可没人知道怎样才能联系到这个弟弟，法子甚至都无法告诉他母亲去世的消息，只能大费周折，通过道轮会这个组织交涉。最终，弟弟放弃了遗产。

虽说数目不大，但这笔遗产也足够一个人生活一段时间。可他却以"给妈妈和姐姐添了不少麻烦"为由，选择了放弃。

新谷的这个小舅子已经剃了发，眼睛像玻璃球一样透明。坐着的时候，蜷缩着纤细的肩膀像位耄耋老人，怎么也看不出其实只有五十多岁。

"没有的事，并不麻烦，您的小舅子很通情达理。"法子回答。

"我的一位熟人，最近，碰到的麻烦也跟这类宗教有关。"

法子以为又是跟道轮会有关的事，可下一个瞬间，她听到了一个意想不到的词语。

"您知道未来学校吧？那个，上个月，在那边发现了被掩埋的小孩尸骨。"

法子的心脏像是被一个看不见的手狠狠地一把抓住。

没等突然沉默的法子回答，新谷接着说："我的那位熟人叫吉住，他的女儿带着外孙女去了未来学校，至今联系不上。尸骨的事被报道后，他说她女儿就是住在静冈的那个地方。"

"嗯。"

法子终于应了一声。

"他担心，这次被发现的女孩会不会就是自己的外孙女，因为电视里推测的掩埋尸体的时间以及受害者的年龄跟当时的外孙女基本一致，而且从那以后他再没见过外孙女。"

法子又说不出话了。

她想起了小时候的那个夏天，那些流淌而去的时间和那些生活在那里的孩子。那些孩子有着怎样的背景和父母，小时候的她从未考虑过。现在想来，那些孩子当然也有父母，以及生活在山麓的祖父母。

距离最初发现尸骨，已经过了一个月。尸骨的身份依然未知，但也陆续调查出了一些新情报：尸骨应该已经被埋藏了三十年左右。受害者当时在九岁至十二岁之间，小学三年级至六年级。

法子今年四十岁。

去合宿的那些夏天，她从十岁变成十二岁。这段时间和推测的埋尸时间惊人的一致。每当就要想起那些孩子的时候，法子都会阻止自己继续想下去。

> 那具尸骨正好就是当时认识的某个小伙伴，怎么可能有这么巧的事。一定是不认识的孩子，一定不是美夏，是我想多了。

"您为什么打算找我处理这件事呢？"法子不小心把内心的疑问说了出来，平常的她是绝对不会问这种问题的。她叹了口气，换了另一只手拿听筒。

新谷似乎并不介意："近藤律师，您在处理我小舅子的事的时候，不是主动跟宗教团体交涉，顺利地解决了问题吗？吉住跟我商量这件事的时候，我立刻想到了您，于是和他稍微提了一下，他听说之后就让我把您介绍给他。"

"但是，我只是……"

虽然说，新谷妻子的弟弟是新兴宗教的信徒，但法子只是把那件事当作普通的遗产问题处理罢了。

且不论是否入了什么教，查出弟弟人在什么地方并不是什么大问题。向道轮会询问后立刻就知道了地址，虽然一开始需要通过道轮会的代理人去询问当事人是否愿意和姐姐的代理人会面。但是，和弟弟本人见过一次面后，便无须再通过道轮会了。显然，弟弟也不希望道轮会介入他的遗产继承问题。感受到他的抗拒之后，道轮会的顾问律师和代理人中途就不再参加两方的会面了。可能他们也发现，比起继承遗产，弟弟更希望跟家人断绝关系。

　　法子一直以为宗教团体是很贪婪的，跟新谷妻子的弟弟谈过之后，法子以为道轮回的人一定会来争夺他的那部分遗产。没想到他们并没有采取任何行动，问题就那样简单解决了。法子在与道轮会的交涉中得知，他们的教义中有"坚决远离世俗欲望与金钱"这一条。教徒们会不会都严格遵守教义说不准，但促使弟弟放弃遗产的或许正是这条教义。

　　新谷妻子的弟弟住在道轮会提供的宿舍里，法子去拜访他。那是一栋墙壁上爬满了裂纹的老房子，法子心情复杂地看着弟弟的背影渐渐消失在楼道尽头。新谷夫妇直到最后也没提出想和弟弟见面。

　　"那次只是碰巧帮了您，道轮会并没有过多干涉这件事。"

　　"不管怎么说，跟这种团体打交道，您都是有经验的。看在我的面子上，就跟吉住见一面吧。"

　　法子想拒绝，不管是山上法律事务所的其他律师还是她本人，都不是宗教问题的专家。律师事务所各有专攻，有的专门处理与新兴宗教相关的问题，比如帮助家人脱离宗教团体、取回出家时捐赠给宗教团体的财产等等。

　　而且，处理新谷妻子的弟弟的事务时，法子曾咨询过这方面的专家，她知道哪家事务所更加合适。

　　应该把那家法律事务所介绍给吉住先生……

　　这个念头一闪而过，这是考虑过后下的判断。

　　然后，脱口而出的却是："我明白了。您让他联系我吧。"

　　吉住夫妇来到了山上法律事务所。

　　这是一对身形瘦小的夫妇，两人都是一头白发，穿着白衬衫，就像相亲相爱地合翅依偎在同一个树杈上的一对文鸟。丈夫叫吉住孝信，八十七岁；太太叫清子，八十五岁。

吉住孝信说道："名字里带有'未来'两个字的肯定不是什么好地方，我早就说过。"

法子和山上所长一言不发地听着。

吉住先生脸上戴着一副镜片很厚的深色眼镜，耳朵上戴着一副助听器，年事虽高，依然不忘穿衣打扮，一看就知道年轻时是个企业精英。从贸易公司退休之前，吉住准备翻新房子，找到了新谷的建筑公司，之后两人就交上了朋友。

太太清子坐在丈夫身边，气质高雅。在沙发上等待茶水的时候，她先是跟周围的人打了个招呼，然后把进门前打着的一把碎花阳伞一丝不苟地折好，收到了手包里面。现在，她正微微低着头，握着包的提手听丈夫说话。

"'未来'是一个很有分量的词，敢自称'未来'，还觉得有能力教育别人的团体或个人一定不是什么好东西。我说只有开发新能源或新技术的公司才有资格称自己为'未来'，我女儿保美听后跟我大吵了一架。"

可能是因为戴着助听器，吉住先生说话的声音很大。他的脸上和手上满是皱纹，声音也有些沙哑，但吐字清晰明了。

保美是夫妻俩唯一的女儿。

清子微微抬起头说道："虽说只是我们做父母的一面之词，但像她这样做事认真、优秀的女儿，竟然去了那种地方，我们万万没有想到。"

她的手依然紧握着包的提手。

他们的女儿从东京一流的私立初高中一贯制学校毕业后，考上了一所地方的国立大学，之后进入了一家 PR（公关）公司。后来，和公司同事结婚并辞职做了家庭主妇。但是，孩子出生后不久，他们就离婚了。

吉住夫妇听女儿说以后打算去未来学校生活，也就是那个时候。那之前，吉住夫妇从未听说过什么未来学校，也不知道女儿竟被未来学校的理念感化了。

那时，她们的孙女刚刚两岁。

"不管我们怎样反对，保美都不听。刚离婚那段时间她很焦虑，肯定也很孤独吧。未来学校一定是在那时乘虚而入的。因为女儿实在太顽固，后来我们就不再劝她了。我们觉得那只是一种流行病，去住一阵子，知道是怎么回事，肯定就想回家了。但我们坚决反对她把孙女带去。我们跟她说，相信什么是你的自由，但不要把孩子卷进去。可是……"

清子握着包的手轻颤，全身都在颤抖，神情阴郁。

"那时，保美却笑了。她说，如果不带孩子去学舍就没意义了，自己是为了孩子才去的。她摸着外孙女的头对我说：'妈妈，只有这里才有未来哦。'"

法子感到脊背发冷。

她默默看着吉住夫妇二人。她知道这句话，也亲耳听到过。那时，学舍的大人摸着孩子的头说："只有这里才有未来。"

清子很自然地说出了"学舍"这个词，也令法子惊讶。她已经很久没跟其他知道学舍的人交流过。这两个人虽没有去过那个地方，倒是从侧面多少了解一些那里的情况。

清子声音颤抖地说："我们甚至跟她说，如果你一意孤行就断绝亲子关系，可她还是去了。"

"我们后来才知道，那里居然把小孩从他们的父母身边带走，分开生活……"孝信补充道，语气里充满了无奈和悔恨，"此前，虽然不甘心，但想到不管怎样孩子还是跟父母待在一起比较好，可没想到……那感觉就像被背叛了一样。一想到保美可能是因为'育儿放弃'^①才去的那里，就觉得她真是太无情了，也非常后悔，没能保护好外孙女。"

说着说着，仿佛往日的悔恨和痛苦又涌上心头，孝信十分激动，脸涨得通红。

坐在法子身边的山上所长突然插话："那时，你们没有试着找去未来学校，把女儿和外孙女带回来吗？"

孝信点了点头说："去了。但是，不管我们去几趟，怎么跟未来学校的人请求，甚至直接找到他们位于静冈的机构所在地。但他们只是说保美不想见我们，不让我们见面。我经常跟妻子说，如果就这样一直联系不上，这么下去，就算保美已经不在了、已经死了，可能我们都不知道。"

一说到"死"，会客室的氛围变得更紧张了。

"瓶装水事件发生的时候也是，"孝信继续讲道，"出了这么大的事，我就赶紧找了个代理人直奔未来学校，想着这次一定要见到保美。可未来学校的人说，女儿已经退出了未来学校，离开了机构。"

一口气说了那么多，孝信喘了口气，摇了摇头："也不知是真是假。"

山上问："您外孙女呢？"

"未来学校的人说保美是带着外孙女一起离开的。但已经过去这么多年了，我们再也没有见过女儿和外孙女一面，也没有任何联系。她们的行踪我们完全不知道。"

吉住夫妇虽然情绪激动，可说话时思路清晰，可以想象他们对女儿一定是从小悉心培养，一定很优秀。

---

① 根据日本《儿童虐待防止法》的规定，育儿放弃（忽视）指的是"过分减少儿童进食，以致妨碍其正常的身体或精神发育；或长时间弃之不顾，（略）以及其他监护人在监护过程中有明显懈怠懒惰的行为"。

但也许正因如此……

法子在那里认识的那些"老师"，所有人，都是非常优秀，也很聪明，和自己那个平凡的母亲完全不一样。每个人都有高学历，还通晓外语，非常擅长培养孩子们的"自主思考能力"，符合他们对理想育儿的追求。可能正因为优秀，才会去追逐一些纯粹到不切实际的理想。

"我们想拜托各位律师……"

孝信的手颤抖着，表情严肃，愤怒中透出无奈。

"请你们查一查那具白骨是不是我外孙女的。"

"白骨"这个词实在太沉重了。不是尸体，是白骨。这对夫妇一定从听到新闻报道的那一刻起，就把报道中机构的所在地或是发现的遗体的状况，和自己的女儿、外孙女联系到一起，不停地想象可能发生的事吧。

"如果不是，就告诉我们不是，我们当然希望不是外孙女。在毫不知情的情况下被家长带到那种地方，还被迫跟家长分开，最终不明不白地死去。如果那真是外孙女的话，实在是太可怜了。"

太可怜了，太可怜了，太可怜了。

坐在反复哀叹的孝信身边，清子也流起了眼泪，流着流着，忍不住小声呜咽了起来，赶紧用手掩了面。被清子的呜咽声触动，孝信的眼眶也开始泛红。

他继续说："如果外孙女还活着的话，今年应该是四十岁。我们觉得，如果是一个四十岁的成年人，不管在哪里遇到什么，都算是她的命。可如果真像新闻里说的那样，那个孩子的人生也许就永远停在了那一刻……想到这些，我的心都要碎了。小孩子能有什么过错？实在太可怜了。不把这件事搞清楚，我们真是死不瞑目。"

听完孝信的话，法子紧紧抿住了嘴唇。如果不这样，她将无法控制自己的感情。

如果还活着的话，现在四十岁。

如果这样的话，和法子同岁。

她意识到，自己从一见到吉住夫妇起，便不断从他们身上寻找着谁的面影。

是美夏的面影。

和美夏相似的气质。

她想从他们身上找出一些能跟美夏——自己那模糊的记忆中的美夏——联系到一起的东西。可她惊讶地发现，自己真的什么也记不清了。吉住夫妇身上到底有没有美夏的影子？似乎有也似乎没有。

小孩子能有什么过错？

外孙女和吉住夫妇分离的时候只有两岁，这点也让法子觉得心痛。她回忆起女儿蓝子两岁时幼小的身躯和温暖的体温，再想到两岁的孩子被迫离开父母的意义。有了孩子后，她对这件事的理解和自己小时候完全不一样了。

其实还是会孤单，也会悲伤。

法子想起了美夏说过的话。

法子问："请问您外孙女叫什么名字？"

吉住夫妇对视了一下。

清子答道："外孙女的名字叫……"

第四章

美夏的回忆

"我叫美夏。"

美夏自我介绍道。

可眼前那个孩子就像受了惊吓一样。

可能是因为突然被搭话有些困惑，也可能是因为害羞吧。美夏已经换好了衣服，可她还穿着睡衣。

她穿着的浅紫色睡衣是带荷叶边的，十分可爱。如果美夏有这么可爱的睡衣，她恨不得一整天都穿着。美夏笑着问那个孩子："这睡衣是你自己选的吗？"

在学舍，孩子们是不能自己选衣服穿的。美夏很羡慕眼前这个孩子，不由得跟她搭了话。

"真好，真有品位。"

"……法子。"

"嗯？"

"我叫法子。"

那孩子终于答话了。原来她不是故意无视自己啊，美夏终于放心了。今天是孩子们来学舍合宿的第三天。每年的合宿，美夏都喜欢来帮忙。

美夏想，眼前这个孩子应该是绿组的。

"法子是四年级吧？跟我一样。"。

听到美夏的问题，那个孩子看起来比刚才更害怕了。美夏心想，她怎么又不说话了，是不爱说话吗？

正想着，那孩子——法子开口了："你都记住了？"

"嗯？"

"来合宿的孩子那么多，不是吗？我还以为学舍的孩子把大家的信息都背下来了。"

"啊……虽说不可能记住所有人，但我记得和我同岁的孩子，因为想交朋友嘛。我也是四年级，请多关照啊。"

美夏上来搭话，是因为看到法子情绪低落。

虽说不确定法子是不是真的难过，但合宿的期间，每年都有一些孩子心情低落。可能是受到了组员或是一起睡觉的同伴的排挤。虽然他们身在学舍，心却在山麓，只想着赶快回家。

而且，美夏总是能很快发现这类孩子。

比如眼前这个孩子——法子，就是其中一员。要不她怎么会特意跑到这冷冷清清的二楼，一个人刷牙呢？

比起善于交际的孩子，美夏更喜欢跟法子这样的孩子相处，一旦发现这样的孩子就放不下。

她知道他们的感受，也理解他们的内心。

"请多关照啊。"

听了美夏的话，法子只是"嗯"了一声，点了点头。美夏还在担心法子是不是不喜欢跟自己说话，那张脸上突然露出了笑容。

"请多关照。"

看到法子对自己笑了，美夏也特别高兴。

"我记得和我同岁的孩子，因为想交朋友嘛。我也是四年级。"

美夏的声音明亮干脆。法子手握着牙刷呆呆地望着美夏。

美夏对她说："请多关照啊。"

法子心脏怦怦直跳。住在学舍的孩子对这里很熟悉，在老师们面前也不会畏首畏尾，很受大家的欢迎。法子觉得只有一小部分积极的人才有权利跟学舍的孩子交流，所以昨天没敢跟来帮助配餐的美夏搭话。

没想到，学舍的孩子竟然主动过来和自己说话……

美夏是个可爱的孩子。

但是，气质和由衣、亚美完全不同。当然她们两个都非常可爱，但美夏不一样，应该不是那种喜欢聊偶像或自己意中人的那类女生。虽然说不太清楚，也许因为她长着一对吊梢眼，有一种凛然的气质。

虽然法子是第一次跟美夏接触，但她觉得如果自己对美夏说窗外的景色美、山的氛围独特，美夏应该能明白。虽然这是她们第一次交谈，这种感觉真的很奇妙。

"请多关照。"

法子没想到自己竟如此顺畅地说出了这四个字。

她问道："美夏，你一直住在这里吗？"

法子有很多问题想问学舍的孩子。她只知道这些孩子被叫作"学舍的孩子"，没有大人告诉她这些孩子睡在哪里，或是为什么在这里生活。

问问题的时候，她有些犹豫，生怕自己问了不该问的问题，没想到美夏很爽快地答道："是的！现在，我们住在那边的大厅或者大人宿舍的空房间里。平时，我们就睡在你们现在住的学舍，合宿期间睡在其他地方。"

"这么说，你们是把房间腾出来给我们住了吗？"

"对，但没关系的。山麓的孩子来了，我很开心。"

美夏真诚地笑了笑。

楼下传来老师的声音："喂——刷完牙赶快换衣服去食堂哦，早饭别迟到。"

法子终于回过神来，慌慌张张地挤了牙膏。一拧开水龙头，流出的水冷得她一激灵。山上的水竟然这么凉，令她瞬间清醒了。

美夏说："待会儿见！"

这句话沁入了法子的心扉。

　　直到刚才，法子都在烦恼由衣和亚美的事儿，不知今天晚上该和谁一起睡，美夏这句话让她一下子轻松了下来。

　　孩子们刷完牙，换完衣服，来到了食堂。每个组用一张餐桌，餐桌中央放着案板和菜刀，还有几个硕大的桃子。

　　幸子老师说道："桃子是附近的农家给的，每桌自己切开，大家分着吃吧。女孩们，交给你们了。"

　　法子很吃惊，竟然要自己切吗？妈妈或奶奶做饭时，她有时会打下手，可从未用过菜刀。用菜刀把桃子削皮再切开肯定很难。

　　"你切过桃子吗？"

　　法子问同样上四年级的沙也，沙也摇了摇头说"没有"。其他孩子也差不多，都不愿靠近菜刀。最终，老师安排每个组六年级的女生来切桃子，并且让大人们先教会她们，之后让她们将桃子切开分给其他人。

　　"每个人回家之前都要学会用菜刀哦。要不长大了，当了妈妈的时候还不会怎么办？"幸子老师对大家说完，又自言自语道，"……会用菜刀的孩子真是一年比一年少了。"

　　桃子甜极了。

　　还有面包、牛奶、煮鸡蛋，法子全吃了。这是她第一次真正地"品尝"到了这里饭菜的美味。邻座的沙也没喝牛奶也没吃鸡蛋，老师批评了她。

　　吃完早饭要进行一个会。在未来学校，普通学校中的晨会、班会之类的活动都被叫作会。在早晨的会中，询问了每个人的身体情况后，幸子老师用郑重的语气对大家说："今天，我们终于要去看泉水了。"

　　老师用了"终于"，可法子并不知道有什么好"终于"的。老师接着说："进入森林后还要往深处走一小段，大家注意别走散了。"法子这才明白过来，原来是要去那个学校宣传片里拍到的、像 RPG 里传说中的泉水般的那个地方。这么说来，来合宿之前，法子就想过要去看看。

幸子老师接着说:"大家每天早上喝的水、洗菜的水、蒸米饭的水,都来自我们现在要去看的那口泉。打扫学舍时用的水,也都是这里的孩子每天早上去泉中打回来的。他们每天都用泉水擦拭地板。今天,学校会破例给大家一个去打水的机会。"每个组的前面都放着一个大水桶,就像是童话故事里那样的大水桶。

绿组的负责人是幸子老师和贤老师。贤老师看起来比幸子老师年轻不少,戴着一副眼镜,穿着一件鲜绿色的 Polo 衫,很时尚。昨天,他在自我介绍时说:"我一听说自己要带领绿组,就把家里绿色的衣服全找出来了。"在法子看来,其他的女老师与其说是老师,不如说是"谁谁的妈妈";只有贤老师声音洪亮举止大方,跟学校的老师没两样。

幸子老师讲话的时候,有一个四年级的男生觉得无聊,站起来想走,贤老师追了上去。

合宿开始以来的这三天,这个男生一直这样,动不动就要出去,可能是静不下心听人说话。幸子老师每次都会生气地叫他的名字。几次下来,法子也记住了,他叫"阿信"。

讲话的时候,幸子老师会时不时瞥一眼阿信,严肃地警告他,别人说话的时候要坐下好好听。法子则会在心中默念一句"又来了",然后轻轻叹一口气。法子讨厌调皮捣蛋的孩子。可能因为自己听得很认真,每次看到不守规矩的孩子,她都觉得心烦。

阿信一脸不耐烦地回到座位上,幸子老师继续讲话:

"泉水非常重要。在充满灵性的水边自由地学习玩耍,这是未来学校最初的图景。虽说各位只有这几天接受泉水的恩惠,可对于平时就住在这里的人来说,泉水真是太宝贵了,请大家一定不要胡闹。这样宝贵的泉水难得一见,大家要珍惜这个机会。"

孩子们穿上鞋,出门走到学舍附近的广场,分组排成几队。

"我们要分批去,绿组和黄绿组一起去。刚才,紫组和红组已经去了，在路上可能会遇见他们。"

幸子老师讲着讲着，一个孩子突然躺到了地上，又是阿信，早上刚换好的衬衫和裤子上沾满了黄沙，甚至连头发上都是。他就那样有气无力地躺在地上，好像哪儿都不想去。

"好脏……"沙也有些不高兴。毕竟已经相处三天了，法子发现，活动的时候沙也总是在膝盖上搭一块手绢，对食物又挑剔，可能有轻微洁癖。

好像是听到了沙也的话，躺在地上的阿信突然把目光转向了这边。法子胸中一紧，心想："说话的是我旁边的沙也，你不要瞪我呀。"可仔细一看，阿信双眼无神，虽将头扭向了这边，倒也说不上是在瞪着谁。

已经在同一个小组努力相处了三天，法子觉得自己就是没办法跟阿信这样的孩子变成朋友。她完全不理解他脑子里在想什么。如果可以，她甚至不想接近阿信。这孩子平时在学校里难道也是这样吗？

法子正想着，贤老师突然喊道："喂，阿信，你是后背粘在地上了吗？"他语调随意，并没有像幸子老师那样严厉训斥阿信。

"阿信，你要是想躺着的话也不是不可以，不过这里没有树荫，待会儿可要晒成人干了。不信你看，旁边是不是有被晒成干的蚯蚓？"

可阿信还是像一个"大"字一样躺在地上，望着天空一动不动。

贤老师没有发火，也没有上前拽他的胳膊或把他抱起来。

"阿信，你可真有意思。"贤老师低下头，与阿信四目相对，笑着说，"还有，我真的特别喜欢你。"

阿信还是不说话，只是盯着天空看。贤老师似乎并不在意，悄悄地走了回来。

"我劝你快点起来，要不真的要晒干了。啊，小滋，阿信想躺着就让他躺着吧，如果他改变主意又想去了，你就把他领过去，好吗？"

"明白了。"

听到这个稳重的声音，法子好奇地转头去看。不知何时，学舍的孩子们也到广场来了，小滋的旁边站着的正是美夏。美夏也看到了法子，冲她笑了笑，悄悄招了招手。

法子的心中顿时被喜悦充满了。

沙也问法子："你们关系很好吗？"

这个问题问得法子心里美滋滋的。

法子点点头："嗯，早上刷牙时认识的。"

"这样啊。"

法子觉得这是个机会，开口问："沙也，你现在跟谁一起睡啊？"

由衣离开后，亚美也觉得法子无趣，要去跟黄组的孩子一起睡，剩下法子一个人。法子昨天就开始后悔，第一天晚上为了由衣拒绝了沙也的邀请。

沙也有些尴尬地回答："……我还没想好。"

法子心想，沙也是要一个人睡吗？看来，谁都害怕承认自己没有朋友。

她问道："从今天起，我们一起睡怎么样？"

"啊，可以啊。"

"太好了，谢谢！"

悬着的心终于放了下来，法子特别感谢沙也。

路上，学舍的孩子要么跟老师一起走在队伍的最前方，要么走在队尾。美夏当然也一样，没办法跟法子她们并排走，这令法子感到些许遗憾。但她还是觉得能跟美夏一起去看泉，就已经很满足了。

越往森林的深处走，泥土和青草的味道就越浓，那是一种令人怀念的味道。外面虽是晴空万里，森林深处却有被雨水打湿的地方，泥土和树叶散发着湿润的香气。

耳边是啾啾的鸟鸣、吱吱的蝉鸣，还有小虫飞走时羽翼的震动声。

幸子老师在前方提醒大家："路比较滑，大家小心。"

刺眼的阳光从树叶的缝隙中照进来。林中既有树木覆盖的地方，也有光秃秃的巨岩，还有土坡一样的隆起。有的地方乍看之下无路可走，仔细看的话可以看到人走过的痕迹，*学舍*的人应该是经常往返于此。

一栋蓝色屋顶的建筑物出现在了视野里，孩子们小声说起话来。

"这里是*工厂*。"幸子老师停下了脚步，"这是送去*山麓*的泉水装瓶的地方。这里的水特别好，*山麓*的人也喜欢……哦，比我们早来的紫组和红组的孩子要回去了，大家注意给他们让一下路。"

由衣在紫组的队伍里。紫色班返程的时候，由衣看到了法子，"啊"地叫了一声，笑着冲她挥挥手打了个招呼。法子看到后，也高兴地挥了挥手。

身旁的沙也嘟囔了一句："朋友真多啊。"

法子答道："我跟她一个学校，我们一起来的。"

法子心想，这里叫"*未来学校*"，外面的学校也叫"学校"，好混乱啊。不过沙也应该是听明白了，点了点头。

和由衣擦身而过后，法子听到紫组也有人问由衣："是你朋友？"由衣回答："嗯！"

听到由衣的回答，法子安心了，由衣果然没有骗自己。

这一天，总算是过完了。

法子又想起那天睡觉时，听到由衣说的那句令她震惊的话。就算是被由衣骗来的，法子也不觉得伤心，她的心态沉稳了不少。如果由衣费尽心机也要把法子骗来，想必也是走投无路的。那时，她那么迫切地邀请法子和惠理……

也许由衣是希望来到这边后，在交上新朋友前的一两天时间里，至少有个认识的人陪在身边吧。她就是那么害怕变成孤零零的一个人。所以，即使是在班级里一个朋友都没有的法子也可以。

连法子都隐约感觉到，由衣很依赖自己。所以，法子晕车的时候，她才会想："如果因为自己晕车了，由衣一路只能孤零零地一个人坐，似乎失去了一起来的意义"

有人依赖自己，她感到很高兴。

让法子觉得更加难过的是，来这里合宿之前惠理对她说："用不着跟她去啦！"法子知道，惠理是为法子着想才这样说。

可……她和由衣难道不是朋友吗？

法子越想越难受。"朋友"到底是什么？法子曾经那么想加入她们的小团体，跟她们成为朋友，可她们怎么那么不关心自己的朋友呢？

法子又想起惠理说过："由衣上幼儿园是中途入园，在那之前一直在上未来学校哦。虽然后来和惠理我都进了向日葵班，那之前一直在那边。"

一直到中班哦，厉害吧？

也就是说，由衣曾经是生活在学舍的一员，和美夏她们一样。

说起来，跟绿组一起去泉边的是黄绿组，带领黄绿组的正是由衣的妈妈千春老师。由衣和妈妈碰到的时候会不会互相招手打招呼呢？法子有些好奇，转过头想一看究竟，可由衣所在的队伍已经走远了，消失在了视线里。

法子不觉得自己的妈妈很优秀，自己的妈妈既不像由衣和亚美的妈妈那样年轻时尚，又不理解孩子的内心，还老是蛮不讲理地批评孩子。虽然如此，法子还是觉得孩子从小和妈妈一起生活是理所当然的，离开妈妈对她来说是无法想象的。来学舍之前，她从来没有长时间离开过妈妈身边，当然也没离开过爸爸。就连妈妈上夜班时照看她的爷爷奶奶，都不会好几天见不到。

法子开始思考惠理说的"一直"这个词代表的实际时间长度。

由衣上小学之前住在这里，也就是说离开了父母一年，甚至几年。如果真是这样，就像惠理说的那样，由衣确实很厉害。

法子大受震撼。

她认为孩子和父母住在一起是理所当然的，从来没有想象过离开父母的生活。可是，有些和自己同岁的孩子却离开了父母，自己还碰巧认识这个孩子。

只是暑假期间去参加几天合宿的话，在那里住上一两天还可以忍受，**学舍**的孩子们却从小就在这里生活。美夏也是从小就离开爸爸和妈妈，自己在这里生活了吗?

来这里之后，法子就没再看过电视和漫画。虽能领到零食，可附近没有卖零食的商店，买不了巧克力和软糖，法子越想越觉得这里待不下去。这里也许有电视机，只是被老师们藏了起来。

和紫组擦肩而过后，队伍重新出发。法子怕美夏她们听见，用极小的声音问沙也:"……沙也，你知道**学舍**的孩子从小就在这里生活吗?"

沙也有些意外，但还是点了点头，回答道:"知道。宣传片里介绍过，说是如果父母在身边的话，孩子会依赖父母。只有离开父母，孩子们才能尽快学会独立思考。"

"这样啊。"

这和法子看过的那个关于合宿的宣传片的内容好像不太一样。

沙也继续说:"孩子们独立自主地生活，大人们只是辅助孩子。这样长大的**学舍**的孩子，在学校里的考试成绩都特别好，尤其是语文。"

沙也把眼镜摘下来又戴上，吐了吐舌头说:"我爸妈也想过把我送过来住，但他们觉得我可能适应不了，就决定趁暑假先让我来体验一下。我妈妈是在市民中心知道未来学校的，她去那儿上裁剪的课时，看到了宣传单。"

"一直见不到爸爸妈妈，学舍的孩子们不寂寞吗？"法子脱口而出，目光下意识地移到了走在前面的美夏身上。

沙也看着法子，干脆地答道："我觉得不寂寞。"

法子有些吃惊。沙也说："你想啊，学舍的孩子可是从小就这样，几乎没跟父母一起生活过。对他们来说，这才是正常的，怎么会寂寞呢？"如此说道的沙也眼神有些无奈："对我们来说，和父母住在一起是天经地义，可这只是我们的想法。如果把我们的想法强加在他们身上，擅自认为他们寂寞、可怜，对他们不是很失礼吗？"

她忽然感到，身体中有一股凉意自上而下地蔓延开来。

不是的！不是的！

自己没觉得他们可怜，也不是在同情他们，只是想知道他们寂寞不寂寞。

必须要赶紧解释清楚才行。法子已经后悔自己说了那些话。现在的情况好像是法子在背后议论别人，而沙也在解释为何这样做是不对的。

"我不是这个意思……"

法子刚开口，前面就传来了孩子们的喊声："快看！快看！""真漂亮！"

法子抬起头，一闪一闪的水光映入眼帘。

法子不由得发出一声惊叹。要跟沙也解释的事顿时被她忘在脑后，只是睁大眼睛，垫着脚尖，望着波光粼粼的水面。

是泉。

法子放眼望去，尽是被低矮的草木围绕的水面。

进入林中那一刻起，法子就发现潮湿的泥土的气味越来越重。像镜面一样澄澈的水，让林中的空气变得很有张力。两只燕尾蝶你追我赶地飞舞在泉边。

"大家挨个来，不要推搡。"

大家排着队欣赏泉水。纯天然的水面，真是像镜子一样清澈透亮。

真的，真的，美极了！比在录像里看到的美太多倍。

参观过泉，回来后，下午大家一起向山下走去。去泉边是爬山，现在是下山。

大家回学舍换了泳衣，穿着泳衣去广场集合，每个组排成一列。大家手里都拿着毛巾，脚下穿着沙滩凉鞋。从今天起，孩子们要去河边玩水了。

法子站在广场上，心里乱糟糟的。来之前，法子和妈妈看到合宿所需物品清单上写着泳衣，没多想就把学校发的泳衣和泳帽放进了行李。可实际上，只有一小部分人穿的是学校发的泳衣，大部分女生要么穿着颜色鲜艳、带蝴蝶结或是带花边的泳衣，要么穿着游泳学校发的专业的运动泳衣。穿专业泳衣的孩子就像运动健将一样，特别帅气。

法子的泳衣胸前缝着一块布，布上写着班级和名字，字还特别大。泳衣虽是去年的，但因为今年还能穿，法子直接把布上的"3-1"的"3"改成了"4"。她觉得，毫无疑问，所有人中间她穿得最难看。

法子看到了由衣和亚美的身影。法子一边祈祷她俩穿的也是学校发的泳衣，一边仔细看过去。可两人穿的都是非常时髦的水彩色的泳衣，这甚至让法子觉得被背叛了。为了有备无患，法子听妈妈的话把学校发的同样写着班级名字的泳帽也带来了，可广场上没有一个孩子戴着泳帽。她尴尬极了，赶紧把泳帽藏到了身后。

孩子们以小组为单位，排着队，按顺序从广场出发。紫组出发的时候，由衣看到了法子，冲她轻轻挥了挥手，坐在地上等待出发的法子也挥了挥手。可其实，法子恨不得找个地缝钻进去。法子想，由衣一定觉得我们一家人都特别土。

终于轮到了绿组，孩子们开始前进。

从学舍出发走了二十多分钟后，转入了道路旁的小树林。流水声响起，越来越清晰，宽阔的河堤出现在眼前。远处水流湍急，近处水流平缓。

幸子老师背对着河流，对孩子们说："大家玩水的时候一定注意安全！"其他小组的老师也开始进行各种说明："那边岩石的阴影处和枫树下面水很深，大家一定不要靠近。近处虽然水流缓慢，但每年都有人遇险，千万小心。"

孩子们回答着"知道了！"，心里早想下水了。山上虽然凉快，可日光强烈，晒得孩子们背上热辣辣的。

幸子老师讲完话，贤老师走了上来，扫视着孩子们。他的目光停到了法子身上。

"我就不多说了，你们啊，就差把'想快点下水'这几个字写脑门上了。"

法子吓了一跳，觉得自己的内心好像被看透了。

在学校里，大家都认为法子不苟言笑，很少跟她开玩笑，法子自己也不习惯被人开玩笑。正当法子觉得窘迫，贤老师便把视线移开了。看来他并不只是在说法子。

"待会儿，我会问大家玩水的时候有没有什么发现。请大家注意观察，看看这河堤上有什么好玩的，一会儿讨论。"

贤老师说完，孩子们略带疑惑地看了看彼此，好像在问："怎么玩的时候还留作业呢？"看到孩子们为难的样子，贤老师笑着补充："不用想得太复杂。来吧，尽情玩耍吧！"

得到了老师的允许，男生们一哄而上，女孩们三三两两，孩子们陆续走向水边。

法子用脚尖碰了碰河水，被冰得怪叫了一声。虽说毒辣的太阳晒得她头发焦热，恨不得立刻钻进水里，可这水也太凉了。纵身跃入水里的男生们纷纷大叫："哎呀！""凉死了！凉死了！"还有男生故意使坏，朝其他人踢水、泼水，闹成一片。

沙也感叹："男生们真是精力旺盛啊。"

跟法子一样，沙也也穿着学校发的泳衣，但是胸前没有名牌。法子松了口气，又感到有些失望：不管在学校还是在这里，跟自己关系好的都是这种不会穿漂亮泳衣的孩子。

法子渐渐适应了水温，一咬牙蹲了下来。水没过了她的腰，她捧起河水浇到了头上。沙也却只是坐在浅水中，水只到她的大腿和屁股。与其说是怕凉，不如说是压根就不想下水。

男生们欢快地大笑着："别闹了！先暂停、暂停！"

沙也看了看他们，对法子说："那个阿信，这时候倒是玩得挺开心嘛。"法子也扭头看了看，阿信确实和那些正在水里追逐打闹的男生打成了一片。和躺在广场地上或一言不发突然离开教室的那个男孩不同，此时的阿信看上去跟其他男孩没什么两样。

"大家说正事、做正事的时候他什么都不干，只有这种时候……"

"……确实。"

沙也的语气中充满了厌烦，她肯定不喜欢这种人。这一点，法子也一样。

贤老师向男孩子们喊道："悠着点儿，小心脚下打滑。别脱凉鞋，小心脚被石头割破。"

法子既喜欢如梦如幻的泉，也喜欢轻松快乐的河边。

"法子！"

突然，她听到有人叫自己的名字。原来是美夏。学舍的孩子都没换泳衣，只是挽起裤脚，穿着 T 恤就走到水中。

"美夏！"

"你看，蜻蜓！"

美夏手指的地方飞着一只蜻蜓。

"真的。"法子小声说。

美夏笑了笑说："一般秋天才能看到蜻蜓，但在这边，夏天也能看到。"

"嗯，好棒啊！"

"待会儿有西瓜吃，现在正在冰镇呢。"

美夏说完，指了指自己的脚下，水中浸泡着三个大西瓜。

法子心想，美夏虽然跟自己同岁，却像个大姐姐，很可靠。学舍的孩子看上去都很成熟，好厉害啊。

美夏旁边站着一个男孩，也是学舍的，叫小滋。为了防止西瓜被水冲走，小滋用河里的石头在西瓜前面垒了一个堤坝。和其他只顾打闹玩耍的男生不一样，他弯下腰专心干活，一句话也不说。

后来，大家在河边铺上塑料布，蒙着眼用木棒砍西瓜。用木棒砍开的西瓜，和用刀切出来的不一样，形状、大小不一。"这块西瓜形状真奇怪！"大家边笑边吃，连有些洁癖的沙也都开心地吃了起来。

法子以为今天吃了西瓜，肯定就没有其他甜点了。这时，贤老师说："今天到底要不要吃刨冰呢？"

法子听由衣说过，吃刨冰的时候大家可以自由选择加什么糖浆，想加多少就浇多少。法子一直很期待。

"大家赶紧回学舍，立刻换好衣服的话，就让大家吃刨冰！"

听幸子老师这么一说，孩子们迅速行动了起来。玩水时非常开心，可上岸后大家都觉得冷，用浴巾裹紧身体。

　　回到学舍，法子脱掉了那件令她难为情的泳衣，心情终于放松了。她换好衣服来到食堂，看到长桌边放着一台刨冰机。刨冰机很大，是夏日祭和烟花大会时路边的刨冰摊上那种商用大型刨冰机，有的地方掉了漆，看来已经用了很久。机身侧面还有一个很有分量的手柄。

　　每个小组的桌子上都放着一个颜色鲜艳的塑料瓶，标签上写着"草莓""蓝色夏威夷"等等，是刨冰的果味糖浆。法子从没见过这么大的糖浆瓶子。

　　冰被搬了进来。孩子们看到盆子里装着一块长方形的透明体，孩子们都激动地叫了起来：

　　"哇！"

　　"好大！"

　　蓝组的老师喊道："好啦，先别碰！"

　　"这块冰可是用今天看到的泉水冻成的哦。"

　　"真的吗！"孩子们惊奇地叫道。

　　"所以大家要放开吃啊。剩下怪可惜的，想吃多少就吃多少。"

　　刨冰机只有一台，大家要按顺序来，没轮到的时候只能坐着等。

　　老师说："今天从粉组开始吧。"食堂中响起了粉组的欢呼声："太好了！""真幸运！"随后，食堂中便响起了咔嚓咔嚓的刨冰声。刨冰需要很大力气，男老师们轮番上阵。

　　糖浆瓶虽然还没有打开，可空气中依然充满甜腻的香气。贤老师站在绿组的前面对正在等候的孩子们说："接下来，我想问问大家刚才在河边玩水时有什么发现。"

　　法子的心紧张得扑通扑通跳了起来。

　　很多孩子紧张是因为不知道怎么回答，可法子不一样，她知道怎么回答的时候反而更紧张。大多数情况下，她能够说出自己的想法，也知道问题的答案。

她担心的是，被点名回答完问题后班里的同学用异样的眼神看她。虽然法子没有任何想显摆的意思，可还是会有人小声议论："原来法子知道答案啊。""真会显摆。"

要是在这边也被人认为爱显摆怎么办，要是被沙也讨厌了怎么办……

"法子，你怎么想？"

听到老师突然叫了她的名字，法子心脏快跳出嗓子眼了。她抬起为了躲避老师的视线而低下的头，看向贤老师。

其实，已经有几个孩子回答过问题了。她很惊讶贤老师居然记得她的名字。当然，也可能是贤老师看到了她胸前别着的名牌。

"……这么早就有蜻蜓了，我很吃惊。"

之前被叫到的孩子说的大多是"水很冷""石头很尖"这类感想，贤老师便追问："水怎么个凉法儿？""摸了尖石头了吗？"

"蜻蜓啊！"贤老师欣慰地点了点头，又问，"看到了几只蜻蜓呀？"

"我看到了两三次。还有两只叠在一起飞的。"

"法子，真厉害！"贤老师就冲法子亲切地笑了笑，法子有些不知所措。贤老师继续道："我问你看到了几只，对不对？可你回答的是次数。我正疑惑你为什么要说次数呢，你立刻补充说看到了叠在一起飞的蜻蜓。看得真仔细。"

法子的心跳得更快了，是欣喜的心跳——终于有大人认真听自己说话了。法子又惊又喜。老师似乎并不只是想让孩子们说出正确答案，而是在享受和孩子们对话的过程。法子从来没有遇见过这样的大人。如果是学校的班主任，肯定会说："我问几只你就要回答是几只。"

贤老师夸奖法子"看得真仔细"，旁边的沙也以及其他的孩子都看向了她。法子有些尴尬又有些自豪。

老师继续问道："法子，你还注意到其他的了吗？"

如果是在学校，法子一定会回答"没有"，说得多了会让其他人觉得她烦、爱显摆。可在这里……

"水深的地方是深绿色，我想知道是为什么。"

法子喉咙发热。在这里，她不用在乎别人怎么想，可以尽情把自己的想法说出来。

"啊……"贤老师冲法子深深点了点头，"确实呢。水深的地方确实颜色不一样，嗯嗯，是深绿色。为什么是那种颜色呢？水本身是透明的，水底也不是深绿色。"

对啊！

法子在心中说，我想问的也是这个。

看到法子没有说话，贤老师笑了笑说："真不可思议。下次我们一起调查调查怎么样？谢谢你，法子。"

"好。"

长长的对话结束了，法子依然兴奋不已。为了不使兴奋溢于言表，她拼命控制自己。其实，她很想问沙也或其他人觉得自己刚才跟老师的交谈怎么样，想知道大家会不会赞赏自己。

前面那一组的老师招呼道："绿组，轮到你们了，大家来吃刨冰吧。"

孩子们站了起来。沙也问法子："你想吃什么味道？"她语气神情一如既往，并没有提法子刚才回答问题的事。法子虽有一点小小的失望，总的来说已经很开心了。在这里，她不会被讨厌，也不会被小声议论。这里真是一个特别的地方。

多亏美夏的提醒，法子才注意到蜻蜓。其他孩子可能也看到蜻蜓了，但他们可能想不到这可以是个"大发现"。法子想对美夏说声谢谢，可在人群中没有找到她的身影。吃刨冰的时候，学舍的孩子一个都没来。

那天的刨冰，是法子人生中吃过的最好吃的刨冰。草莓味的糖浆像梦一样甜，法子真想永永远远地吃下去。

◇◆◇

法子他们每天都要翻过小山丘去澡堂洗澡，这已经是第三天了。

昨天还在感叹"怎么才第二天呀"，今天却这么快就过去了，法子自己也很惊讶。

负责洗衣服的女孩们搬来了洗衣筐。洗完澡后，法子她们把需要换洗的内裤扔进了筐中。一开始，法子不太能接受把自己的内裤和其他人的扔在一个筐里，但今天已经不在乎了。

吃完晚饭，法子换上睡衣来到大厅，每个人的衣物筐里都整整齐齐地摆放着洗好的衣物，是负责洗衣的孩子们帮忙叠的。

未来学校里虽然只有孩子没有大人，但大家各司其职，各尽其力，像个大家庭。

昨天问答时讨论的就是这个主题。

每天睡觉之前，都要进行**会**和**问答**，结束后大家写日记，写完日记就可以睡觉了。

进行**问答**的时候会讨论很多话题，第一天是"如果食物从世界上消失了该怎么办"，昨天是"人活着是为了什么"——为了维持社会的正常运转，人们分工协作，各尽所能。大家讨论自己能够为哪些人做些什么。

第三天，也就是今天，大家讨论了"被同伴排挤"的问题——为什么在学校等各种集体中，总会有人被同伴排挤。能和大人们一起认真探讨这个问题，法子觉得很有收获。

夜里，法子正要睡觉的时候，亚美穿着睡衣来了。

法子听见亚美喊了自己一声"法子"，心中各种念头翻腾不已："该来的还是来了……她就算对我说'由衣走了我也不想跟你一起睡了'，也是没有办法的事……即使跟我道歉也很尴尬，还不如一声不吭地离开……"

没想到，亚美问道："今天你在哪边睡?"

法子吃惊地望着亚美。亚美是一个人来的，没有和同一个组的小伙伴在一起。

沙也站在法子旁边，正准备铺褥子。白天她们就说好了晚上要一起睡。

亚美注意到了沙也，又问："你们一起吗?"法子不知所措地点了点头。怎么办、怎么办? 法子慌了。

没想到，亚美冲沙也笑了笑说："请多指教呀，我叫亚沙美，大家都叫我亚美。"

"我叫沙也，"沙也小声地向亚美自我介绍，"绿组，跟法子一样。"

"这样呀，我是黄组。"

法子默默地看着两个人交谈。

"你们准备在哪边睡呢?"

"离入口远一点比较好吧。"

两人一言一语地商量了起来。法子才明白原来是要三个人一起睡。她们两个好像一点都不在乎法子分别跟她们俩约好了一起睡觉这件事。

三个人选好地方铺上褥子，并排着躺了下来。熄灯后依然有人聊天，法子她们也趁机聊了起来。

"今天河里的水太凉了!"

"太凉了。居然有人敢把头也扎进去，好像是黄组的吧?"

"啊，是小光吧。那孩子太厉害了，去泉边的时候也……"

今天没人讨论喜欢的男生，也没人讨论偶像，都是普通得不能再普通的话题。这些普通得不能再普通的话题，让法子深深地放松了下来。就算由衣不在，亚美没有抛下她，沙也也在她身边。

昨天夜里，法子那么担心没人和自己一起睡觉，没想到问题这么简单就解决了。

法子开始思考进行问答时讨论的"被同伴排挤"的问题。在一般的学校，不管老师怎么强调禁止校园霸凌、不能孤立同学，大家都觉得知道了就行。他们虽然在老师面前保证不欺负同学，却从不把老师的教育和自己的实际行动联系在一起。

但在这里不一样。

在普通的、山麓的学校不可能实现的事，在这里却成了可能。

第二天早晨，法子像前几天一样刷牙、洗脸、换衣服。今天她不再独自上二楼，而是和大家一起行动。

吃饭前和亚美分开后，法子小声跟沙也道歉："对不起，我没告诉你，亚美也跟我们一起睡。"

沙也眨了眨蒙眬的睡眼，歪着头说："是吗？我以为本来就是要三个人一起睡。"

法子发现，沙也虽然看上去敏感，但其实并不像自己那样整天为人际关系烦恼。跟沙也她们比起来，自己有些过于患得患失。沙也虽然有时说话有些尖锐，但法子越来越喜欢她了。

一觉醒来，法子以为又要去看山泉，结果并不是。

一个去年前年的暑假都来合宿的五年级女孩告诉她："山泉只去看

一次。"法子很喜欢泉边的景色，听说这个消息之后觉得有些遗憾。但想想也是，对住在学舍的人来说，山泉很重要，需要悉心保护。像自己这样，仅是过来体验生活的人，只能算是"客人"，能去泉边看一次，已经算是破例了吧。

今天是合宿的第四天，男生们要去稍远一点、有柔软土地、被叫作田地的地方去玩相扑；女孩们要用领来的布料自己缝制一条裙子，还要染色。听说每人都能做一条只属于自己的裙子，法子很兴奋。要是能穿着自己做的裙子回家，妈妈应该会很高兴吧。

染料把女孩们的手指染成了蓝色和紫色，泥土沾满了男孩们的脸蛋和头发。活动结束后，孩子们来到河边，让河水冲走身上的汗水和泥土。后来，大家回到学舍，分组商量最后一天的送别会上演什么节目。

法子吃惊极了。刚来的时候，一星期显得那么漫长，没想到转眼之间，"送别"这个词竟然都出来了。

关于在最后的会上要演什么节目，孩子们意见纷纷。有人说，可以出个合唱节目，就唱未来学校的校歌；也有人说，应该把这一星期的经历改编成话剧演一演。法子对哪个方案都不太满意，她觉得其他小组肯定能想到类似的。可她自己也没什么好主意，只能保持沉默。

幸子老师突然大声喊："阿信！现在是讨论时间，你上哪儿去？"

法子转头看见阿信站了起来，正准备走。

绿组的其他孩子有些不快，表情似乎在说："又来了。"阿信像是没有听见老师的大声训斥似的，虽然终究没有离开，但是猛地躺在了认真讨论的孩子们的旁边。

这个时候，一直负责照看阿信的贤老师还没来。

"也没必要非一起讨论吧。"

几个五年级的孩子偷偷小声议论着。

"阿信想怎样就怎样呗。"

"反正他也不想加入我们。"

法子也是这样想的。沙也压低声音对法子说："玩的时候他倒是没毛病。"

"……嗯。"

她和沙也都不喜欢不守规矩的孩子。

幸子老师好像听到了那几个孩子的议论，叹了口气说："阿信，你就躺到你满意为止吧。阿信他就这样我们也没办法，大家不要管他了。"

就在这时，法子听到一个冷冷的声音说："幸子老师，您说什么？"

是贤老师。听到他的声音，幸子老师和孩子们都抬起了头。那声音有些吓人。

贤老师不知什么时候站在了门口，幸子老师惊讶地张开了嘴："贤老师。"

"其他人也是，刚才说什么了？好像有人说不跟阿信一起讨论也没事，对吧？是谁说的？"

平时，即便幸子老师大发雷霆，贤老师也绝不生气。昨天，贤老师还不吝言辞地夸奖了法子，法子一直觉得贤老师是个温柔和蔼的人。这个温柔的贤老师竟然发怒了。

"谁说的！"

房间里弥漫着紧张的空气。孩子们被贤老师严厉的声音吓得一言不发，连幸子老师都沉默了。贤老师一动不动地盯着班上的孩子们。

没人站出来承认是自己说的。那些五年级的孩子紧张地缩在后面。其实，所有人都多少赞成他们的想法，大家现在是一起挨骂的心情。

"幸子老师。"

被贤老师点名，幸子老师吓得哆嗦了一下，只是沉默地看着贤老师。

贤老师继续说："您做得有点过了。一个人都不能少，谁也不能少，这才是**未来学校**啊。我不会抛下阿信不管的。"

"那个，我说不管是故意吓唬他的，不是真的。"

"您说'阿信他就这样'，这也挺伤人的不是吗?"贤老师说。

幸子老师沉默了。贤老师的声音虽然放低了，却充满了悲伤。

"大家，请听我说。"

听到贤老师这么说，孩子们都看向他。

躺在地上的阿信应该知道大家在说自己的事，可他还是望着天花板不起来。

"阿信也要一起行动。昨天问答时不是讨论过吗?'反正阿信看上去好像不太想跟大家一起玩，所以不带他也没关系。'这种想法就叫'排挤'。"

法子也想起来了。

不止声音，贤老师的眼神也很悲伤。

"幸子老师，没错吧?"

幸子老师还是不说话，盯着贤老师的那对眼睛有些发红。最后，她生气地把头扭向了别处。

贤老师说:"大家要一起行动。大家虽然是偶然被分到了一个组，可大家现在已经是同伴了。"

孩子们回答:"明白了。"

就这样，在尴尬的气氛中孩子们开始重新讨论，贤老师的声音也变得像往常那样温和。他代替幸子老师引导大家讨论，气氛也缓和下来。

法子发现，幸子老师不知何时离开了教室。她觉得，贤老师应该也注意到了，就没说话。

法子非常、非常震惊。她怎么也想不到，大人们竟然会在自己的眼前那样激烈地争吵，就像要打起来一样。她以为只有在家里，大人们才会像刚才那样争吵。不管是贤老师，还是故意无视他的幸子老师，表现得都很幼稚，法子既惊奇又失望。老师们可能也是谁的爸爸妈妈，法子特别好奇幸子老师的孩子是不是也在这里。如果在的话，但愿他们没看到自己的妈妈被人那样训斥。她的心中突然浮现出妈妈的脸，心揪了起来。

第二天，幸子老师依然不见踪影。

上午，孩子们在广场上铺了几张巨大的图画纸，以组为单位画画。大家换上洗好晾干的游泳衣，男生们赤裸上身，用蘸满颜料的身体在纸上尽情作画。这些画将用来装饰开送别会的屋子。有的孩子为了用身体留下印记，在地上连滚带爬。即便如此，也没人训斥他们。只要孩子们尽兴，目的就达到了。

孩子们画着画着，几个陌生人走了过来，一个白发苍苍的老爷爷——看上去和普通学校里的校长差不多，后面跟着几个大人。和法子他们一起画画的贤老师看到那几个人，立刻停笔端坐了起来。

"水野老师。"

"啊，请继续。今年的作品也很出色啊。"

这位老师留着长长的白胡子，气质跟神话故事里的仙人差不多。他眯起眼睛看着法子他们的画说："这张画不错，很有动感。大人很难释放自我，但孩子不一样。孩子们的心中没有壁垒，孩子们的心中蕴藏着很多大人不具备的品格。"

这句话既像是说给大人们听的，也像是说给孩子们听的。

贤老师神色有些紧张地说道："没错，太对了。"

水野老师满意地点了点头，和其他大人一起走了。

法子正在疑惑地想，这个人是谁啊？贤老师小声告诉他们："刚才那个人是幼儿部校长，水野老师，是个有名的画家。"

几个孩子发出了赞叹声。法子知道有画家这个职业，但这还是她第一次亲眼见到画家本人。她看向水野老师，水野老师正背着手走在太阳下，看其他组孩子画画。水野老师虽然身型矮小，但有一种不可思议的魄力，气质和其他大人完全不一样。

可能因为泉水甘甜，也可能因为热，每天的刨冰都是那么好吃。法子发现绿组的一个六年级女生从刚才起就一直站在刨冰机前，每当低年级的男生伸出手对她说"再来一碗"，她便接过碗，舀起一大勺刨好的冰给他们盛上。她并不负责配餐，但从昨天便开始主动做这些事。法子想起她是那个跟幸子老师学切桃的女生。

女生问："还有想再来一碗的人吗？"

她可能本来就爱操心，喜欢照顾人，一直站着帮低年级的孩子盛刨冰。结果，她自己的冰还没吃就开始化了。

其他的六年级男生对她说："先别管别人了，赶紧吃吧！""别老站着了！"

可她回答道："可吃饭的时候，女的不都要一直站着做事吗，怎么能坐下呢？"

听到女生这么说，法子大为震惊。她的家人是这样教育她的吗，还是来这儿以后老师们让她那样做的呢？

"什么乱七八糟的。"那个叫她赶快吃刨冰的六年级男生看了看坐在附近的法子和沙也，大声说，"怎么其他女生都坐着呢？你看，一个个不都坐着吗？"

法子觉得他们好像在责备自己明明负责配餐却坐着不动，有些尴尬。那个六年级的女生倒一点都不介意地说道："……她们坐着也没事。"

她不想再理那个男生，单手拿着勺子转身走了。

法子有些坐立难安，坐在她身边的沙也说："幸子老师今天也不在啊。"

"啊？"

听沙也这么一说，法子抬起头将食堂环视一圈。

这时，贤老师突然站起来说："孩子们，还剩五分钟了。"他的表情一如既往地平和，好像已经忘记了昨天跟幸子老师的争吵。

刨冰时间结束，活动时间开始，可幸子老师的身影还是没有出现。

孩子们开始悄声议论："幸子老师是不是已经回去了？"

幸子老师肯定跟由衣的妈妈一样，都是从山麓来的人。大家的语气里透露出的与其说是不舍，不如说是羡慕，就好像在说："真好，能那么早回去。"

孩子们正说着，幸子老师就回来了。

"孩子们，对不起，我身体不舒服休息了一天。"幸子老师笑着，用高亢的声音说，"来，我们开始今天的活动吧。"

法子不确定幸子老师说自己身体不舒服是真的还是假的。隐约感到，大人们吵架之后好像没有小孩那么容易和好。因为平时没见过大人吵架，孩子们好像都有些尴尬。不过，幸子老师的脸色确实不太好，无精打采的。

傍晚，孩子们分组进行了简短的问答。

白板上写着"和平"和"战争"两个词。贤老师点名问孩子们对这两个词的印象，并把孩子们的回答写到了黑板上。

"和平是愉快的。"

"战争是悲伤的。"

"和平是悠闲的。"

"战争是破坏。"

"和平是富饶。"

"战争就是打架。"

孩子们给出了很多答案。

"嗯？打架跟战争一样吗？"

在众人你一言我一语的回答中，一个孩子突然发问。是三年级的小翼。

贤老师追问："有什么问题吗？"

"嗯……"小翼一边思考一边回答，"老师，战争不好，对吧？"

"嗯，战争会伤害很多人，老师觉得战争不好。"

"但我觉得，打架有时能加深友谊。"

贤老师看着小翼的眼睛问："你为什么这样想？"

"那个……每当我跟我弟弟快打起来的时候，爸爸妈妈都会制止我们说：'快停下，不要发起战争。'我觉得如果吵架、打架就是战争的话，那战争也不是都不好。"

幸子老师插了一句："打架不能跟战争相提并论吧……"

"幸子老师，让小翼把话说完。"

这是幸子老师回来后，贤老师第一次对她说话。四下弥漫着紧张的空气。要是两人对立起来怎么办，法子有些担心。

"然后呢？"

贤老师转向小翼，让他继续说。

"不都说不打不相识么？我和弟弟就是那样，所以我觉得人们好像也需要战争，不是吗？"

贤老师深深吸了一口气，小声说道："小翼真棒。"

然后，又转向大家说："那下面，我们来想一想'打架'和'战争'有什么区别吧。幸子老师，请您在白板上写一下这两个词。"虽然听到贤老师这么说，可幸子老师并没有行动。

见她站着不动，贤老师有些诧异地问："幸子老师，您怎么了？"

幸子老师说："不讨论'和平'与'战争'了吗？"

"先擦掉吧。思考'战争'和'打架'的区别，其实就相当于思考什么是'和平'。"

幸子老师沉默了。

法子突然觉得小腹有些不舒服，像被什么东西压着一样。精神紧张的时候，比如游泳比赛和钢琴演奏会之前，她也有过类似的感觉。

"幸子老师？"

"……马上就写。"

幸子老师走上前，擦掉了黑板上的字。问答继续，孩子们开始讨论"打架"和"战争"的区别。幸子老师首先写下孩子们对这两个词的印象："'打架'可能会发生在关系很好的朋友之间""使用武器和兵器的是'战争'"……

孩子们各抒己见，在黑板上写着字的幸子老师却突然停了下来。

贤老师问："您怎么不写了？"

幸子老师沉默了一会儿，神情失落地笑了笑，低下头说："对不起，我身体还是不太舒服。贤老师，下面就交给你了。"

贤老师有些吃惊地看了看幸子老师，点了点头说："明白了，您休息吧。"

幸子老师跟孩子们也简单道了个歉，便走了出去。目送幸子老师离开后，贤老师轻轻地叹了口气，说："今天先结束吧，大家思考了很多想必也累了，谢谢大家。"

贤老师从容地擦着黑板，"打架""战争"等词从黑板上消失了。擦完黑板，贤老师转过身来微笑着对大家说："剩下的时间大家来做个游戏吧。"

贤老师说的游戏，就是让孩子们分组在白板上写"我喜欢的东西"。孩子们像运动会接力赛那样在房间一侧排成几队，一个人写完跑回去，换另一个人继续写，规定时间内写得最多的队伍获胜。

"今天问答时思考的问题很难，大家肯定很累，所以最后我想跟大家一起玩点轻松愉快的。获胜的队伍明天可以第一个吃刨冰！"

孩子们欢呼起来。来到未来学校后，这种微不足道的事也能让孩子们激动。

法子也有点激动。一般的学校里肯定不会进行这种活动的。可写什么比较好呢？

如果写《RIBON》《好朋友》之类漫画杂志的名字，会不会被批评呢？写完后，其他喜欢看《RIBON》和《好朋友》的孩子会不会来找我聊天呢？法子的心中充满了愉快的想象。

贤老师将各个年级的学生打散了组成新的队伍，想得很周到，可法子对自己的队伍却有些失望。

她有些紧张，因为排在自己前面的就是阿信。虽说阿信这次没有平躺在地上，但他脑子里想的是什么，法子依然不得而知。法子不由得在心中抱怨："怎么能让阿信参加啊？他肯定不好好干，还不如不带他呢。有他在对整个队伍都不利。"

而且，阿信写完之后马上就是自己。法子觉得很倒霉。

"各就各位——预备——开始！"

贤老师一声令下，孩子们跑了出去。他们在黑板上写下自己喜欢的东西后，立刻跑了回来。每个人都很兴奋，写字写得很快。"汉堡肉""足球""兔子""缎带"……单词一个接一个地出现在黑板上。啊！有人写"缎带"，谁写的呢？"缎带"是指杂志《RIBON》还是真的缎带呢？

"加油！"

"快啊！"

各个队伍的加油声此起彼伏。

阿信竟然站了起来，眼睛闪耀着光彩，兴奋地伸着手喊："小翼！快！快！"法子惊呆了。平常阿信都是有气无力的，现在竟如此生气勃勃。他飞也似的跑了出去，像其他孩子那样完成任务后，又迅速跑回来和法子交接。第二圈、第三圈时也是一样。

"还有三分钟！"

听到贤老师的提醒，大家都兴奋地叫了起来。

不知哪个队伍里有人喊了一嗓子："最后一圈了！"

阿信冲了出去，第四圈。

交接时，阿信干脆地说："法子，上！"

阿信叫我"法子"！

他竟然记得我的名字！

真是太不可思议了！

法子没想到阿信竟然注意到了自己。她以为阿信对小组里的同学毫无兴趣，因为他无论干什么都提不起精神，也不知道在想什么。

法子像过了电一样，她想起阿信老师的话：

> "反正阿信看上去好像不太想跟大家一起玩，所以不带他也没关系。"这种想法就叫"排挤"。

法子来到白板跟前抓起了笔。站在这面几乎被大家写满了的白板前，法子屏住了呼吸。

这是写"喜欢的东西"的游戏。

法子注意到，白板上有人写下了"贤老师"大大的三个字，字迹潦草，不用看也知道是谁写的。

她心头一热，想起了贤老师说的另一句话：

> 一个人都不能少，谁也不能少，这才是未来学校啊。

法子开始动笔，写下了"未来学校"这四个字。

"结束!"

听见贤老师发出号令,孩子们都长长舒了一口气。

归队之后,法子发现阿信又成了老样子,像断了电似的双眼无神。刚才他那么认真、那么高兴地看着法子,叫了她的名字,现在却好像什么事情都没发生过一样。法子感到有些难为情,她一直嫌弃阿信,说他只有玩的时候才有精神,她为自己那样的想法感到羞耻。

"哪个小组写得最多?"

说着,贤老师一个词一个词数了起来。对法子来说,胜负已经不重要了,她只希望大家能注意到阿信写的是什么,希望大家能跟自己有同样的想法。

法子突然感到有人正盯着这边看。她看了看房间入口处,倒吸了一口凉气。

门口站着的是幸子老师。

幸子老师没注意到法子,眼睛一眨不眨地盯着白板,一副茫然的表情。

法子想喊她,又觉得不应该喊,只盼着贤老师能注意到幸子老师。但贤老师正和孩子们一起专心地统计结果。"一个、两个……哦!'金鱼'是谁写的?家里有金鱼吗?"

幸子老师眯起眼睛,表情看起来有些扭曲。她,什么也没说,转身出去了。

"啊,不少人都写了*未来学校*呢!"贤老师高兴地说。

晚饭时间快结束了,幸子老师还是没来。法子的肚子又开始像被什么东西压着一样隐隐作痛起来 —— 和看着两位老师争吵时感到的疼痛一样。刚才,法子以为腹痛已经好了,可不知什么时候又疼了起来。

吃完饭去厕所时,她觉得不太对劲:两腿之间黏糊糊的,跟出汗的感觉很像，但又不完全一样。她脱下内裤的时候，一下子惊呆了。内裤上有些污渍，有点像是红色的血。

月经？啊？不会吧？

法子有些慌乱。第一次来月经叫初潮，她在学校图书室里的漫画上看过。她还知道个子高、发育得早的女孩可能四年级就来月经了。法子在班里是中等身高，妈妈说她"不高不矮不胖不瘦"，所以她一直以为还轮不到自己。

她突然想起了那个小袋子。

在学校的时候，法子在洗手间碰到的一个拿着小包的六年级女生。小包上印着法子喜欢的卡通形象，她觉得很可爱就一直盯着看。可那个女生好像注意到了法子的视线，用手掩着小包走了出去。

这件事一直令法子很纳闷。后来，和那个女生同班的女孩子们意味深长地相互看了看，说："她估计是来月经了。"

在未来学校的这几天，也有一些六年级的女生拿着样子差不多的小包。法子虽不会跟人议论什么，但每次看到那些小包，她都会想："啊，她们已经'来了'啊。"但她并不觉得这些事跟自己有什么关系。

她觉得刚才可能是自己看错了，便取下一长条卫生纸，叠起来垫在了内裤上。卫生纸还是被染红了。如果不是月经的话，难道是生病了？但生病比来月经还可怕。法子看着那红色，叹了口气，因为那比她想象中的红色的血更加真实。马桶的水里也浮着红色的血丝。她按下冲水拉杆，血水像红色鲤鱼似的打着旋儿被冲走了。

法子想起漫画里的内容。

她看过好几本，每本内容都差不多：主人公发现自己来了月经，把这件事告诉了妈妈。妈妈知道后，就把事先准备好的装着卫生巾的小包和月经时穿的内裤给了她。"不用觉得不好意思，这很正常，说明你长大了。"然后妈妈安慰了她之后，还会说，"祝贺你！"

可妈妈不在的时候怎么办呢？应该找谁呢？漫画里也有女孩在学校组织的露营或旅游时迎来初潮的故事，那时，主人公是怎么办的来着？跟朋友说的？不对，应该是跟管医务的女老师说的。

女老师……

想到这儿，法子都快哭了。幸子老师不在，可能直到明天都不会回来。漫画里的主人公只会找妈妈或女老师帮忙，看来是不能跟男老师说的。法子很信任贤老师，但又觉得如果告诉贤老师，可能会让他为难。

由衣的妈妈！法子灵机一动。

只有她了。

可由衣的妈妈肯定会把这件事告诉由衣吧。就算现在不说，回了家肯定会说。由衣知道后，还会告诉班里其他的同学。法子越想越焦虑。与其说是难为情，不如说是难过。她觉得班里的同学会嘲笑她："怎么会是她呢？比她个子高、比她丰满的女孩那么多。"光是想就难受。

她很希望自己能长得再高一点，就像电视里的女演员、芭蕾舞者那样，拥有修长的腿和手臂。但她忘了在哪本书里读到过，来月经后身体其他方面的发育就会停止。如果真是那样的话，是不是自己就不会再长高了？

食堂中，法子的座位和由衣妈妈所在的黄绿组离得很远。法子有些担心，如果自己贸然前去的话，其他人会怎么想呢？但她实在想不出别的办法了。慌乱中，她想得最多的就是"倒霉"。她知道月经是早晚会来的，也多少做了些心理准备，甚至有些期待。但怎么就这么巧呢？妈妈不在，女老师也不在。要是初潮能早点来，哪怕只是早几天，法子就能拿着妈妈给的小包，做足准备再来了。

内裤也没法洗了。

洗澡时要把换下的衣物放到那个洗衣筐里，负责洗衣的孩子会来拿去一起洗。法子不想被人看见自己沾血的内裤。

法子在洗手间的隔间里急得快哭出来的时候，听见有几个人从外面走了进来，慌忙离开了洗手间。

她回到食堂，望着黄绿组所在的方向。晚饭已结束，孩子们正在收拾桌子。还是没有由衣妈妈的身影，不知她去了哪里。法子忽然想起来，今天绿组吃完饭就要去洗澡。但是来月经的时候应该怎么洗澡、泡澡啊？书上好像说不能泡澡。法子感到无助极了。

这时，一个声音对她说："法子，你怎么了？"

她回头，发现是美夏，她正担心地看着自己。

"刚才负责配餐的孩子找你来着，说你吃完饭不知道去哪儿了，也没收拾桌子。我也帮他们找，总算找到了，太好了。"

"美夏……"

幸子老师不在，由衣的妈妈也不在。法子又想起渗出红色的卫生纸，委屈得想哭。

"我来月经了。"

看着法子努力从口中挤出这句话，美夏有些惊讶地眨了眨眼。

美夏迅速行动起来，这种远超同龄人的沉着冷静，令法子很惊讶。

"原来如此，我明白了。"

美夏对法子说了一句"稍等一下"，就不知去了哪里。不过，她很快就回来了，然后对法子说："跟我来。"

她带着法子到了一个离学舍不太远的地方，那里有一排像临建板房一样的小屋。小屋中一个人也没有，只有一排洗衣筐沿墙摆放着，筐上贴着彩色图画纸做的标签，上面写着"久乃""柚子""理荣""美纪子"等名字。

法子忽然明白过来，美夏她们就住在这里。夏天，学舍被让出来给来合宿的法子他们住，美夏她们会临时住在这里。

现在，房间里只有美夏和法子两个人。

"给你。"

美夏把一个白色的塑料袋交给了法子。

法子看了看袋子，里面装着卫生巾和新的内裤，还有一个红格子的小塑料包。

"这是给我的吗……"

"嗯，本来是发给我们这里'来事儿'的孩子用的，但老师说谁都可以用。"

"我们这里的孩子"指的应该是学舍的孩子吧？

她对美夏说了声"谢谢"，接过了袋子。

法子再次环顾了一下略显昏暗的屋子。这里的孩子第一次"来"的时候，是告诉女老师后拿到这个小包的吗？给她们小包的不是妈妈，而是女老师吗？

法子问道："其他人呢？"

"有的去给合宿的孩子帮忙了，有的在准备明天的伙食，都挺忙的。"美夏说完，看了看法子，"我已经告诉贤老师了，今天你先在这边大人们的淋浴间洗澡吧，明天再回去跟大家一起洗。不过，按照这边的规矩，来月经的时候只能淋浴，不能在泡澡哦，没问题吧？"

"嗯。"

法子在心中赞叹："明明是跟自己一样大的女孩子……"

虽然美夏迅速而冷静地帮法子解决了问题，但是法子不确定美夏来没来过月经。不过她确定，美夏一定能利落地处理好。

法子的心终于放下了，回过神来才发现，自己又进到了其他合宿的孩子去不了的地方。

昏黄的楼道里有一间屋子还亮着灯。

法子瞥了一眼，几个大人正在里面写着什么，还有人在缝缝补补。

屋子很大，氛围跟学校老师的办公室差不多，既有年事已高的男老师，也有年轻的女老师。

屋子里一个大人突然问道："咦？美夏，怎么了？"

"这是来合宿的法子，她想借用一下这儿的淋浴间。"

美夏没有说敬语，语气也比较随意。美夏没有多做解释，可大人们一看法子基本就明白了是怎么回事。他们回答着"哦，这样啊"，还对法子笑了笑。

这些都是合宿期间没见过的大人，法子显得有些局促。他们也许不是那些从山麓来的老师，而是跟美夏一样，平常就住在这里。

另一位女老师问道："啊，是不是山下老师班里的同学啊？"

法子没有听过"山下"这个名字，美夏代她回答："是的。"

"哦，怪不得呢。谢谢你啊，美夏。"

"嗯。"

美夏轻轻点了点头，然后拉起法子的手说："我们走吧。"

办公室的灯光倾泻在昏暗的楼道里，有光的地方亮得有些晃眼。有人在屋里小声说话，声音传了出来："山下老师最后怎么样了？""又去自习室了，估计是要待到早上。""哇，有没有人去看看她？""山麓的学生比较积极……"

走过办公室，她们走到了一个门上写着"淋浴间"的房间。空气中有一股霉味，就像市民公共泳池的更衣室。里面有一侧是换衣服的地方，对面是四个中间设有隔板的淋浴喷头。

"我在外面等你。"

美夏说完就出去了。

可能因为浴室里只有法子一个人，虽然开着灯，还是觉得有些昏暗。她小心翼翼地脱了衣服，拧开龙头。水流落到地上的一瞬间，脚边好像有什么东西突然高高地跳了起来。

"哇!"

法子大叫了一声,吓得心脏怦怦直跳。仔细一看,原来是一只土黄色的长腿灶马蟋。

法子原本去的小山丘那边的澡堂明显比这边新,干净又明亮。这里连洗发水和护发素都没有,只有一块四方形的白色香皂挂在喷头下面。法子无奈地用香皂洗了身体,没洗头。

洗完澡后,她自然而然地把弄脏的内裤浸到水里,刚拿起香皂准备洗的时候,突然意识到洗了可能没地方晾,但又为时已晚。她用力地搓洗着,搓得身体发热、汗流不止,内裤终于洗干净了。洗完内裤,她也不在乎了,顺手拿起喷头用香皂把头发也洗了。

洗完澡,法子发现更衣室里放着一打浅蓝色的毛巾。她不知道这些毛巾可不可以用,犹犹豫豫地拿了一条。毛巾很薄,也很硬,上面有一股和浴室一样的霉味,应该已经用了很久了。

法子换好衣服走到外面,美夏果然在外面等着她。

"谢谢你等着我。毛巾要放到哪儿去啊?"法子其实是想问洗过的内裤该在哪儿晒,但太害羞没问出口。她把内裤暂时放在了刚才美夏给的塑料袋里。

美夏说:"毛巾放在浴室里就行,负责洗衣服的大人会帮忙洗的。"

"嗯。"法子点了点头,心想:原来这里还有负责洗衣服的大人啊。原来大人里也分各种"委员",感觉有点滑稽。

美夏慢悠悠地说:"那我们回去吧,绿组的同学们估计也洗完澡了吧。"

"美夏,刚才大人们说的'山下老师'就是幸子老师吗?"

刚才洗澡的时候,法子就一直在想这个问题。

美夏沉默了一下,回答:"是的。"

"幸子老师现在在哪儿? 刚才大人们说她在**自习室**,是在学习吗？"

"自习"说的是法子知道的"那种自习"吗？自己学习？在法子的学校里，任课老师有事来不了的时候，学生们会自习。可幸子老师不是说她身体不舒服？法子很疑惑。

"与其说是学习，不如说是独自思考。"

"什么意思？"

法子歪了歪头。

美夏解释说："就是自己一个人专心思考。问答是和大家一起思考，很重要，一个人思考同样重要。"

法子用鼻子深吸了一口气。

她很惊讶，美夏的话听起来毫无感情波动，就像在背诵教科书里的课文。

"幸子老师会回来吗？"

"应该会吧，"美夏点头，"如果她好好面对自己的内心，认真反省了的话。"

"反省？"

"嗯。人们说活着就是要不断反省自己，只有经常反省，才能进步。"

法子听得似懂非懂。她觉得美夏像是在原文引用某本书上的内容，不知道该怎样回应。

这时，美夏冲她笑了笑，问："法子，你喜欢未来学校吗？"

问题来得太突然，法子一时语塞。

美夏继续说道："今天跟贤老师做游戏写'喜欢的东西'的时候，我看到你写了未来学校。你是喜欢这里的吧？"

"……嗯。"

"你喜欢未来学校的什么？"

"我喜欢大家对每件事都认真思考的态度，还喜欢山泉。"

法子的回答脱口而出，没有丝毫的犹豫。

美夏问："想不想去看山泉？"

"什么？"

美夏望着法子的眼睛说："夜里的泉水特别特别美。虽然周围漆黑一片，但只听声音就能感受到泉水的存在。"

美夏的话很有感染力，法子心动了。

她知道，来合宿的孩子只能去山泉看一次。美夏说要带自己去看夜里的山泉，可真是千载难逢的机会，别人想去也去不了。

法子回答："一起去吧。"

"你们很快就要回山麓去了吧。"

美夏和法子手牵手，在手电筒的光亮下，沿着道路向前走。

美夏顽皮地笑着说："小时候，我在这儿迷过路。"

为了避免走散，她紧紧拉住法子的手。

"舍不得你们走。"

美夏回过头来，一轮明月在她身后投下耀眼的月光。逆光中，法子看不清她的表情。小虫"唧——唧——"地叫着。

洗过头后，法子倍感舒畅。头发还带着香皂淡淡的香味。

法子问："你舍不得我走吗？"

每年有那么多孩子来合宿，在那么多孩子里，美夏独独舍不得法子。这让法子觉得很感动。

"嗯。"美夏点点头说，"真希望你能一直待在这边。"

"不行呀。"法子的表情放松了下来，笑着说，"怎么可能一直在这边。"

"不行吗?"

美夏的声音和表情都很认真,令法子有些意外。

山泉一点点进入了视野,耳边传来淙淙的流水声。声音不大,但一听就知道泉水的所在。月光透过树木的缝隙温柔地照在水面上。

在手电和月光的映照下,美夏的表情明晰了起来。

她为什么希望我一直待在这儿呢? 法子有些不解。她很喜欢美夏,跟美夏相处得也很好,但没有到想留下来不走的程度。她不知道美夏为什么那么希望她留下来。

尽管如此,她还是非常高兴美夏能喜欢自己。

"嗯,我必须回去。"

法子一边思考自己为什么想要回去。在学校,法子没有关系特别好的朋友,平时的表现也不起眼。但在这里,美夏是她的朋友,由衣、亚美这些在山麓的学校中备受瞩目的孩子在这里对她也很好。跟她们说话的时候,法子觉得自己仿佛也成了校园中的佼佼者,非常得意。可是,她还是不想,也无法在这里一直生活,这是毋庸置疑的。这里毕竟不是她的家。不管此处的生活多么快乐,她都想早点回家,这个想法从第一天到现在从未消失过。

正因为在这里的生活很开心,她才明白了一些事情——为什么由衣在第一天晚上说:"这一天,总算是过完了。"为什么惠理说:"用不着跟她去啦!"

这都和这里好不好没有关系。因为这里不是家,所以想回家,就这么简单。

"好吧,"美夏说,"真舍不得。"

法子突然想起一件事,是关于由衣的。虽然现在由衣和法子同样在山麓的学校上学,但上幼儿园的那段时间她一直住在未来学校。既然是同岁,美夏会不会认识她呢?

"我是跟一个叫由衣的女孩一起来的,美夏,你上幼儿园的时候有没有见过她?"

由衣每年都和妈妈一起来这里参加合宿,对这里的环境也很熟悉,也很习惯这里的作息。

"噢……"美夏望着远方说,"从前我们一起生活过。不过,真的是很久以前了。像由衣那样离开学舍,只是每年来参加合宿的孩子挺多的。"

"真的啊。"

"也有一些孩子上完幼儿园就不再来了。大家的关系很像远房亲戚。"

"这样……"

法子也有那种离得很远的,一年也见不了一两次的表姐妹、堂姐妹。小时候一起长大的孩子们分开后可能就是这种感觉吧。

已经到了泉边,两人手还是一直牵着。月光摇动着泉水,发出咕咚咕咚、哗啦哗啦的声音,仿佛永远不会停下来。

美夏突然问:"山麓的学校那么好吗?"

法子摇了摇头说:"没那么好,我朋友很少。"

在这里,法子可以实话实说,她不怕美夏知道她没有朋友。

美夏说:"我也是。"

"骗人,"法子笑着说,"你肯定有很多朋友吧。"

"没有。"

美夏也笑了。

虽然美夏笑了,法子却看不清她笑的表情。因为逆着月光,只能看到她上扬的嘴角。

美夏又问:"那,比起山麓的学校,在家里更开心吗?"

"家里？"

"嗯，家。"

"家"这个词的语调圆润温和，法子听到后，突然有些想家了。一想到还有三天就能回去了，法子就很开心。

"嗯！"

法子冲美夏点了点头。虽然自己妈妈不像由衣或亚美的妈妈那样出色，但毕竟有妈妈的地方就是家。当然，她也想爸爸，想爷爷和奶奶。

美夏感叹："真好啊。"

法子突然意识到自己好像说了不该说的话，但转念一想，又觉得没什么问题。沙也说过，对美夏她们来讲，爸爸妈妈不在身边很正常，把自己的常识强加在她们身上，觉得她们可怜，反而失礼。

"我告诉你一个秘密吧。"美夏说，"其实，我很想跟妈妈一起住，就像你们那样。"

她的语气就像是在宣布什么重大机密，法子一时竟无言以对。

美夏从黑暗中转过脸来，看向法子，法子不由得说了一句："对不起。"

"啊？"美夏不解地问，"为什么要道歉？"

"我以为美夏不会那样想，因为你们从小就离开大人在这边生活。"

"这里也有大人，有老师们。"

"但是……"

"嗯，也是啦。"美夏用有些忧郁的声音说道，"寂寞还是寂寞的，悲伤也还是悲伤的。"

法子鼓足勇气问道："你小的时候跟爸爸妈妈一起住过吗？"

美夏表情有些惊讶，沉默了一会儿，轻轻点了点头答道："特别小的时候，我跟爸爸妈妈一起住过，所以特别想念他们。不止我一个人，哭着说想妈妈的孩子我也见过。我不太清楚他们为什么想妈妈，不知道他们的那种想法是从哪儿来的。"

两人正聊着，突然听见有人呼唤："喂——"

法子仔细一瞧，发现一个光点从远方一点一点接近这边，似乎来自手电筒。

呼唤的声音越来越清晰："喂——美夏，法子！"

好像是小滋的声音，那个和美夏一起来帮忙的男孩子。

手电筒的光亮越来越近，可能因为是跑着过来的，小滋喘息有些急促地问："你们果然在这儿啊，大家正担心呢，问怎么法子还不回来。"

"不会吧！大家都知道了？"

"班主任是贤老师的话，应该还好。"

小滋和美夏一问一答地说着。小滋用手电照了照法子的方向，说："还是快点回去吧。"

美夏说："我还想再待一会儿。"

法子惊讶地看了看美夏。两支手电筒的光柱交织在一起，照亮了山泉的四周。几根树枝在水面上自由生长，枝头开着白色的小花，美得令人心醉。

"美夏。"

"小滋，你先带法子回去吧。"

"但是……"

"你们走吧。"

美夏放开了法子的手，在泉边蹲了下来。她把手电筒放到一边，双手搭在膝上，眺望着水面。平静的水面上偶尔荡开一缕波纹，黄色的灯光中小虫飞舞，水面上倒映着片片树叶。

"法子，"美夏的微笑里藏着一些寂寞，"谢谢你陪我一起来。但是，你还是先跟小滋回去吧。"

"……好吧。"

其实，法子希望能和美夏一起回去，因为她跟小滋还不熟。但看了美夏的眼睛，她没说出口。

小滋叹了口气，不再劝说了，对法子说："我们走吧。"

看见小滋从旁边伸过来的手，法子心中一惊。然后，她抬起头看向小滋时，小滋只是说："走散就危险了。夜里来山泉的时候一定要牵着手，这是我和美夏的约定。"

"……知道了。"

看来，美夏确实在这里迷过路。她战战兢兢地拉起了小滋的手，小滋的手跟美夏的手不一样，美夏的手暖暖的，小滋的手冷冷的。

法子的心跳得越来越快，脚踩在地上却似乎没有感觉。她是第一次跟男孩子手拉手，还是比她大的男孩子。她怕小滋察觉到自己的紧张，手握得比较松，可一踏进森林，小滋立刻紧紧地抓住了她的手。法子心跳加速，小滋语气有些粗暴地对她说："手拉好了，这里危险。"离开山泉的时候，小滋朝美夏那边望了望。美夏脚边放着的手电筒一直亮着，纹丝不动。

法子和小滋出发后，法子觉得自己头发上的香皂味好像变得更鲜明了。

"美夏每次都这样。"

"什么呀？"

"她经常夜里来看泉水，一看起来就不回去。其实是禁止一个人去泉边的，但她不管。"

法子心痛了起来。难道美夏经常这样，一动不动，一直、一直望着黑夜里的泉水吗？

小滋的手出汗了，是男孩子的汗。他的汗和班上其他男生的汗是不一样的，但法子说不清具体是哪里不一样。

"去年就因为这个，美夏被送去自习了，可她还是不改，还把你也带过来。要是被发现就麻烦了。"

"自习……"

如果没听错的话，小滋说的确实是"自习"。

小滋轻轻叹了口气，解释说："就是一个人反省。"

法子的脑海中浮现出幸子老师的样子——幸子老师站在房间入口处，望着贤老师开心地跟阿信和其他孩子做游戏，眼神就像被闪电击中了一样。

自习就是独自反省，但听小滋的语气，自习又仿佛是一种惩罚。幸子老师为什么要去自习室呢？

"那个，小滋。"

"嗯？"

"我们还是回去吧。"

听法子这么说，小滋的表情有些茫然。

法子心想，小滋是喜欢美夏的吧？

即使只有法子和他两个人，小滋的话里也半句不离美夏。他应该是担心美夏吧。法子想着想着，肚子又疼了起来，也不知道是生理痛还是什么别的痛。

合宿这段时间，未来学校里比较有人气的是由衣和亚美说过的小隆，还有在紫组帮忙的、被大家叫作"小裕哥哥"的男生。他们都留着运动头，性格活泼开朗。

但法子从一开始就觉得，戴着眼镜、性格沉稳的小滋最帅气。这几天，她总是下意识地在人群中寻找小滋的身影，就像寻找美夏的身影时那样。

跟小滋单独相处，让美夏感到紧张。但是……

法子说："把美夏一个人留在那儿，我有点不放心。"

在泉边一动不动的美夏；说自己寂寞，但不知道为什么寂寞的美夏；希望法子不要回山麓去的美夏……美夏需要的也许不一定是法子，就像由衣邀请同学来合宿时那样，不管法子还是惠理，只要有人能一起来就行。但是，一想到那个总是像小大人一样沉着冷静的美夏不经意间露出的神情和语气，法子就放心不下。

"啊，但是……"

"要回去就三个人一起回去。"

法子甩开小滋的手，沿着小路跑回了黑暗之中。她自己也不知道这股勇气从何而来。

手电筒的光微弱地落在山泉边的地面上。

法子喊道："美夏！"

美夏果然还是一动不动地待在泉水边。听到声音，她转过脸来，寻找着法子的身影。

"美夏！"

"法子……"美夏吃惊地睁大眼睛看着法子，"你怎么回来了？"

法子回答："我想跟你一起回去。"

与其说法子是担心美夏，不如说是想跟美夏多待一会儿。

"……一起回去吧？"

树叶落在水面上，水面微微地颤动了一下。美夏看着法子，眼睛都忘了眨。

虽然不知道自己为什么要这么做，法子还是向美夏伸出了手。

"走吧。"

"法子，我……"美夏欲言又止，眼神十分凝重。

"嗯。"法子看着美夏点了点头，示意她继续说。

"我能把你当成朋友吗，住在山麓的朋友？"

法子不知道为什么美夏突然问她这个问题，但她知道美夏说的是真心话，就像刚才她说自己很寂寞时一样。此时的美夏，不再是那个在学舍长大的稳重懂事的孩子，她只是一个和自己同岁的普通女孩。

"我们已经是朋友了。"法子使劲点了点头说道，语气中没有一丝犹豫，"我是美夏的朋友。"

美夏缓缓地把手伸向了法子，紧张的表情终于松弛了下来。

法子听到她轻轻地说："嗯，谢谢。"

美夏的脸上终于又露出了微笑。

背后又传来一声呼唤，小滋追上了两人。

然后，三个人手拉手往山下走去，法子走在中间。回去的路上谁都没说话，只有脚步声和小虫的声音。法子觉得有点尴尬，先开了口。

"小滋"

"嗯？"

"**未来学校**的合宿宣传片里是不是有你？"

小滋看了看法子，躲在眼镜片后面的眼里带着一丝困惑和一丝害羞。法子突然意识到自己从看宣传片的时候就开始注意到小滋。

"那个宣传片是邀我到这儿来的同学的妈妈放给我看的，就是黄绿组的千春老师。"

法子不想让小滋察觉到自己对他的兴趣，也不想让他们发现自己紧张。为了掩饰，她的语速快了起来。

"放到很多人在做问答的地方，有一个孩子流泪了，我感觉那个孩子跟你有点像……"

美夏忍不住大笑了起来："小滋，原来你被拍到了啊。那个给合宿的孩子看的视频。"

看到美夏恢复了平时的开朗，法子松了一口气。

小滋不好意思地挠了挠头，说："拍拍合宿的孩子就行了啊，没想到把我也拍上了。其他人也跟我说过，真难为情。"

法子说："不会啊，你那么认真地讨论关于战争的话题，我特别佩服。身为一个男孩，你竟能为他人流泪，我觉得很感动。"

"挺丢人的。"

美夏对小滋说："一点也不丢人。"，

然后，美夏转过脸直视着法子，问道："对吧？"。

法子毫不犹豫地回答"嗯！很帅气"，但一说完就脸红了。

虫声四起，法子发现小滋看着自己，害羞得把头低了下去。小滋对低下头的法子说了声"谢谢"。

她右手牵着小滋的手，左手牵着美夏的手。

小滋又说："谢谢你。我可太高兴了！"

"可太高兴了"不是未来学校那些彬彬有礼的大哥哥会说的话，小滋一瞬间变得更像法子以前认识的普通男孩子。

路的前方敞亮了起来，森林的出口快到了。那时，法子第一次意识到自己是多么喜欢美夏和小滋。

回到学舍的时候，其他人已经开始准备睡觉了。

澡也洗了，日记也写了，孩子们已经陆续换上了睡衣。

"啊，法子！"

亚美和沙也看到法子，赶紧过来打了招呼，有些担心地注视着她。

"吓了我一跳，听说你突然不舒服。"

"嗯，不过现在好了。"

"好吧，那你今天在哪边睡？"

三人正说着话，突然有大人喊道："法子，你能过来一下吗？"

法子回头一看，原来是由衣的妈妈，千春老师正朝这边招手。法子一走过去，她就搂住了法子的肩，把法子带到了房间外面的走廊上。

她悄声对法子说："听说你来月经了，祝贺啊。"

法子没有说话，只是略微有些吃惊地睁大了双眼。

这是把法子一个人丢下的由衣的妈妈,她笑眯眯地继续说道:"回去后要跟妈妈说啊,真的祝贺你。"

法子小声道了声:"谢谢您。"

由衣的妈妈似乎是赞同地点了点头,轻轻拍了拍法子的后背,然后微笑着离开了。

法子有些无所适从。

就在这时,法子感到似乎有人在看自己,下意识地抬起头一看——竟然是由衣!

法子一惊,由衣也吓了一跳,慌忙摆出个笑脸冲法子招了招手,转身朝一起睡觉的小伙伴那边走了回去。

虽然那只是一瞬间的事,但法子看到了——由衣看向自己时,脸上没有任何表情,眼睛里也没有平日的光彩。不止如此,由衣的妈妈直到走时都没有注意到由衣。

法子的心脏不舒服地跳动着。

由衣刚才盯着的不是法子,而是……

"你知道吗,今天的会,幸子老师也没来。"

"啊?"

法子刷牙、洗脸、换好睡衣,刚躺下,沙也就告诉她今天睡前的会依然是贤老师一个人主持的,幸子老师还是没回来。

法子想到了刚才洗澡时路过的那个自习室。幸子老师是不是还在里面待着呢?

"我关灯了哦。"

看到孩子们都躺进了被窝,老师把灯关了。

法子睡在亚美和沙也中间。那天夜里,她做了一个梦,梦见一个女孩独自待在一间陌生的自习室里。那个女孩可能是美夏或由衣,也可能是她自己。但醒来时,她已经不记清了。

◇◆◇

今天是合宿的第六天，也是举办送别的会的日子。

孩子们都在为傍晚的会忙里忙外。法子的小组最终决定以手抄报的形式汇报孩子们在未来学校的体验，例如进行问答时都做了什么，有哪些开心事之类的。

贤老师给孩子们准备了一张大大的图画纸，孩子们各抒己见，积极地在纸上写了起来。这时，亚美的妈妈，也就是橙色班的麻美老师突然走了过来。应该是代替幸子老师来帮忙的。她一边看着法子她们写字一边说："绿组办手抄报啊，真不错！"

看到麻美老师一边看一边往自己这边走，法子紧张了起来。她每天晚上都跟麻美老师的女儿亚美一起睡，想起昨天由衣的妈妈来祝贺她来了月经，不知道亚美的妈妈是不是也要来祝贺自己。法子心里痒痒的，害羞里掺杂着些许喜悦。

但是，麻美老师从法子的身边路过的时候，并没有跟她打招呼，也没有特别关照她。看来，她现在并不是"亚美的妈妈"，而是"麻美老师"。

麻美老师看着手抄报的一角说："哎呀，这里写着'要时刻保持端庄优雅'，是谁写的？"

上面写的是吃饭时发生的一件小事。那个虽然不负责配餐，却主动帮孩子们切桃、盛刨冰的六年级女生小百合立刻把手举了起来，说道："是我。"

手抄报上画着一个正在盛饭的女孩，旁边站着位老师，旁边是一个气泡对话框，里面写着："要想以后当一个好妈妈，就要时刻保持端庄优雅。"

麻美老师明显皱起了眉头，有些困扰地歪着头问道："真的……有人对你这样说吗？"

小百合毫不犹豫地点了点头，回答："吃饭的时候，女孩子应该站起来主动照顾大家吃饭，这样以后才能当一个好妈妈。"

"时刻保持端庄优雅？幸子老师说的？"

麻美老师语气严肃，小百合有些疑惑地轻轻点了点头。是小百合记错了吗？

麻美老师长长地叹了一口气，说道："我觉得那不太对，'当一个好妈妈'和'时刻保持端庄优雅'不能画等号。"

麻美老师说得很快，似乎有些生气。

小百合慌忙摇了摇头说："幸子老师说的也许不是'要时刻保持端庄优雅'，也许是我听错了。"

麻美老师自言自语似的继续说："就算她不是那样说的，也让你们那样想了，这不是一样吗？而且，她用'妈妈'这个词来表示女性的社会角色，我觉得也不对。"小百合似乎一时反应不过来，有些手足无措。

看着面前发生的这一幕，法子也很惊讶。在旁边帮其他孩子画手抄报的贤老师这时也走了过来，问道："怎么了？"

"贤老师，过来一下。"麻美老师拉着贤老师走到了角落里。

法子听到麻美老师说"山下老师她……"，知道山下正是幸子老师的姓氏，便竖起了耳朵。她昨天刚在另一个建筑里听到别人说"山下老师"在"自习室"里。

麻美老师一脸严肃地说着些什么，贤老师听到了，一边应和一边点头。麻美老师教英语，是亚美的妈妈，年轻又漂亮。

法子听到麻美老师说："教育意义在哪里？""这简直是洗脑。"

当时的法子还不明白"洗脑"是什么意思。

贤老师什么也没说，只是一脸严肃地、静静地听着。可能是觉得不该看两位老师说话，孩子们纷纷扭头看向别处。只有小百合似乎觉得有些难堪，用橡皮把自己写的内容擦了个一干二净，却不知道应该再写点什么，手抄报上只剩着一个空空的对话框。

麻美老师回来对大家说道："请大家听我说句话，特别是女生。"她说话的语气让法子联想到了学校里男生和女生分开上健康教育课时的情景。一瞬间，法子以为老师要讲关于月经的事。她刚来月经，对这个话题比较敏感。

麻美老师静静地注视着女孩们的脸。法子仔细看着麻美老师的脸，心中感叹她真是个美人。她长着高高的鼻梁和大大的眼睛，眼神中充满了自信。

"你们是未来。"麻美老师的声音洪亮，就像在唱歌一样，"女孩可以活出怎样的人生，应该由你们自己决定。幸子老师想说的是，希望大家像淑女那样表现得端庄优雅，但'像淑女一样端庄优雅'并不是指隐藏自己的观点或屈从于男性。如果有人那样想就错了。"

贤老师不在附近，可能是去帮男生们画手抄报了。

麻美老师又补充道："请大家牢记刚才的话。我不希望大家被错误的想法误导。"

法子并没有完全理解麻美老师说的话，但她大概明白了老师想传达的信息。其他孩子应该也差不多。因为刚才的麻美老师比任何时候都严肃。

即便是对待像自己这样的小孩，麻美老师的态度也很郑重。孩子们能理解她的想法，也正是因为这个。麻美老师认为这个想法很重要，才想要告诉孩子们，而孩子们则因为没能完全理解老师的意思而感到心有不甘。

"好了，我们继续做手抄报吧。"

麻美老师亲切地笑了笑，孩子们继续做起了手抄报。麻美老师走到小百合身边，微笑着说："刚才真对不起，我没有责备你的意思。"

男生们写的是关于刨冰的事，法子中途去看了看。她去看的时候，小滋碰巧也在。看到小滋的身影，法子有些心跳加速。她想起了昨夜跟小滋手牵手时的感觉，慌忙低下了头。可小滋还是注意到了她。

小滋喊了她一声："法子！"

法子从早晨就没见到美夏。难道她今天不来给绿组帮忙了吗？

法子问小滋："美夏呢？"

小滋听到问题后，过了一会儿才微微地笑了笑说："她今天不来帮忙了。傍晚可能会来吧，参加大家的送别会。"

法子没多想，有些轻率地问："她不会在自习室吧？"

小滋惊讶地瞪大了眼睛问法子："你为什么这样想？"

法子答道："我只是在想，是不是昨天她带我去看山泉的事暴露了。"

身边虽然没有老师，可法子说得还是很小声。小滋叹了口气，摇了摇头说："不是的。"

法子不知道小滋说的是不是真的，追问道："自习室是自己主动进去吗？我听说是反省的时候才进去。"

其实她并不是真的好奇自习室的事，只是想跟小滋说说话。在来合宿的孩子里，知道自习室的只有法子，她觉得很得意。

小滋没有立刻回答，看起来有些为难，只是竖起食指靠在嘴唇上做了个噤声的动作，小声地对法子说："待会儿我告诉你。"看到这个动作，法子浑身像过了电一样打了个激灵。动作这么帅的男孩，她只在漫画和电视里看到过。

小滋转身离开，法子还是站在原地一动不动，她的脚仿佛失去了知觉。她望着小滋的背影，还有他的手——昨天她牵过的手。她想，要是能再触碰一次该多好。

法子回去继续画手抄报，但发现原本写着"要时刻保持端庄优雅"的对话框里，改成了"桃子看起来真好吃"。画上画的碗也被改成了桃子。

"法子！"

吃完饭，擦完桌子和配餐台，法子听见有人喊自己的名字。原来是小滋来了。看到小滋，法子条件反射似的心跳加速。

小滋对法子说："关于刚才那件事……"

法子没想到小滋说"待会儿我告诉你"是当真的。她抬起头，看着小滋，小滋跟她一起擦起了配餐台。

"大家可以主动申请去自习室，但也有人是被别人劝说才去的。这种情况下，就不能随便离开。"

法子问："大家在自习室里干什么呢？看书学习？"

小滋摇了摇头："什么都不干。"他意味深长地看着法子，法子对自习室的兴趣令小滋感到意外。因为对这里的孩子来说，自习室并没有什么特殊之处。

"在自习室里除了思考什么都不干。如果看书学习的话，不就没办法思考了吗？在自习室里的时间就是用来思考的。"

"你进去过吗？"

"没进去过。自习室主要是大人们用，没有特殊情况小孩一般不会进去。不过，真心想进的话，也能进去。"

法子若有所思地盯着小滋。

小滋问："怎么了？"

"待在里面什么都不做，感觉很无聊啊。"法子小声嘟囔了一句。

小滋忍不住大笑了起来："嗯，是很无聊，所以大家想尽量远离自习室。大家每天都会拼命思考，问答时也一样。毕竟，比起每天去自习室里竭尽全力地思考，每天一点点地思考世界上的事、祈祷世界和平比较好。"

"世界……"法子下意识地重复小滋说的这个词，这个词对她来说实在太宏大了，而小滋似乎总是很轻易地谈论着这些大词。

"世界，世界和未来。"

小滋笑了笑，又对法子说："美夏傍晚会来的。你走后她肯定很寂寞，走之前好好陪陪她吧。"

小滋接过法子手中正在擦拭配餐台的抹布，离开了。法子站在原地呆呆地望着他的背影。

正在这时，法子惊讶地发现不远处有三个女生正看着这边。那姿态令法子联想到了山麓的学校里的小团体，就像惠理她们。来这儿以后，法子很久没想起过她们了。那三个女生眼神中充满了厌恶，不怀好意地看着法子。

她们是去别的小组帮忙的学舍的孩子，应该也是四年级。法子记得其中一个人的名字，应该是叫久乃。久乃跟美夏关系不错，所以法子记得。

法子下意识地把视线移向别处，准备逃离。这是她在山麓的学校里学会的"处事之术"：遇到霸道的女生，法子就装作看不见。

但这次已经来不及了。

她们突然大声说："小滋可是喜欢美夏的。"

法子吓得一动不动，不敢抬头。三个女生渐渐走了过来，但没有跟法子搭话。

她们一边讨论，一边慢慢从法子身边走过：

"他们从很早以前就这样。"

"对，小滋和美夏早就心意相通了。"

显然，她们是故意说给法子听的。

　　法子的腿变得像木棍一样僵硬，她努力暗示自己那三个人针对的不是自己。但她知道，那是自欺欺人。在山麓的学校也经常有类似的事发生。

　　在班上，惠理她们那个小团体直接对法子表示不满时，法子当然觉得委屈。但是，有时她们会假装看不见法子，然后在她面前故意说给她听。法子觉得这种做法更卑鄙，就好像在说："我们知道一些小秘密，但绝不会告诉你。"那些人总是把她当作小丑取笑。

　　那个叫久乃的女生笑着说："哎呀，别在她面前说啊，怪可怜的。"

　　法子依然保持沉默，她在心中对自己说："她们说的'她'又不是我，不用理她们。"

　　那三个人小声说笑着走远了。法子知道她们一直在看着这边，但无论如何也不想抬头看她们。她为自己的懦弱感到羞耻，脸红得发烫，同时，也特别失望。她失望，不是因为知道了小滋和美夏心意相通——她早就察觉到了，也不是因为那几个女生讽刺她，而是因为这件事使她发现未来学校跟山麓的学校没什么区别。

　　问答的时候，贤老师那么认真地带领大家讨论关于排挤同伴的问题，她们居然能无动于衷，完全不会把老师的话和自己的实际行动联系到一起。在这个可以认真讨论"世界""未来""战争""同伴"等话题的地方，难道不应该言行一致吗？

　　啊，还有，美夏会不会也像那几个人一样认为我喜欢小滋呢？会不会是她让久乃她们来找我麻烦的呢？如果真是那样的话……

　　久乃她们的脚步声渐渐远去，可法子还是低着头默默地站在原地。

　　送别的会就要开始的时候，美夏回来了。

她的表情一如既往地明朗，不知不觉就和周围的孩子打成了一片，就仿佛从未离开过。法子依然在担心美夏带自己去看山泉的事暴露，心神不宁。

美夏对法子说："马上就要分别了，真不舍啊。"

法子忍住不去看小滋的身影。跟美夏说话时，她有点紧张，担心久乃和美夏说过话。一想到久乃可能会告诉美夏自己也喜欢小滋，她就觉得难受。她想跟美夏辩解："我从未有过这种不切实际的幻想。"

但是，美夏的态度倒没有什么变化。

太阳落山的时候，送别的会开始了。离别近在眼前，空气都变得柔软了。

校长讲话、各小组的节目结束后，学校给每个人发了一张名单，上面写着来参加此次活动的孩子的名字和住址。名单上并没有分组记名，而是按照孩子们的住址来分的。上面各个都道府县的名字都有，看来孩子们真是来自四面八方。

法子在写着"川崎支部"的地方发现了沙也的名字 ——"光本沙也"。法子第一次知道沙也的名字汉字是这么写的。"光本"这个姓是读作"Mitsumoto"吗？她不太确定。

"我会给你写信的。"

听到法子这么说，在一边翻看名册的沙也回答："嗯，我也会。"

收到名册后，合宿的孩子都很兴奋。他们手里拿着名册，四处走动着找朋友在空白处互相签名留言，那场面就像签名大会。这其中，最受欢迎的还是学舍的孩子。

"小隆哥哥，给我也写个临别赠言吧！"有人喊。

每个学舍的孩子身边都围了一圈来合宿的孩子，有的人前面甚至排起了长长的队伍。简直是偶像见面会的现场。他们有些无奈，但又不厌其烦地写着临别赠言。

法子小组的贤老师也很受欢迎，很多六年级的女生都排队找他签名留言。法子也想找小滋和美夏写留言，但怕被久乃她们看到，最终没有去。虽然说，现在大家全都沉浸在激动的氛围中，法子还是非常在意久乃她们。

小滋和美夏前面也排起了长队，由衣和几个紫组的朋友也在队伍中等着小滋签名。看到她们的样子，法子心情复杂，就好像被谁掐住了脖子。

法子心想，她们不是觉得小隆帅吗，可从没提过小滋啊。由衣身边的女孩一边用手指着正在给别人签名的小滋，一边跟由衣说笑，看上去很开心的样子。法子转过脸不看她们，可内心又有些在意。她完全不介意小滋跟美夏的关系，但不希望由衣她们跟小滋走得太近。一想到由衣她们跟小滋谈笑的样子，她就心生不快。

除了名册，未来学校还给孩子们每人发了一瓶水当礼物。听说这是在那个去山泉的路上看到过的蓝色屋顶工厂里灌装的。瓶身的标签上印着"未来学校"几个字，还有不知道谁画的水彩画。法子听别的小组的孩子说过，"画得最好的画会被印在瓶身上。"标签上还印着几个对话框，上面写着"我的""是我们的水哦"，一看就是孩子的笔迹。

法子负责配餐，差不多应该准备晚饭了。她拿着名册悄悄离开了大家。到食堂的时候，里面人还很少。法子想先去一趟洗手间，离食堂最近的洗手间在走廊尽头，法子望着那边，愣住了。

是幸子老师。

幸子老师是来参加送别会的吗？法子想起自习室的事和幸子老师离开时伤心的表情，觉得自己应该跟幸子老师打个招呼。可幸子老师此时并不是一个人，法子便没有过去。

"幸子。"

另外一个人是贤老师。

"幸子，听我说。"

贤老师向幸子老师伸出了手。可幸子老师却用力甩开了贤老师的手，还对他怒目而视，就像小孩子发脾气那样。贤老师轻轻叹了口气，用力地将幸子老师的手拉向自己。从远处看，贤老师似乎把幸子老师拉入了怀中。在惯性的作用下，幸子老师的头不小心在墙上磕了一下，瞪大了双眼。就这样，两人消失在了附近的一间屋子里。

法子的心激烈地跳动着，眼前的一切简直像是电视剧里才会发生的一幕。她拼命地思考着那意味着什么。

贤老师很年轻，就像一个大哥哥；幸子老师比贤老师大很多，气质像一位妈妈。法子怀疑他们俩是电视剧里的那种关系，又觉得这种想法有点失礼。为了使自己冷静下来，法子想尽快离开。但她没能抑制住自己的好奇心，走到一半又走了回去。可那时，两位老师早已不在了。

在那之后，两位老师的表现又变得和往常一样，法子看到的那一幕就好像做梦一样。但法子怎么也忘不了贤老师的那声如耳语一般的"幸子"——不是"幸子老师"而是"幸子"，也忘不了幸子老师那痛苦的表情和甩手的动作。

站在大家面前的老师只是普通的"老师"，就好像一切都没发生过。幸子老师也恢复了第一天见面时的神态，大方自信地说："这段时间让大家担心了，我已经没事了。"但幸子老师和贤老师表现得并不亲昵，几乎一句话都不说。法子紧张地观察着两位老师，却一无所获。

洗完澡，孩子们开始收拾行李。来时被学校收上去的行李包和双肩包重新回到了孩子们手里。时隔一周再次看到熟悉的双肩包，法子特别激动。

孩子们正收拾着行李，一位老师说："花火大会要开始啦！"

大家来到广场，地面上等间距地摆着五发礼花弹。

"这是为大家送行的礼花。预备——开始！"

慎太郎校长一声令下，老师们自右向左地点燃了礼花。

礼花升上了夏日的夜空，孩子们的欢呼声此起彼伏。这种家里玩的礼花比外面花火大会上的礼花小得多，不一会儿就燃烧殆尽了。但在孩子们看来，能跟这里的小伙伴一起看烟花，是一件很特别的事。

放完礼花后，老师给孩子们发了手持的烟花。

"请大家点燃仙女棒。喷完的烟花插到那边的水桶里。"

广场上放着十五六个水桶，一半里面是点火用的蜡烛，另一半是水。

老师说，烟花不够的话可以去前面的台子上领。话音刚落，孩子们便争先恐后地点燃了手里的烟花，烟花的哧哧声和啪啪声瞬间淹没了广场。

法子也点燃了手中的烟花。她顺着烟雾和烟雾之间的缝隙走着，想找一片没有烟雾的空地。空气中都是火药的味道，再加上气温升高，呼吸有些困难。

她听到有人喊了自己的名字，是美夏。美夏手里也拿着烟花。

美夏说："帮我点一下。"

"好的。"

法子把自己的烟花叠加到美夏的烟花上，烟花重叠的部分发出哧哧的声音，粉红色的火花喷了出来。

花火大会上，女孩子们都穿着用自己染的布做的裙子。裙子的布料硬硬的，还有点短，法子穿着不太习惯。染色之前，她觉得这条裙子应该会很好看，结果却不尽人意。周围依然喧闹，有的男生同时点燃两根烟花，还把烟花冲着人喷。老师们高声喊着，叫他们不要捣乱。

"明天你们就要走了，"美夏说，"一定要再来啊。"

"……嗯。"法子有些勉强地点了点头。她很喜欢未来学校，也舍不得美夏，但一想到明天就能回家，就兴奋不已。

美夏又说："我等着你。"

法子很高兴美夏能那样说，同时也很心痛。她想到了久乃她们。并不是所有人都像美夏一样欢迎自己。

法子不由自主地说："我真羡慕你啊，美夏。"

她知道美夏跟自己不一样，被很多人喜欢，比如小滋、久乃。

美夏看着法子，微笑着问："为什么啊？"

法子回答："因为大家都喜欢你。"

"没有的事，"美夏说，"我的朋友很少。"

美夏之前也这么说过，法子不知道她为什么这样说。

直到很久以后，法子才明白，对美夏来说其实有两个"学校"。

五年级的夏天，法子犹豫要不要再去未来学校。为了和美夏见面，她去了。六年级的夏天也是一样。她每年都告诫自己这是最后一次，可第二年还是会去，一直持续了三年。

后来，法子在电视上看到报道才知道，未来学校不是经国家认证的正规"学校"，那里的孩子必须到山麓的学校接受义务教育。看到这则报道时，法子已经成年了。

烟火的烟雾笼罩着整个广场，久久不能散去。

"美夏，你能给我写个临别赠言吗？"法子问，"写在名册的背面，像其他人那样。"

烟雾使广场变得闷热起来。美夏笑了笑。烟雾并没有遮住美夏的脸，但法子已记不清美夏当时的表情。

"好呀，待会儿我去给你写。"

后来，美夏到底有没有写，法子也不记得了。

在未来学校度过的第一个合宿，就这样结束了。虽然很开心，但这一周时间对法子来说还是太长了，回家后过了很久她的心情才转变回来。对她来说，在那个远离人世的地方度过的一个星期就像一场梦，在这个山中的**学舍**的生活逐渐失去了真实感。

一吃完早饭，巴士就出发了。尽管孩子们头天晚上睡得很好，上车后还是都睡着了，仿佛是积攒了一周的睡意。

孩子们处于睡梦中的时候，巴士穿过了雾霭弥漫的隧道，把法子他们从山里泉边带回了山麓脚下的现实世界。

法子怕晕车，返程时坐在前面的座位上，离由衣和亚美的妈妈很近。

可能是觉得孩子们都睡熟了，也可能是觉得孩子们不懂，大人们开始小声说起话来。法子闭着眼睛听大人们说话。

一个人说道："○○可真让人困扰。"

法子是第一次听到"○○"这个姓，她凭感觉认为说的应该是贤老师。

"那肯定是跟女老师们……明年没准儿换别的方法……"

"没错，其实我也……"

悄悄话一直持续着，很多人的名字被提到。至于都听到了哪些内容，法子也记不清了。

到家的那天晚上，法子整理行李时妈妈问她："怎么只有这条内裤装在塑料袋里呢？是不是没晾干就装进去了？估计发霉了，不能穿了。"

法子突然想起来那是自己来月经时穿的那条内裤。自己手洗了后装进去，忘了拿出来。当时因为不好意思，没有扔进洗衣筐一起洗。

法子有些含糊地说："因为我来月经了……"

法子的妈妈把眼睛瞪得圆圆的，问道："真的？"

法子本打算一到家就告诉妈妈，可到家时光顾着高兴，竟然忘了说。

"什么时候来的？"

"快结束的时候。"法子有些尴尬地回答，"卫生巾和生理期用的内裤是那边的人给我的。"

"现在结束了吗？"

"没有。"

法子的生理期还没有结束。美夏只给了她一条内裤，现在她穿的是自己带去的普通内裤，上面垫着卫生巾。

法子妈妈的性格不像由衣或亚美的妈妈那么明朗，也不是会对女儿说"祝贺你"的类型，所以法子没多说，只想尽快结束这个话题。没想到妈妈竟走到法子身边，长叹了一口气并抱紧了她。法子惊讶地一动不动，这完全出乎她的意料。

"抱歉。"妈妈用力地抱住了法子，"那么重要的时候我却不在身边。吓到了吗？害怕了吗？"

"没关系啦，实在是没办法嘛。"法子有些不知所措地回答。

平时，妈妈是绝对不会这样安慰法子，跟法子道歉的。法子又惊诧又害羞，不知如何是好。

"怎么会没关系啊。"妈妈松开法子，看着她的脸，表情十分认真，"没能陪在你身边，真的对不起。肚子疼吗？很多人会肚子疼，你没事吗？身体疲倦吗？有没有昏昏欲睡的感觉？"

"我没事。"

"如果不舒服一定要说啊。唉，妈妈一直觉得你还早着呢。"

"不要紧啦。"

法子还是觉得尴尬，想尽快结束这个话题。但此时，她的尴尬里混入了一丝喜悦和一丝安心。跟由衣她们的妈妈不同，法子的妈妈细致地询问了法子的身体状况。法子感到些许自豪地想道："我的妈妈不愧是护士。"

"真的很抱歉，法子。"妈妈又开始道歉了。

这次，法子笑着摇摇头回答："没事。"

◇ ◆ ◇

法子收到那封信时，已经是一个月以后了。

暑假结束，新学期开始，法子像往常一样上学、放学。

法子正要回家时，由衣跟她打了个招呼："啊，法子，明天见！"

惠理她们站在由衣身边，时不时扫法子一眼，但不打招呼。

这个学期，法子依然不跟由衣结伴回家，也没再谈论过未来学校的事。但她还是感到在未来学校的体验缩短了她和由衣之间的距离。由衣比从前更关心法子了，特别是法子一个人的时候。这应该不是法子的错觉。

"嗯，明天见！"

法子跟由衣招了招手，一个人走上了回家的路。

暑假结束后，空气中开始带有秋天的气息，未来学校的那些日子逐渐远去。法子越来越忙，忙着准备运动会，换座位，重新决定各种委员……

到家后，法子先看了看信箱。信件大多是寄给大人的，很少有法子的。但这天，法子在信箱中发现了一个奇妙的信封。信封上印有卡通图案，一看就知道是小孩写的。法子猛地想起了未来学校的名册，心想："肯定是沙也！我应该主动给她写信，没想到她却抢先了。"

可当她把信封反过来确认寄信人的名字时，却大吃一惊。

未来学校 冲村滋

信竟然是小滋寄来的。

第五章

夏天的呼唤

一切都变成了遥远的回忆。

法子第一次去学舍体验生活是四年级的夏天。五年级的夏天，同班同学小坂由衣再次邀请她去了学舍。在学舍里，她又一次见到了美夏和小滋。现在，她已分不清哪些是四年级的回忆，哪些是五年级的回忆。

至于其他人，她更记不清了。比如四年级时被分到同一个小组的那个来自川崎的女孩。那个女孩第二年也来了，但她们几乎没怎么交流。也许是因为孩子太多了，不在同一个小组的话几乎说不上话。时隔一年相见，比起想念，更多的是尴尬。

法子记得，美夏曾用"远房亲戚"这个词形容过这种关系。

虽曾朝夕相处过，但长时间不见面，再见时难免生疏。再加上害羞，话都说不好。跟那个川崎的女孩——印象中是叫"沙也"——也是如此，打完招呼就无话可说了。到了六年级，那个女孩就不再来了。

那个叫阿信的男孩，法子记得很清楚。

但是，五年级之后，他也没有再来参加过合宿。

还有负责自己这个小组的老师，他怎么样了呢？第二年之后是否见过面，在法子的记忆中也有些模糊了。就算在，应该也不是负责法子的小组。

只有一件事法子记得特别清楚。

六年级的时候，也就是最后一年，法子没有在**学舍**看到美夏的身影。

那一年，来帮忙的几乎都是从没见过的新面孔。**未来学校**是怎样的校规，法子不了解，她只知道随着学年的升高，认识的人越来越少了，**未来学校**的成员变化很大。

是的，最后一次和美夏见面是五年级的时候，那之后美夏为什么不再现身法子就不知道了。

也正因如此，法子才一直惦记"未来学校的校址惊现女童尸体"这一事件，并不由自主地想从来确认女童尸体是不是自己孙女的吉住夫妇身上寻找美夏的影子。

法子对眼前的女人说："我在电话里也说了，客户的名字叫吉住孝信，他外孙女的名字叫吉住圭织。吉住先生怀疑那具白骨是他外孙女圭织的。"

此时，她正在位于饭田桥的*未来学校*的东京事务局里跟那里的人交涉。

房间里一片昏暗。从站在大楼入口处那一刻起，法子的心情就有些动摇。

在她的印象中，*学舍*是森林葱郁、阳光灿烂的地方，但因为瓶装水出了问题，静冈县的*学舍*十几年前就关闭了。再加上发生了奥姆真理教地铁沙林毒气事件，这些年，不管是新兴宗教还是与之类似的思想团体，都被世人警惕地对待，法律管控也越来越严格。在这样的情况下，*未来学校*竟能一直延续至今。虽说其规模有所缩小，法子还是感到意外。

虽然位于静冈县的*学舍*已不复存在，但未来学校在日本国内仍保有三所规模较小的*学舍*，分别位于北海道、富山县和高知县。在网上查询的时候，法子发现了这三个地方招收学员的主页。主页上号召孩子们利用寒暑假、春假或黄金周等长假，离开父母来山村体验生活。下方还写着关于*问答*的简介："在大自然中通过对话学习，培养孩子的独立思考能力、语言表达能力。"并配有孩子们的照片。

照片上写着很多感想，比如"挤奶很有趣""交到了好朋友""问答很开心"之类的。总的来说，网页并不精美，不管是配图还是字体都土土的，很业余，不像是专业人士制作的。设计风格也比较过时，用的应该是多年以前的模板，近来只是偶尔更新。

即便在女童的尸体被发现后，未来学校的网站也没有关闭，依旧在招募暑期体验生活的孩子。看到这些，法子叹了口气。

尸体被发现后，对未来学校表示怀疑、批判、抗议的人一定不少，但他们仍在继续招收新学员，网站也依然在更新。法子觉得，这倒也很符合未来学校的风格——刻板、顽固。他们不在乎山麓的声音，这边的声音也传不到他们耳朵里去。估计从瓶装水事件开始，就一直是这样。

当下，保护隐私的重要性被反复强调，可网页上挂着的照片并没有在孩子们的脸上打马赛克。网页底下感想栏里的内容也不一定是去体验生活的孩子们写的。有可能是那些离开父母、离开家人，独自在学舍过着集体生活的孩子们写的。"山泉"没有出现在网页上，但新加了"山村留学"这个说法。

"啊……竟然还在继续。"法子看着电脑屏幕，长叹了一口气。

那天在事务所里吉住夫妻说的话又一次出现在她的脑海里：

外孙女的名字叫圭织。

"圭织。"法子在心中默念。她没听过这个名字，至少她参加过的那几次活动里没有圭织这个人。当知道吉住夫妇的孙女不是美夏的时候，她如释重负，也倍感意外。

我们想知道那具白骨到底是不是外孙女，想知道那孩子现在怎么样了。

法子答应了吉住夫妇，并告诉他们自己会尽快跟未来学校交涉。

经过调查法子了解到，除了供人们生活的学舍以外，未来学校这个组织还设有一家事务局，位于东京饭田桥附近的一栋出租楼。法子在电视里看到过那栋楼。遗骸被发现后，媒体介绍未来学校的情况时，经常使用这栋楼窗户的影像。窗户很小，即便是白天也一直拉着窗帘，后面偶有人影闪过。

真正来到这里，才发现这栋楼比电视上还要矮小昏暗。楼外面竖着一块按摩店的招牌，入口处十分狭窄。楼梯在楼道深处，上面的瓷砖有些剥落。入口处有一张导览图，显示未来学校在三楼。除了未来学校，楼里还入驻着其他大大小小的团体。只看招牌的话，还以为未来学校是什么不法店铺。这让法子受到了很大打击，因为这里和她记忆中的学舍实在是太不一样了。

刚才，法子在楼外和两个男的擦身而过，一个男的好像回头看了她一眼。她意识到那可能是记者。距遗骸的发现虽已过去了一个月，案情却毫无进展，尸骨的真实身份依然不明。人们对事件早已麻木，报道也越来越少。但有一些媒体没有放弃追踪。他们采访相关人士，揭露未来学校是一个怎样的组织。

未来学校从一开始就强调，他们跟尸骨毫无关系，不论宣传部门还是组织领导都没有出面召开记者招待会，所有事情都是由律师书面回应。他们表示，未来学校对此事毫不知情，但会配合警方调查——事发突然，他们也有些不知所措。

法子面前的女人对她也是同样的说辞。法子不知道这个叫田中的女人在组织中处于什么位置，因为她连名片都没给法子。她没有染头发，脸色疲惫，锋利的眼神显示出她有强烈的警戒心。

听到"吉住圭织"这个名字，田中的表情没有丝毫改变。

"您不认识这个人吗？"法子再次追问，"吉住圭织跟她母亲一起进入了位于静冈县的未来学校。1990 年 9 月，吉住先生的代理人应该找你们咨询过一次，那时你们给出的回答是她和她母亲已经离开了未来学校。"

田中回答："那应该没错啊。我不太清楚当时的事，既然负责人说她们已经离开，那就是离开了。"

法子包中的笔记本里夹着一张纸，纸上详细记录着吉住夫妇上次前往未来学校的时间、目的，以及咨询的内容。那是吉住夫妇拼命抗争的记录，法子找给他们办过事的律师事务所核实过，确保内容真实无误。

"那您听说过吉住圭织这个名字吗？"

"没有。"

法子盯着田中。田中看上去比法子大几岁，法子好奇她的年龄。

吉住圭织如果活着的话，今年正好四十岁，跟法子同龄。如果田中过去住在静冈县的学舍的话，即便年级不同，也有可能跟圭织一起生活过。但学舍不只一处，田中也可能是在静冈县之外的学舍长大的。如果她确实在静冈县长大，那她刚才的那句"没有"就很有问题。

就算住在那里的孩子非常多，也不可能多到连名字都记不过来。法子知道那里有幼儿部、小学部、中学部和高中部，所有人常年生活在一起，怎么可能连名字都没听说过呢？从未来学校的规模来看，田中的回答过于绝对。

法子问道："能不能请您帮忙查一下档案？"

田中面露不悦，但法子没有退缩。

"吉住先生的女儿和外孙女在未来学校住到什么时候？具体是哪天离校的？有没有留下联络方式？听说你们之前连这些都没有告诉吉住先

生，我觉得这不太合适。你们至少应该把这些问题调查清楚。"

"我们无法立即回答那些问题，档案也不是全都在这里。"

"我可以等。"

"可能会花很长时间。"

"明白。总之您同意调查了？"

田中轻轻瞪了法子一眼。法子没说话，端起茶喝了一口，将视线移向了别处。

法子心想，田中虽然态度冷淡，但并没有拒绝，我应该继续争取。

田中叹了口气说："……如果查到了，我会联系你的。"

田中的回答模棱两可，但法子还是点了点头说："明白了，拜托您了。"

档案不可能散落在各处。如果是从前的话，还有可能。静冈的学舍关闭时，与学员的个人信息相关的资料有可能会被移到别处，但现在绝不可能。一个月前，发现了一具小孩的尸骨，而学舍正是孩子们生活的地方。

警察一定会进入设施搜查，并要求他们出示各种记录材料。那时，未来学校的工作人员肯定会把各处的档案汇总在一起。所以，田中一定是在糊弄法子，为的是让她早点离开。

至今为止，他们应该被询问或质疑过无数次。从刚才的表现来看，田中，或者说未来学校一方，似乎并不打算认真对待这些问题。但他们为什么把法子叫来了呢？他们完全可以在电话里拒绝法子来访，就像拒绝其他来访者那样。田中他们同意外部人员来访一定有什么理由，或许是出于害怕，也或许是在等待什么。

听到"吉住圭织"这个名字的时候，田中的内心真的毫无波动吗？

"吉住圭织的妈妈名叫吉住保美，如果您知道谁认识保美，还请帮忙介绍一下。吉住孝信很担心他的家属。"

田中没有说话，只是点了点头。她的表情有些无可奈何，依然是在应付法子。

法子继续说："过一阵我还会联系你们，劳烦你们配合。"说完，法子深深鞠了一躬。田中点了点头，但法子知道她八成不会再联系自己。下一步该怎么办呢？有没有可能联系到其他未来学校的人呢？像吉住夫妇这样常年跟未来学校打交道的人一定不少，没准儿还有人成立了"未来学校受害者协会"之类组织。可能吉住夫妇比较了解，就算他们没加入过这种组织，应该也听说过。

田中依然保持沉默。她默默站起来，打开了通往楼道的门，就好像在说"送客"。

法子知道自己是个不速之客，乖乖走出了房间。隔壁的房间门开着，法子朝里面看了看。里面有一个堆满了各种文件的书架，还有一张桌子。法子虽知道不该随便乱瞧，但视线却不由自主地被吸引了过去。

房间里走出来一个年轻人，是那个刚才给法子端茶的、笑容纯净的年轻人。他对法子说了声"辛苦了"，然后把法子送到了电梯口。与一言不发的田中不同，这个年轻人的态度令法子感到一丝慰藉。

电梯门开了，法子走了进去。

似乎是想再次强调，法子轻轻低下头又说道："十分感谢，我会再来的。"

就在这时，她听见有人小声嘀咕了一句："明明一直放任不管，现在倒是想起来了。"

法子怀疑自己听错了，吃惊地把头抬了起来。

电梯的门正在慢慢关闭，一个近乎嘲讽的笑容出现在法子的视野中央。田中正站在那个气质温和的青年身后，嘴角微微上扬。法子浑身发冷，心跳加速。

电梯在下降，法子感觉自己的脚好像也被什么沉沉的东西拽了下去。刚才那句话和那个笑容超出了她的理解能力。

电梯到达一楼，法子走下了电梯。狭长的楼道尽头是一扇玻璃门，门外的柏油马路上洒满了阳光。楼里和楼外简直是两个世界，外面越明亮，楼内越昏暗。

法子知道，走路的姿势似乎都变得不自然起来。刚刚那句不明所以的话也依然没有从她的耳膜上消失：

明明一直放任不管，现在倒是想起来了。

那是田中的声音，她是在说吉住夫妇吗？尸骨发现后，吉住夫妇开始重新追踪女儿和外孙女的下落，或许是这个惹恼了田中，令她说出了那句话。

在工作中，法子不是没遇到过那种感情用事、说话不走心的人，可刚才的话还是令她惊诧不已。法子确实是不速之客，但也没理由被那样对待。怎么能那样露骨地把私人感情带入工作中呢？田中可能以为法子听不见，但她的声音大小和说话时机意味着她并不介意被法子听到。这太幼稚了，她怎么能那样做呢？这个问题法子今天已经不知道想了多少遍了。想到这里，法子深深地叹了一口气。

不过，这种做法倒是很符合未来学校里大人们的行事风格。

法子走出了未来学校的东京事务局所在的建筑物，心里很不是滋味，自然地低下了头。她想赶快逃离这里，因为她感觉田中好像正透过窗户看着她。和来时不同，她贴着窗户的死角转了个弯，快步离开了。

明明一直放任不管……

也可能是说给自己的，但那不可能啊，怎么会有那样的事呢？可尸体发现之前，她确实把未来学校的事忘得一干二净，所以觉得田中埋怨的也可能是自己。

"受害者……协会吗？"吉住孝信在电话的另一头低声说。

"是的。"法子点头，"您去静冈找保美和圭织的时候，有没有跟类似团体或其他受害者交谈过？"

"不好意思，我们没有加入过那种组织。"

吉住的语速慢得难以置信。法子打的不是吉住的手机，而是他家的固定电话。电话那边传来了电视发出的噪音。

吉住让法子稍等一下，法子听到电话那头的声音变小了。过了一会儿，吉住重新拿起了电话，说："我戴上助听器了。"

法子提高了音量，一字一句地对吉住说："如果您知道有什么团体组织跟未来学校打过交道，请告诉我，我可以参考参考。"

"啊……确实有人联系过我。那个人听说我在找女儿，就联系我说未来学校的事可以找他们咨询。但那时……那个……我跟妻子商量了一下觉得还是算了，之后就没再联系。"

吉住好像有所隐瞒，但法子没有刨根问底。谁知吉住迟疑了一下，继续说道："其实那个人写过好几本关于未来学校的书。我怕我们的事也被他写到书里，就……"

"原来如此。"

那个人联系吉住时，吉住可能还年轻，还没退休，他担心被写进书里倒也正常。

"不过，这些人的话，对未来学校发生的那些事情应该是很了解的。我应该有那个人的联络方式，我找一找告诉您？"

"那太好了，麻烦您了。"

法子道了声谢，挂了电话。

从上次交涉的感觉来说，未来学校那些人冷淡至极的态度今后应该也不会有所改变。他们肯定不会主动调查吉住外孙女的事，事态很可能陷入胶着状态，法子想尽量避免这种情况。她拜托事务所的文员调查了一些资料，发现从九十年代中期开始，经常有未来学校的前会员打官司要求未来学校返还财产。因为他们退会时，未来学校没有返还他们进入学舍时捐赠的财产。还有一些人，除了要求返还财产，还要求学舍支付他们应得的工资。判决结果大多不是全额返还或全额支付，而是部分返还、部分支付。

除此之外，还有关于瓶装水事件的诉讼。通过调查当时的电视新闻、报纸可以得知，未来学校卖过的水有两种，一种是在泉边的工厂加热杀菌处理过、卖给普通消费者的瓶装水；另一种是只供应会员的泉水。顾名思义，就是直接从泉里打上来的未经处理的水。

最初只是一部分会员在买卖泉水。但后来，买的人越来越多，卖价也越来越高。

未经处理的泉水流行起来的原因，可能是有一些人认为，从山泉中直接汲取、不经过加热和灭菌的泉水才是神圣的水。

在未来学校，生活在学舍的人把生活在外部的会员称为山麓的学员。为了响应山麓的学员的要求，原本只是在一部分人之间买卖的泉水，竟然被私自定价，并且可以从静冈县邮购。

事情暴露是由于一次偶然事件。千叶县的一名主妇在孩子发烧时，从住在隔壁的同是主妇的未来学校会员那里得到了一瓶泉水。那位会员是出于善意，可孩子喝水后发生腹痛，病情变得更加严重。经检查，发现是水中的弯曲杆菌所致。

以此事为契机，过去发生的其他类似事件也相继曝光。那些未经杀菌处理的水的价格高达五千日元每瓶（每瓶五百毫升）①，引起了轩然大波，卫生局也开始介入调查。最终，未来学校只得关闭了山泉所在的静冈学舍。

继续调查未来学校的历史就会发现，未来学校的成立果然跟山泉有关。未来学校的组织方认为，泉水的所在地非常适合培养孩子的自主性，便在那里建造了学舍，项目越做越大。未来学校并非宗教团体，但水被他们不断神格化也是不争的事实。正由于这一点，人们经常把未来学校与其他新兴宗教相提并论。没能保住那口山泉，未来学校想必损失惨重。

法子还在网上检索了吉住说的关于未来学校的书。《未来学校未来的崩塌》《被剥夺的学习机会——未来学校的局限性》《未来学校的傲慢：断线的羁绊》……书籍林林总总，每本书的作者和出版社都不尽相同。这些书大多是没听说过的小出版社出的，很多都绝了版，只有二手的。法子随便买了几本以做参考。

事务所的办公桌上放着一本台历，法子看了看台历，发现今年秋天有不少连休。她想起早在初夏的时候，同是律师但不在一家事务所的丈夫就说过，预计今年秋天会特别忙，可能休息日也得出勤。

法子开始考虑，连休的那几天要不要带蓝子回姥姥家。法子的父母已经退休，有时会来帮法子带孩子，所以法子不怎么回娘家。算一算，距离上次回去已经过去半年了。

她突然想回去是有理由的。

法子出去吃午饭的时候顺便给母亲打了个电话。听说法子连休时要带蓝子回来，母亲很高兴。她没有用语言表达高兴之情，只是轻描淡写地说了句"哦，是嘛"，可声音却非常明亮。

"对了，蓝子的保育园定了吗？我记得你上次说她现在上的保育园

---

① 书中事件发生时，五千日元约等于五百元人民币。

只能上到今年年底，明年送去哪儿还没定？"

"嗯，到了明年，认可保育园可能会有空位，我准备申请一下看看。"

"啊，对啊，可能有些孩子会从保育园转去幼儿园。希望蓝子能顺利入园。"

法子的母亲很理解法子，毕竟她当年也是边当护士边照顾法子。法子一说，母亲立刻就明白了保育园是什么情况。

法子的母亲在电话那头笑了笑，说："不过蓝子真的变结实了，刚上保育园的时候动不动就发烧。最近也不用我过去照顾了。"

"嗯，蓝子在努力适应。"

"总之，有需要尽管给我打电话，我一定会去的。"

"谢谢。啊，对了，在我回去之前，能帮我办件事吗？"

"可以啊，什么事？"

法子还没说是什么事，母亲就先同意了。

看到母亲还是那么大大咧咧，法子无奈地叹了口气说："我小时候，小坂由衣不是找我一起去过未来学校吗？那时候发的那本名册还留着吗？"

电话那头突然安静了下来。

法子觉得奇怪，刚想冲电话喊"喂"，母亲就回话了："你找那个干什么？最近那儿又出问题了吧？"

母亲的语气听起来有些紧张，法子有些后悔，觉得不该问得那么直接。

那个啊，我觉得你以后最好别再跟别人提了。

你妈妈可真行，居然让女儿一个人去这种地方。

　　法子忽然想起丈夫说过的话，当时法子并没有在意，因为她和她父母都不是**未来学校**的会员。她仅仅是参加了**未来学校**的暑期合宿而已，没什么可大惊小怪的。

　　可发现尸骨的事被报道后，原本跟女儿无话不谈的妈妈在电话里竟丝毫没提起过那件事。现在想来，她一定是在故意回避那个话题。

　　法子的母亲一直在工作，所以跟法子同学的家长们没什么交情，也从不关心各种闲言碎语。至少小时候，法子没听妈妈说过谁家的闲话。也许，小坂由衣的母亲决定邀请法子去**未来学校**正是因为这一点。在此之前，法子从未了解过母亲对这件事的想法。

　　法子说："不是工作需要，也不是想联系谁，只是想看看而已。"

　　她真的是这样想的，既不指望以此解决工作上的问题，也没打算和哪个人取得联系。

　　所以，母亲问她为什么要名册，她只能回答"想看看"。

　　母亲再次陷入了沉默。过了一会儿，电话那边再次响起了母亲的声音。法子没有听清，忙问："什么？"

　　母亲说："要是有人知道你去过那儿，会不会给你的工作和生活造成什么不好的影响？"

　　原来母亲是在担心自己。虽然母亲有点前言不搭后语，但法子还是能从中感受到来自母亲的关怀。

　　"不要紧。"法子回答，"这段时间帮我找一找吧，如果还留着的话。"

　　"知道了。"

　　母亲做事一丝不苟，法子觉得名册肯定保存在家里。只要名册还在，她就不会故意藏起来不给法子看。

　　名册上记录的都是外部的孩子，应该没有法子熟悉的小滋、美夏等人，也不会有吉住圭织。就算有他们的记录，住址栏里写的肯定也是早已关闭的静冈的学舍。小滋寄给法子的信上写的住址也是静冈的学舍。

法子给小滋回过信，但不知从什么时候起，两人不再通信。法子已经不记得最后一封信是什么时候寄出的，只记得两人的通信是从自己这儿断的。

名册应该还留着，信就不一定了。第一次收到小滋的信时，法子觉得非常宝贵，用心把信珍藏了起来。那时的她一定无法想象，多年以后那珍贵的信竟会不知所踪。法子倒也不是想重新阅读那些信，只是觉得自己做的这些事显得自己有些薄情寡义。

那些被遗忘的信。如果不是因为尸骨的发现，那些记忆一定不会被再度唤起。

明明一直放任不管……

田中的那句话深深地刺进了法子的心，比她想象的还要深。

在*未来学校*的东京事务局那间破旧的小屋里与田中交涉时，作为吉住的代理人，法子一直在抑制一种冲动——告诉田中自己曾去过*未来学校*的冲动。法子想告诉他们，自己了解学舍，认识那里的孩子，知道山泉，也知道那里的人不是什么危险分子。

说到底，只是想让他们知道，自己不是敌人罢了。

但话说回来，法子不过是儿时的三个暑假，在那儿待过几周，说不上有多深的了解。法子为自己的那种冲动感到奇怪。

蓝子单手拿着一束狗尾巴草，走在小区和农田中间的小路上。

法子的老家在八街市，周围环绕着农田和森林，一眼望去满是绿色。因为千叶县在东京旁边，朋友们都以为法子的家乡也很繁华。其实这里生活恬静，到处都是田园风光。与小时候相比，这里住宅日益增多，环境也变得越来越陌生。但法子的老家离车站较远，到哪儿去都要开车，生活和其他地区并没有什么区别。住宅背后的田地、草木丛生的空地，都是法子小时候的游乐园。

一听说法子想去这几年新开的便利店给蓝子买早饭，爸爸妈妈立刻表示可以开车送她。

"不用了，我跟蓝子正好散散步。"

"是吗？其实还挺远的，你走一走就知道了。"

即便是孩子，从这里走到便利店也只需要10分钟。可法子的父母习惯了开车出行，这种距离也会说远。听到父母这样说，法子感到自己是真回家了。

法子的父母觉得她是在客气，再次表示要开车送她。法子知道，他们肯定是想多陪陪外孙女。

"我还是想让蓝子在户外玩一玩。"

听到法子这样说，父母就不再坚持了。

蓝子摇摇晃晃地走在法子年幼时曾经走过的路上。有一块地上长满了茂密的杂草，蓝子发现后，弯着身子噌噌地拔了好几根狗尾草。蓝子轻轻地抚摸着狗尾草的穗子，就像在摸什么未知生物一样。法子看到也拔了几根，绑成一束给了蓝子。

远处传来农用拖拉机的声音。虽然是假期，依然有人在田间劳作。对法子来说，这是再普通不过的光景。

蓝子走路速度虽然不快，但走长路也不嫌累，可能是在保育园散步散习惯了。平时，法子下了班就去接孩子，接了孩子就回家，休息日也只是在家附近的小公园陪蓝子玩，从没像这样跟蓝子一起慢悠悠地散过步。真希望能跟蓝子一起度过更多平稳的时光。但是，忙碌时的她从未这样想过，她对自己也感到有些无奈。

秋季的天空又高又蓝。

最近，法子很希望蓝子能在自己小时候那种环境中长大。希望她不用担心车来车往，走在路上随手就能摘到路边的野花野草；希望家附近有小树林和空地；希望她随时能见到姥姥姥爷。要是能让她在这边上小学，而不是在东京上规模大的小学的话……

法子对这样考虑的自己感到有些不可思议，她的小学时代并不是十全十美，不好的、让人感到憋屈的回忆甚至多于美好的回忆。

法子在班里不怎么受欢迎，再加上学校规模小、人际关系固定，法子经常烦恼。

可现在，她常常下意识地想象自己在这里抚养孩子的情景。因为自己就是在这里长大的，只能想象在这片土地上度过的童年。在这片土地上接触自然，在规模不大的学校学习、成长，然后走出去。法子对这样的人生感到满足，觉得蓝子也可以这样。

但法子也知道那是不现实的，毕竟自己和丈夫瑛士都要出去工作。她并不是真的要那样做，只是有些向往这样的生活。

她们在去便利店的途中，路过一块儿空地。那里曾经是一个大工厂，每次路过都能听见里面的机械隆隆作响。穿着工作服的大人们会从工厂走出来，站在外面吸烟。如今，厂区里了无人烟，只留下破败的厂房，一片萧条。曾经车满为患的停车场也变成了空地。

"蓝子，看这边。"

法子想拍张照片发给瑛士，拿起手机对准了蓝子的后背。蓝子开心地把小手掌贴在了右脸颊上。这是动画片里公主的姿势，可能是蓝子跟保育园的小朋友们学的。

"妈妈——我想要更多的狗尾草，我要给姥姥。"

"好的，我们再摘一些带回去吧，姥姥肯定高兴。你要拿给她啊。"

"嗯！"

说完，蓝子蹲在空地上摘起草来。

地上除了有狗尾草，还有芒草。再过两天就是阴历八月十五了，法子想起母亲说要跟蓝子一起做赏月的团子，就顺便拔了几根芒草。法子已故的祖母很擅长做赏月的团子，她依然记得在祖母家厨房煮豆沙时红豆发出的声音和香味。

那时，母亲忙于工作，几乎不下厨房。每次都是法子放学回家跟祖母一起做团子。没想到这次母亲竟然主动提出要做团子。也许她早就想做了，只是决定等外孙女出生后和外孙女一起做。

小时候做团子时，法子只懂得遵从祖母的指示，并不知道团子到底该怎么做。如果真有一天要和蓝子两个人在东京的家里做团子的话，她肯定做不出来。

"蓝子，要把手洗干净哦。来，站在这边的台子上洗吧。"

"好——"

两人一到家就闻到一股甜甜的味道，是红豆。

"法子，待会儿就可以准备包团子了，你先跟蓝子在客厅待着吧。她喜欢看的动画片和儿童节目我都录好了，让她看吧。"

"行，谢谢。"

法子把蓝子带到客厅，打开了电视。法子离家后，家里换过好几个电视，现在这个可以用外接硬盘录像。一想到父母为了给外孙女录节目，努力学习操作方法的样子，法子就忍不住想笑。

电视和法子家的型号不一样，但操作方法基本相同。法子按着遥控找录像时，突然看到录像一览的下方有一个标题是"新闻——未来学校"。

看到标题，法子轻轻吸了口气。

"面包超人！面包超人！"

听到蓝子的喊声，法子回过神来说着"对不起，对不起"，赶紧按下了动画片的播放键。

听着熟悉的主题曲，法子开始思考刚才看到的那个关于未来学校的录影文件。原来他们把节目录了下来，八成是母亲录的关于**未来学校**的新闻特辑。

"最近那儿又出问题了吧?"

前几天，母亲在电话里提到过。不知她对曾让女儿去**学舍**合宿这件事到底是怎么想的。法子从没和母亲谈过，可能母亲比法子本人还在乎。她会不会后悔把女儿送到了这么一个"危险的地方"呢?

法子的家乡是个小城市，做行政工作或在葬礼上帮忙时，应该会碰到小坂由衣的家人。母亲一定不会当着他们的面说什么。但如果她一直很在意那件事的话……

法子突然很想看看那个节目的录像。

"哎呀，蓝子是睡着了吗?"

母亲突然走进客厅来，法子吓了一跳。

动画片还没播完，可蓝子却趴在靠垫上睡着了。说起来，今天一天蓝子没睡午觉，散完步可能是累了。

"看来没法一起做团子了，真遗憾。我去拿个什么东西给她盖上吧。"

"好，谢谢。"

母亲满脸慈爱地拿来一条毛巾被。

法子关了动画片，从录像一览中选取了"新闻——未来学校"。

"妈妈。"

"什么事?"

"我能看看这个节目吗?"

正在给蓝子盖毛巾被的母亲抬起了头。看到画面的瞬间，母亲沉默了，然后用平淡的声音回答"看吧"，语气和平时没什么不同。

"是发现尸骨后播放的节目。"

"嗯，正好。"

发现尸骨的事一曝出来，各大新闻节目就开始争相报道。很多节目法子都没看，因为此前她没想到自己会参与吉住夫妇的案件。

"啊，等一下……那个……大概在正中间那里……对，这个节目。"母亲一边看法子按遥控器操作一边点头，"那个节目里有一个在未来学校实际生活过的人讲述自己在那里的经历。不是去合宿的人，而是住在学舍的人。"

"是吗？"

"其他节目内容都差不多，几乎都在介绍瓶装水事件呀，批判未来学校是个可疑的组织什么的。只有这个节目里介绍的未来学校和你跟我说的情况差不多。"

"我跟你说过？"

"是啊。"

被法子反问后，母亲一脸茫然。可能她不明白法子为什么那样问。

"你在未来学校似乎过得还挺开心的。"

这次轮到法子沉默了。

"你不是说过吗？那是个好地方。"母亲笑着说，然后起身向厨房走去，"不赶紧包团子的话面该变硬了。"

法子呆呆地站在原地。

母亲对未来学校的看法也许没有自己想象的那样单纯。一方面，她相信新闻报道里说的都是事实；另一方面，她也了解法子在未来学校的经历。对于把女儿送去未来学校的事，母亲感到的绝不只是后悔，可能还有对过去日子的怀念。

法子开始播放母亲说的那个节目。

这是一个每天傍晚播出的新闻节目。节目先是对校址发现尸骨的事做了简单介绍，然后让一个曾经在那儿住过的人谈了谈未来学校是个怎样的地方。

法子看了一会儿，发现节目确实如母亲所说的那样，没有故意营造某种印象的意图。之前看过的报道里也有类似采访，被访者只是一味强调在学舍的生活没有自由，忍受大人们的高压统治之类，记者还很露骨地问被访者有没有虐待儿童的现象。

但是，现在播放的这个节目却没有过度妖魔化未来学校的教育方针。节目里详细介绍了问答是什么——内容和法子以前参加的问答是一样的。但是，现在以大人的眼光来看，问答的内容和手法确实和"自我提升研讨会"之类的东西很相似。这令法子感到有些无奈。不知为何，一本正经地讨论"战争""和平""友情""爱"的行为总带有一丝可疑的味道。

被访者是一名女性，只有脖子以下的部分出现在画面中，没有露脸。声音倒也没有处理过，是本人的原声。她穿着一件深蓝色丝绸质地的连衣裙，细细的手腕上戴着一条银色的手链，手指上的结婚戒指闪闪发光。

"小时候见不到父母，确实很寂寞。父母一直为到底该不该送我去未来学校而争论不休，我直到现在都忘不了。有一次，父母接我回家的时候，父亲一直在车里冲母亲大喊，让她不要再送我去未来学校。"

她嗓音非常好听，吐字也很清晰。

"但我其实也舍不得离开未来学校的那些人。在共同生活中能培养自主性，这话确实是对的。除了自主性，我还学到了很多东西。对于生活在现代社会的孩子来说，不管是在泉边的小路上散步，还是早起擦学舍的地板，都是难得的体验。瓶装水事件发生后，媒体做了很多相关报道。但怎么说呢，我们的生活其实没有大家想象的那么特殊、那么奇怪。如今我已长大成人，依然觉得在那儿度过的日子很有意义，对我有很大的帮助。那儿的生活很快乐。"

记者问她对发现尸骨的事怎么看，她停顿了一下说："我感到非常痛心，非常非常难过。希望那不是跟我一起生活过的朋友。我觉得那应该是事故。在学舍的每一天都很自由舒畅，那里的人绝不是什么危险分子。老师们都很平和，对教育很热心。"

她说话的时候情绪稳定，表达方式沉着理性，让人自然而然地想听下去。

"我虽然早就离开了那里，但还是很担心那些共同生活过的朋友。"

她口中的未来学校确实跟法子心中的印象比较一致。未来学校不像新闻报道里说得那样不堪，那儿的人也不是什么危险分子，这是法子在与他们的接触中实际感受到的。被访女性认为，大众对未来学校的评价有所偏颇。法子也是这样认为的。

"法子，这个给你。"

身后传来母亲的声音。

法子回头一看，母亲正站在客厅门口，不像是从厨房过来的。

"我给你找出来了。"

母亲手里拿着一本泛黄的白色小册子，法子看到后，不自觉地直起了身子。

也许从法子回家之后，母亲就在寻找把名册交给法子的时机。

可能是不想让话题变得尴尬，她把名册放到桌子上就转身走了出去。法子道了一声谢，拿起了那本小册子。

是那本名册。上面写着"未来学校'学舍　合宿'"，还写着日期。每年一本，一共三本，母亲都找出来了。

法子打开了最老的那本名册，也就是四年级时的名册。千叶支部那一页上有小坂由衣的名字。法子用手描着名字的列表往下看，轻轻吸了口气。

　　近藤法子

　　自己的名字赫然印在纸上。虽说是婚前的旧姓，但工作时法子依然在使用这个姓氏。

　　还有"时田亚佐美"，法子也有印象，是一起睡觉的亚美。法子还想起了那个和自己关系很好、从川崎来的孩子。回家后，法子总想着给她写信，但一次也没写过。

　　法子翻到最后几页。她想起大家让学舍的孩子写留言时，自己也很想让美夏留言，可一直没找到机会。

　　她看着那几页，发现一行用签字笔写的字。

　　不要忘记我！　美夏

　　一瞬间，法子的心脏像是被什么东西击中了一样，剧烈地跳动着。

　　这是小孩的字迹。美夏确实给法子写了留言，可法子却不记得了。"不要忘记我"这句话其实并没有深意，就跟"明年也要来合宿啊"之类的一样，只是随手写下的，但是……

　　法子又翻开了五年级和六年级的名册，翻到最后一页。每年送别的会的最后，大家都会去找学舍的孩子留言。已经记不清了。虽然已经记不清了，但另外两年肯定也……

　　五年级的名册上果然有美夏的留言：

　　致法子　永远是朋友☆　美夏

"法子……"

一瞬间，法子仿佛置身于夜空下幽暗的森林之中，甚至能听见虫鸣的声音。

她呆坐在那里时，我有没有走去她的身边？美夏说想一个人在泉边待一会儿，我担心她，觉得不能让她一个人待在那里，可我回去找她了吗？

法子，我……

美夏的声音出现在脑海中。

我能把你当成朋友吗，住在山麓的朋友？

那时我是怎么回答的来着？我肯定回答："我们已经是朋友了。"我肯定，是这样说的吧。

但是，想不起来了。

六年级的夏天，法子没能见到美夏。从学舍来给合宿帮忙的人中也没有美夏的身影。法子以为一定能见到美夏，结果却令她十分失望。那年，她没能得到美夏的留言。

令人意外的是，六年级的名册里写着许多人的留言。可能是孩子们都知道那是最后一次，心中充满了感伤。但留言大部分是从其他地方来参加合宿的山麓的孩子写的。小坂由衣和时田亚佐美的名字都在上面。

留言基本都是女孩们写的，字迹活泼。只有一条不一样，这条留言写在右上方，字很小。

欢迎再来。　冲村滋

……是小滋的字。小滋给自己留言的事，法子也忘得一干二净。

"不要忘记我。"

"永远是朋友。"

"欢迎再来。"

这些留言上叠加着另一个声音——在那栋昏暗的出租楼里听到的声音。

明明一直放任不管……

窗外的天空不知不觉暗了下来。

"啊呀，怎么突然下起雨来了。老伴，快来搭把手！"

院子里传来母亲的声音。她正忙着收衣服。不知从何时起，母亲不再叫归家的法子帮忙做家务，而是改叫她父亲帮忙。对于母亲来说，自己好像已变成远亲。

听着雨点打在窗上时发出的啪啪声，法子轻轻地碰了碰女儿的柔软的脸颊。女儿毫无防备地睡着，法子用手指在她脸颊上戳出一个窝她都没有醒。法子起身走到被阵雨打湿的院中，帮母亲收起了衣服。

连休结束后，法子从千叶回到东京。在事务所上班的那天下午，法子接到了一个电话。

"近藤律师，您的电话。是一个叫菊地的人打来的。"

法子让事务员牧野把电话转到了自己这里。法子目前的工作伙伴里没有叫"菊地"的人，这是一个陌生的名字。

"您好，我是近藤。"

"啊，老师您好。不好意思突然联系您。我姓菊地。"

"您好。"

"吉住孝信告诉了我您的电话。不介意的话，我可以跟您谈一谈*未来学校*的事。"

对方说起话来毫不胆怯，落落大方。

"啊！"

法子发出一声惊呼。这个人肯定是她让吉住先生介绍的*未来学校*受害者团体的人。

菊地继续说："吉住先生本想亲自把我的电话告诉您，让您联系我。但我一看您的电话不是个人手机而是工作电话，就觉得由我直接跟您联系也不是不可以。真是不好意思。"

"不会的，谢谢。吉住先生也省事。"

菊地很自然地说出了"老师""事务所"等业界术语，想必曾跟律师等法律相关的人打过交道。

吉住夫妇年事已高，接电话时需要戴助听器，这个叫菊地的人或许是考虑到这一点才直接联系法子的。

"很感谢您能主动联系我。吉住夫妇跟您介绍事情原委了吗？"

"基本都告诉我了，说是很担心女儿和外孙女的安危。"

"是这样的。"

"也许您听说过，多年以前，我曾经联系过吉住先生。因为我听说，他们为了女儿和外孙女的事去过静冈*学舍*好多次。"

"是的，我听说过。"

吉住夫妇说过，这个人写过好几本关于*未来学校*的书。自己从网上买的那些书里，有没有这个人的著作呢？法子边打电话边将手伸向书架。前几天买的书随意地摆在上面。

没想到他说了一句令法子意想不到的话："其实我见过吉住夫妇的外孙女，吉住圭织。"

"真的吗？"

法子惊讶极了，电话差点从她手中滑落到地上。

"你见过？"法子再一次确认。

"是的。"他斩钉截铁地回答，"我名叫菊地贤。"

法子立刻知道了他的名字是哪几个汉字，因为她桌上那本书的作者就是这个名字——菊地贤。法子打了个寒战，好像明白了什么。

"贤"这个名字，清晰的吐字，落落大方的态度……

法子心想"不会吧？"，只当这是巧合。

电话那头又传来他的声音："我二十多岁的时候，在未来学校的静冈学舍做过将近十年的老师。"

"贤老师"这个称呼，在法子在心中碰撞。

《被剥夺的学习机会——未来学校的局限性》，这本书的作者正是菊地贤。

眼前这个临时搭建的小屋应该是间教室，里面等间距地摆着三十套桌椅，后方还有一排储物柜。与一般的学校不同的是，小屋的地板上铺着薄薄的地毯，前面的墙上不是黑板而是白板。现在虽然没有学生，但从墙上贴着的乘法口诀表和字母表中还是能依稀感到孩子们的气息。屋内的整体氛围跟私人办的补习班差不多。

"抱歉让您久等了。"

菊地来了，手里抱着一大堆书和文件夹。听到声音，法子和吉住夫妇都抬起了头。

菊地说："感谢您特意远道而来。"

茨城县笠间市是菊地贤现在的所在地。菊地贤由于工作的关系无法立刻前往东京，吉住夫妇便亲自来见他了。法子表示自己可以单独跟菊地会面，但吉住夫妇听说菊地见过圭织，坚持要一同前来。

法子和吉住夫妇先在东京站搭乘特快列车，然后坐出租车来到了菊地家。菊地家所在的小区十分幽静，法子虽是第一次到访，却并不觉得陌生。小小的空地、长满狗尾草的小路，景色、氛围跟她老家非常相似。虽是小区，却亲近农田、亲近自然。

菊地放下手中的书和文件夹，把几张桌子拼了起来，就像上小学时在班里分组吃午饭时那样。

菊地说"大家请坐"，四个人便都坐了下来。法子犹豫了一下，坐到了吉住夫妇的对面、菊地的旁边。

吉住的妻子清子先开了口："您是在经营补习班……吗？"

她好奇地看了看四周，小心翼翼地问。

墙上除了乘法口诀表和字母表，还贴着孩子们的名单。

菊地用温柔的目光看着清子说："是的，普通的补习班。"

听到"普通"这个词，法子有点吃惊。吉住夫妇也是同样的表情。

菊地语气平稳地说："我用自己的方法教孩子们念书，内容跟学校的一样。没有问答，也不会把什么特定的思想强加给孩子们。这是非常普通的补习班。"

"……菊地先生，您说您曾在未来学校当过老师。"

法子心中虽有踟蹰，却还是很快切入了主题。

她一边说，一边又看了看身边的菊地。

他的头发略显斑白，还有些稀少，戴着一副黑框眼镜，穿着一件Polo衫。Polo衫有些走形，但印着名牌的Logo，设计时尚。他的年龄大概五十岁，也没准儿是六十岁左右。总的来说，比同龄人显得苗条、健康，穿着打扮也比较年轻。

在他的脸上，法子似乎真的能找到贤老师年轻时的影子。当然，也可能是法子先入为主。但眼睛确实很像，体型也差不多。法子只记得，贤老师戴的眼镜很时尚，总穿着鲜绿色的上衣，是绿组的负责人。因为对绿色上衣的印象过于鲜明，眼前这个人只要穿绿色的衣服，她就能把他和记忆中的贤老师重合在一起。

菊地答道："是的。最开始的时候我不在学舍住，只是暑假或其他长假时过去当老师。后来，我辞了工作，进入了内部。"

"内部"这个说法好像有什么象征意义。

"我在学舍住了三年左右，见过吉住圭织。那时，她大概小学五六年级吧。"

吉住清子问："那个时候的保美……圭织的母亲……"

"她应该不在静冈的学舍。"

对于吉住清子的问题，菊地回答得很干脆。

"我想您应该知道，在未来学校，孩子和父母不住在一起。我进校的时候，孩子们的父母大多在静冈之外的学舍生活。当时，校方正大力开发北海道的学舍。他们希望将来北海道学舍的规模能跟静冈本部差不多。很多人都去了北海道，保美应该是其中一员。"

清子口中念道："北海道……"

"圭织是个懂事、稳重的孩子。"

听到菊地的描述，吉住夫妇抬起头来，眼神凄切地望着他。清子的眼里闪烁着泪光。

"在我的印象中，她非常善良，也很健康。至少在我离开学舍之前是这样的。"

"真的吗……"

清子的手轻轻按在内眼角上。坐在旁边的孝信默默无言，低着头强忍着泪水。

"菊地先生离开学舍的时候，圭织大概几岁呢？"

提问的是法子，她需要确认这件事。专家推算尸骨生前的年龄约为九岁到十二岁，应该是小学三年级到六年级之间的孩子。

菊地回答："没记错的话，应该已经上中学部了。我是小学部的教师，那时至少我已经不再教她了。"

"啊——"

清子忍不住叫了一声。她赶紧用手捂住嘴，低下了头。

孝信反倒抬起头问："那时，她已经上中学了？"

"是的。如果我记错了，还请您不要怪罪。"

菊地满怀悲伤地看着吉住夫妇，小声说："要是能早点告诉您二位就好了……对不起，真的十分抱歉。"

"不！不！是我们不好。"清子低着头，手捂着胸口，语气很激动，"真应该早点跟您见面。之前您联系我们的时候，我们没有回应，真是……"

清子泣不成声。一直积攒在两人心中的感情像决堤一样涌了出来。

孝信刚说了一句"老师"，法子和菊地便一起转头看向了他。不论是过去在未来学校，还是现在在补习班，菊地都是老师，自然会对"老师"这个词作出反应。但是，孝信看向的是法子。

"既然圭织已经上了中学，是不是说那具尸骨不是我外孙女？"

"现在还无法确定。毕竟，'小学六年级以下'只是人们对尸骨生前年龄的推测。"

也可能是体格比较小的中学生的尸体。

但法子不得不对孝信那样说，看着孝信满怀希望的双眼，法子感到很难过。

"但我觉得尸骨是您外孙女的可能性已经变得很低了。菊地先生，圭织的体格怎么样？您记不记得她个子大概多高？"

"对不起，我记不太清了。但她个子应该不高也不矮。"菊地摇了摇头，"实在对不起。"

"不会不会，您太谦虚了。"孝信对菊地说，"这是我第一次听到圭织进入**未来学校**之后的情况。在此之前，从未有人告诉过我，也没人跟我们见过面。我以为，这辈子都不会有人告诉我她们的消息了。"

孝信叹了口气，低下头对菊地说："谢谢。"

"是，真的太感谢了。"身边的清子也把头深深地低了下去。

菊地微微一笑说："我也很高兴能帮到您。我连茶都没给你们倒，太失礼了。请稍等，我去那边的正房拿一下。"

菊地起身走出了小屋。菊地刚一出去，孝信和清子的表情便松弛了下来。

他们对法子说："老师，也谢谢您啊。要不是老师跟我们说，我们也不会想着联系菊地先生。感谢您的建议。"

"不，我做的算不上什么。"

法子真诚地摇了摇头。虽说菊地见过圭织，但圭织现在身在何处依然未知，断定尸骨不是圭织也为时尚早。

吉住夫妇互相望着彼此，表情恢复了平稳。法子还能再说什么？

"久等了。"

菊地回来了。他一只手拿着电水壶，另一只手拿着一个托盘，托盘上放着茶壶和茶杯。他把茶壶放在旁边的桌上，舀了一勺茶叶倒入了热水。

法子问道："这家补习班是您独自经营的吗？"

如果是夫妇经营或有助手帮忙的话，倒茶的事肯定是别人干。

菊地点了点头："是的，基本只有我一个人。暑假的时候，偶尔会有在这边上大学的毕业生来帮我。很多学生的家长希望我扩大规模，但

一旦扩大规模就无法维持现在的教学质量了。我不打算扩大规模。老师
您是东京大学毕业的吗？"

问题来得突然，令法子有些摸不着头脑。她迟疑了一下回答道：
"不是。"

菊地把茶端到法子他们跟前，点了点头说："其实呢，去年，我的
一个学生考上了东京大学文科一类。我就想您会不会也是东大的呢，没
其他意思。那个学生非常优秀，我很希望那样的学生能来帮忙，不过我
这儿的毕业生都不在家乡上大学。"

"……您这里的学生都这么优秀啊？"

"是啊。不是我教得好，是本来就很优秀的学生碰巧聚到了一起。
口碑就这样在家长中传了开来。其实，我这儿不过是个小小的私人补习
班，真是多亏了大家的照顾。"

菊地看着法子的眼睛微笑了一下。法子也笑了笑，笑得模棱两可。
她希望菊地没看出来她的微笑只是礼仪性的。茶杯里的茶热气腾腾。法
子道了声谢，伸手拿起了茶杯。

法子心想，这也太露骨了。对面前这个人产生了防备心理。菊地刚
才的那番赤裸裸的自卖自夸，就是说给自己听的。真不希望贤老师是面
前的这个样子。

就算菊地真的是贤老师，也一定不记得法子了，毕竟每年都有那么
多孩子。法子很喜欢贤老师，记得他对自己说过的话，也记得他对排挤
同伴的人说过的话。可第一年以后，法子就再没被分到过他的组里。那
之后，贤老师来没来过**学舍**，法子也没什么印象了。

菊地突然问："您刚才说跟**未来学校**的人交涉过，负责交涉的是不
是一个叫田中的人？"

听到"田中"这个名字，法子点了点头回答"是的"。

"果然啊。她很难缠吧？完全不听对方的诉求。"

"是的。"

法子再次确认了，这个人是真的一直在调查未来学校的事，一直在战斗。

"您在未来学校时，田中女士是您教过的孩子吗？"

法子本想问田中是不是他的学生，又觉得"学生"这个词不太恰当，便改了口。

菊地摇了摇头说："没教过。她是未来学校妇女部的部长。瓶装水事件发生后，静冈本部四分五裂，她是那时候从北海道支部调来的。她小时候好像在静冈生活过，但没有在静冈继续上初中，去了北海道。矿泉水事件后，很多人离开了未来学校，年仅三十的她被破格提拔为妇女部的干部，在东京事务局主管宣传。"

"噢，是从北海道来的啊。"

"对，把孩子扔在北海道自己来了。"

菊地话中有话，法子抬头看了看他。

菊地耸了耸肩，说："失去山泉后，学舍的规模已大不如前。现在，学舍的主要据点是北海道。现在虽然叫作'山村留学'，可内容和原来没有两样，还是让孩子离开父母生活。东京事务局很多工作人员都以研究教育为名让孩子留在北海道生活。"

"……原来如此。"

法子想起了之前在昏暗的会议室里和自己面对面坐着的田中。那时，她只觉得田中是一个态度冷漠的职员，可现在，她意识到田中也有家人，也是谁的母亲。法子条件反射似的想起自己的女儿。未来学校是有幼儿部的，可法子无法想象与女儿分开生活。一想到那些被迫与父母分开生活的孩子，法子就觉得心痛，虽然可能只是自作多情。

"菊地先生写的书，我找来读了。"清子突然插话，"您在书里说，未来学校是有局限性的，对吗？"

"是的。不过现在想来，'局限性'这个用词也不准确。未来学校何止是有'局限性'，是从根上就错了。在没有大人的环境中成长，确实能培养孩子们的自主能力，但与此同时，也会令孩子们失去很多。举个例子来说吧，未来学校是有高中部的。在高中部，孩子们也和大人一起做问答，思考并学习什么是理想的社会。但在未来学校之外的地方，是没人承认这个高中学历的。未来学校不算正规学校，从那儿走出去的孩子其实只有初中学历。"

吉住夫妇不住地点头。

菊地痛苦地皱了皱眉说："谁能为那些孩子的未来负责？"

法子看着菊地的侧脸，没有说话。他盯着吉住夫妇，似乎比刚才还要激动。法子也读了菊地写的那本《被剥夺的学习机会——未来学校的局限性》。

菊地继续说："不管将未来学校说得多么冠冕堂皇，里面的孩子也不是自愿进去的，都是遵从父母的意见。高中课程结束后，未来学校倒是会询问孩子们是想留在内部当老师、职员，还是想出去。但为时已晚，孩子们想出去也出不去了。他们既没有初中以上学历，也没有在外部世界生活的基本常识。不管思考能力和自理能力多强，在社会上都派不上用场。他们只能一直被困在未来学校，这样的教育到底有什么意义？"

菊地满怀愤怒地喘了口气，摇了摇头说："而且，那里没有一个人想要认真面对、议论、解决这些问题。那些人只会说'你太年轻了'……我入校的时候，未来学校扩张得有点过了，人们早已忘记了初心，只是为工作而工作。"

法子问道："我在书上读到，您原来是中学老师？"

菊地顿了一下，点了点头说："对，我曾在公立中学教书。我在学校的时候，总感到面前有一面墙，一面仅靠个人之力无法翻越的墙。我觉得，当时文部省制定的教育方针和教育目标无法真正让孩子们掌握必要的生存能力。学校的做法是不是欠妥，我无数次自问自答。那时，我知道了有**未来学校**这个地方。"

菊地喝了一口茶，继续说："起初，我觉得**未来学校**的教育是划时代的，非常感动。那儿的教育跟洗脑式的学校教育完全不同，不用殚精竭虑想着怎么以成绩好的学生为基准提高平均分，甚至连所谓的'差生'也不放弃，一个都不能少。不是只培养优秀的孩子，而是所有人一起成长、一起进步。第一次听到那种教育理念时，我浑身像过电一样。"

早在菊地说出"浑身像过电一样"这句话前，法子就激动了。有一句话在她脑海中回响——"一个都不能少"。

这句话法子听过，正是这句话让她喜欢上了**未来学校**。

心里想着"这个人果然是……"，法子看了看菊地。

"而且，这个理念不是某个人提出的，而是很多人重复讨论得出的。也就是说，大人们不搞论资排辈那一套。我以为，在那里所有人都可以平等地议论什么是真正的教育。所以我去了那里，最终加入了他们。"

菊地平时在中学教书，暑假还要去**未来学校**当老师。

法子把他和记忆中的贤老师对照着想了想。"他"肯定是个做事认真、有使命感的人。

"那时，我觉得自己是能在那里发挥才能的。**未来学校**的创立者中也有曾做过教师的人，他们和我一样对现行教育体制感到不满。但他们所了解的是很早以前的教育体制，并不知道现在的学校是什么情况。我以为，像我这样的年轻教师加入后，可以深化讨论，但现实却并不如意。"

吉住孝信小心翼翼地问："为了加入未来学校，您辞去了教师这个公务员的工作，这很需要勇气啊。您的亲戚朋友肯定很担心吧？"

"是的。我父母质问过我为什么要抛弃安稳的生活。他们觉得那实在太不值得了。"

"他们是担心你将来的生活。"清子刚流完泪的眼又湿润了，"说句失礼的话，如果我是你母亲，我也会阻止你的，就像我阻止保美那样。"

"可说实话，我并不觉得我父母的做法是正确的。虽然现在我离开了未来学校，但当年他们阻止我时根本不分青红皂白，也不讲道理。在我看来，他们只是想束缚我，让我按照他们的想法生活。"

法子提心吊胆地听着双方的对话。所幸的是，吉住夫妇只是把这些话当作菊地家的事听，没太往心里去。他们点了点头，没再说话，菊地也赶紧把目光投向了别处。

"未来学校确实不论资排辈，但这只是表面上。实际上啊，女性地位很高。"

"女性？"

法子感到意外。

菊地点了点头："像田中那样的妇女部的人地位高就是因为这个。"

菊地翘起嘴角，表情透露出些许不屑。

"未来学校是一个专注思考孩子们的教育问题、营养问题，思考泉水、森林等自然环境问题的团体。新加入组织的，大部分是家庭富裕的全职太太。"

法子回忆了一下自己出生成长的年代。那是昭和年代，未来学校建校时，确实有很多女性放弃工作、回归家庭。法子的妈妈没有放弃工作，在她的同学中，这样的妈妈是很少见的。除了教师、护士，大部分人的妈妈要么帮家里做农活，要么打零工贴补家用，很少有人成为正式职员。

"家庭富裕"这个词也勾起了法子的回忆。没记错的话，小坂由衣的爸爸是房地产商，妈妈是家庭主妇。

"热心子女教育的家庭需要具备三个条件，"菊地像唱歌一样朗声说，"有钱、有闲、有热情。她们的丈夫忙于工作无心顾家，作为妻子，她们想要守护家庭，很容易被未来学校的理念感染。那些想要为孩子、为社会做出更多贡献的女性一般学历很高，使命感、责任感也很强。最棘手的就是她们的那种使命感、责任感。"

法子想起了那个夏天，她身边的那些"老师"。她曾经很想成为像她们那样出色的人。那些人和自己的妈妈完全不同，由衣的妈妈、亚美的妈妈都是高学历女性，还会说英语。她们说话时落落大方，即便说错了也不遮遮掩掩。现在想来，那些人好像真的都胸怀理想。

由衣的妈妈好像是从东京的"那个"大学毕业的，法子的祖父母曾私下议论过。即便是那样的女性，考上了大学，也还是会回归故乡，成为谁的妈妈，成为家庭主妇。可能那个时代就是那样的风气。

菊地深深地叹了口气说："我并不是说以女性为中心的团体不好。但那时，她们疯狂地守护着那里的秩序，排斥一切新想法。这一点我无法赞同，跟她们起过很多次冲突。"

"原来如此。"

菊地在书里也写过。书里写的不是女性怎样、男性怎样，而是不管理想多么崇高，实际操作中人们还是固守自己的立场，互相挤对，不团结一致，不适合讨论问题。书里还说，在那种特殊的环境中，人们互称"老师"，令人感到奇怪，因为他觉得他们不配被称为教育者。

可真实情况到底怎样呢？这些会不会只是菊地的主观想法呢？没能成为组织的中心人物，他心怀怨恨也不奇怪。

法子想起了另一件事……

也许是当时看错了，但那个场面总是出现在她脑海中。

贤老师喊一位与自己意见相左、性格不合的女老师"幸子"，并拽住了她的手臂。幸子老师一把甩开贤老师的手，贤老师却把她抱到了胸前——那都是一瞬间发生的事。

长大后，法子才意识到那个场面有很多种可能性，也明白了为什么那个场面会给自己留下那么深刻的印象。看起来，那两个人因不同的教育方式起了冲突。但是，他们到底是什么关系呢？

现在的贤老师对团体中的女性感到不满，可当时，他难道丝毫没有利用自己"年轻男性"的这个身份吗？记忆中的他总是打扮得很讲究。就算问他，他应该也不记得吧？法子年幼时的记忆也不确切，但那个场面还是引得她浮想联翩。

跟菊地起冲突的人确实没有教师资格证，菊地却曾是在正规学校教书的正规老师。他很可能记恨那些不重视他的人，那种恨会没完没了地刺激他。法子读菊地的书时一直有这种感受。如果真是那样的话，不是很讽刺吗？一边批判现行的学校教育，一边为自己是学校的教师而感到优越。

胸怀理想的，贤老师。

至少在法子的心里，作为一个教育者、一个大人，贤老师是值得尊敬的。但是，其他老师确实也有意疏远备受孩子们欢迎的贤老师。被菊地统一归为"女性"的那些老师，一定也各有想法，并非团结一致。也就是说，那些人也一样在摸索未来学校的教育形态。

还有菊地说的"新想法"，这个词也值得琢磨。所谓的"新"也不过是三十年前的"新"。曾经的青年教师菊地那颗年轻的心早已被扔在了那里，而现在的菊地说出这些话显然心有不甘。

"其实，多亏了女性家属们口口相传，未来学校才得以发展壮大。未来学校每年夏天都会招收外面的孩子来合宿，您知道吗？"

法子的心都快跳出来了。

她努力使情绪稳定下来，看着菊地点了点头，回答道："知道。"她感到自己头的动作、眨眼的动作都有些不自然。

菊地缓缓地点了点头说："小学生离开父母去学舍生活一星期，感受未来学校的理念。未来学校里的人生活在森林中、泉水边，他们管外面的城市叫山麓，称在山麓生活的家长为山麓的学生。暑假的时候，家长们会去那边当一个星期老师。像我这种本职工作就是老师的人比较少，大部分都是普通的家庭主妇。"

法子在心中说着："我知道。"

她甚至能听见自己胸腔里心脏的跳动声。

她知道在那里，外面的世界被称为山麓，也知道普通的家庭主妇、同学的妈妈到了那儿就变成了老师。

现在回过头来想，那儿可真是个"家家酒"学校。那里的大人们，各有各的立场、想法，只是在其中扮演"老师"这个角色。

"来合宿的孩子们能接触到未来学校理念的核心，换句话说，就是最好的那部分。他们会过得很快乐。家长送孩子去时心情也比较轻松，就是想给孩子增添些美好回忆。毕竟只是一个星期，肯定很快乐。结束后，不少家长会认真听孩子讲述在那儿的经历，逐渐被未来学校的理念影响。"

"不是的，"法子在心中小声说，"并不快乐。"

那里有的不只是快乐，孩子们是会想家的。即使是每年都去合宿的孩子，不是也会抱怨"这一天，总算是过完了"吗？直到现在，由衣睡前说出的那句话还是让法子感到揪心。大人们口中的"只有一周"，对他们来说太长了。

但是，每当大人们问她感受的时候，她还是会回答"开心"。孩子们相互间写下的留言也都是："很开心！""一定要再来！"之类的。可能除了这些话，她也写不出别的。为什么孩子们都这样呢？

"多亏了那些主妇，未来学校的干部得以在全国各地举办大规模演讲，吸收新会员。他们通过口碑吸引会员，还让孩子们尝试进行问答。

可讽刺的是，这种做法最终酿成了'瓶装水事件'。"

菊地换了另一种口气继续说："被邀请去参加合宿的*山麓*的孩子发烧，住在隔壁的会员出于善意把水分给他们，没想到出了问题。那时，我已经不在*未来学校*了，但我一直觉得早晚会出事。"

说完，他狠狠摇了摇头。

"毕竟那里没有绝对的秩序。虽然有规定告诉人们该做什么不该做什么，但那是谁确立的、为什么确立的规定并不明确。所以才会发生把未经杀菌处理的泉水装进瓶子里贩卖，这种令人无法想象的事。我丝毫不感到意外。"

一说到弯曲杆菌引起的食物中毒事件，菊地就激动了起来。

刚开始的时候，那个主妇坚持说邻居家孩子病情加重纯属偶然，与她送的瓶装水无关。可经过调查，发现水中有弯曲杆菌。过去，井水引起的食物中毒事件大多与这种可以被氯气或高温杀死的杆菌有关。

"原本，我就对这些跟水相关的事情持怀疑态度。追寻符合教育理念的环境我可以理解，但他们把水神格化了。我早就觉得未来学校迟早会栽在这上面，果然不出所料。"

吉住孝信附和："那里的人好像全都把水看得很神圣。"

菊地点了点头："一开始，人们确实有'用天然的水顺其自然地养育孩子'这种想法。这和让孩子们吃无农药蔬菜的想法是一样的，并不是一定要让孩子们待在那儿，喝那儿的水。但后来人们变得越来越迷信，泉水的价值被无限放大。我觉得这可能是出于某种情结——那些生活在*山麓*，想去*未来学校*生活又没勇气放下一切的人的内心纠结导致的。"

菊地苦笑了一下："他们妄图用承载了这种理念本身的泉水，来填满因为无法进入*学舍*而产生的内心空虚。其实，真正在泉边住一段时间就能明白，那儿并没什么特别之处。"

"……确实如此。"

法子点了点头，也感到有些心痛。

菊地依然说个不停，讲述着未来学校的封闭性是怎样致使他们的理想破灭，如何本末倒置。他就像在讲述他自己是怎样对未来学校心怀理想、怎样被未来学校背叛，怎样因爱生恨的。他确实是个怀有崇高理想的人。法子听了这些，只感到无奈和惋惜。

"孩子们很可怜。"菊地说，"我理解他们的理想。只说理想的话，现在我依然能够感到共鸣。但我觉得，不应该把孩子们和社会隔离开来。不管多么重视自主性和独立思考能力，我们都必须，也只能在这个社会中生活。所以，应该好好学习和这个社会共存的方法，锻炼与人交往的能力。空谈理想是没用的。"

菊地默默地看着墙上贴的乘法口诀表和汉字表。

"那些孩子很可怜，他们只知道未来学校里面的世界，只能和里面的同伴结婚，将未来学校延续下去。除此之外，别无选择。他们自立的机会已经被剥夺了。剥夺孩子的学习机会是多么残酷的一件事啊！有些孩子甚至无法埋怨父母，他们的父母就是在未来学校长大，结婚，生下他们的。我们无法想象这些孩子有多么痛苦。"

菊地说的这些，法子无法不赞同。

确实会有这样的孩子，他们的父母在未来学校相识，结婚，生下孩子。因此，如果没有未来学校，也就没有他们。

菊地继续说："那些孩子长大后，对未来学校是想恨都恨不了。没有未来学校的话，父母就不会相遇，自然也不会有自己。否定未来学校就是否定自己。他们会陷入强烈的精神困境，不得不接受那个剥夺自己自由的地方。"

"啊……"

清子像是在叹气，也像是在附和菊地。

菊地看着吉住夫妇，深深点了点头，斩钉截铁地说："我醒悟了，那里的做法是不对的。孩子，特别是幼儿，一定要在家庭中成长。就算能培养孩子的独立意识和思考能力，在孩子最需要父母的关爱的时期，父母却醉心于不切实际的理想，不管身边的孩子，这不是本末倒置吗？口中祈祷世界和平，却不顾身边孩子的幸福。"

"你们明白吗？"菊地说，"孩子需要只为自己着想的父母，就算那样的父母是自私的。不应该让孩子和父母骨肉分离。就算不过那种极端的方式生活，在家庭中依然有很多方法培养孩子的学习能力和生存能力。"

法子问："所以，您才开办了这所补习班吗？"

"是的。来我这里的学生家长都很重视子女的教育，他们十分关爱孩子，为孩子的未来着想。"菊地点头回答后，环视四周，"在这里，我接触过各种各样的学生家长。这使我再次认识到，未来学校的做法是不对的。正因为我曾经身处其中，所以想得明白。"

他双手紧握着茶杯，用轻蔑的语气说："那里的人是有闲阶级。讨论着战争与和平，可有多少人能真正把这个话题和自身联系起来呢？那些人家庭富裕，生活中没有任何不便，又有闲暇时间，所以能没完没了地思考孩子的教育问题，最终越陷越深。还不如思考如何在这个现实存在的国家中生存下去……"

看着面前目视远方的菊地，法子想到他刚才自己："您是东京大学毕业的吗？"还有他说的那些优秀的学生们的事。

如果他所说的"在这个社会生存下去的能力"指的仅仅是高学历的话，实在是有些遗憾。

一种无以名状的情绪开始占据法子的内心。自己只是吉住夫妇的代理人、陪同者，不打算插嘴，但还是忍不住在内心反驳。

菊地说的那些话，法子他们早就明白了。孩子需要家庭，拆散父母和孩子的行为有多么残酷，孩子是多么孤独等等，那是谁都明白的道理，不需要任何人讲解也能明白。不只法子，恐怕吉住夫妇也是这样想的。

菊地说，正因为自己身处其中所以能想明白，其实不是那样的。外部的人本来就明白。菊地是因为身处其中，本来明白的事也不明白了。菊地大费口舌，就像在宣讲什么自己悟出的真理。可法子他们早就看透了，当他高声宣布自己"明白了"的时候，其实依然没有摆脱未来学校的束缚。

法子内心那无以名状的情绪变成了焦躁，变成了愤怒。

孩子们很可怜。谁能为他们的未来负责？

目光坚定、语气诚恳地说出这些话的菊地，否定了过去的信念，用新的信念开办了这个补习班。这本身无可厚非，可孩子们呢？大人们发现自己错了，可以舍弃过去的信念，可孩子们成长在大人过去的信念下。谁对那些孩子负责呢？菊地自己不也应该反省吗？他怎么能对此就视而不见呢？把未来学校的理念灌输给孩子们的不正是菊地自己吗？

菊地那么轻易地否定了过去，令法子感到失望。

如果你是贤老师的话……

回忆涌上法子的心头。

那年夏天，一个男孩因为贤老师的话而露出了愉快的笑容。

阿信，我真的非常喜欢你。

做游戏在白板上写自己喜爱的东西时，有人在白板上写了"贤老师"三个字。那时，他心中的情感和理想是牢不可破的。现在，他不再相信那些了，令人悲伤。

法子抑制住自己的情感，面无表情地问："您觉得，在静冈发现的那具尸骨是谁的呢？"

"菊地先生在那儿当老师的时候，有没有察觉到什么异常？"

"关于这个，倒不是一点线索都没有。也许是那个孩子。"

菊地神色凝重地点了点头。

"也就是说，您觉得那就是*未来学校*里某个孩子？"

"肯定。毕竟是在那儿发现的，不可能与未来学校一点关系都没有。"

如果他就是贤老师的话，应该知道美夏。法子很想知道，他心里想的那个孩子是不是美夏。但她控制住自己，问菊地："为什么会发生那样的事呢？您怎么看？"

一直沉默不语的吉住孝信也跟着点了点头，附和道："是啊，孩子死了以后竟然被埋在那种地方。那孩子……不会是那里的大人杀死的吧？"

"杀死"是个冲击力很强的词，可菊地依然面不改色。

"从时间上来看，那个孩子应该是在我正式进入未来学校之前死亡的。可那里的人的行为举止就好像什么都没发生过一样，想想都觉得可怕。"菊地沉思了一下，继续道，"恐怕……是那里的大人干的。不知是故意还是事故。不一定是蓄意谋杀，很可能是严酷的体罚造成的结果。不管死因是什么，把尸体埋在那里掩人耳目这种做法我倒是非常熟悉。这非常符合未来学校的风格。"

菊地的脸上浮现出一个苦涩的微笑。

"对那里的人来说，最重要的就是维护自己的生活。他们对改革毫无兴趣，拼尽全力只为维持现状。他们希望组织规模可以越来越大，希望得到世人的认可。孩子的死一旦暴露，这个团体可能就完了。"

法子问道："完全抹杀掉一个孩子的存在，并非一件容易的事吧？"

她再次想起了美夏。美夏似乎也去山麓的学校上课。如果突然不去了，学校不会起疑吗？

可菊地却摇了摇头，就好像在说："你连这个都想不通吗？"

"这非常简单，"他说，"如果孩子父母都是*未来学校*的成员的话，只要说服他们不要外传，就不会有人知道。抹杀掉一个孩子的存在是非常简单的。"

菊地泰然自若的态度令法子哑口无言，对面坐着的吉住夫妇也一言不发。

"把尸体埋在那里的肯定是*未来学校*的人。"菊地断言，"尸体是在离*学舍*不远处的*广场*被发现的。真的不想被发现的话，应该埋在后面的山里，可埋尸体的人没有这样做——因为山里有山泉。"

法子一句话也说不出来，只是把视线转向了菊地。

菊地自信满满地说："在大自然中，在有清澈水源的环境里养育孩子，只是教育的手段。但是，不知不觉间保护水源和山泉却变成了最重要的目的。他们绝不会玷污神圣的泉水，便把尸体埋到了自己日常生活的地方。就算脚下就是尸体，他们也能忍受。"

法子欲言又止，手臂上寒毛直竖。

菊地断言："这个决断非常符合*未来学校*的行事风格，尸体肯定是他们埋在那里的。"

大家沉默了许久。

吉住夫妇既没有看向彼此，也没有看向菊地。他们不知道该如何安放眼神，只能盯着桌面的正中央看。

*我是不是应该说点什么？*法子正想着，有人开口了。

孝信打破了沉默，有些六神无主地问："我们该如何跟他们交涉呢？"

他抬起头，看了看菊地和法子。

"我也……觉得孩子需要家庭。但这里说的家庭不仅指亲生父母，只要有作为抚养者的大人在身边就足够了。退休后，我和妻子有时会去一些机构帮忙。我只在圣诞节、夏日祭的时候去过两三次，妻子就不一样了，她经常去，还会把自己做的牡丹饼带去给孩子们吃。"

清子在一旁低着头听着。

这些事法子也是第一次听说。吉住夫妇所说的"机构"大概是指儿童福利院吧。和那些因为某些原因离开父母的孩子在一起时，吉住夫妇是否是想着自己那去了未来学校后渺无音讯的女儿和外孙女呢？想到这里，法子心中一紧。

"那些机构里的人都很为孩子们的将来着想。他们会思考，孩子将来做什么样的工作才能在社会上生存下去，怎样才能提高生存能力，而且是为每一个孩子思考。"

孝信的声音低沉，毫无抑扬。他努力压抑自己的感情，继续说："我和妻子会想，如果圭织所在的未来学校也是这样就好了。可是，如果未来学校的那些人真能把一个死去的孩子随意掩埋，就当事件从未发生过的话……如果保美也认同他们的所作所为的话，我一定不会原谅保美。不只是保美，我也不会原谅把她培养成那种人的自己。"

说到这里，孝信忽然停了下来。

虽然已经从菊地的话中推断出那具尸骨应该不是外孙女，可此时，他似乎又开始担心那具尸骨其实就是他的外孙女。

"……抱歉，我早就应该想到未来学校是那样的地方。"孝信对大家小声说道，"如果未来学校是真心为孩子们着想的话，也不会拒绝接待我们。他们肯定是心中有鬼，才不让我们相见。"

"我非常理解您的心情。"

菊地表情严肃地点了点头。

清子抽泣了一下，缓缓抬起头说："感谢菊地先生把这些告诉我们。既然外孙女已经上了中学，尸骨应该就不是她了。可现在，我们还是不知道接下来该怎么做。如果圭织还活着的话，她身在何处呢？保美是不是也和她在一起呢？"

清子的声音十分凄楚。

她摇着头说："不知道她们的行踪，我们的痛苦就不会终结。既然这样，还不如告诉我们尸骨就是圭织，让我们的痛苦有个发泄口……"

"清子！"

"可……"

被丈夫喝止的清子想要辩驳，语气像个孩子一样。光是看着两位老人的样子，法子就觉得心痛。

"我们不知道，"清子重复道，"我们不知道那是谋杀还是事故。如果是谋杀的话，真是太可怕了。我们不知道应该如何面对这样一个杀害孩子、掩埋尸体的可怕团体。可知道圭织行踪的只有他们，我们只能通过他们了解圭织的行踪。"

菊地平静地说："所以你们来找我了，不是吗？"

听了菊地的话，吉住夫妇恍然大悟。他们的眼睛充着血，红红的。

菊地向吉住夫妇伸出了他那强有力的手，说道："我们一起战斗吧。"

法子在一旁默默地看着菊地伸向吉住夫妇的双手，没有说话。

"我会尽可能帮你们的，绝不会放任不管。"

"啊……"

清子从包里掏出手绢，捂住了脸。

"拜托了。"

孝信缓缓地握住了菊地的手。

说实话，事态会不会向吉住夫妇所期待的方向发展还是未知数。

吉住孝信虽然当菊地是可以信赖的伙伴并握住了他的手，可通过和他"一起战斗"真的能追踪到圭织的下落吗？法子不确定。

菊地对未来学校的恨意根深蒂固。从那根深蒂固的恨意中，可以看到他与未来学校不断对抗的历史。在长期的对抗中，想必他遇见过与吉住夫妇有相似经历的人，并帮他们跟未来学校交涉过。可他的交涉成功了吗？那些人找到他们的家属了吗？通过菊地，吉住夫妇真的能找到外孙女和女儿吗？法子持怀疑态度。

法子觉得，还不如由她再次出面和未来学校交涉。

事情就发生在这之后。

与菊地见面的三天后，一个电话打到了法子的事务所。

事务员说："一个叫田中的女士打电话找近藤律师。"

一开始，法子没反应过来是哪个"田中"。她有很多姓田中的客户。

法子以为是公司总务部的那个田中，可拿起电话的瞬间，她愣住了。

"我是未来学校的田中。"

电话里传来的是那个最不可能给她打电话的"田中"的声音。

"我是近藤。"

法子急忙报上自己的姓名，腋下冷汗直冒。她想起了上次道别时，田中在电梯门口说过的那句话："明明一直都放任不管。"

现在，田中的语气里倒是没有什么显而易见的敌意。

法子还没说出"您有什么事"，田中便抢先开了口："有消息了。"

一切来得太突然，法子有些不明所以。

"什么？"

田中冷淡的声音中带着一丝急躁。

"我们联系到饭沼圭织女士了。"

　　她用了"女士"这个称呼，听上去有些做作，像是在念台词一般。这个名字盘旋在法子的脑中，没有什么真实感。法子如梦初醒——圭织！是吉住的外孙女。"饭沼"这个姓是第一次听说，可名是没错的。

　　"她同意和自称是她外祖父母的人见面了。"

　　"真的吗？"

　　法子激动到语调都变高了。虽然"自称是外祖父母"这个说法令人不快，但法子并不在意。

　　田中回答："是的。我不是说了吗，我会尽力找的。"

　　"十分感谢！"法子急忙道谢。

　　法子话音还没落，田中就说："只有圭织女士一个人。她母亲保美女士说，不想见他们。"

　　田中的话音冷若冰霜，法子暗暗吃了一惊。"不想见"这三个字像一个巴掌打在了她脸上。该怎样把这件事告诉吉住夫妇呢？唉，先不管了。

　　"我知道了，谢谢。"

　　法子再次道谢。

第六章

破碎的琥珀

法子简直不敢相信，这里竟然就是上次那个房间。室内十分明朗，与之前的气氛完全不同。

这里是"未来学校"东京事务局。此时，吉住夫妇和法子所在的房间与上次法子一个人来时待的是同一间。

田中将他们引到房间内，里面已经坐着一位身形娇小的女性。也许正是因为她的存在，使这间屋子变得明亮起来。

她年龄应该跟法子差不多。虽说女性的年龄很难一眼看出来，但在法子看来，她的气质跟在女儿保育园里见到的那些家长差不多，推测她应该跟自己年龄相仿。

女性穿着一件绣花领子的黑色衬衫和一条印有鲜艳的佩斯利花纹的裙子，微卷的头发上系着一条丝巾。

这是一位非常利落、时尚的女性。法子本以为来的会是一位像田中那样素面朝天的女性，可没想到，眼前这个人的穿着打扮和她印象中未来学校的大人们完全不同。

只看一眼就知道，这位女性显然已经脱离了未来学校。

看着面前的女性，吉住清子低声问道："你是……圭织？"

清子紧紧握住了包的提手，孝信站在她旁边，一言不发。

女子点了点头，站了起来。

"你们是我的外公外婆吗？"

清子的眼泪夺眶而出，不住点头。

她上前握住圭织的手，说："圭织，是啊，我们是你的外公外婆。"

"是啊，我是你外公。"

孝信颤颤巍巍地把手搭在了圭织的肩上，低下了头。又过了一小会儿，他小声哭了起来。随着孝信的抽泣声，清子的呜咽声也越来越大。第一次见到吉住夫妇时，法子觉得他们就像一对依偎在一起的小鸟。此时，他们小鸟一样的身体似乎变得更小了。两人就这样蜷缩着肩膀，不停地哭。

圭织的手被外祖父母紧紧握着，脸上透出一丝无奈。但那绝不是嫌弃的表情。她看了看法子，似乎在问她该怎么办。

看着眼前的这一幕，法子很心痛。

圭织已经是大人了，她无法像孩子那样天真烂漫地投入外祖父母的怀抱，也无法无所顾忌地推开他们。和外祖父母分开时她才两岁，可现在，她可能早已为人父母。

过了一会儿，圭织说："外公外婆，把头抬起来吧。"

她轻轻地拍了拍吉住夫妇的肩膀，注视着他们。

"那个……能见到你们我真的非常高兴。我没想到有朝一日能再次见到自己的外公外婆。我听说你们在找我时，非常震惊。"

圭织说完，吉住夫妇又忍不住低下头大哭了起来。圭织无奈地笑了笑，不太自然地抚摸着吉住夫妇的后背。

吉住夫妇终于恢复了平静，和圭织面对面坐了下来。法子的座位离吉住夫妇稍远，田中坐在靠近门口的地方。田中只是远远地看着那几个人，无意加入对话。

圭织说自己现在是一名美发师，在横滨的一家沙龙工作。

"沙龙是我丈夫开的。我十年前结了婚，现在的名字是饭沼圭织，有两个孩子。"

"我们有曾外孙了？"

清子这么一问，圭织点了点头，打开手机说："给你们看照片。"

法子坐得远，看不清画面。清子眯起双眼发出惊叹的声音，孝信默默把身子探出去，努力地想多看几眼。

虽说田中只说了圭织同意见面，但法子早已预料到圭织已经脱离了**未来学校**。法子十分理解吉住夫妇此时的感受——得知圭织已脱离组织，总算放下心来。

清子有些紧张地问道："圭织，你妈妈……保美……怎么样了？"

圭织的脸沉了下来，回答："对不起，今天没能带她一起来。她太顽固了。"

吉住夫妇屏住了呼吸。

圭织摇摇头说："是妈妈告诉我，外公外婆在寻找我的下落的。妈妈很久没给我打电话了。我刚上小学没多久，她就带着我离开了未来学校。她很随性，喜欢一个人生活。"

圭织的表情变得有些僵硬。

"她将我寄养在熟人家里，一个人去工作，寄生活费给我。离开未来学校后，我们也没有在一起生活过。"

吉住夫妇惊呆了，仿佛被闪电击中了一样身体一震。清子似乎想说些什么，可话到嘴边又吞了下去。她的嘴张张合合，像金鱼一样。孝信紧握着拳头，没有说话，红着脸看着圭织。

"不知道现在人们怎么看待未来学校，说实话，我很感谢未来学校。"

圭织微微一笑，转头看了看门口的田中。

"至少那时，妈妈跟我离得不远，我身边还有其他孩子，一点都不寂寞。离开学舍之后，我反而经常感到不安。"

孝信沉默了一会儿，问道："离开未来学校后，妈妈也不跟你一起生活吗？"

"嗯……没办法。那么多年没跟小孩一起生活，她肯定不知道该怎么办。她可能不适合养育小孩。我跟妈妈性格也不太和。"

圭织说得轻描淡写，吉住夫妇又沉默了。

圭织释然地笑了笑说："我倒是找过她好几次。别说一起住了，我的婚礼和婚宴她都没来。外孙出生很久后，她才说想见一面。她可能真的不擅长，也不适合组建家庭。"

"怎么会这样！"清子脸色煞白，把手伸向圭织，"那孩子怎么能……"

"不，没关系的。她就是那种人，我和丈夫都想开了。但今天真是对不起，应该努力劝说她过来的。不过，她好像还是无法原谅你们。"

"无法原谅？"

"她说你们反对她结婚……也反对她把我生下来。"

吉住夫妇直直地盯着外孙女，惊得说不出话。

圭织却神态自若地接着说道："妈妈对我说'如果遵从了外公外婆的意见，就没你了。即便这样你还要去见他们吗？'"

吉住夫妇的惊恐透过空气传到法子了身边。这些事法子全都是第一次听说。吉住夫妇拜托法子办事时，只说了女儿离婚后发生的事。

圭织望着一言不发的外祖父母，扑哧一声笑了出来。

"不过，也是她打电话叫我来见外公外婆的，真是个矛盾的人。她说，你们怀疑我已经死了，让我出面化解你们的疑虑。可我说我同意见面之后，她又对我发脾气。这个人真是跟以前一样，一点都没变。"

清子颤抖着说："对不起……"

圭织依旧淡定自若，摇了摇头说："没关系的，都是过去的事了。你们过去担心妈妈，现在又担心我，想见我，这两种情感是不矛盾的，我都明白。"

"不，不是那样的……"

和吉住夫妇对话时，圭织的口气干脆利落。法子得看出，她是个聪慧理智的人。可她聪慧理智的表现反而让法子感到心痛。

清子和孝信一脸严肃地看着外孙女。孝信正了正身，先开了口："你妈妈竟然对你说那些话，你一定很难过吧。"

孝信沙哑的声音里透着悲伤、愤怒和一丝慈爱，他的嘴唇不住颤抖。

"谢谢你能活下来。"

圭织没想到他会这样说，吃惊地抿住了嘴唇。

清子也点了点头，握住了圭织的手说："谢谢你来见我们，这么长时间以来，真是对不起你。"

这次，反而是圭织沉默了许久。她望着祖父母，眼神清澈。最后，她缓缓地点了点头。

"外公外婆，谢谢你们找到了我。"

三人正说着话，法子听到背后有动静。转头一看，田中正起身准备出门。

法子站起来向吉住夫妇轻轻示了个意，紧跟田中出去了。她觉得自己应该离开，给三人单独说话的机会，也想跟田中道个谢，感谢她安排圭织和吉住夫妇见面。

"田中女士！"

房间里比上次来时明亮得多，可走廊上却依然昏暗。

听到法子的喊声，田中回过头来，面无表情地看着法子。

"今天真的很感谢您。"

法子走到田中身边，她很庆幸田中能为自己停下脚步。

田中没有说话，有些不耐烦地眯起眼睛。她的表情令法子有些胆怯。

"尽管保美和圭织早已离开了*未来学校*，您还是找到了她们。甚至连见面的地方都帮我们准备了，真的非常感谢。"

"……我只是不希望别人说我们是'让人消失'的地方。"

"让人消失"。

这是发现尸骨之后，一连串媒体报道批评中出现的的词汇。当然，这么想的其实就包括来寻找外孙女下落的吉住夫妇和其代理人法子。

田中忽然把脸扭向一旁。

"我们这儿碰巧有人跟吉住保美仍有联系，仅此而已，不值得您特意感谢。"

法子不假思索地说："不，还是应当感谢。我们自己也试着去找线索，可只得到了一些不确切的情报，比如圭织那时已经上中学了之类的。"

她突然意识到，菊地曾说圭织那时已上了中学，可刚才圭织却说刚上小学就跟随母亲离开了学舍，还说里面的生活更使人安心。是菊地记错了吗？

"嗯……"

田中小声嘟囔了一句，一张扑克脸稍微有了些变化。她嘴角微微上扬，笑了一下说："你们是不是去见了菊地贤？他过去在学舍当过几年老师。"

"啊？"

法子没想到田中会突然说到这个，有些狼狈。她想为自己辩解。和菊地见面，菊地对未来学校的批判，听他说田中的事，菊地跟吉住夫妇握手表示"要一起战斗"……法子突然感到有些愧疚。

田中是怎么知道的？法子对自己刚才的发言感到后悔，想说点什么，却被田中抢了先。

"他肯定说，他认识你们要找的人，说圭织已经上中学了，尸体不是圭织，对不对？"

法子打了个寒战。

昏暗的走廊尽头，几缕阳光透过窗户照了进来，空气中飘浮着细小的尘埃。其他几扇窗户前堆满了装杂物的纸箱，把阳光全挡住了。也许，他们是故意把纸箱堆在那里的，为了防止别人偷看。

这个地方的压迫感再次向法子袭来。法子看着田中，一句话也说不出来。

田中皮笑肉不笑，面带嘲讽地说："啊，他肯定还说那个孩子虽然不那么活跃，但稳重懂事，对吧？"

"……你怎么知道的？"

法子浑身发冷，寒毛都竖起来了。

"因为只要有人去找他，他都会那样说。"田中轻蔑地笑了笑，"什么'未来学校不是正经地方''他们什么忙都不会帮''我是你们的战友'之类的。他在未来学校未能得到重用，说这些有的没的就是为了一解心头之恨。他为了让客人信任他，说他知道客人要找的人，最后还会说要跟客人一起同未来学校战斗。"

法子像被重物击中了一般，头昏眼花，脚底发软。她很吃惊自己居然能站在原地。

这些话菊地都对他们说过。

在我的印象中，她非常善良，也很健康。至少在我离开学舍之前是这样的。

没记错的话，应该已经上中学部了。我是小学部的教师，那时至少我已经不再教她了。

法子还记得听了菊地的话后，清子和孝信无语凝噎、如释重负的表情。他们跟法子也道了谢："那时，她已经上中学了？""老师，也谢谢您啊。要不是您跟我们说，我们也不会想着联系菊地先生。"

都是我不好，是我建议吉住夫妇跟菊地见面的。

万幸的是，吉住夫妇见到了外孙女，还活着的外孙女。可法子还是不能原谅自己。真不该让吉住夫妇和那种人见面。

想到菊地曾握住吉住夫妇的手说要跟他们一起战斗，法子恨不得穿越时空让菊地松开他的手。

法子愤怒地想，他到底有什么目的？吉住夫妇忍受了那么多痛苦，终于抓到了一线希望，可菊地竟然欺骗他们，赚取他们的感谢，还顺便发泄自己对"未来学校"的不满，真是毫无廉耻。他到底想干什么？

"真是遗憾啊，"田中说，"事情交给他是不会有任何进展的。他不过是想找个人听他发牢骚。"

法子感到心灰意冷。不论菊地还是田中，都让她觉得无法信赖。

脑海中有一个声音对她说："不行。"

她用冷静的声音告诉自己："不行，不能，不能说。"

可一想到吉住夫妇的泪水和话语、小时候美夏对自己说过的话、小滋写来的信、在*未来学校*度过的那些夏天、*学舍*的小伙伴、山泉、广场……她就控制不住自己。

她拼命告诫自己不要说，可还是脱口而出："……你们这些人，到底想怎样？"

她的声音和嘴唇颤抖着。脸越来越烫，喉咙像被什么东西勒住了似的非常难受。

"你们这些人，到底把孩子们弄到什么地方去了？那时的那些孩子……"

法子觉得，菊地的声音好像跟自己的声音重叠在了一起。微笑着说"我们一起战斗吧"的菊地的脸，逐渐变成贤老师年轻时的脸。接着又想到大人们摸着孩子们的头说："只有这里才有未来。"

"法子！"记忆中，美夏呼唤自己时的脸逐渐溶解。

说着"告诉你一个秘密"，那张面庞也越来越模糊。仿佛她的时间永远定格在了那一刻……

法子的脑海中，关于美夏的回忆逐渐浮出水面。

其实，我是想和妈妈住在一起住的，就像山麓的孩子那样。

寂寞还是寂寞的，悲伤也还是悲伤的。

深夜，美夏一个人伴着手电筒的亮光坐在泉边。

"我……"

法子想着"不行，不可以说"，可还是没忍住。

"我，上小学的时候，去参加过暑期的合宿，一连去了三年，就在静冈的学舍。"

田中睁大了眼睛。在楼道里，从窗外照进微弱的光，把她的脸照得比刚才清晰了不少。

法子感觉自己好像在乞求谁的原谅。

　　明明一直放任不管。

法子一直觉得，田中之前的这句话是冲自己来的，似乎是在责怪自己竟然忘记了那些事。

"我在那里遇到了很多人，也交到了不少朋友……你们把他们往哪里……"

法子想起了菊地说的话。但是，谁也不能为那些孩子负责，那些在未来学校长大的孩子。

"……都有谁?"田中面无表情地看着法子，有些轻蔑地问道:"你跟谁成了朋友?"

法子感到双膝无力。既然圭织已经找到，作为吉住夫妇代理人的工作就结束了，自己一定不会再来这里。可法子就像被什么看不见的力量操控着，还没回过神来，嘴就先动了。她心中怀有一丝期望：田中也许认识她们，也许知道她们的消息。

"美夏、小滋……"

法子干燥的嘴唇上出现了几条小裂口。"美夏""小滋"，这些亲密的称呼让法子好像回到了小时候。

美夏、小滋。

听到这两个名字，田中似乎深深地吸了一口气。

下一个瞬间……

一个浑浊的声音在满是灰尘的走廊中响起。起初，只像喘息一样微弱，慢慢地，响亮起来。

那是一连串的笑声，越来越响，敲击着法子的鼓膜。

是笑声。

那越来越洪亮的一连串笑声是从哪儿传来的，法子一开始没反应过来。过了一会儿，才意识到那竟是田中的笑声。田中的笑声令法子震惊。

田中依然笑着，好像一切都那么滑稽。

法子知道不能用一般人的眼光衡量田中，也习惯了田中那些略显失礼的言辞。可她现在的表现也太奇怪了。

法子一句话也说不出来，只感到屈辱。法子想出言制止她，可话还没说出口，田中的笑声就停止了。

走廊上鸦雀无声。

田中手捂着胸口，喘了几口大气，盯着法子说道：

"我，就是美夏。"

法子一时无法消化面前发生的一切。

她望着站在走廊前方的田中，瞪大双眼一眨不眨，直到眼球感到干涩。

这个人……刚才说什么了？她叫什么来着？法子拼命回想——她姓田中，是未来学校妇女部的部长、应对法子来访的工作人员。说起来，她确实没有给法子递过名片。法子只知其姓，不知其名。

可是，法子怎么也无法把自己去过的学舍和这栋出租楼，或是自己认识的那些孩子和眼前的这些成年人联系到一起。

田中看着法子，只有嘴角挂着笑容。"你叫什么名字来着？"

法子心中疑惑，谈了这么多次话，难道田中连她的名字都不记得吗？没想到田中正确地喊出了她的姓氏"近藤"，法子终于明白了过来。

田中再次发问："近藤女士，你的名字叫什么？"

"法子……"

法子的声音有些嘶哑。似乎是一种看不见的力量掰开了她的嘴唇，让"法子"这个名字滑落了出来。

可是，田中听后并没什么反应。

"法子……法子女士、法子同学……"

田中好像在记忆中搜索，不断重复着这个刚听到的名字。

田中摇了摇头说："抱歉，没什么印象了。每年都会有很多山麓的孩子来参加合宿。印象中确实有一个孩子叫法子，原来是你啊。"

法子问："您今年多大了？"

"我四十岁。你呢？"

田中此前一直面无表情，现在脸上终于有了一丝生气，跟一脸厌烦地听法子讲话时完全不同。她的视线像一根箭一样射了过来，气势逼人。

法子被她的气势压倒，毫无反抗之力，只能老实回答："四十岁。"

"哦，那我们同岁啊。看来你见过的确实是我。"

法子依然处于震惊之中。她设法让自己理解田中的话，接受她就是美夏。可不管怎样都觉得很别扭。

田中可能真的叫"美夏"，年龄也跟自己相同，但这也只是偶然，也许她只是一个和"美夏"同名的人。

法子怎么也无法在她脸上找到美夏的影子。

虽然抗拒，可田中转头看向法子的瞬间，法子又犹豫了。美夏到底长什么样，她已经记不清了。心中有很多关于美夏的回忆，可面孔却是模糊的。

田中也是四十岁，这令她很意外。

法子一直以为田中比自己大。和其他年龄差不多的女性相比，田中的穿着过于朴素，也不化妆，看上去总是非常疲惫。没想到她竟跟自己同岁。

"每当媒体报道未来学校时，"田中说，"都会有人说自己去参加过合宿，或者曾在学舍生活过。这样的人经常出现在新闻节目的采访环节。他们说自己了解未来学校的内部情况，很忧心，就像菊地贤那样。"

田中的脸上再次出现嘲讽的笑容，在昏暗的走廊中展现出一种毛骨悚然的美。在法子看来，田中的长相算不上华美，但五官端正。此时，她的脸突然真实了起来。可爱的美夏——这个印象突然和田中的微笑重叠在了一起。

听到菊地贤的名字，法子僵硬了起来。

对菊地抱有的强烈的厌恶之情，突然又扑面而来。法子感到一种强烈的耻辱感，就好像被人说自己和菊地是一丘之貉。

田中望着法子继续说："虽说印象不深，但我想，你一定和我一起去过泉边吧？还去过河滩，一起吃过刨冰，对不对？我喜欢跟来合宿的孩子接触，每年都抢着去帮忙。所以，现在很多曾去合宿过的人都联系我，有一些甚至是来采访过的记者。'我只是小时候去那里合宿过。对**未来学校**并不了解，是家长让我去的。''虽说只在那儿待过短短几天，但非常理解你们的心情。'这些人都会这么说。"

田中表情柔美，但声音冰冷，听得人脊背发凉。

田中稍稍抬起下巴，盯着法子说："对呀，近藤女士也来合宿过呢。这样的记者我见过不少，律师还真是第一次。"

她冰冷黯淡的话语中藏着刺痛法子的声响。

法子战栗着，不知该如何回答。

她对自己说，这个人不是美夏。田中的名字也许叫美夏，但她肯定不是自己在合宿时认识的那个女孩。

她不知道自己为什么会那样想。这令她焦躁，说不出话来。她混乱的头脑中浮现出一个疑问。那是从菊地贤那儿听来的，不知是真是假。在强烈的情感波动中，她问道："你不是去北海道的**学舍**了吗？"

田中的脸突然沉了下来。可能是法子擅自调查了她的情况，令她不满。

"你对我可真了解。"

她把脸转向法子，表情恢复了淡定。

"我是小学五年级的秋天去的北海道，那年夏天之后就不在静冈帮忙了。所以，你六年级的时候没见到我，对吧？"

听了田中的话，伴随着内心深处翻腾而上的战栗，法子终于向现实妥协了。

这和自己的记忆对上了，六年级去合宿时，确实没见到美夏。仿佛被击中了头部一样，强烈的冲击力自上而下，一直传到身体的最深处。

这个女人，真的是美夏。

法子只是一动不动地盯着眼前的这位女性——田中美夏。法子原本是那么想找到她，担心她的去向，作为吉住夫妇代理人期间也一直将她的问题挂在心上。

那个往日的少女，现在就站在自己眼前。

田中对因为受到冲击而呆滞的法子说：

"你是不是希望我已经死了？"

法子的脚底、耳朵深处渐渐失去了知觉。

美夏的声音和话语像把锋利的尖刀刺穿了自己的身体，挖出了自己的心脏。

田中美夏的脸上没有一丝笑意，继续说道："发现尸体后，大家都希望那不是自己认识的人。希望不是自己的女儿、外孙、亲戚……可其实，大家心底希望死去的就是他们。大家都希望记忆中温柔的友人、可爱的孙辈永远不要变，时间和记忆都停留在最美好的那一刻。表面上说担心，其实只是自怨自艾，只想永远沉浸在回忆中。"

"怎么能这么说……"

法子下意识地反驳，可一看到田中细长的眼睛，就什么也说不下去了。

田中扑哧地笑了，说："你肯定很担心合宿时认识的那些孩子吧？刚才你不是问我把他们怎么了，弄到哪里去了吗？在你心中，学舍的孩子永远是美好的，你肯定不想以现在这种方式和他们再会。"

法子在心中反驳："不是的！"。但只在心中默默回答了，无法在田中面前说出口。

法子万万没想到，她就是美夏。

她居然对着美夏本人质问："你们对美夏做了什么？"法子一直认定那些孩子是受害者。

这种行为，就好像把她们困在未来学校这个组织里，让时间静止，使回忆变成结晶一样。就像被封入琥珀中的昆虫化石。时间早已流逝，她以为自己明白，其实并不明白。

吉住清子也说过类似的话。她说，不如确认了那具尸骨是她外孙女，至少悲伤也有了出口。虽然听起来很自私，但可能是她的真心话。

"我从没那样想过。"

为了停止胡思乱想，法子突然说道。她自己都不觉得这句浅薄的话能打动田中。她知道自己心中一团糟，无比焦虑，但无论如何也得说些什么。

田中沉默地看着法子，她的表情似乎又阴暗了起来。

"是吗？"

笑容再次从她脸上消失。

法子心如刀绞。哪怕是敌意、轻蔑，只要美夏在表达自己的感情，至少还有交流的余地。可听了法子说的那句连她自己都无法信服的话，田中完全紧闭了心扉。法子后悔了，她不知道应该对田中再说些什么。

"明白了。"

抛下一句冰冷的回应，田中转身准备离开。

等一下！法子想叫住她，却说不出口。

她就要离开了，顺着昏暗的楼道向办公室的方向走去。如果现在不追，就永远没有和她说话的机会了。思索着，法子终于意识到自己想和她继续说话。

但……还能跟她说些什么呢？

法子不知道。她想念美夏，希望她平安无事，知道那具尸骨不是她，松了口气。

法子确实是这样想的，但面对现在的田中，她又感到无话可说。

呼唤田中的声音马上就要跳出喉咙了，可中途又咽了下去，再也说不出口。法子很沮丧，难道自己记忆中的美夏只是一种自欺欺人的幻想吗？

自己到底又是为什么会答应帮吉住夫妇办事呢？恐怕也不能说，那其中没有掺杂私人感情和感伤情绪。自己只是站在安全区里，远远地欣赏被封入琥珀的回忆，沉浸于感伤之中。田中美夏早已看透了这一事实。

田中美夏的身影消失在黑暗之中，留下法子一个人站在昏暗的楼道里。

一个声音突然响起：

"近藤律师。"

法子背后的门被轻轻推开，吉住清子走了出来。

"对不起，我们能和圭织交换联系方式吗？以后可以不通过未来学校，直接跟圭织见面吗？"

清子特意来和法子确认，这很符合她一板一眼的做事风格。

法子慢慢转过身去。见清子惊讶地眨着眼睛，法子意识到可能是自己的表情吓到了她。

"那个……老师，"清子困惑地歪了歪头，"您怎么了？"

"没什么。"

法子努力放松表情，可脸上的肌肉早已僵硬，就像黏土一样别扭地移动。她努力地装作无事发生。

"没事的，我没事。你们可以和圭织交换联系方式，后面不用通过我，直接联系圭织也没关系。"

"太好了。"

清子的表情明朗了起来。屋子里，孝信和圭织正说着什么。

法子看着他们，突然想起孝信刚才说过的那句话：

谢谢你能活下来。

现在更加后悔，刚才没能对美夏说出这句话。

但是，美夏和自己的关系并没有亲密到这么说的程度。而且，美夏可能真的不记得自己。但法子还是觉得告诉美夏："我怎么可能希望你死，你还活着真是太好了。"

只需要说上这一句话，可自己刚才怎么没想起来呢？法子想不通。到底是怎么回事？是因为美夏说不记得自己，拒绝和自己交流吗？还是因为自己那自欺欺人的感伤被她看穿了呢？虽然能想出无数的理由，但其中最强烈的情感是一种无法回避的罪恶感。

就像田中说的那样，自己真的一点都没想过"美夏不如死了"吗？

对于田中美夏来说，甚至说不上"忘记"了孩童时代的法子，可能压根就没记住过。那么多去合宿的孩子里，她怎么可能偏偏记得自己呢？法子以为跟美夏成了好朋友，可美夏也许有很多关系更好的朋友。毕竟，每年都有很多孩子去合宿。

那年夏天，找美夏在名册后面留言的孩子也排了长长的队伍。法子觉得跟美夏的回忆是独一无二的，可对美夏来说也许并非如此……这么想来，两人想法之间的差异，似乎正象征着自己的自以为是。这样的感受，让法子感觉好像回到了小时候。

想起名册上的留言，首先想起的就是前些天在老家看到的那几行字。那是小孩的笔迹，是美夏的笔迹："不要忘记我""永远是好朋友"

一想起来就难受得喘不过气。

"我们回屋去吧。"

法子僵硬地微笑着，同清子一起走回刚才的会议室。孝信和圭织谈笑甚欢，似乎已没有了隔阂。两人之间放着一台智能手机，手机应该是圭织的。圭织正在给外公看照片，照片应该是今年夏天拍的，一个小学五六年级的男孩和一个小女孩正穿着泳衣站在岸边，摆出拍照的姿势。这肯定是圭织的孩子。两个孩子的父母应该就在他们身边。孩子身后的

BBQ 支架上有一只成年男性的大手，一定属于他们的父亲。

看到照片的瞬间，法子突然很想哭。那突然的冲动十分强烈，难以抑制。法子鼻腔深处很疼的，眼眶发麻。

我告诉你一个秘密吧。

美夏的声音出现在脑海中。

田中狭长的双眼逐渐投射在少女时代的美夏的脸上，记忆中模糊不清的美夏的面容变得越来越像田中。

我还记得。就算你已经忘记，我也记得你夜里伴着手电的光亮蹲坐在泉边看水面时的情景。

其实，我是想和妈妈一起住的，就像山麓的孩子那样。

菊地说过，田中美夏现在跟孩子不在一起住。她把孩子留在了北海道，她的孩子现在也生活在北海道的学舍。

法子知道可能是自己多管闲事，但还是觉得心很痛，就像被压扁了一样。她想到了少女时代的美夏，然后开始思考自己。一想到每天和自己睡在一起的女儿蓝子那柔软的触感和气味，她就忍不住想哭。

为什么呢？为什么要让自己的孩子和自己受同样的罪呢？她很想问问美夏。

那天，吉住夫妇和圭织一起走出了未来学校的东京事务局的大门。从他们的交流中可以看出，吉住夫妇的女儿、圭织的妈妈保美的缺席给双方的人生都带来了不可估量的影响。吉住夫妇和圭织刚见面不久便能互相敞开心扉，可能是因为他们觉得终于找回了因保美而失去的

"家人"。

"一直以来麻烦你们了。"

圭织说她很感谢*未来学校*，彬彬有礼地向事务局的工作人员道谢。事务局的工作人员——那个上次帮法子端茶的笑容明朗的青年，自然而真诚地对圭织说："能见到外公外婆，真是太好了。"

听见他这么说，吉住夫妇也赶忙向他道谢："是的，真是太好了。""谢谢。"

双方的交流安稳平和，无法想象这就是那个因发现尸骨而备受争议的团体。法子突然意识到，其实她以前一直觉得这样的光景才跟自己记忆中对*未来学校*的记忆相符。

*未来学校*不仅不像世人想象得那么危险，这里的生活反而比外面的世界还要平稳。所以自己才没有武断地认为自己很理解*未来学校*。其实我对"未来学校"一无所知。

送别时，田中没有来。

法子问："田中女士呢？"

事务局的青年摇了摇头："她刚好出去了。您有其他事吗？"

"啊，没事。"

"抱歉，一直是田中女士在处理这事。刚才她说应该没问题了，就离开了。"

青年耸了耸肩。

法子说："请代我谢谢她，就说这次真是承蒙她的照顾了。"。

就算田中在场，法子也不知该对她说些什么，估计田中也是一样。

青年说："明白了。"

然后，法子他们便离开了*未来学校*的东京事务局。

法子带着一丝警醒的意味想着，自己以后不会，也不能再跟这里有什么联系了。她为自己幼稚的表现感到难堪。这里不是抱着些自我陶醉式的感伤，就可以轻易踏进的地方。

因被田中一顿痛批，法子心中烦乱。她压抑着心中的不快走出了那座出租楼。

冷风吹过，卷起了行道树的落叶。法子想，该去保育园接孩子了。她想象着自己进入保育园的瞬间蓝子脸上露出的微笑，还有蓝子扑到自己怀中时那柔软的感触，慢慢闭上了双眼。

吉住夫妇和圭织见面的一星期后，女童尸骨的身份终于查明。

女童名叫井川久乃，曾在未来学校生活，年龄与法子相同。也就是说，她也跟美夏同岁，活到现在的话刚好四十岁。

虽然无法从尸检中得出准确的死亡时的年份，但推测是在小学五年级的夏天。未来学校不是学校法人，在学舍生活的孩子要去山麓的公立小学上学。井川久乃是在小学五年级暑假后，向校方告知要转学的。

那一年，和她一起转学的还有一个孩子，两人的转学理由都是未来学校要进行内部改组。

办转学手续以及去市政府办转户口的手续时，他们都告诉工作人员井川久乃要去北海道的学舍。实际上，和井川久乃一起转学的另一个孩子确实去了北海道的学舍，后来转学去了北海道学区的公立小学。可井川久乃既没去学校报到，也没去当地的市政府办户口转入手续。从行政上来说，手续一直悬而未决。

尸骨的身份一经确认，井川久乃的妈妈就开始出现在媒体之上。她的妈妈并非未来学校的内部人员，属于"山麓的学员"，在组织的外部生活。她赞同未来学校的教育理念，四岁时就把孩子送去了静冈的学舍。

"我不知道竟然发生了那样的事!"她在镜头前痛哭流涕的样子被媒体连续报道了多日。

在政府的记录中,井川久乃消失于小学五年级的夏天。与此同时,另一个孩子去了北海道。不用媒体报道,法子也知道那个去了北海道的孩子的名字。

那个孩子和井川久乃一起在学舍生活过,又于同一时期移居去了别处,肯定知道井川久乃死亡的真相。

街头巷尾再次陷入哗然。

第七章

碎片的去向

"不好意思……真的哪个地方都进不去吗？"

二月。

法子正在区政府的窗口前等去取资料的职员，忽然听到旁边有人说话。

算上临时增设的窗口，处理认可保育园二次入园事务的窗口一共五个。法子旁边是一对二十多岁的年轻夫妇，他们已经无可奈何地站着和职员聊了很长时间。

"是的。抱歉，今天请先提交申请书，回去等待结果吧。这里只负责办理认可保育园的手续，区内的非认可保育园可以看这份资料里的一览表。"

"好……啊，是这个吗？"

那位年轻的爸爸用婴儿背带把孩子抱在胸前，孩子看起来只有一岁左右。四个月至一岁的婴儿最难入园，入园申请甚至被称为"激战"。可想而知，他们的申请是被驳回了。

女性不解地问："我们自己打电话联系这上面的保育园，询问可否入园就可以了，是吗？"

法子在一旁听得心急。为了防止孩子无处可托，很多家庭会先申请非认可保育园保底。秋季，认可保育园开始招生时，非认可保育园的名额早已所剩无几。现在才开始找，是不太可能找得到的。法子真想上前提醒他们。

不出所料，职员无奈地说："嗯……四月入园可能比较难了。非认可园差不多都开始排号了。当然，认可园结果出来后，家长可能会让孩子转园，你们还是问一下比较好。"

"啊，是这样啊。"

妻子模棱两可地回了一句，不知所措地看着丈夫。

职员语速很快，不知他们听明白了多少。丈夫怀里的黑发婴儿动了动脑袋，"嗯嗯"地哼了两声，开始不耐烦了。丈夫没说话，左右晃动着身子安抚婴儿。

妻子又问："有的保育园没有院子，我们觉得不好，所以之前没有申请。那种园也进不去了吗？"

职员的神情越发无奈："嗯……是的。不管有没有院子，只要离家不远，即便是规模小的保育园也应该申请一下。这样成功率才会高。"

"好的。"

妻子失望地点了点头。丈夫始终一言不发，只是抱着孩子。

法子在旁边听着他们的对话，心想："真想入园的话，为什么不早点行动呢？谁都知道东京都的保育园非常难申请。"

保育园入园难的问题严重，想入园首先要收集情报。法子抽空就去区政府，打听入园率，打听有没有新开的保育园，职员都记住她了。可旁边的夫妇似乎还觉得，只要把材料交上去就能申请成功。法子有些看不下去。

法子明白，自己完全没必要为他们着急，可还是有些焦躁不安。因为她曾经拼命到处打探消息。从蓝子出生开始到现在，为了能维持原来的工作状态，她一直在想办法。不管是认可园还是非认可园，不管有院子没院子，只要距离合适，她全部都申请了。可结果还是哪儿都申请不上。

上周，收到申请结果通知书时，法子傻眼了。今天，她按照通知书上的指示，抱着难以置信的心情来办第二次申请手续。蓝子现在的保育园只能上到两岁，如果找不到其他地方，四月起蓝子将无处可去。

为了排遣心中郁闷，法子有时会给学生时代的好友写邮件发牢骚。

好友回复："夫妇双方都是全职律师，工作那么忙，孩子居然都进不了保育园，到底要什么样家庭的孩子才能入园啊！"

法子读着回信，仰望着天花板，心中感叹："就是啊！"从蓝子0岁开始，法子就在申请，但从来没通过选拔，蓝子上的一直是非认可园。这两年一直申请转园，也从未成功过。在这世上，成功申请到认可保育园的奇迹到底会发生在什么人身上？

"久等了。"

职员回来了，拿着法子写的入园申请书的复印件，坐在了她对面的座位上。法子缓慢地抬起头看着职员。平时，法子会像条件反射一样彬彬有礼地微笑，可今天，她连微笑的力气也没有。不管对职员多么殷勤，多么蛮横，表现得多么感天动地，结果都不会有丝毫改变。不管跑多少趟，打听多少信息，自己的立场都跟身旁那对夫妇没什么两样。

职员机械地告知："下个月上旬会通知您申请结果。保育园会给您打电话，区里也会给您寄信。如果没申请上，每个月都可以继续申请，一有空位立刻联系您。如果放弃申请，请办理取消的手续。"

"好的。"

法子也机械地接过各种文件、证书，站了起来。要操心的事太多了。

申请认可园的同时，非认可园那边也都在排号，没有一个地方能保证接收蓝子。这样下去，四月以后蓝子还是哪儿也去不了。法子一心想让蓝子上保育园，从没考虑过幼儿园。接下来是不是应该找一找幼儿园了？法子想想就觉得头疼。光是到处参观保育园就已经令她精疲力竭，还要从零开始找幼儿园吗？可不找的话，蓝子白天由谁照看呢？

事务所的同事和山上所长会说什么呢？

幼儿园比保育园的托儿时间短，这可能意味着法子不能维持现在的工作形式。法子是山上法律事务所聘请的第一位女性律师，也就是说，边带孩子边工作是没有前例可循的。事务所给她放了产假和育儿假，可今后自己能胜任怎样的业务还是未知数。以往的那些女性事务员，有孩子后都辞职了。

难道只能让母亲来帮忙，或者放弃工作直到孩子长大吗？可长期专注的育儿生活结束后，自己还能不能顺利回到原有的工作状态呢？

真头疼。法子忙的时候曾让母亲来家里帮过忙，可丈夫瑛士却不是很乐意跟法子的妈妈住在一起。虽然他什么都没说，但法子能看出来，母亲在的时候，他多少有些不自在。这倒也难怪，毕竟他们没有血缘关系。法子也是一样。她绝不是讨厌婆婆，但如果问她能不能跟婆婆一起生活，她会立刻回答"不能"。婆婆是家庭主妇，法子决定送孩子上保育园的时候，婆婆曾问她："为什么非要上保育园而不是幼儿园？"

蓝子出生前，法子从没感到过自己有"母性"。她对小孩不是很感兴趣，也不确定自己会不会疼爱自己的孩子。可一看到刚出生的蓝子，她立刻就感到孩子是那么可爱，连她自己都很惊讶。分娩后她疲惫不堪，可睡在婴儿床上的孩子实在惹人怜爱，只是睡觉时离开一晚也觉得漫长。

法子对婆婆说，没想到自己能这么疼爱刚出生的孩子。婆婆听了对瑛士说："你看，之前说想把孩子送去保育园，孩子一出生就想时刻跟孩子在一起了吧？我就知道法子会这样想。"

瑛士告诉法子后，法子不太高兴。婆婆仅用自己的眼光衡量事物，还把对孩子的疼爱和对自己生活的重视这两者混为一谈。也许，这只是她们上一代人的想法，可法子还是觉得不太舒服。

瑛士是法子情投意合的友人、恋人、丈夫。孩子出生之前，法子从未怀疑过这点。但那天，瑛士的话刺伤了法子。把婆婆的话告诉法子后，瑛士有些窘迫地笑了笑说："如果你想尽可能多地陪伴孩子的话，辞掉工作也没事，我不介意。"

为什么辞掉工作、为孩子献出宝贵时间的总是女性？法子常听朋友、女性同行、媒体讨论这个问题，没想到自己也有真心发问的这一天。

丈夫和婆婆一定不记得这件事了。

忙不过来的时候，法子请婆婆来过一次。接送孩子、料理家务后，婆婆自言自语："在大城市养孩子真费劲啊。"从那以后，她没有再对蓝子上保育园的事发表意见。

瑛士不仅帮忙带孩子，在找保育园的事上也出了不少力。瑛士虽然今天没来一起办申请手续，但其他活动他一般会尽量参加。可是，如果找不到托管蓝子的地方，瑛士和婆婆会说出什么"真心话"，法子就不知道了。自己如此畏首畏尾，可见心理状态不佳。

法子站起来，拖着沉重的脚步走向楼梯。在她后面等待的人沿着墙壁排了很长的队伍，个个都愁眉苦脸。

来之前法子就心情郁闷，现在更郁闷了。在通往楼梯的通道里，法子看到了刚才在自己身边办手续的那对年轻夫妇。他们万念俱灰地看着彼此，小声讨论着该怎么办。丈夫小声抱怨："没想到，竟然哪儿都进不去。"他穿的羽绒服衣角断了线，怀中的婴儿扭动着头。

法子突然想起了秋天时与丈夫一同参观过的一所非认可保育园。

保育园在一栋办公楼的里面，没有院子。

"这边是零岁婴儿的房间，这边是两岁孩子的房间。"听着工作人员介绍，法子在一个房间的门口停下了脚步。不知为何，那个房间给她一种异样的感觉。那是三岁孩子的房间，里面堆满了蓝子喜欢的玩具、绘本，也很宽敞，却莫名让人觉得昏暗压抑。仔细一想，才发现这间房子没有窗户。保育园的工作人员也意识到了这个问题，在墙上挂了很多动物的绘画，尽量让房间看着亮堂，可还是多少显得压抑。

如果进了这家保育园，蓝子应该要待在这间屋子里吧。

"三岁的孩子，我们园只招五个。保证屋里随时有一至两名职员在场。"

回家的路上，法子对瑛士说，那间屋子让她感到多少有些不安。

"两个职员都在场时还好，只有一个人的时候，又没窗户，说难听点，就算体罚孩子也不会有人发现。"

法子是真的担心，可瑛士似乎并不理解，笑了笑说："不会的，你想多了。"

法子他们也申请了这家非认可保育园。虽说没有窗户，但离家近，没理由不申请。

也许是想多了，可还是忍不住担心。法子知道那时自己为什么会那样想。

你是不是希望我已经死了。

你肯定很担心合宿时认识的那些孩子吧？刚才你不是问我把他们怎么了，弄到哪里去了吗？

虽然已经过去四个月了，可跟田中美夏对话时，那种仿佛被推入万丈深渊一般的颤抖和战栗至今没有消失。这个案已与自己无关，她没必要，也没资格继续纠缠这件事。可在那已被封锁的"学校"里，孩子们的身上到底发生了什么？法子越想越心痛。她的心依然被那件事纠缠着。

回到银座，去事务所的路上，法子的心情还是没有恢复。马上又要投入工作了，可头脑仍被私事占据，法子对自己有些失望。她仰起头想转换心情，突然发现事务所的大楼门口的电梯附近，站着个形迹可疑的人。

是一个男人，穿着破旧的卡其色短外套，个子很高。一开始，法子以为是个老人。可走近一看才发现，对方脸上几乎没有皱纹，年纪应该不大，是消瘦的身材和寸头显得年老。男人盯着电梯旁的导览牌反复查看，时不时歪歪头，一副迟疑的样子，好像在犹豫要不要上电梯。

法子突然觉得，这个男的可能是想去他们的事务所，看起来好像遇到了什么麻烦。虽然这只是法子的直觉，毫无依据，但这个男人给人的感觉和法子接待过的那些烦恼缠身的客户很像。

今天没有新客户约法子谈案子，这个人可能是来找山上所长或其他律师的。贸然搭话可能会被认为多管闲事，法子只能与之保持适当的距离，暗中观察他的行动。

突然，又走来另一个男人，手里提着一个纸袋。那是附近的和果子店的纸袋，可能是刚买来的伴手礼。看到这个人长相的瞬间，法子"啊"的一声叫了出来。清秀的双眼、小鹿一般的神态，就是那个在未来学校的东京事务局给法子端茶、在电梯旁目送她离开的青年。

法子惊讶地停下了脚步，正想着"怎么是他？"，电梯前那个男的突然转过身看向法子，刚才的青年也随着把头转了过来一起看了过来。两人既不像父子也不像友人，先后转头的动作毫无默契。

双方目光相遇，最先朝法子走来的是那个青年。

"啊，您好。"

青年声音爽朗，和法子记忆中初次见面时的印象一样。这个干净漂亮的青年，最近想必经历了不少，可还是一副对世上的"恶"一无所知的神态。法子很"佩服"这个青年的毫无常识，在没预约的情况下就找上门来，还这么大方地跟自己打招呼。

事出突然，法子吓了一跳。青年身旁的男人一脸惊愕，眼睛瞪得大大的。

那个男人问："您是近藤法子吗？"

他好像很紧张，声音很小。

法子表情严肃地回答："我是。"

男人眯起眼睛，就像在看什么耀眼的东西那样。

法子正疑惑男人在看什么，就听他说道："我叫冲村滋，您还记得我吗？"

这次轮到法子瞪大双眼了。冲村小心翼翼地行了个礼，就像不知如何控制自己那纤瘦的身体似的。

"小时候，我们见过……"

"你是小滋……？"

法子脱口而出。说完，又有些后悔，不应该这么轻易对这两人放松警惕。

冲村滋的表情一下子明朗起来，又欣喜又温柔地微笑着。法子再次瞪大了双眼。

"是的，我是小滋，好久不见。"

看到他天真无邪的笑容，法子紧张的神经一下子松弛了下来。他那双淡灰色的眼睛毫无遮掩地直视着法子。

"法子，我想请你帮忙辩护。"

听到冲村滋这么一说，法子的心中咯噔一下。

"我本想先打电话联系你，可怕你不见我，就……"

原来是因为担心法子避而不见，所以他们才没打招呼就直接来了。法子把两人带到了事务所的会客厅。她庆幸今天为了申请保育园，上午没安排其他工作。山上所长也在场，法子请他一同会客。法子从没跟山上说自己参加过*未来学校*的合宿，趁着山上还没见到冲村滋，法子简单地跟他说明了一下。就算有可能会被责怪将这件事隐瞒至今，法子还是希望山上跟自己一同去会客。她觉得，自己单独处理冲村滋的诉求风险有点大。他们不远千里上门拜访，一定是有什么重要的事。

接手吉住夫妇的案子时，法子没有向事务所坦白自己去过*未来学*

校。为此，她很诚恳地向山上所长道了歉。听法子向他坦白时，山上所长并没有表现得很惊讶，可法子提到她小时候见过田中美夏时，山上露出了吃惊的表情。尸骨的身份确定后，媒体大肆报道了关于田中美夏的事，虽未通报实名，却详细介绍了她在女孩死亡后转去了北海道，现在是**未来学校妇女部部长**。

"这个请您收下。"

一进会客厅，东京事务局的那个青年就拿出一个纸袋。确实是附近和果子店的纸袋。可能是来到这边后，突然想到该买点伴手礼。看来他们果然是有事相求。

"您太客气了，谢谢。"

法子振作起来，接过了礼物。青年说自己名叫"砂原"。

冲村滋正襟危坐，望着法子的眼睛说："法子，我想请你帮忙辩护。"

"让我来辩护？"

"法子"这个称呼令她莫名感慨。冲村的语气虽然不像小时候那样亲昵，但也并不像初次见面的陌生人那么疏远。

这很符合法子对他的印象。就算只是小时候见过几面，他也相信彼此的联系依然存在。这是种过于乐观的想法——法子还记得**未来学校**的孩子身上这种特有的单纯。看到他们没被社会"污染"，法子又担心又欣慰。小滋还记得法子，那个美夏早已忘记的法子。这令法子感到意外。

山上所长问道："辩护……是指成为**未来学校**这个团体的代理人吗？可**未来学校**应该有自己的专属律师吧？"

尸骨被发现后，**未来学校**的代理人——一位戴着眼镜、看上去经验丰富的白发律师经常上电视。新闻里说他是**未来学校**的会员，可办理吉住夫妇的案件时，那个人从未出过一次面，这令法子很不满。虽然最终找到了圭织，但他们并没有得到团体的认真对待。

"是的，未来学校有专属律师。"滋点了点头，又立刻摇了摇头，"辩护的对象不是未来学校，而是田中美夏。"

法子几乎停止了呼吸。

这是她不想再听到的名字。田中美夏在东京事务局的走廊上说的那些话，伴随着痛楚再次出现在她的脑海。

法子身旁的山上大吃一惊，问道："是要打官司吗？"

"是的，她被起诉了。对方已经把起诉通知寄来了。"

回答的不是滋，而是旁边的砂原。

尸骨的身份确认后，再次掀起了媒体报道的热潮。既然死者是在内部生活的孩子，那隐埋真相的一定是学舍的那些成年人。媒体争相采访曾在未来学校生活过的人，菊地贤就是其中之一。他积极接受采访，还经常以专家的身份出现在新闻访谈类节目中。

尸骨身份虽得以确认，可井川久乃的死因却依然不明。大多数媒体认为，她的死应该是他杀，议论也被引向那个方向。

媒体的猜测五花八门，有的说是体罚致死，也有的说是由于严酷的虐待。一开始，怀疑凶手是未来学校的"老师"的意见占绝大多数，可从某个时刻开始，风向突然开始转变。

和井川久乃一同生活过的未来学校的前会员们透露，井川久乃曾被其他孩子孤立过，暗示她遭到了校园霸凌。这些提供证言的会员大多是在"瓶装水事件"后离开未来学校的人。小学五年级的夏末，久乃从档案上"消失"，那时，她似乎已经被孤立了。

"她性格有点霸道，经常扰乱和谐。头脑很聪明，但在问答时常说出让老师和同学困扰的话。"

"硬要说的话，她其实属于欺负别人的那类孩子，而不是被欺负的。她对大家的态度太恶劣了，导致最后被疏远了。"

"那年夏天结束的时候，大人们因为参加研修集体离开了**学舍**，只有孩子们留下看家。在那之后，○○和久乃两个人去了北海道。我们也不知道详情。"

"最后那段时间，和久乃最不对付的就是○○了。我以为她们俩犯了什么错，所以被一起'发配'到北海道去了。我做梦也没想到，久乃居然死了。"

"成年人都不在的那段日子，学舍的一切活动都由孩子们自己操办。久乃很任性，○○看不过去，让久乃进过**自习室**。"

那些自称了解当时情况的"相关人士"纷纷爆料。

"○○她……"

"○○她……"

"○○她……"

"○○她……，一定知道发生了什么事。"

报道时，美夏的名字虽然被消了音。可井川久乃离开静冈的学舍时美夏去了北海道的事，美夏现在仍留在**未来学校**的东京事务局做妇女部部长的事，都被大肆报道。

媒体上开始讨论，在特殊环境下孩子们之间是否发生过什么矛盾或事故。接受采访的前会员异口同声地表示，至少自己什么也不知道。仿佛是在暗示，只有现在仍在团体内部的人才知道真相。

看了这些报道，法子的心情很复杂。无论是从法律上，还是伦理道德上来看，**未来学校**的一些做法都很有问题。

首先就是让孩子们独自留下看家这一点。接受采访的人虽然说得轻描淡写，但如果真有此事，**未来学校**未免太不负责任。不过，**未来学校**这个团体本来就贯彻大人不应介入孩子们的生活的理念，认为这样可以培养孩子自主性。他们能做出这样的事倒也不是不能理解。

据一部分前会员说，那段期间成年会员之所以离开，是因为**未来**

学校准备创设继静冈、北海道之外的新学舍，他们都去视察了。一般来讲，这种情况应该会留几个大人照顾孩子，可未来学校很可能以"相信孩子"为名，故意将孩子们留下。法子十分清楚那里的成年人有多么"相信孩子"。可见前会员们所言不假，肯定是有一段时间大人们放弃了监护责任，离开了孩子们。

媒体还专门介绍了自习室的相关情况。媒体揭露未来学校里特别设有一间屋子，专门用以自省。有时，身边的人会劝当事人自省。这种情况下，当事人不可以擅自离开。专家、评论员对这种做法持批判态度，认为这是一种体罚、私刑。未来学校的代理人则表示，这只是过去的做法，偶尔在大人间实施，从未对孩子实施过，并且现在已不再实施。

可孩子们很容易受周围大人的影响，那个夏天，孩子们很可能自发使用了自习室。久乃的死到底是刑事案件，还是意外事故呢？也许是孩子们发生争执，导致井川久乃不幸死亡，大人们回来后千方百计地隐瞒了此事。

也有媒体怀疑，井川久乃因被其他孩子孤立、欺凌，痛苦之下选择了自杀。很多前会员都表示，即便是自杀或者事故，未来学校也不应掩盖真相。菊地贤也是这样认为的。他说，自诩以理想方式教育孩子，需要靠大肆宣传拥有纯净的水来赚取资金的团体，只能选择掩盖此事。如果是杀人事件，就更不能让外界知道了。当然，这不过是将所有证言联系起来后得出的推测。尸骨的死因不明，无法判断受害人究竟是死于自杀还是他杀。

妇女部部长田中虽身处风口浪尖，但事发当时她毕竟只有十一岁，就算她真的跟井川久乃的死有关，也无法追究其刑事责任。

不管久乃的死是不是刑事案件，距离事件发生已经过了三十年，超过了追诉期。警察虽还在调查，但没有事件相关者被逮捕的消息。超过追诉期的案子，警察不会深入追究。

可明知未来学校与此事相关，却不追究其罪责，很多人表示无法接受。井川久乃的妈妈井川志乃就是其中之一。尸骨的身份确定后，她作为死者母亲接受了采访。她伤心欲绝，虽然脸没有出镜，但握着手绢的手在不停地颤抖。

她一边擦眼泪一边诉说心中的悲痛："我以为，女儿只是跟我断绝了母女关系。我想，正因为她长大了，自立了，生活幸福，才无法跟我和解，才不想见我。我拼命告诉自己，女儿已经不需要我了，可没想到……怎么会这样！他们为什么要骗我！"

据周刊杂志报道，井川志乃是静冈县当时颇有影响力的县议会议员的情妇。那个议员有妻有子，久乃是他的私生女。他自己也知道有久乃这个女儿。

根据井川志乃当时的邻居说，井川志乃非常重视孩子的教育。未来学校有一些被称为"山麓的学生"的会员，他们平时不住在学舍，井川志乃就是其中之一。她积极地向身边的人宣传未来学校的教育理念，称赞那是划时代的、符合时代潮流的。有时还把未来学校贩卖的泉水分给邻居，告诉邻居"这可是好东西"。除此之外，她还很关心环境问题，积极参加志愿者活动，比如让邻居签名支持环保活动，组织捐款帮助遭受自然灾害的人……了解她的人都认为她是那种"觉悟很高"的人。

久乃只跟志乃一起生活到三岁。邻居们说，本以为志乃会让久乃上附近的幼儿园，没想到她突然把孩子送去了未来学校。有一个人半遮半掩地告诉记者："她肯定是不想输给那人的合法妻子。妻子的孩子上的是知名大学的附属幼儿园，志乃也想送久乃上那个幼儿园。但○○议员希望两个孩子不要上同一所幼儿园或是其他学校，她很生气。可她又不想让孩子上普通的幼儿园。可能对她来说，认真选择是很重要的吧。"

志乃把久乃送入未来学校后，立刻跟一起做环保的男人结婚了。"井川"这个姓氏是久乃从未见过的继父的姓。不久后，志乃和新丈夫生了一个儿子。自从有了新的家庭，志乃就不再频繁探望女儿。与久乃同母异父的弟弟没有去*未来学校*，幼儿园和中小学校都是在家乡上的。

关于此事，志乃这样说："我也考虑过把久乃接回来住，但她不乐意，说不知该怎样跟新爸爸和弟弟相处。我也想有朝一日能跟她一起生活，可*未来学校*那边突然告诉我久乃去了北海道。那时，丈夫的事业刚刚起步，我也很忙，没能很快去见她。我问*未来学校*的人今后还能不能随时见孩子，他们说当然能。但我真想见久乃的时候，他们却告诉我久乃不想见我。他们说，久乃无法原谅我只顾自己，要跟我断绝关系，永不再见。我非常悲痛，甚至想过自杀。没想到……"

采访画面中只能看到志乃下巴以下的部分。她握着手绢，爬满皱纹的手上戴着一个镶嵌着绿宝石的戒指。因为那个戒指，很多人批判她"连接受采访都不忘精心打扮"。

"可结果，批判我'只顾自己'的和说想跟我断绝关系的竟然都不是久乃，都是那个团体的人肆意编造的。想到这点，我真是又恨又伤心。他们竟敢如此拿他人不当回事。久乃真是可怜，她是被*未来学校*害死的。"

据周围人说，组建新家庭后，志乃对*未来学校*的兴趣大减。在其他人看来，志乃把孩子送走只是因为嫌弃孩子是"拖油瓶"。

一些好事的人评价说："她很体面地把孩子赶了出去，为的就是彻底结束婚外情，好开始新生活。"

当然，这些报道不一定属实。但有一点是肯定的，那就是她在女儿的尸骨被发现之前，从未积极寻找过女儿的下落。井川志乃表示，警察联系她是因为发现久乃的户籍档案上没有后续记录，找到她做 DNA 鉴定。鉴定后才确定死者就是她的女儿。

她一再表示自己不是对女儿不管不顾，只是被*未来学校*骗了，但是人们对这样的母亲颇有微词。法子在电视新闻里看到她不愿露脸，遮遮掩掩接受采访的样子，就觉得她这样可能会引火烧身。果不其然，对她的诽谤中伤在网上迅速蔓延了开来。

人们议论纷纷："抛弃孩子的家长，有什么资格说那些话。""女儿死后立刻装出一副受害者的姿态，说女儿可怜，真是'聪明'。""把女儿送到那种地方不管不顾，就等于害死了女儿。"

明明一直放任不管。

人们对井川志乃的批判，与田中对法子说的那句话不谋而合。

接受采访时，久乃的母亲虽然没有露脸，但确实也能看出她打扮得很精致。还有她那感情充沛的说话方式、积极接受采访的态度，都引起了非议。对于早已被忘却的孩子，她那悲痛的姿态似乎有些夸张。正是这些地方，让法子感到了潜在的危险。她有家人，也有社会立场，对此事不应说太多。

法子很好奇她的家人会怎么想。不久后，一个男人——应该是她儿子——出现在了她的身边。这个男人似乎想保护母亲，挺身站出来，态度坚决地说："我们考虑走法律途径。"

"我知道我有一个姐姐，母亲说跟姐姐分别令她十分痛苦，她一直希望找到姐姐，请求姐姐跟她见面。没想到姐姐的死竟被隐瞒了这么久。未来学校深深地伤害了我们一家。还我姐姐！姐姐久乃一定是被未来学校的相关人士给害死的。"

法子看得瞠目结舌。这个男人毫不犹豫地称素未谋面的久乃为姐姐，用和母亲一样的口吻控诉未来学校。

法子一直站在第三者的角度默默关注此事，觉得这些事即使闹上法庭也不奇怪。久乃的家人一开始可能没打算把事情闹大，可有些事一说出口就收不回去了。对此，法子有些担心。

警察不会大力调查已经过了追诉期的案件，如果追责的话，只能向**未来学校**要求民事赔偿。山上所长询问砂原，他们说要打官司，是不是这个意思。

砂原点了点头说："对方有两个的要求。一个是，要**未来学校**作为团体支付由过失致死、遗弃尸体造成的精神损失费等赔偿金；另一个是，要妇女部部长田中美夏支付与杀人事件相关联的各种损失费。"

"杀人"这个罪名的冲击力令法子屏住了呼吸，她默默地看了看砂原和滋。

坐在旁边的山上所长说："可……井川久乃的死因还无法判定是不是他杀。"

"是的。但对方一口咬定，从当时的状况来看就是田中杀的，把她告上了法庭。"

"请等一下，"法子忍不住插嘴，"当时田中只有 11 岁，就算她真的杀了人，也不承担刑事责任。而且死因也尚未确定，无法断定就是她杀了人。"

砂原说："**未来学校**的顾问律师深田说，对方可能是故意找麻烦，还说能感觉到他们很愤慨。"

法子无言以对。

"针对**未来学校**的诉讼也是一样。他们知道罪名很难确立，但还是觉得不打官司难解心中的愤恨。"

法子继续沉默。

法子确实也觉得**未来学校**应该为过失致死、掩盖真相负责。如果真像报道里说的那样，久乃是在**学舍**里没有成年人的情况下遭遇了不幸的话，就是**未来学校**的重大过失。可美夏到底和那件事是什么关系还不得而知，断定久乃死于他杀也为时尚早。

"也许是为了弄清真相？"

法子抬头一看，说话的原来是滋。所有人都看向了他。

滋柔和的表情中带着一丝困惑，向两人耸了耸肩。

"我觉得他们是想知道真相。和久乃同时离开学舍的美夏一定知道什么，跟久乃一定发生过什么，媒体一直是这样报道的。"

滋慢慢地看了看在场的其他人。

"他们可能觉得，只要以杀人罪起诉美夏的话，她就会说出事情真相。我想，他们也明白杀人这个罪名应该无法成立。"

"谁在帮井川辩护？"

"是一位叫片冈雄太郎的律师，人权派律师。是他主动联系井川的。"

法子没听说过这个名字。如果是那个律师自己联系了井川志乃，那这个对手可就有点麻烦。"人权派"这个称谓也令人有些望而生畏。他在乎的可能不是胜败。他主动联系井川，或许是因为他认为有必要促使世人思考这些问题。看来这个人不一般。

山上问："深田律师不帮田中辩护吗？"

"是的，"砂原回答，"他说，同时帮团体和田中个人辩护可能有利益冲突。帮团体辩护过失致死罪时，田中的立场可能会变得比较微妙。"

法子和山上同时吸了口气。

法子开口问道："也就是说，*未来学校准备把致使久乃死亡的责任推到美夏身上吗？*"

她觉得自己的声音听起来很陌生，身体由里到外发凉。

砂原的表情没有变化。

"深田律师不是这个意思。不过，今后需要一个不管团体作何主张，都只为田中的利益考虑的律师，这才是为田中好。我想这应该是深田律师的本意。"

随着对话的深入，法子的头脑清晰了起来。

虽然她没见过深田，但理解深田的意思。

未来学校一方确实有可能在法庭上编造出一个能把责任全部推给田中美夏的故事，可反过来说，美夏也可以用同样的方法——把团体塑造成恶人，追究其过失致死的责任，用以撇清自己。确实，这是优先考虑团体利益的顾问律师所做不到的。听说深田是未来学校的会员时，法子就起了戒心，没想到他处事这么冷静。

砂原的眼神依然平静沉着，他继续说道："我们也很混乱，正全力调查井川久乃的死因。参与了此事的人，有一些已经脱离了组织，深田律师当时也不在静冈学舍。其实，知道此事的人并不多，当时身在静冈的大部分人都不知道久乃死了。"

法子惊讶地问："你们承认尸体是自己埋的？"

砂原刚刚不小心说出"参与了此事的人"，这不是等于承认埋尸体的是他们吗？

砂原露出一个稍显意外的表情，犹豫了一下后，肯定地点了点头："是的。"

法子惊讶到合不拢嘴，山上倒表现得波澜不惊。但是，室内的空气明显紧张了起来。

砂原继续说："这些都是我出生前发生的事，我也是刚知道不久，但事情确实是那样。井川久乃死在了学舍，很多人担心未来学校会因此关闭，就把她埋在了那里。这都是事实。团体里确实有参与过此事的人。"

砂原说得过于轻描淡写，听了他的话，法子甚至感慨他不愧是在未来学校长大的人，简直超乎常人的想象。他们过分纯真，仿佛活在理想世界；不管对方会怎样看待自己，都坚持事实就是事实，并眨着没有一丝阴影的眼睛承认事实。

　　他似乎没有意识到自己也是*未来学校*的一员，也同样处于被批判的立场。即便他没有参与过掩埋，当时尚未出生。

　　看来他的成长环境不错。这让法子觉得这很讽刺，*未来学校*那种特殊的环境能不能算"很不错"？法子不知道。可那里确实能培养出不知何为恶意的心灵，以及对理想坚定不移的精神。她有些愧疚，觉得自己不应该有这种想法。

　　砂原明知团体遗弃并掩埋了尸体，还赞同团体的教义，即使被人诘问怎么还不脱离团体，也一定不会在意。在他心中，这和那是两码事。他赞同的是与掩埋尸体无关的那部分教义，还要把那些教义贯彻到底。

　　山上严肃地问："是有人明确承认自己掩埋了尸体吗？"

　　"是的。那个人起初连深田律师都没有告诉，前一阵子尸骨的身份确认后，那个人就告诉了我们。参与此事的中心人物已经去世，很多人是在他的指挥下参与掩埋的。"砂原抬了抬眼，继续说，"久乃的死据说是事故。大人们视察回来的时候，她已经死了。"

　　山上问："此事的中心人物是指……？"

　　这关乎事件的本质。

　　砂原语气平静地回答："是当时的幼儿部校长，一个叫水野幸次郎的人。正如报道所说的那样，那个夏天，大人们为视察离开了*学舍*。小学部、初中部、高中部由孩子们自治，只有幼儿部留下了几个大人。可那段时期，幼儿部的大人也选择不介入孩子们的生活。当时的幼儿部校长水野老师表示没能注意到孩子们之间发生的事，是自己的责任。事件如何处理也都是他决定的。"

　　砂原还介绍水野幸次郎是有名的日本画画家，*未来学校*创始人之一。

　　"我上幼儿部的时候校长也是水野老师，决定掩埋久乃的尸体，并把田中美夏调到北海道去的就是他。"

"久乃身上没有外伤吗？"

"参与的人都说没印象了。既然没印象，应该就没有什么明显的外伤或出血吧。"

"参与的人"这个说法令法子有些在意。参与什么的人？这句话里没有宾语，是参与了掩埋尸体，还是参与了隐藏真相？可能因为加上宾语过于露骨，他说不出口。砂原没有透露参与掩埋尸体的大人的名字，却说出了中心人物水野的名字，可能是因为水野已经不在人世。

"井川久乃具体是死于怎样的事故呢？"

"可能是脱水之类引起的身体状况突变。"

山上歪头问道："可以说是病死的？"

砂原点头回答："是的。但因为死时没有大人在场，水野老师将其定义为'事故死亡'——也就是大人们不在的期间发生的重大意外事故。"

法子想，原来他们知道这属于过失致死啊。久乃死于大人们的监护不当，正因为明白这点，他们才害怕事情败露后自己会被追责，选择了隐瞒事实。

山上又问："水野老师没有告诉大家具体的死因吗？"

"没有。"

法子问道："当时，让孩子们自己生活了多长时间？"

砂原迅速回答："三天。三天两晚。"

"很多人推测那几天孩子们之间是不是发生了什么争执。会不会是田中或其他孩子，把井川久乃带到自习室里进行了体罚。"

法子很清楚学舍里有自习室。那年夏天，自己班上的幸子老师就进过自习室。当时，法子听到大人说该去看看自习室里的幸子老师怎么样了。他们的语气有些无可奈何。

有人主动进入自习室，也有人被他人命令进入自习室。如果孩子们把久乃关进自习室后忘记放她出来的话，就有可能造成脱水。

法子问砂原："孩子们有没有把久乃关进过自习室，导致她脱水而死？"

"不知道。当时参与的人都说只是遵照水野老师的指示做了事，具体情况不清楚。"

"田中说过什么吗？"

"她说……是自己杀的。"

空气中的紧张感到达了顶峰，紧绷的弦似乎随时都有可能断掉。一直泰然自若的山上都把眼睛瞪圆了。

法子不知该说些什么，只是看着砂原。砂原也不知如何是好，从未惊慌失措过的他，第一次露出了求助的神情。

砂原看着法子说："当时，那些大人们都说那是不可能的，说那一定是事故。但田中却一口咬定就是自己杀的。她说，她只对水野老师说过，水野老师为了包庇她，认定此事为事故。"

法子总算明白了，为何砂原和滋会来找自己。

田中坚持说是自己杀死了久乃，这可能会对未来学校造成负面影响。对未来学校来说，必须把久乃的死认定为事故，因为孩子们之间发生的"杀人事件"会给未来学校的理念带来重创。虽说未来学校规模不大，但作为一个团体，他们一定不希望自己的形象受到损害。毕竟，现在仍有孩子在那里生活。法子忽然意识到，美夏自己的孩子似乎现在也生活在未来学校。

"我……"砂原第一次说着说着停了下来，"那个……我觉得田中没有把真相说出来。"

他的声音听起来很痛苦。

"怎么说呢，"他的话语变得细碎，"她故意说自己杀了人，可能是希望得到惩罚。我想……可能发生了其他什么事。她跟久乃好像是同班同学，难以相信久乃是她杀的。"

他会这样想，是因为他一直和田中在东京事务局共事吧。法子本人也觉得，不能接受这个说法。连久乃是不是他杀都尚未确定，她为什么偏要说是自己杀的呢？

无法理解。

砂原说，田中"可能是希望得到惩罚"。这句话深深地印在了法子的心里。

这和我们无关。

法子想起，她第一次询问田中尸骨的事时，她曾这么冷冷地否认了。但是，当时她的心里究竟是怎么想的？

"她有没有说她是怎样杀的人，动机是什么？"

"她说她们发生了冲突，她一时冲动把久乃推了下去。可追问她把久乃从哪里推到了哪里，她又改口说是用手掐死的。她承认自己是故意杀害了久乃，可具体怎么做的就说不清了。真相是什么，她既不告诉我们，也不告诉深田律师。"

"就这样交给我辩护吗？"

这超出了法子的能力范围。

虽说法子是律师，可她的工作大多与离婚、遗产、公司破产后的事务手续相关。即使处理过刑事案件，杀人事件可是一次都没接过。

"不是田中让你们找我的吧？田中不知道今天你们来找我了，对不对？"

"是的。不过……"

砂原有些支支吾吾，看了看滋。

滋小声说："我想，如果是法子的话，她没准儿会说。"

他低着的头抬了起来，直视着法子。

"我听砂原说，你去过未来学校。就在那之后，美夏被起诉了。我觉得美夏可能会对你说出真相，就跟砂原商量来找你了。"

"为什么是我？我……"

因为滋还是用小时候的称呼叫法子，法子差点儿忘了山上所长也在场，语气有些激动起来。她慌忙压低声音说："田中说，她已经不记得我了。她是绝不会把真相告诉我的。很抱歉让你们白跑一趟。"

你是不是希望我已经死了？

法子有些忧郁，不知应不应该把那天美夏对自己说的话和流露出的情绪告诉他们。只是参加过几次合宿，就自以为很了解她们，很了解"未来学校"。那天，法子那自以为是的态度被美夏批判得体无完肤。

对美夏来说，自己一定是最无法信赖的律师，甚至比不上深田律师或其他律师。

可滋和砂原的脸上却写满了意外，两人发出惊奇得有些不合时宜的声音问道："真的吗？"

"她肯定记得你。"滋说道，"你看，我记得你，你也记得我和美夏，不是吗？"

"但是，每年去合宿的孩子那么多……"

"确实每年都来很多人，但我们基本都记得。美夏也是一样的。对吧，砂原？"

滋看了看砂原。

一个疑问突然出现在法子的脑海中："冲村滋是怎么知道我是吉住夫妇的代理人的？"去未来学校的东京事务局拜访时，法子只对田中说自己曾去过未来学校，没对砂原说过。那他是如何告诉冲村这件事的呢？

"是的。"砂原点了点头，看着法子的眼睛说，"她记得你。你们回去后，她说'那个律师，合宿的时候和我们一起玩过'。"

法子双目圆睁，一时忘了眨眼。

砂原继续道："她还说，真怀念。"

田中的名字写作"美夏"。美好的夏天，美夏。

知道美夏名字含义的时候，法子的脑海中浮现出在未来学校度过的某个夏天的片段。就算这只是自以为是的感伤，忍不住会想起。

法子说："请让我考虑一下，要不要接这个案子。"

"明白了。"

砂原和滋没有继续说服法子，可能他们本来也不觉得法子会爽快答应。

"我和山上所长商量一下，尽快回复。"

山上点了点头。

"那就拜托了。"

砂原和滋深深鞠了一躬，片刻之后才把头抬了起来。

滋突然问法子："法子，你和久乃说过话吗？她每年都去给合宿的孩子帮忙。"

"……有一点印象。我们没交谈过，不过我听说过'久乃'这个名字。"

旁边的山上默默地看了一眼法子，似乎对法子不仅认识田中美夏，还见过井川久乃的事实感到有些惊讶。

其实，久乃给法子留下了很深的印象。

知道死者是久乃时，久乃便重新出现在法子记忆中。记忆中的她总是轻蔑地瞪着法子，说着法子的坏话。但是，那都是儿时的事了。那件事给法子留下的阴影和久乃的名字是连在一起的。久乃，这个名字并不常见，应该就是她。

法子没有把那些事说出来。因为如果说那件事，就要提到法子儿时对滋抱有的那朦胧的好感。两人从泉边走回学舍时，小滋牵着法子的手，对小滋朦胧的好感令法子心跳加速。可回去后，就被学舍的女孩们警告"小滋和美夏可是心意相通"，法子的美梦瞬间破灭。那些女孩，怎么总是对别人的情思和彼此的关系那么敏感呢？法子觉得自己好像被她们嘲笑了，很失落。

法子觉得久乃的做法很过分，性格跟久乃也合不来，但得知死者是久乃时，还是感到十分心痛。久乃的时间永远地停留在了童年。

"这样啊……"

滋若有所失地点了点头。看着他的表情，法子突然想到一个问题。

"如果我的辩护使未来学校的立场变得更糟的话，你们打算怎么办？如果田中继续坚持久乃是自己杀的，并表示自己早就想把这件事说出来，可被未来学校阻挠了，是团体一意孤行掩盖真相的话，怎么办？这种情况下，未来学校还会承担辩护费吗？"

她不认为现在的美夏有能力独立支付辩护费用。

田中美夏的证词很可能给未来学校造成麻烦。对未来学校来说，让顾问律师深田替田中辩护是最符合团体利益的，即便这样可能损害田中自身的利益。

滋干脆地说："我来支付辩护的费用，所以这与未来学校无关。"

他的语气突然变得很严肃，法子感到吃惊。

一旁的砂原慌忙补充："啊，他现在已经脱离了未来学校。严格来说，他已经不是我们的人了。"

什么？！法子异常惊讶地看向砂原，他只是轻轻耸了耸肩。

"冲村老师一直对我很好，直到现在我们依然保持着联系。忘了告诉您这件事，真是抱歉。因为你们俩认识，我以为您知道呢。"

法子又吃了一惊，一时竟不知该说些什么。她以为滋直到现在都是**未来学校**的一员。他被砂原称为老师这点，也令法子意外。法子只见过孩童时代的滋，没想到他在**未来学校**当了老师。可真正给法子带来冲击的，是被山上询问"你为何支付辩护费"之后，滋的回答。

"美夏毕竟是我前妻，孩子们的母亲。"

滋的语气出奇的平静。法子长长地吸了一口气，空气穿过鼻腔，到达喉咙。

法子一时语塞，过了一小会儿，声音干涩地问道："你们结婚了啊？"

法子有些混乱。

她努力回忆初次相遇时，美夏和小滋的样子——上高中的小滋和上小学的美夏。

那一年，小滋和美夏去法子的小组帮忙，两人一起冰镇西瓜，关系很亲密的样子。

小滋和美夏早就心意相通了。

久乃的声音浮现在法子的脑海中。

儿时所谓的"心意相通"或是"喜欢"一般持续不了多久。不知从何时起，法子不再对小滋感兴趣，连小滋的信都不回了。可小滋和美夏的关系却一直没变。

"是的，"滋点了点头，"不过已经离婚了。"

"美夏不是去北海道了吗？"

"嗯。我成年后决定留在未来学校当老师，申请去了北海道的学舍。在那儿和美夏重逢，不久就结婚了。"

他们的感情一直没变，这不奇怪。法子有些不好意思地看着滋，心想：未来学校虽算不上宗教组织，但确实是思想比较特殊的团体。在那儿长大的孩子，与价值观相同的人相恋、结婚是再正常不过的事了。久乃那时那么强烈地讨厌我，恐怕是因为我是外人。对她们来说，跟团体内部的人恋爱是关乎人生的大事。

"这样啊。"

法子努力挤出一句话。现在的法子倒不会因为对滋的憧憬而感到黯然神伤，只是不知道应该做何感想。法子的心情有些摇摆不定。

"你们分开，是因为你离开了未来学校吗？"

"嗯……是脱离未来学校在先，还是分手在先，不好说。"滋苦笑着犹豫了一下，"是因为我越来越想和孩子一起生活。"

法子一怔，仿佛被闪电击中一般。她突然想到，美夏的孩子仍生活在北海道的学舍。

法子小声念道："孩子。"

美夏的孩子是在北海道的学舍吗？法子很好奇，但不知道该问不该问。

滋笑了笑。虽然他已脱离了未来学校，可笑容里还是带着些不食人间烟火的味道。这很符合他的气质。

"嗯，孩子。"

"你们现在一起生活吗？"

"我和老二一起生活。老大跟了美夏，现在还在北海道。"

法子感觉自己好像被什么东西击中了头部。她意识到，自己一直默默地期盼着美夏能和孩子生活在一起。法子多么希望孩童时代孤单寂寞的美夏，能够设法阻止孩子重蹈覆辙。

可能，这也只是自以为是的感伤，但法子知道孩童时代的美夏多么孤单。第一次去未来学校时，同组的小朋友对法子说过的话，突然出现在法子的脑海：

> 对我们来说，和父母住在一起是天经地义，可这只是我们的想法。如果把我们的想法强加在他们身上，擅自认为他们寂寞、可怜，对他们不是很失礼吗？

法子也回想起了，听到这段话时身体发冷的感觉。这么多年来，自己的想法依然没有改变吗？

法子不知该说些什么，只能继续沉默。

滋继续说道："在未来学校，孩子出生后的第一年可以跟父母一起生活。老二马上要离开父母进入学舍时……我却不想放手了，就跟美夏说，想一家人一起离开未来学校。其实，姐姐要进学舍时我就想离开了……"

听到滋提到"姐姐"，法子意识到他们的第一个孩子是女孩。

滋悲伤地摇了摇头："可美夏说，她不能离开未来学校。"

"所以你们就离婚了？"

滋露出一个寂寞的微笑："是的。我想把老大也接到身边，可美夏说她已经适应了未来学校的环境，我们自作主张把她带出去，对她不好。她还说小遥害怕下山，虽然我并不这样认为。"

"小遥"一定是老大的名字。

滋的脸色略显阴沉地说："我觉得，害怕下山的不是小遥，而是美夏。她只知道未来学校里的生活，不知道如何在外面的世界生存。不过现在再看，她可能是放不下自己孩童时代发生的那件事吧……"

"你过去就知道久乃的事了吗？"

法子单刀直入地问，其实她早就想问了。

屋里鸦雀无声，滋摇了摇头，说自己并不知道。

"小学部出事后，美夏突然转去了北海道，当时我就很震惊。在学舍，如果有大人调动去别处，一般会开个送别会什么的，可美夏走的时候什么都没有。我当时在高中部，知道消息的时候美夏已经走了，连句再见都没说成。我想，可能所有人都没来得及跟她道别。"

看来美夏转去北海道的事，是大人们暗中操作的。

滋轻轻叹了口气："我以为长大后去北海道就能见到美夏，听她说出真相了。没想到，即便我们结了婚，成为家人，她依然什么都不说。"

法子感到很心痛，因为美夏甚至不告诉滋发生过什么，也因为追随美夏去了北海道的滋实在太纯真。长大的过程中，不只法子，大部分人都忘记了初恋的感觉，忘记了专一的感情，可是滋没有。可能因为，那是他们全部的世界。

法子又问道："美夏去北海道的那几年，她的父母身在何处呢？"

法子很好奇，让小时候美夏许下"想一起生活"愿望的父母是怎样的人呢？他们的存在感太薄弱了。

"他们在静冈，住在大人们的学舍。在学舍，大人和孩子住在不同的地方，大人们从事很多活动，比如水的生产和农耕。美夏的父母主要负责教育、发展'山麓的学员'。为了举办各种集会，他们经常奔走于全国各地，但平常住在静冈。"

法子的心被刺痛了，原来美夏和父母离得并不远。法子知道未来学校要求父母和孩子分开生活，但听了滋的话，她第一次明白了那是怎么一回事。法子去过孩子们父母工作的瓶装水工厂。美夏和父母住在同一个生活圈里，离得那么近，却还是无法相见。

"她父母没跟她一起去北海道吗？"

"是的，他们没去。"

"他们现在在哪儿呢？"

"现在在北海道。静冈的学舍解散后搬过去的。"

法子开始计算矿泉水事故发生的年份，以及那一年美夏几岁。其实不用多算就知道，美夏跟法子同岁，瓶装水出事的时候，法子大学毕业。也就是说，美夏父母去北海道时，美夏已经成年了。小时候，美夏从未跟父母一起生活过。

"去北海道之后，美夏的父母和她一起生活过吗？"

法子不知道未来学校里大人们的生活情况具体是什么样的。如果大人们过的是集体生活，成年后美夏是否可以和父母一起生活呢？

滋摇了摇头："虽然他们离得不远，但美夏的父母是老师，和美夏不住在同一个宿舍。美夏的妈妈百合子，现在在北海道学舍的小学部当校长。"

"百合子"这个名字法子从没听说过。

"她的爸爸慎二在中学部当老师，两人的宿舍跟美夏的不在一起。只有新年的时候，一家人才能团聚，这是规定。结婚后，我也跟他们一起生活过。"

"这样啊……"

"一家人一起生活"和"规定"这个词连在一起，听了令人伤心。只是新年时在一起住几天，滋却称之为"一起生活"。法子觉得这个用词不准确，可滋一定不会理解，这让她很难过。

去北海道之后，美夏的父母可能会当着长大成人的女儿的面照顾别的孩子。法子想起小时候去未来学校合宿时，小坂由衣的妈妈突然从由衣的"妈妈"变成大家的"老师"的那个瞬间。美夏一直期盼能和妈妈一起生活。长大成人后，妈妈在自己眼前作为"老师"照顾别的孩子，和别的孩子在一起生活。看到这些，美夏是怎样的心情呢？

"美夏的父母在加入未来学校之前，曾一起经营一家保育园。"

"保育园？"

滋的话锋突然一转，法子吓了一跳。"保育园"这个词和现在的法子关系太密切了。今天早晨来事务所之前，法子还在为保育园的事烦恼。

滋当然不知道这些，只是淡淡地说："是的。那时，人们还没有像现在这样重视保育园，私立保育园非常少。但他们说，当时是为了帮助附近的孩子办的。他们经营保育园的同时，经常参加各种跟儿童、教育有关的研究会，就是在那些研究会上知道了未来学校。他们十分赞同未来学校的理念，便关闭了保育园，加入了未来学校。美夏就是那段时期出生的。"

"美夏有兄弟姐妹吗？"

"没有，是独生女。"

山上问："关于这次的事件，她父母有没有说什么？他们知道美夏小学时从静冈转去了北海道吗？"

就算山上不问，法子也会这么问。

去北海道之前，美夏没能和其他孩子道别，那跟父母呢？她有没有告诉父母，自己和久乃之间发生了什么？如果他们那时有过交流，她的父母会对她说什么呢？

听到山上的疑问，滋看了看身边的砂原。

砂原回答："她父母好像知道。"

所有人再次屏住了呼吸。

"但他们说，田中美夏没有杀人。水野老师只告诉他们，久乃死于事故，田中只是偶然中发现了久乃的尸体。因为田中深受打击，所以校方提议让田中转去北海道时，田中的父母便答应了。他们还承认自己也参与了埋葬久乃的事。"

埋葬。

听到这个词，山上的肩耸了起来，法子也浑身一紧。从这个词可以体会出未来学校这个团体无意识的真意。

原来对他们来说，隐瞒真相、遗弃尸体都是一种"埋葬"这件事的方式而已，所以参与其中的人才能接受自己的所作所为。

砂原并没有注意到山上和法子态度的变化，他继续说："去北海道之前，田中的父母见过田中。他们说，不记得女儿说过自己杀了人，女儿只是一直哭着说'久乃死了'。他们也只能安慰女儿，让她冷静下来。"

"原来如此……"

"即便把田中父母的话告诉田中，田中也坚决不改口。怎么说呢，那神情就像是在说'那些人懂什么'。"

法子静静眨了眨眼。她能想象，美夏以之前见面时的那种神情和口吻说出"那些人懂什么"。

"我带着老二离开未来学校不久后，美夏就被任命为妇女部部长，派到了东京事务局。来东京后，美夏好像没怎么去看过她的父母和我家老大。就像砂原说的那样，"滋抬起头看着远处，"美夏有些固执。她坚持说自己杀了人，不只是为了惩罚自己。她似乎也想以此惩罚当时她身边的那些大人，就像是在复仇。可这种做法实在太幼稚了。"

滋深深吸了一口气。

"深田律师和久乃的事无关，但他当时已是未来学校的会员。美夏一定不会对他说出真相的，所以我想拜托法子你替美夏辩护。我也不认识其他律师，拜托你了。"

滋把双手放在膝上，冲法子郑重地低下了头，就这样维持着低头的姿势。

"另外，我自己出辩护费的事还请帮忙保密。对不起。如果被美夏知道了，她一定会变得更加固执。"

"可是……"

法子犹豫地回答，她希望滋能把头抬起来。

"美夏可能并不希望我来辩护。就算她记得小时候见过我，在我这个'外人'面前一定也会更加固执吧……"

说着说着，法子渐渐冷静了下来。等滋抬头的时候，她看了看砂原。

"未来学校那边没问题吗？虽说美夏确实要考虑她自己的利益，可让深田律师了解美夏的全部想法应该对团体比较好吧。"

不管美夏怎样坚持声称久乃是自己杀的，律师都能想出办法巧妙化解。深田律师把美夏的利益和团体的利益分开看，选择不把美夏置于自己的控制之下，未免太过"善良"。

从刚才的交谈中可以看出，砂原跟随滋来见法子，完全是出于个人意愿，并不是未来学校的安排。未来学校到底想怎么样？

法子很想知道答案，看着砂原说："未来学校希望我帮美夏辩护，是为什么？"

法子没有故作客套，严肃地看着砂原。

砂原有些畏缩，望着法子说："那个……只是想知道真相，不行吗？"

砂原的眼神透露着困惑。这个回答出乎法子的意料。

砂原战战兢兢地说："我、深田律师，还有未来学校的其他人，都想知道到底发生了什么，田中到底有没有杀害久乃。如果她真的杀了人，那水野老师和当时那些大人一定知道此事，并决定隐瞒。处理尸体的那些人承认自己隐瞒了事实，我觉得他们没有说谎。"

砂原的语气真诚，没有什么心计，只是无奈地说着："一直这么下去肯定无法了解事情真相。如果久乃确实像大家说的那样，是死于事故的话，为什么田中要故意说人是自己杀的呢？深田律师也说，他并不想强迫田中改口，只是希望她能把事实说出来。"

原来这一切并非未来学校的战术或是谋略，这让法子很吃惊。

只是想知道真相。

这个理由过于单纯，单纯得让法子说不出话。这些年来，法子参与过无数以"弄清真相"为目的的案子。听的次数太多，以至于她的感觉都麻痹了，不再细想"弄清真相"到底是什么意思。她试图回想未来学校是一个怎样的团体，想到了自己参加过的那次问答，讨论爱、和平与战争。长大后，法子想当然地认为那只是一种教育方法。但未来学校确实是一个有着远大"理想"的团体。进行问答时，他们是真心觉得自己可以触及真正的爱与和平。法子终于想通了，一时竟不知如何是好。这是过于远大、崇高的理想，与自己或是菊地贤想象中的不同，那崇高的理想并非一纸空话。这确实是事实。

"几岁了？"

处于震惊之中的法子突然问滋。

"嗯？"

滋端正坐姿望着法子。

法子直视着滋，问道："你家孩子几岁了？"

"老大十一岁，女孩；老二三岁，男孩。老二一岁、老大九岁时，我和美夏离婚，带老二去了外面的世界。"

十一岁的女孩。

听到年龄的瞬间，法子一愣。那是她和美夏初次相遇的年龄。

滋微微笑了一下。不知他是否看出了法子在想什么。

"希望您能帮美夏辩护，请考虑一下，拜托了。"

说完，滋低下了头。

"你准备怎么办？"

滋和砂原回去后，山上看着两人喝过的空茶杯问法子。他的语气很自然，似乎既不赞成也不反对。

法子送走客人，正弯着腰收拾茶杯。她忽然停下手，抬头看向山上。今年是她在山上事务所工作的第十五个年头了。

她望着这位认识了十五年的山上所长说："……请让我考虑一下。"

法子虽然嘴上说想考虑一下，但实际上她明白，这个案子只能拒绝，没有别的选择。她能做到的最现实且最有诚意的事，就是将他们介绍给一位专门处理宗教案件、刑事案件的同行。比如那个帮吉住夫妇办案时，咨询过的经常处理新兴宗教问题的律师。

从山上的表情中无法看出他是怎么想的。如果法子真的同意接手田中美夏的案子，仅靠她一个人是无法处理的，势必要请山上所长帮忙。法子没有什么处理刑事案件的经验，但听说山上年轻时所在的事务所办理过很多刑事案件。

法子挺直腰板望着山上。

山上摇了摇头说："我个人是不支持你接手这个案子的。倒不是因为这个案子难办，是因为这个案子太受瞩目，超过了我们的能力范围。"

山上的嘴角微微上扬，耸了耸肩，又说："不过啊，怎么说呢，那些人也真是有意思。说想弄清真相，那么纯粹。他们做的事虽然很糟糕，但确实也让人想帮帮他们。"

和法子刚认识他的时候相比，山上的皱纹增多了不少。他抚摸着自己的脸颊，泰然自若地说："近藤律师，您既然说要考虑一下，就只能考虑看看了。不过，我个人持反对意见。"

"明白。"

法子点了点头。

山上没再说什么，走出了会客室。法子一个人留下，默默望着滋和砂原坐过的座位。她在心里拼命找拒绝的理由。如果不这样做，她无法阻止自己接手这个案子。

保育园的事还不知道能不能顺利解决，丈夫和父母可能会反对，自己经验不足毫无自信……能想到的理由法子都想了。可不管怎样，都无法忘记砂原说的"真相"这个词。

　　只是想知道真相，不行吗？

这句话深深地扎根在法子的心里。它过于纯粹，过于理想。正因为这样，未来学校已经无法适应这个世界了。那里已经没有未来了。

"为什么要为那样的组织效力"和"正因为是那样的组织才需要帮助"，这两种想法在法子心里激烈地对抗。

那年夏天，田中美夏真的杀害了久乃吗？法子也想知道真相。

第八章

未来的孩子们

法子开始回忆那年夏天滋寄来的信。

那封来自未来学校，早已不知扔到哪儿去了的信。

那时，法子和班上的同学相处得不好，对自己也没自信。和朋友一起去未来学校合宿时，晚上跟谁睡，怎样才能避免落单……这些事都会令法子烦恼。她怎么也想不到，在未来学校那么受孩子们欢迎的小滋居然会给自己写信。从信箱中取出那封署名"冲村滋"的信时，法子惊讶极了。

法子拿着信，一进家门就赶忙拆了起来，有些粗暴地用手指撕开了信封。尽管她知道想工整地拆信最好用剪刀或是美工刀，可急切的心情还是占了上风，她停不下来。她的心怦怦直跳，因为怎么也无法相信这是真的。小滋不是喜欢美夏吗？久乃也是那样说的。他怎么给我写了信？我可没给他写信，是他主动寄来的。

最后一天，由衣、亚美那些比自己可爱很多的孩子，也都排着队去找小滋要签名。可她们一定没收到小滋的信，小滋只给自己寄了信。想到这儿，法子激动得不知如何是好。

信封上印着卡通图案，里面的信纸却是略显成熟的浅红色，似乎是从哪位女老师那儿要来的。信纸上的字工工整整，是比法子大好几岁的高中男生的字。

那封信的内容是这样的：

　　你好。合宿已经过去很久了，最近过得还好吗？

　　你们乘坐的巴士离开后，久乃找到我说："你知道吗？法子说她喜欢你！"我吓了一跳，觉得久乃在骗我。可久乃又说："是真的，是她让我告诉你的。"我非常吃惊，但很高兴。

　　我现在在学舍的高中部当年级组长。这个职位很重要，要像老师们那样在问答时组织并引导大家，还要照顾幼儿部和小学部的弟弟妹妹。

而且，和售卖泉水的大人们一起下山的机会也多了不少。

你还会再来学舍吗？大家都等着你呢。

法子越读越难受。不过，不是因为厌恶或痛苦。

久乃——应该就是合宿时见过的那个"久乃"。看到这个名字，法子还是会双腿发软。法子很容易就想象出自己离开后，久乃对小滋说那番话的样子。自己才没有拜托她告诉小滋自己喜欢他，这真是让人又生气又羞愧。

久乃她们没来由地看法子不顺眼，和法子班级里的那些人一样，比如那个和由衣关系很好的惠理。她们觉得即使粗暴地对待法子，法子也不会反抗。不知为何，法子总是被那样的孩子讨厌。

法子知道，久乃她们不喜欢自己，并不怎么在乎。真正令法子感到羞愧激动的，是小滋信中的那些文字。从那里感受不到丝毫对法子的厌恶，只是写着"吓了一跳""吃惊但很高兴"。面对久乃的告密，小滋的反应和她们预想的不一样。小滋说知道后自己很高兴，法子也高兴，翻来覆去地读着那封信。

这可是小滋写给我的信。

她告诫自己不要太激动。小滋已经是高中生了，就算被自己"喜欢"也不会是真的高兴。可对当时的法子来说，仅仅是收到来信这一点，就足够让她兴奋地跳起来了。能收到这样的惊喜真是个奇迹。

这都是孩童时代青涩的回忆。法子"喜欢"小滋，可那时的她还不知道那是一种怎样的感情。那只是一种纯粹的兴奋和喜悦，还说不上是恋爱。对方没有拒绝自己的好意，由此而生的喜悦包裹了法子的心。

法子决定回信。

因为不好意思，法子故意没提久乃说自己喜欢小滋的事。她不知道应该怎么说，甚至连"跟喜欢的人应该怎样相处"这样的事都还不知道。

对于自己这样一个小学生的喜爱，一个高中生，而且还是大家心中的"人气王"，小滋肯定不会当真的，也不希望对方误以为自己真的有什么期待。抱着这样的心情，法子开始写回信。

法子先写了一些"收到你的信我很高兴""你当年级组长好厉害啊""你的字真漂亮让我大吃一惊"之类的客套话，然后介绍了自己在学校担任的职务、喜爱的食物，还有学钢琴的事，最后还问了小滋的爱好。小滋回信时好像回答了这个问题，可法子已经不记得他是怎么说的了。

法子在信里没提到学校的朋友，甚至连一起去参加合宿的小坂由衣都没提。小滋只见过未来学校里的法子，一定认为法子和由衣平时关系就很好。法子觉得自己好像骗了小滋，有些愧疚。如果小滋知道实际上自己正在跟不受欢迎的孩子通信，一定会很失望吧。虽说这不算撒谎，但法子在信上只写了好的方面，没写其他的。

要是法子把自己的所思所想一股脑全说出来，可能会令小滋困扰。*为什么小滋要给自己写信呢？*法子突然觉得自己正被小滋的一时兴起耍得团团转。小滋那么受欢迎，和他通信的*山麓*的孩子一定不止自己一个。这么想着，法子感到有些寂寞。要是小滋真的只是一时兴起，她多少有些被愚弄的感觉。

可正因为那小小的纠结，每次收到回信时法子都感到很开心。每次法子都觉得，这次一定会有什么"实质性"的内容，可每次期望都落空。什么实质性内容都没有，读完只能感叹一句"什么啊"。

有时，班上的女生会聊跟喜欢的人有关的话题。从前，法子总是扔下一句"我没有喜欢的人"扫大家的兴，和小滋通信后，法子会说："有，但不在这个学校。"她脑子里想的当然是小滋。小滋和班上这些不把法子放在眼里的男生不同，是高中生，是戴着一副略显成熟的眼镜的大男孩。同学们一听不是自己认识的男生，纷纷失去了兴趣。但法子却为自己能拥有学校之外的世界而感到骄傲。

有一天，由衣问法子："你喜欢的人是不是小滋啊？"

"不是，"法子回答，"是你不认识的人。"

现在想来，法子心中的那个"小滋"是没有实体的。那是与日常生活所不同的，另一个世界的象征、懵懂的憧憬。

第二个夏天、第三个夏天，每次去学舍之前法子都心跳不止，因为就快能见到小滋了。可一见面又觉得尴尬、不自在，每次都只能没话找话。见不到时明明那么兴奋，一见到反而觉得有些茫然，很不好受。

小学六年级的夏天，最后一次暑期活动结束后，法子依然和小滋保持着联系。说保持联系，也只是通过两三封信而已。小学快毕业时，法子告诉小坂由衣，其实自己一直在跟小滋通信。在山麓，只有由衣知道小滋有多帅，多么受欢迎，法子忍不住想显摆显摆。

起初，由衣惊讶的神情令法子很得意。可下一个瞬间，由衣噘起嘴对法子说："我也收到了很多封信。"

法子震惊极了，问道："是小滋的信吗？"

由衣摇摇头说："跟小滋没通过信，不过小隆和小丰给我写了好多好多信，还有小梦和清美。"

由衣的语气有些急躁，好像在跟法子较真。法子听了之后，心情有些复杂。由衣那么受男生欢迎，还有很多朋友，对自己也很亲切，她为什么要较真呢？自己才不是她的对手。

每年从学舍回家后，法子都会跟小滋通信，可每次都是写着写着就不写了。基本都是因为法子不再回信。收到信时，明明那么开心地读了一遍又一遍……

那是学校之外的世界。

为了能拥有那个世界，法子紧紧抓住没有实体的"小滋"不松手。

可真正不想松手的到底是谁呢？为一句浅薄的"喜欢"而激动不已，以至于连那"喜欢"的浅薄之处都意识不到的，到底是谁呢？

法子记得，美夏曾经对自己原来这样说过——

在很久以前——

　　我能把你当成朋友吗，住在山麓的朋友？

她为什么要强调是"住在山麓的朋友"呢？法子从来没想过，对美夏和小滋来说，山麓这个"外面的世界"又是一个怎样的地方。

法子很少收到未知号码打来的电话，虽然不是经常接到，但也不是完全没有。有一次，跟工作有关系的人把法子的电话告诉了第三者，第三者联系法子办事；还有一次，是在电车上被误认为流氓的人，恰巧知道法子的电话，情急之下在车站打电话求助。

在去保育园接蓝子回家的路上，法子接到了这个未知来电。从最近的车站走到保育园大概要十五分钟。路边是一条小河，比较安静，之前法子也曾边接电话边走路。

"喂，您好。"

因为不确定是工作还是私事，法子没有自报姓名。

电话那边什么声音都没有。

法子有些诧异，又喊了声"喂"，可电话那边还是没有声音。

虽然听不到任何声音，但法子的直觉告诉她电话那头是有人的。法子忽然想到，会不会是田中美夏？上次见面时，法子把这个电话号码告诉过滋。

法子有些紧张，刚想问"您是哪位"，就听到电话那头的人说话了。

"喂？"

一个晶莹剔透的声音传了过来。不是孩童的声音，似乎是一位少女。嗓音很尖，听起来有些稚嫩，不是美夏的声音。

"法子？"

听到那独特的语调，法子打了个激灵。法子心想，不会吧？

电话那头的人说："那个，我是小坂由衣，现在姓竹中。"

由衣！法子在心中默念。

"我从同班同学安子那儿打听到了你的电话，这是近藤法子的电话没错吧？"

"……没错。"

法子有些不知所措，不仅因为电话是由衣打来的，还因为由衣的语气过于随意。法子最后一次见到由衣是成人礼的时候。那时，两人只是偶然遇见，互相问候了两三句，并没有深入交谈。

由衣喊法子的语气与孩童时代一样。声音变成熟了，可对人的距离感还是和小时候一样。已确认没打错电话，由衣就不说敬语了，一副和法子很熟络的样子脱口而出：

"啊，太好了！抱歉啊，突然给你打电话。你现在方便吗？"

法子调整了一下心态，回答："嗯，没事。好久不见。"

升上高中之前，法子和由衣一直上同一所学校。成人礼的时候，记得由衣说过她在关西地区上大学，住在神户。后来，法子的妈妈好像告诉过法子，由衣结了婚还当了妈妈。

由衣在电话那头说："抱歉啊，突然联系你。"

"嗯，没关系。"

"我想问你一件事。"

"嗯。"

受由衣的影响，法子也不再拘谨。

由衣沉默了一下，法子有些不好的预感。

法子还没弄明白那预感是什么，由衣就开口了："你要为未来学校辩护吗？"

这次轮到法子沉默了。要不要给田中美夏辩护，法子尚未做出决定。在这种情况下，由衣怎么会知道的呢？

"喂，真的要辩护啊？"法子的沉默被由衣理解为肯定，连珠炮一般地问，"为什么呀？是有人拜托你做的吗？肯定因为以前我带你去过那儿吧？你还跟那儿的人有联系吗？你没加入他们吧？"

这么多问题，法子不知该从哪儿答起。由衣其实是在以询问的形式表示反对，并不是真的想问法子什么问题，仅仅是以此表达自己的态度。

法子有些不快，感到自己和由衣之间存在着一层无法穿透的隔膜。那么多年都没有联系，竟然能找幼时的小伙伴问到电话号码，那个小伙伴居然就那么告诉她了。为了套近乎，直呼法子的名字也就罢了，竟然连工作的事都要插手。这些都与法子认可的常识相悖。法子也突然想明白了，为什么小时候老家的那些孩子觉得她无聊，跟她玩不到一块儿去。

"由衣，你怎么知道的？"

法子还没有决定要不要辩护，故意问得模棱两可。可由衣好像明白法子想问什么，兴奋地答道："我听别人说的。有人告诉我，一个曾经去过未来学校的律师接手了尸骨的案子。我想，法子就是律师啊，难道是法子？一问才知道，就是一个姓近藤的女律师。"

法子意识到，由衣现在依然跟未来学校的内部人士有联系。*真头*

疼，我明明还没决定，他们怎么就轻易告诉别人了呢？

由衣跟法子那么久没联系，却知道法子做什么工作，这也令法子哭笑不得。所以说乡下的社交圈狭窄，父母们互相议论子女的近况也是没办法。其实，法子也多少了解过去那些同学的现状。她的妈妈也曾告诉过她，由衣已经结婚，现居神户。

和由衣一起去未来学校的事已变成遥远的过去。法子以为，由衣和她的妈妈一定早已跟未来学校断绝了关系，毕竟泉水出过事。可现实却出人意料。

"你怎么打算的啊？要是你接了这个案子，你小时候去过那里的事就会曝光，可能会被很多人说三道四。还会有人问你是谁邀你去的，对不对？到时候别人也会说我，媒体也会来我这儿采访。你想过这些吗？"

"这……"

由衣气势汹汹，隔着电话把法子压得接不上话。

法子几乎就要脱口而出"不可能有那样的事！"，又急忙控制住自己。由衣的想法太极端，令法子有些毛骨悚然。

要是法子真的接手了那个案子，真的会像由衣说的那样引人注目吗？小时候去未来学校参加合宿的事，确实有可能被媒体曲解。如果媒体报道说法子是未来学校的会员的话，其他人会怎样看待她的丈夫和女儿呢？

就算发生那样的事，也是法子的个人问题，媒体是不会去打扰由衣的。由衣是不是有点太把自己当回事了？她突然表现得像受害者一样，令法子不知如何是好。

"我觉得你特别厉害！当了律师，在东京打拼事业。我很佩服。你从小就特别聪明，过去我一直觉得你很优秀。但说实话，这次我真的失望了，特别失望。"

由衣的语气比她的真实年龄幼稚很多，和法子周围的其他朋友相比，极其缺少分寸。法子的心情复杂了起来。从前，由衣是班里最可爱的孩子，多才多艺，令人羡慕，没想到竟然变成了这样。法子很失望。她知道怎么也轮不到自己失望，可还是控制不住自己的想法。

过去我一直觉得你很优秀。

由衣的这句话也让法子有点受不了。法子跟由衣并非形影不离，关系也没有多好，由衣只能算是法子小时候喜欢的玩伴。

"你为什么要给他们辩护呢？"

"我还没决定要不要辩护，所以……"

"难得能过上清静的日子。"

由衣的语气哀怨，根本不管法子说什么。

电话那头传来了孩子的哭声，听起来很稚嫩，应该跟蓝子差不多大。受其影响，由衣的声音也带上了哭腔：

"我离开了千叶的老家，跟父母断绝了关系，好不容易走到现在，为什么……"

"由衣……"

"你只是去合宿，倒是不在乎，可我……"

法子闭上眼睛听由衣讲话。原来是这样啊，但这件事母亲没有告诉过她。

法子突然想到一件事，小时候想过很多次的事——如果那不是由衣的话，会怎样。

小时候，那几个经常跟由衣一起玩的同学曾劝告过法子。由衣又聪明又可爱，很受孩子们的欢迎，没人敢公开说她坏话，疏远她。被疏远的总是法子这种没什么优点、不擅长与人交往的孩子。孩子们已经长大，不会因父母、家庭等无法改变的问题疏远、欺负某个同学。

但是……

如果不是由衣，而是像法子那样的孩子出生在未来学校会员的家庭中会怎样呢？或许由衣也感到过疏离、纠结，只是法子他们不知道而已。

不管在学校还是在未来学校合宿时，都备受大家喜爱的由衣，为什么那么热心地邀法子一起去参加合宿呢？为什么要说那需要数着手指度日的合宿"特别特别开心"呢？由衣一定也经常担惊受怕。

"由衣，我……"

法子不觉得自己和由衣毫无关系，可她想起了田中美夏指责自己自以为是。

"你不要为他们辩护，请拒绝他们的要求。"

由衣打断了法子。即使隔着电话，法子也能感到由衣正瞪着自己。

"我可是告诉你了，你一定不要做这件事。这就是我想说的。"

然后，由衣咔嚓一声挂了电话。

不知何时，法子停下了脚步，一动不动地站着。一瞬间，她在考虑要不要打回去，可就算打回去也没什么好说的。

法子把手机收进口袋里，望着通往保育园的红砖路。天色渐黑，住家和饭馆的灯光映在河面上，摇摇晃晃。法子看着那些灯光，意识到自己真是很久没跟由衣联系了。由衣说，她跟父母断绝了关系，离开了家，好不容易才走到现在。法子没敢追问具体情况。过去的由衣开朗善良，现在她的性格应该也没变。电话里，她歇斯底里的态度都是因为法子。都是我不好。

要是她们以别的方式再会，由衣一定不会提未来学校，也不会透露和父母断绝关系的事。可她肯定有不为人知的烦恼与纠结。法子今天第一次意识到，由衣家与未来学校的关系可能比儿时自己知道的复杂得多。由衣小学时一直被大家喜爱，初中、高中时也表现得如鱼得水，法子一直以为她和自己不同，是那种干什么都很顺利的人。

虽然由衣说决定彻底忘记过去，可既然她知道*未来学校*找法子辩护，就说明她还是与*未来学校*的人有联系。这也有些讽刺。一听到律师这个词，她立刻想到法子，忍不住打电话确认。她竟然对那个团体在意到这种程度。回忆起少女时代的由衣和她母亲，法子不禁感伤了起来。

法子不喜欢别人对她的工作指手画脚，但更害怕被由衣怪罪。她一直觉得，即使有人反对，也一定是自己的丈夫或母亲。可反对的声音竟来自意想不到的地方，看来事件的影响力不容小觑，法子感到有些伤心。

"蓝子，你妈妈来接你了！"

法子机械地迈着步向前走，不知不觉走到了保育园。和往常一样，法子把蓝子的脏衣服和用过的毛巾收拾到环保袋里，走到了蓝子房间的门口。保育园的老师把蓝子带了出来。蓝子一摇一晃地跑过来，迫不及待地一把抓住了法子的腿。

"蓝子今天也很乖，和大家一起玩了老师们用牛奶盒做的积木。她搭了一座城堡，特别高，大家都夸她厉害。"

"是嘛，谢谢！"

法子跟老师说话时，蓝子一直默默地抱着法子的腿。都说女孩的语言能力发展得比较快，可蓝子却不爱说话。她还无法把自己的想法全部表达出来，经常不打招呼就把小朋友的玩具拿走，有时还动手打人。今天没有类似的事情发生，法子松了口气。

"蓝子，拜拜！"

听到老师的声音，趴在法子肩上的蓝子默默招了招手。

七点了，保育园马上要闭园了。法子一手提着环保袋和通勤包，一手抱着蓝子，脖子和后背又酸又痛。

"蓝子，脚伸出来。"

走到玄关，法子急忙给蓝子穿鞋，正好碰上另一对母子。这个时间，法子经常遇上她们。那位妈妈比法子年轻不少，大概二十多岁，总是穿着一双高跟鞋。脸上的妆虽不张扬却很精致，看上去活泼开朗，可能是做营销的工作。

法子手忙脚乱地帮蓝子穿鞋，那位妈妈却不慌不忙地看着孩子自己穿鞋。

法子听见她说："啊，左右弄反了，再试一次吧。"

蓝子最近也经常提出要自己穿鞋，可忙的时候，法子还是会像现在这样帮蓝子穿。那孩子跟蓝子同岁，穿鞋穿得已经这么熟练了，法子有些惊讶。

"好厉害呀。"

法子夸奖那个孩子。

那位同样是下班回来的妈妈微笑着跟法子道了谢。那率真的笑容让法子感到了压力——都怪自己不像这个人那样有耐心，什么都替孩子做，弄得蓝子现在都穿不好鞋。

"那我们先走了。"

"好的。蓝子，说拜拜，明天见。"

"蓝子，拜拜。"

那对母子一起冲蓝子挥了挥手。

她们记得蓝子的名字，我却不记得那个小男孩的名字，法子感到很自责。虽然她每天都接送蓝子上保育园，可还是对不上同班孩子的脸和名字。她期待蓝子能喊出那个男孩的名字，可蓝子却默默无言。

法子自言自语道："已经这么晚了，得赶快走了。"

法子想着，一到家，就得马上开始做晚饭。冷冻室里有什么呢？去保育园接到蓝子后，法子才有工夫想家里的事。有的人从早晨就开始有计划地想晚饭的事，可为什么我做不到呢？

最近，法子终于意识到自己不擅长做家务。

虽然每天都在尽力完成该做的事，可就连晚饭吃什么的问题都无法边工作边思考。她安慰自己是因为工作太忙，其实和工作无关，只是自己不擅长罢了。申请保育园落选后，她就开始这样想。

有一次，法子突然觉得放弃工作每天和蓝子待在一起可能也不错，可立刻又认为自己做不到。除了晚饭还有午饭，日复一日地做饭；白天还得去公园或儿童活动中心"陪"蓝子玩。这世上，很多母亲可能不觉得自己是在"陪"孩子玩，而是和孩子"一起"玩，乐在其中。可法子不一样。法子明白，每个家庭都不容易，可还是忍不住想："要是蓝子的妈妈不是我，她会不会比现在更快乐，吃得更营养？"

蓝子语言发育得慢也是原因之一。要是母女间的对话能增多的话，和孩子玩时的感觉也会不一样吧。

法子很开心能和蓝子一起度过双休日。工作日去接蓝子时，蓝子一看到法子就抬起脸奔向她的姿态也惹人怜爱。可那是因为白天不在一起，要是去不成保育园的话又会怎样呢？

"蓝子，等一下啊，我马上做饭。"

回到家，法子赶紧放下大包小包，给蓝子脱了外套，打开了客厅的灯和空调。丈夫清早洗了浴缸，确认塞子塞上后，法子打开了热水阀。看到冰箱里放着提前捏好的汉堡肉排，法子终于松了口气。

做饭时，法子会让蓝子看儿童节目的录像。平常，一打开录像蓝子立刻会乖乖地坐到电视前，可今天她却不愿离开法子。

"怎么了？"

"我想搭积木。妈妈，搭积木。"

"待会儿啊。"

蓝子大声说："我想搭积木！"

她仰望着法子，眼睛睁得大大的。今天的蓝子比平时更顽固。

"待会儿！"法子耐着性子又说了一遍，"现在不行，吃完饭再玩。你不是饿了吗？"

法子离开蓝子，从冰箱中拿出牛奶倒入塑料杯子，放到了电视前的茶几上。

"边喝牛奶边等吧。"

"不要，我要搭积木！"

"家里没有积木啊！"

其实家里是有积木的，是法子的朋友为庆祝蓝子出生送的礼物。有一次，蓝子把小块的积木放进了嘴里，差点儿吞下去。法子觉得很危险，就把积木收到壁橱里了。她跟丈夫商量，决定等蓝子长大一些再拿出来给她玩。

孩子两岁左右会迎来第一个叛逆期。蓝子三岁了，基本平静下来了，可有时还是会无缘无故地任性，就像回到了叛逆期一样。

法子走进厨房，蓝子追过来喊着要积木。厨房入口处放着阻止幼儿进入的栅栏，蓝子使劲摇晃栅栏表示抗议。栅栏咔嚓咔嚓的声音令法子头痛。

"别闹了，好好看电视。"

"妈妈，积木！"

法子忍不住大声说："不行！"

蓝子今天虽然不乖，倒没哭着喊着闹，已经算不错了。最后，蓝子噘着嘴走去了电视那边。蓝子每天在保育园待到晚上七点，有时周六也要在保育园度过，真的很努力了。法子很心疼她，可今天这种情况还是不能任由她提要求。看到她开始乖乖看电视，法子终于放下心来。

法子把解冻好的汉堡肉排放入了平底锅，正当她拿起汤锅准备煮汤时，突然有一种不好的预感。平常进家门时，家里总是飘着米饭的香味，可今天没有。她慌忙打开电饭锅，发现生米还浸在水中。法子用尽全身力气叹了口气，果然是忘记定时了。之前做的冷冻米饭也在前天吃完了。现在已经七点多了，蓝子还饿着肚子。

法子瞥了一眼客厅，蓝子正坐在电视前张着嘴看儿童节目。好不容易才安静下来，不能再带着蓝子去附近的便利店、超市买东西了。

家里还有没有面条或面包之类的主食呢？最近，丈夫每天十点多才到家，也不能等他下班时买回来。大人怎么都无所谓，可孩子必须吃碳水，这可怎么办？法子打开储物柜，发现里面有半个蓝子早上吃剩的菠萝包。就让她吃这个吧，可哪有母亲晚饭只给孩子吃汉堡肉排和半个菠萝包？法子感到很自责。

法子想着，就算晚也要把米饭煮上。她刚把手伸向电饭煲，就感到围裙口袋里的手机震动了起来。手机边发光边震动。

是来电。

难道是由衣？法子赶紧掏出手机，可手机显示的是山上所长的名字。看到不是由衣打来的，法子松了口气。但是，这个时间收到山上所长的电话也不寻常，法子赶忙接起了电话。

"你好，我是近藤。"

"啊，近藤律师，你正忙呢吧？抱歉。"

"没关系的。"

山上所长也有孩子，一个正上大学，另一个已经工作。有小孩的家庭晚饭时是怎样的景象，他有经验，能想象得出来，不是万不得已也不会在这个时间打电话来。

法子举着电话走到客厅，拿起电视遥控器调小电视音量，又走了回去。法子不喜欢把家庭气息带入职场，不希望别人太在意她的家庭。

"您有什么事？"

"《每日新闻》的记者问我们，是不是准备替田中美夏辩护。"

法子感觉好像有什么冷冷的液体注入了自己的后背，她低声问："他们这么快就来打听了？"

她边回话边在心里想："来了来了。"今天接到由衣的电话后，她就知道早晚会有这一天，可没想到竟来得这么快。

电话另一头的山上似乎点了点头："是的，消息走漏得实在太快，我吓了一跳。他们没说从哪儿打听到的这个消息。我告诉他们无可奉告。我怕他们突然联系你会吓到你，就觉得还是提前告诉你一声比较好。"

"只有这一家媒体吗？"

"是的，'目前'只有一家。"

"他们是以为您会接手这个案子吗？提到我了吗？"

法子的脑海中回荡起由衣担心的声音：

你怎么打算的啊？要是你接了这个案子，你小时候去过那里的事就会曝光，可能会被很多人说三道四。

山上律师回答："没有人提到你。他们只想确认，我们事务所是不是接了这个案子。"

这应该也只是"目前"吧。

"是这样啊。"法子点了点头。

"是的，明天你来事务所后我们再详细说。抱歉这么晚打扰你。"

"谢谢您特地告诉我。"

法子挂了电话。

她的心情沉重了起来，由衣的担忧正变为现实，媒体的关注给法子带来压力。没想到自己竟与这样一件事扯上了关系，法子越想越发愁。

法子把头靠在走廊冰冷的墙壁上想，现在收手还来得及。她考虑了多次，接这个案子明显弊大于利，自己没义务也没理由接手。可为何自己无法干脆地拒绝呢？

刚才的电话里，山上只是把真实情况告诉了法子，并没有积极劝她收手。这几天，法子翻来覆去地想象接手或拒绝后的场景。很明显，一旦接手，不管自己还是其他人都将面临一场严酷的考验。

这是一场追问谁应该为井川久乃的死负责的审判。在刑事审判中，有没有杀人，被告是不是犯人等问题一般是争论的焦点。可在民事审判中，还要讨论被告是否给原告带来了包括精神伤害在内的其他伤害的问题。所以，除了"是不是被告的责任"这个问题，"原告到底有没有受到伤害""原告主张的受伤害程度是否妥当"等问题也十分关键。站在被告的立场上，应该重点准备应对这些问题。

既然田中美夏一口咬定自己杀了人，那责任就在她身上，这点无法动摇。所以作为律师，法子该思考的是"作为原告，久乃的母亲是否真的蒙受了损失，损失的程度怎样"等问题。换句话说，就是要在法庭上追问"久乃的母亲对女儿的感情，有没有深到理应要求赔偿的程度"。

这位母亲在女儿年幼时就把她送走，如今却为女儿的死悲叹。人们指责井川志乃，"都怪她把女儿送到了那种地方，女儿可以说是被她害死的"。对打官司的事，人们批评她"竟然还想利用女儿的死赚钱"。

法子不知道井川志乃和她的家人到底有什么目的，可她觉得人们对久乃母亲的非议反而激起了志乃的逆反心理——她拼命地想取回些什么。不是金钱，而是更宏大的、无法用金钱衡量的东西。法子不确定自己能不能直面她那过激的感情。

这是一次追问久乃的母亲是否爱自己女儿的审判。

法子想起，当年久乃一边盯着自己一边和身边的朋友议论自己。思考着她的死，思考着她是否被母亲爱着，法子感觉心脏快要被压碎了。

正在这时，客厅那边突然传来咣当一声。

法子急忙赶过去，一打开通向走廊的门就闻到一股烧焦的味道。猛然想起平底锅里烤着汉堡肉排，忘了关火。然而下一秒，法子的目光就被餐桌上的狼藉吸引了过去。牛奶盒倒在餐桌上，白色的液体洒了一地。蓝子的杯子也掉到了地上。刚才那声咣当应该就是杯子砸在地板上发出的。

"怎么了！"

法子赶紧跑过去。蓝子捡起杯子，正准备把牛奶盒中剩下的牛奶倒进去。看来牛奶盒不是偶然翻倒的，估计是蓝子做了什么打翻的。

"你在干什么呀！"

法子忍不住大叫，一把从蓝子手中夺过了牛奶盒。

蓝子先是呆呆地望着法子，然后像火被点着一样大哭了起来。

"积木！"

"啊？"

"蓝子要搭积木！"

"啊……"

法子想起，今天保育园的老师说蓝子玩了牛奶盒做的积木，还说蓝子的朋友夸她积木搭得特别好。那时，法子像往常那样和老师聊了几句，并没有放在心上。蓝子说要玩积木，可晚饭在先，法子就没答应。

"积木！"

蓝子拼命伸着手要法子把牛奶盒还给她。

地板被牛奶弄得湿淋淋的，屋里充满了汉堡肉排烤焦的味道。米饭还没煮好，没有面条也没有冷冻米饭。每天努力上保育园的女儿说要积木，可法子忙着打电话没理会她。蓝子等不及，自己把牛奶倒出来，准备用牛奶盒做积木。

没有时间，没有余力。

可时间是问题所在吗？就算能抽出时间，法子也不觉得自己能聚精会神、全心全意地和女儿一起玩。

蓝子哇哇的哭声响彻客厅，法子也想哭，觉得自己真是太失败了。她动作缓慢地关了火，黑黑的汉堡肉排已经不能吃了。

家里的电话也响了起来，与蓝子的哭声一唱一和的。

工作上的人一般会打法子的手机，打家里电话的大多是水电维修等基础设施的服务人员。法子心想，不接也行吧，可要是媒体采访呢？法子不敢多想，今天实在是受够了。

法子抱紧坐在地板上的蓝子说："抱歉，蓝子，真的对不起。"

张口说出"对不起"的瞬间，眼泪涌出了法子的眼眶。蓝子紧紧抱住了法子。这个幼小的孩子别无选择，就算还在生妈妈的气，也只能抓住妈妈伸向自己的手。想到这儿，哭声好像真的要从法子咬紧的牙缝中挤出来了。

汉堡肉排烧焦的气味和牛奶的气味混合在一起，不停响着的电话铃声也在刺激法子的泪腺。电话转到了录音，法子依然没有起身，一直蹲坐在地上抱着蓝子。

电话嘀了一声后，房间里响起了对方的声音"啊，您好"，是不认识的女性的声音，干脆明亮。法子想，果然不是水电维修就是媒体采访吧。

没想到，那个声音却说："我是区立日野坂保育园的园长筒井。保育园的事定下来了，蓝子四月可以入园。打电话来，就是通知您这件事。"

一瞬间，法子的嘴里吐出长长的、长长的一口气。那口气好像无休无止，好像全身的空气全部都被吐了出去。吐出这口气的同时，不知不觉又带出了一些声音。不成词不成句的"啊——"脱口而出的瞬间，法子怎么也停不下来。

她搂住蓝子，哭了起来。电话留言依然继续播放着："邮件已经发出，要先确定一下体检的日期。白天也联系过您几次，每次都打不通，所以这么晚打扰，很抱歉。稍后再和您联系。"

"妈妈。"

不知何时，怀中的蓝子抬起了脸，担忧地望着法子。她用小小的手摸了摸法子的头，轻轻说道："乖。"

蓝子有些困惑地抚慰着妈妈。听着蓝子的声音，感受着蓝子手掌的重量，法子大声哭了起来。

法子觉得女儿可爱到不行，对女儿真的是又怜又爱。但是，终于找到了托管女儿的保育园，还是让她顿时感到轻松了。

法子突然想到了田中美夏。

为什么要离开自己的孩子呢？自己小时候那么孤单，为什么要让自己的孩子也承受同样的孤单呢？

这是法子对美夏一直抱有的疑问。法子一直认为美夏和自己的思考方式不同，未来学校的问题和保育园的问题是性质不同的两件事。可果真如此吗？被美夏看透的，可能正是这一点。

法子一直觉得未来学校是一个特别的地方，那儿的理念离自己无比遥远。因此，她不理解美夏的选择，不理解美夏为什么离开自己的孩子。

其实，可能并没有什么"为什么"。考虑到工作，法子只能把孩子送进保育园，别无选择。可能美夏也是一样的，别无选择。为了能让蓝子和自己分开，法子拼命寻找保育园，找到后倍感欣慰。想把女儿托管到别处的心情和对女儿的爱是两种不同的感情。不管是美夏，还是把孩子送去未来学校的其他母亲——比如井川久乃的母亲，内心的想法可能都是一样的。

或许是为了孩子的教育，或许是因为爱，或许是主动选择与孩子分开生活，也或许是为了自己方便。把孩子送去别处的理由很难归结到一点，要求她们给出明确的理由是一种自以为是的态度。

虽说不是完全明白，可法子第一次感觉自己跟她们站在了同样的立场上。过去，法子一直觉得自己和她们相隔了十万八千里，而现在，她明白这距离是不存在的。为什么我一直认为，她和我完全不同呢？

"妈妈，乖，乖。"

蓝子依旧抚摸着法子的头，虽然动作不太熟练。

"嗯。"

法子抓住女儿的小手，说了声"谢谢"，然后闭上了双眼。

"谢谢你，蓝子，妈妈最喜欢你了。"

电话也不响了，房间中依然飘着汉堡肉排的焦味。法子抱着女儿思考今天的晚饭要怎么办。该做的事堆积如山，不知该从何处开始做起。可蓝子温暖的手臂环绕着法子的脖子，让她感叹女儿的存在就像是一个奇迹。

法子低声感叹："真可爱。"这是法子真心这么觉得，这份喜爱里没有一丝杂质。可另一方面，她又感到不安。仿佛如果不这样说，女儿就会离开自己。又有泪水要从眼眶中落下了，法子赶紧眨了眨眼。

上午，法子为手上一个离婚协议的案子去了一趟法院。法院离事务所有一段距离，但结束后，法子还是走着去了银座的事务所。

山上所长今天去见顾客了，估计要到傍晚才能回来。他回来后，可能就要确定是否接手未来学校的案子了。

东京地方法院离皇居的护城河很近，法子每次到这边来的时候总是能感到水的气息。水冷冷的感觉似乎与冬天有些暗淡的天空融成了一体。也有可能只是法子的错觉。

进入三月后，阳光变得更加强烈。法子依然没想好要不要为田中美夏辩护。不过，昨天晚上和蓝子抱头痛哭后，她的心情竟轻松了不少。早上，法子给接受蓝子入园的区立认可保育园打了电话，把入园体检、面谈等准备工作一股脑全部交给了丈夫瑛士。昨晚的突发情况太多，搞得法子吃不消，也让她明白有些事不得不交给丈夫去做。

昨晚，瑛士到家时，蓝子已经睡了。法子告诉瑛士，蓝子的保育园确定了，想把入园手续交给他办。瑛士十分爽快地答应了，说正好工作即将告一段落。法子如释重负，很庆幸将这些事交给丈夫去做。

法子还把未来学校的人拜托她替田中美夏辩护的事告诉了瑛士。

说到有媒体打电话到事务所问长问短的时候，瑛士先是很惊讶，然后坐到了餐桌的椅子上，认真听法子说话。

他问法子："然后呢？"

两人既是夫妻又是同行，法子告诉自己这不是"讨论工作"，仔细讲了起来。法子并不是想征求丈夫的意见，只是觉得应该在他看到电视报道前告诉他。虽说这是法子个人的决定，可法子还是做好了被丈夫责怪、劝阻的准备。

听完法子的话，瑛士沉默了。

"对不起，"法子看瑛士抬头看向自己，便继续道："这么做可能会带来一些麻烦。我还没决定要不要接，明天再和山上所长商量一下。"

"你不用道歉。是工作嘛，没办法。"

法子有些惊讶。到家后没来得及换衣服的瑛士还穿着西装，一边松开领带一边疑惑地看着法子。

法子早已擦干净了客厅地板上的牛奶，捡起了杯子。很难想象几小时前，在这安静的客厅里发生过那么多事。

法子忍不住问："你不反对吗？"

瑛士似乎有些困惑地笑了笑，说："为什么反对呢，我没有那样的权利。那是你的工作。"

听着丈夫冷静的声音，法子感叹丈夫不愧是同行。

瑛士问："能帮我倒杯水吗？"

法子接了杯水放在瑛士面前。

"谢谢。"

瑛士喝了口水，长长地舒了口气，看向法子。

"学生时代，决定走律师这条路之前，我犹豫过一次。"

法子点了点头，虽然她不知道瑛士为什么说到这个话题。

瑛士笑了笑，像是在自嘲。

"我想，一旦选择了律师这个职业，即便遇到与自己思想原则不同的人，遇到在别人看来明显有问题的人，也要为他辩护。我觉得这很痛苦，自己一定做不来，也曾想过放弃。可经过反复思考，我做好思想准备，还是选择了这条道路。"

听了丈夫的话，法子如梦初醒，反省原来自己是不是小看丈夫了。

瑛士正视着法子说："不管接还是不接，现在都是你的关键时刻。我不会干涉的。"

"……要是我接了，我小时候去参加合宿的事可能会被媒体报道，说不定也会给你带来一些麻烦。"

瑛士之前告诫过法子最好不要跟别人说自己去参加过合宿的事。

瑛士想了想，看着天花板轻轻地说："有可能。"

他的声音不大，但一如既往地沉着。

"有些媒体确实会那样报道。可你又不是未来学校的顾问。你跟那个团体没有关系的，所以媒体应该不会大肆炒作，不用担心。"

法子想，原来瑛士不会劝阻我。

法子突然发现，自己其实期待丈夫能劝阻自己。不管选择接手还是拒绝，现在都需要相应的理由。单凭自己的感觉无法决定，所以希望能有人推自己一把。

瑛士突然用响亮的声音说："太好了。"

"什么?"

"蓝子的保育园能确定下来，真的太好了。是那个院子很大的地方吧? 竟然能申请到认可园，太厉害了，蓝子真幸运啊。"

丈夫"从容乐观"的语气令法子感到些许无奈。申请保育园的事都是法子在做。今天也是，回家后又准备晚饭又收拾家，那么辛苦。法子很想说丈夫两句，可最后还是忍住了。丈夫有时敏锐，有时也很迟钝，让人有些摸不清。也正因为这种性格，法子能跟他一起生活下去。

明明在说重要的事，怎么突然改变了话题呢? 法子又意外又无奈，可她知道丈夫是信赖自己的，把选择权交给了自己。刚刚大闹了一场的蓝子正在卧室安安静静地睡着。

法子想了想女儿，点头说："嗯，这小家伙真幸运。"

来到银座的事务所附近时，法子的视线被走在对面路上的父女吸引了。女孩大概是上小学的年纪，父亲推着一辆婴儿车。法子注意到这两人，一是因为这附近白天很少看到小学生，二是因为父亲一个人照顾着两个孩子。在这个时段，母亲或父母两人带孩子出门的情况很常见，但父亲一个人带两个孩子出门就比较少见了。因为是逆光，法子看不清他们的长相。柔和的阳光照亮了他们的背影。

那个看着像是父亲的人突然向着法子举起了他大大的手。他拉着女孩的手，推着婴儿车向法子小步跑来。

"喂——法子!"

法子吓了一跳，仔细一看，正朝自己走过来的竟是冲村滋。法子正想着他为什么在这里呢，冲村滋已经来到了法子跟前。

这时……

法子看到了站在他身边的小女孩的面容，她穿着粉色羽绒服和牛仔裙。女孩也看向法子，眼神相遇了，不夸张地说，法子感到时间一下子停止了。

一瞬间，法子被拉回了记忆中的那个夏天。

细长的眼睛，淡淡的眉毛，从小小的嘴里露出来雪白的牙齿。

那是美夏。

法子认识的那个，已经无法回忆起长相的那个美夏。

早上好！

你的睡衣真好看，颜色和花边都好可爱！

初次相遇的那个夏天的清晨。

法子都想起来了。美夏的脸。法子孤独无助想回家时，微笑着冲她打招呼的同岁的女孩。

那个夜里坐在泉边，用纤细的声音说其实想和妈妈一起生活的女孩。

不会有错的，眼前这个女孩就是美夏的女儿。

滋之前说过，他和美夏有一个十一岁的女儿。一眼就能看出来。

"滋，你怎么在这儿？"

法子全部的心思都被眼前这个女孩吸引了，不过她还是跟她的父亲说起了话来。

法子还没回复滋要不要替美夏辩护，还没有下定决心。今天滋也没有提前预约。上次他也没预约，法子不得已就这样接待了他。要是每次都这样，可就麻烦了。

滋爽朗地冲满心困惑的法子微微一笑说："啊，今天我不是要去你们事务所。我和小遥每年见一次面，正好是在这周。她说想来东京玩，就带她来了。"

对，他说过女儿叫小遥。

听到"每年见一次面"，法子感到很心痛。次数也太少了。可在未来学校，就算是有抚养权的母亲和孩子也只能一年见一次。今天是工作日，孩子本应去上学。可未来学校不是很重视学舍之外的义务教育。

"滋，你现在住在哪儿？"

上次见面的时候，法子忘记问他是住在离婚前所居住的北海道，还是住在首都圈。

"平时我住在静冈，不过最近常来东京。"

听到静冈这个地名，法子心中一跳。他跟静冈的学舍还有什么关系吗？

滋似乎看透了法子的疑惑，静静地说道："我有一个小学同学，在那边开了一家制茶工厂，现在我在那儿工作。"

"是这样啊。"

他说的"小学"应该是他上过的学舍外的小学吧。滋在家乡的学校肯定也有不少朋友。即使出了未来学校，他也能维持良好的人际交往。

滋看了看站在身旁的女儿，孩子的个头还不到他的胸口。但是，由于法子平时能见到的大多是和蓝子差不多的那些还在上保育园的孩子，所以在她看来，滋的女儿已经算是"小大人"了。现在，她正一脸好奇地望着法子。

真是个可爱的孩子！

滋对法子说："我跟女儿说，爸爸和妈妈的朋友是律师，在银座工作。她听了，说想看看银座，还有你们事务所附近是什么样子，我就带她来了。我上次来的时候发现这边有个公园，里面有孩子们玩的秋千、滑梯，挺好的。还有，上次在这边买的红豆大福也很好吃，小遥很喜欢大福。"

"……这样啊。"

法子有些困惑。那么远从北海道来到东京，不应该带孩子去一些小孩子会喜欢的地方吗？这附近确实有个公园。不过，小遥平常就生活在亲近自然的环境中，公园什么的不去也罢。这边的大福嘛，确实不难吃，但味道差不多、价格更便宜的店东京有的是。

或许他不知道该怎样带着孩子在东京玩。小遥也是，特意来看父母朋友的办公楼。不管父亲还是女儿都那么"纯真"。他们的世界似乎只存在于伸手可及的范围之内。

一个明亮的声音忽然对法子说道："你好。"原来是小遥，她微笑着，有些害羞地望着法子。

各种情感涌上了法子的心头。

她们说话的方式也很像。

比起声线，其实是小遥说话的方式，比起现在的田中美夏，更神似小时候的美夏。看着小遥，法子有一种不可思议的错觉，似乎美夏一个人被留在了那个夏天，长大的只有自己和滋。

法子回答"你好"，冲小遥露出一个灿烂微笑，"初次见面请多多关照。"

"你是法子阿姨吗，爸爸和妈妈的朋友？"

法子望着小遥清澈的眼睛，愣了一下回答道："没错。"

小遥笑了笑，抬头看着法子，突然支支吾吾了起来，语气不像刚才那么干脆。她小声地问道："律师，是不是学很多东西呀？"

这孩子看上去很机灵，可能因为从小被亲生父母以外的人带大，就算面对陌生的大人也不怯场。

法子笑了笑，点了点头说："我学习是很用功。"

听了法子的回答，滋爽朗地笑了笑："果然如此。你从小就想当律师吗？"

"小时候倒也没有。"

小时候，在未来学校认识滋和美夏的时候，法子还没想过要当律师。

滋摸了摸天真无邪、一个劲地感叹"好厉害、好厉害"的小遥，语气轻快地说："小遥也是，为了成为自己想成为的人，必须要努力学习才行哦。"

小遥害羞地笑了笑，没有回答。

但是，仅仅是看着这对父女之间再平常不过的对话，竟也令法子有些不知所措。

　　为了成为自己想成为的人。

在未来学校长大的孩子们的"未来"会是怎样，法子不知道。现在的未来学校可能不再像从前那样，强烈要求孩子们长大后仍留在团体内部。可又有谁能够保证，小遥真的有"成为自己想成为的人"的自由呢？这不是一个容易回答的问题。

正感到有些尴尬，法子看向婴儿车。里面躺着一个男孩，是小遥的弟弟，由滋抚养。这孩子长得既像滋也像美夏，硬要说的话，像美夏的地方更多一些。看着这对融合了滋和美夏面影的姐弟，法子强烈地感到了岁月的流逝。

男孩穿着一件带有小熊布贴的绗缝布外套，眼睛滴溜溜地动个不停。小小的脚踢来踢去，把盖在婴儿车上的毯子踢了起来。

美夏现在应该也在东京，可小遥和滋似乎不准备去东京事务局见美夏。这是未来学校的规定，美夏也不会跟他们见面。

美夏为什么非要让孩子和自己一样，从小和父母分开生活呢？

经历了昨天的那些事，法子明白这是个自以为是的疑问。可看到小遥和她弟弟，法子的思考方向又被一股强大的力量拉了回去。

"那个……"

闻言，法子抬起了头。两人对视了几秒，法子忽然意识到，滋是想问她那件事。

关于辩护的事。

法子本想傍晚先和山上谈话，过后再做决定。虽然知道现在这么做有点不厚道，她还是故意问道："什么事？"

本想问些什么的滋轻轻吸了一口气，紧张的情绪从他眼中消失了，表情又恢复了以往的平稳。

"我们先走了，还得给小遥买大福呢。"

"嗯，今天能见到你家孩子真是太好了。"

因为无法立刻答复滋，法子感到有些抱歉。她冲小遥和婴儿车中的男孩笑了笑。啊，对了……

"弟弟叫什么名字？"

滋回答："彼方。"

一瞬间，法子突然反应了过来。

法子直视着滋，滋又说道："姐姐叫遥，弟弟叫彼方。"

法子感到，胸腔中一阵强烈的收缩。

一开始，她不理解自己为什么那么难受。过了一会儿，终于明白了。是因为从这对姐弟的名字中，读出了父母的期待。

遥，彼方。

只听姐姐名字的发音，法子还不确定是哪个汉字。现在终于明白了，汉字应该是写作"遥"和"彼方"。不知这两个名字是美夏起的，还是滋起的。从这两个名字中可以感受出世界之广阔，也寄托着他们的希望——愿孩子能离开出生之地，走向远方。

这两个名字里，似乎还包含着希望孩子们"成为自己想成为的人"的愿望。

法子不知道滋是否看穿了自己的想法。可滋只是微微地笑了一下，告诉法子："两个名字都是美夏起的。"

"真好。"

她发自内心这样认为。

"是吧。"

滋再次笑了笑。

旁边的小遥也开口道："是这样啊。"

滋和法子一起看向她，她有些害羞地说："我才知道，我的名字原来是妈妈起的啊。"

滋说："是的。"

"哦。"

小遥故意做出一副满不在乎的样子。一瞬间，法子心中悬着的石头落地了。她发现自己无法反抗。

这几天，她一直希望有人能推她一把，不管是接受还是拒绝。

显然，刚刚他们已经这样做了。

法子心中依然有踟蹰，可她还是说出了口。

"滋。"

其实这时应该叫他"滋先生"，但法子还是选择了面对老朋友时的称呼。她知道自己不是很冷静，可还是对滋说：

"我决定替美夏辩护。"

最终章

美夏

脚步声越来越近。

阴暗的会议室里，田中美夏倾听着那脚步声，一边听一边回忆过去。

那年夏天的事。

那些遥远的日子。

水野老师。

母亲。

父亲。

前夫。

那口也许不会再见的山泉。

井川久乃。

还有，孩子们。

脚步声越来越近。美夏只是静静地等着脚步声的主人来到自己跟前。会议室的座椅靠背冰凉冰凉的。

"失礼了。"

门开了，她走进来。光透过走廊的窗户，照在她的后背上。美夏冷冷地抬头看向那张脸。

最近这段时间，不知为何，美夏总想起那些人。

年迈的母亲侧着脸说："太过奖了。我只是想为大家做点事，仅此而已。"

美夏的父母一直在未来学校负责"山麓的学员"的教育。从美夏小时候开始，直到瓶装水出事，他们在全国各地举办过很多次山麓的会。

他们宣讲未来学校的理念，还会带着与会者一起做问答。美夏的父母主持问答，引导学员们对话，是中心人物。他们俩虽然不是团体的创始人，但能说会道，人多时也不怯场，很能代表未来学校的理念。

演讲开始时，他们一般会介绍自己进入未来学校之前经营保育园时的事。

那时，边工作边育儿的母亲很少，私立保育园也很少。他们办的保育园入园条件比较宽松，接收了很多孩子。孩子们的母亲有的工作，有的不工作。

这样的举措在当时是很有先驱性的。美夏在上小学时，就经常听周围的大人称赞自己的父母。在未来学校，很少有人提到父母的事，可老师们偶尔会谈到美夏的父母，美夏就是从老师们那儿知道的。

听到老师们称赞自己的父母，美夏很自豪。如果是当着其他孩子的面，这种自豪感就更强烈了。

从父母那儿直接听到那些往事的时候，美夏已经上高中了。那一次，美夏去在札幌举办的"山麓的学员"的集会帮忙，正好听了父母的演讲。母亲站在台上面对众多听众娓娓道来，她侧脸上的皱纹比美夏上小学时多了一些，似乎在诉说着岁月的流逝。可她看起来，还是比每年正月一家人团聚时有精神。

"我开始办保育园的时候，情况和现在差不多。很多刚刚成为母亲的年轻女性，对育儿的很多方面感到很不安。有的担心，不知道给孩子准备的饭菜合不合适；有的迫于无奈，只能让年幼的孩子一个人看家。只要有家庭申请入园，我们的保育园都会尽可能接收。那时，也有人批评我们的做法，认为我们太娇纵孩子的母亲，太迁就母亲的利益。可是呢，我从那时候就觉得，孩子是老天爷赐予的，不是父母的私人物品。无论什么样的家庭，大人们应该做的都是在社会中抚养孩子，把孩子平安送出社会。后来，我和未来学校相遇了。他们的理念和我的理想无比相符，我真的很惊讶。"

听众们纷纷称赞："这在当下可是开创性的。""能有这样的想法真是太了不起了。""接受孩子入园，挽救了多少母亲和家庭。"

听到大家的称赞之声，美夏的父母连忙摇头说："太过奖了。我们只是想为社会做一点贡献。"

听完演讲的一段时间内，美夏其实对父母的生活方式、活动内容并没有什么特别的感想。她只是知道了，原来是这样的。

具体是从什么时候开始的，美夏说不准，可突然有一天，她开始这样思考：对于我的父母来说，这个世界上的所谓"双亲"，其实是完全不可信任的。

他们不是想拯救为育儿烦恼的母亲、家庭，而是不信任这些孩子的父母。所以他们想把这些孩子从父母手中"收回"来，放在自己办的保育园中养育。孩子是老天爷赐予的，不是父母的私有物品，所以要从那些不好好给孩子做饭的家庭，从父母整天外出不管孩子的家庭中"收回"孩子。

只看结果的话，他们做的事确实了不起。孩子们茁壮成长，没有比这更好的事了。可那绝不是为了帮助、拯救那些父母。他们之所以做那些事，就是因为不相信他人。

美夏觉得不可思议，他们为什么……有那么崇高的使命感，坚持守护"属于社会的孩子"呢？又是否信任自己呢？相信自己养育孩子的方法吗？

只要稍微想一下，就能立刻得出结论。

我的父母一定连他们自己都不信任，所以他们加入了*未来学校*，把我交给了那个名叫*未来学校*的社会，再不过问。

那我自己又怎样呢？

我们下山吧，去外面的世界生活。

前夫望着美夏，他想和孩子们一起生活，重新做回孩子们的"父母"。

我究竟能否相信，那个作为孩子"父母"一员的自己呢……

"好呀，我们也可以一起生活，怎么样？"

"瓶装水事件"发生后，美夏的父母来到了北海道的学舍，找到美夏对她说了这番话。

距美夏高中时去他们举办的演讲活动，又过去了好几年。此时，美夏已经二十多岁，是"大人"了。

"从现在开始……？"

美夏从喉咙深处挤出了这句话。听到父母说可以一起生活的瞬间，美夏的大脑就像宕机了一样，一时没反应过来。

美夏的父母不可思议地看向彼此，然后看向美夏，笑了起来。那笑容就像大人迁就小孩子时说"真拿你没办法"。

"怎么了，美夏。难道说，你从前就一直很想跟我们一起生活吗？"

"从前，每年正月后你都不乐意回学舍，原来是想跟我们一起住啊。"

他们想把这个权力送给她。

这个想法越来越炽热，几乎灼伤了她的胸膛。虽然没有被刀刺，也没有被殴打，胸口却痛得像被火烧一样。

我多想把你们刚才对我说的话，送给那时的自己。

送给那个想见妈妈，想和妈妈一起入睡，为了实现愿望夜里独自跑到泉边的自己。

送给久乃死去的那个早上的自己。

◇◆◆

面前，站着一个女人。

美夏以为这个女人会和别人一起来，没想到只有她一个人。美夏沉默着，望着眼前的这个女人缓缓坐下。美夏正视着这个女人的脸，这个疯了的、准备替自己辩护的女人。

"好久不见。今天还请多多关照。"

近藤法子。

不久之前，她也像现在这样，在这个会议室里和她相对而坐。那时，尸骨的身份还没有确认，作为一对怀疑尸体是自己孙女的老夫妇的律师，她来到了这里。那时，她的目光里充满了对美夏的警惕和敌意。那天，她也穿着深蓝色的西装和白衬衫，领子上别着的律师徽章闪闪发光。

"辩护的事，我应该已经拒绝了吧。"

美夏说。

美夏看见法子放在座椅靠背上的手，一瞬间因为惊讶颤动了一下。但是，立刻又像什么都没发生一下拉出椅子坐了下来，低头从包中取出文件。

美夏继续说："我会拜托深田律师帮我辩护的，不用麻烦你了。"

"我来到这里是想和你谈谈。"

法子的语气十分诚恳，没有丝毫动摇，和上次见面时相比，有什么东西不一样了。此前，她一直被美夏牵着走，现在不同了。

美夏反问："谈谈？"

美夏笑的时候会皱起鼻子。不知从何时起，她常对前夫和父母这样笑，似乎已经习惯了这样的笑法。

"谈谈，谈什么呢？"

"我想知道美夏的故事。"

法子目不斜视地看着美夏。

"我想知道，"她说，"在你身上到底发生了什么。"

"什么意思？"

这可不是律师该说的话。可即使是以个人身份，法子没有权利这么刨根问底。

法子不再畏惧美夏带着轻蔑的笑，眼神冷静而沉着。从两人多年后的"再会"，再到今天，这是美夏从未见过的表情。

"听说你承认自己杀了人，一直表示井川久乃是自己杀的。"

"是的。"

"可你周围的人都不相信人是你杀的。当时学舍的那些老师、同学、你的父母，还有滋先生，他们都不相信。"

美夏没回应。

法子提到她的父母和前夫，让她感到不太舒服。她称呼前夫为"滋先生"，看来两人也已经见过面了。

美夏突然感到有些感伤。

不知法子还记不记得。

法子还记得曾经对滋有过淡淡的爱慕之情吗？爱慕着，然后，不知何时，又忘掉了吗？

美夏知道，法子和滋通信的事。

真令人怀念啊。那时，她既嫉妒法子也嫉妒滋，对两人又爱又恨。法子不过是合宿时来住过几天，滋就积极地给她写信，只因为她是山麓的孩子。美夏心里非常不是滋味。其实，美夏也很想给法子写信，几乎就要写了。可是，知道法子和滋已经在通信后，她就一点儿都不想写了。她觉得，是滋的错，是他害得自己跟法子写不成信。过去那么久，早已无所谓了，但那时的心情美夏现在还记得。她又惊又气，法子和滋竟然都那么迟钝，完全不考虑自己的心情。

事到如今，美夏不会再为那些事生气。可法子表现得好像那些事从未发生过，还毫不犹豫地提到滋的名字，美夏还是无法相信她。

但是，几乎是在美夏如此思考的同时，法子的表情突然松弛了下来。

"我能问你一个奇怪的问题吗？"

法子第一次放弃了说敬语。美夏默默地看着法子，没有回答。

法子问道："美夏，你还记得我吗？"

美夏心想，你在说什么蠢话。

你是傻了吗，我当然记得。

虽然在事务所初次见面时，美夏没有认出法子，可法子一报上姓名，美夏立刻想了起来。

但是，那天在那昏暗的走廊中，法子却没能立刻认出美夏，质问"你们这些人，到底想怎样？"，又接着坦白自己曾去过学舍。这令美夏心中又混乱又愤怒。

那些关于美好的夏日和学舍的回忆。我意识到，你没有将共同的记忆中的那个"美夏"，和眼前的我联系起来。意识到这一点后，我已控制不住脱口而出的那些话。

当美夏意识到，法子看着面前长大成人的"美夏"，无法想象这就是那个小时候的"美夏"时……

其实，法子是不是希望自己已经死了呢，当自己还是那个美丽少女的时候？想到这里，美夏的心里突然变得出奇平静。

她意识到，其实自己也如此希望。

如果我的生命结束在那个夏天就好了。

如果死的不是久乃，是我死了……

希望以死来将时间停止的人，不是别人，正是我自己。

◇◆◇

美夏沉默着，没有回答法子提的问题。

上次已经很清楚地告诉法子"不记得"了，法子却又来问，这让美夏感到无奈。脑海里似乎有一个声音在说，不如像上次那样，说一些话压制住她。——"早就不记得了。""跟你有关的那些回忆对我来说毫无价值。"

可是，美夏已经疲惫得说不出那样的话了。伤害别人也是需要体力的。美夏不知道眼前沉着自若的近藤法子在想什么。即使经过之前那样的冲突，法子依然选择为美夏辩护，这究竟是为什么呢？

明明一直放任不管。

近藤法子第一次来到事务所时，美夏对她说过这样的话。当时，美夏没想到眼前这个人就是自己认识的那个"法子"。那段时间，自称与尸骨有关的人接连不断地到来，令美夏备感厌烦。法子的客户吉住夫妇也让美夏感到愤怒。美夏对那些人表现出不满的时候，砂原他们总劝她不要耍小孩脾气。离婚之前，滋也经常那样提醒她。可每当美夏直抒心中不满，他们听后也都一脸爽快的表情。他们其实也对那些人感到厌烦，只是自己说不出口。

明明一直放任不管，什么也不记得。尸骨被发现后，那些人的记忆似乎也被挖了出来。他们成群结队地似乎想要取回什么东西，多么的傲慢啊。所谓能够取回的东西，其实，早就不存在了。

那些想要取回什么的人……

把美夏告上法庭的井川久乃的妈妈也一样。

真是可笑又可恨。她想要赎罪，但不是为了久乃的妈妈。

美夏要赎罪的对象只有久乃。

她必须要面对。因为她长大成人了，久乃却没有。她早已决定，如果被人问起，就说久乃是因自己而死，是自己杀死了久乃。

美夏想要赎罪，不仅为了久乃，也是为了自己。可是，她一点儿也不想告诉近藤法子。

法子问她记不记得自己，她没有回答。为了提醒法子不要转移话题，她突然问道："很多人不相信人是我杀的，那些人的根据是什么？谁也没有亲眼见过当时的情况。"

那个暑假，大人们都离开了。

美夏他们得到了短暂的自治权，非常兴奋。虽然大人们告诉他们，如果遇到困难就去找幼儿部的老师，孩子们却没有当回事。对孩子们来说，这段想干什么就干什么，不受大人管束的时光无比珍贵，无比耀眼。

近藤法子静静地看着美夏，点了点头说："对，我也很惊讶，当时竟然无人在场。"

美夏默默地考虑法子究竟想要说什么。

法子继续说道："大人们都离开了，让还在上小学的孩子们照顾自己，没有一个大人知道那时发生了什么。对此我真的非常震惊，孩子们居然真的无人照料。"

法子语气激烈，像是在责备谁。她没有直接点名未来学校，是因为考虑到美夏也是这个团体的一员。可是，美夏还是能从法子的语气中感受到愤怒，她在指责那些没有责任心的大人。

法子停下喘了口气，严肃地说："听说那年夏天，孩子们自己弄了一个自习室。还有人作证，说美夏确实把久乃关进了自习室。"

美夏惊讶得倒吸一口气。但她不想让法子察觉到，努力地没有发出声音。

"所以呢?"美夏慢慢地开了口，语气中透露着厌烦，"是我把久乃关了进去，然后杀了她。"

"很多人都表示，久乃确实是被你关进去的，但人是不是你杀的，就不好说了。我尽可能多地找到，并询问了当时和你一起住在未来学校的人，大部分都不同意你的说法。他们说，久乃死后确实是你第一个发现的，可你只是单纯地希望久乃能主动去自习，并没有强烈地想要'杀死她'。"法子的语气冷静沉着，"大家说，当时，你的责任心比其他孩子都强，但绝不是会把自己的想法强加给别人的那种人，也不会强迫低年级的孩子服从。你希望大家能愉快相处，主动关心不合群的孩子，温柔劝说霸道的孩子。这些我也都知道。"

说着，法子嘴角浮现出一个浅浅的、不易察觉的微笑。即使被恶狠狠地瞪着，法子的表情也不失柔和，令美夏有些意外。

"第一次参加学舍的合宿时，我不是很积极。一是因为，那是我第一次离家，有些胆怯；二是因为，邀我去的小伙伴和其他孩子玩在一起，我可能会变成孤身一人，非常害怕。那时，是你主动跟我搭话，关心了我。"

法子的声音真挚得透明，她早已决定，就算被美夏拒绝也不放弃。

"每年，你都接触很多来合宿的孩子，对你来说，我不过是他们中的一个。但我真的非常高兴。第二年我再次去参加了合宿，就是因为想见你和小滋。"

她是想让我打开心扉么? 太可笑了。 就像一阵干燥的风吹进心底的空洞，发出隆隆的回响。美夏不知道，那隆隆声是真实存在的声音还是

幻觉。会议室里鸦雀无声，仿佛只有美夏和法子还留在这个世界上。

法子的话，伴着那隆隆的风声传入了美夏的耳中。

"当时，我在学校的班里没有关系好的朋友。不知为何，我和大家相处得都不好。我担心被其他人讨厌，总看别人脸色行事，朋友很少。可在学舍，我可以成为不一样的自己。和你聊天的时候，我甚至觉得自己就算回到山麓也能享受学校生活了。那是因为你尊重我，把我当成一个独立的人，当成你的朋友，平等地对待我。即使后来美夏你已经不记得我了，但我真的很高兴当时你能那样对我。所以我第二年也去参加了合宿，就是因为想见到你。"

美夏心中的风鸣声越来越大。她紧咬着牙，沉默不语。她早已决定不对法子讲任何与自己有关的事，但是……就像在压抑着什么，美夏紧闭着嘴唇，用力咬紧了前牙。

那时的美夏心中想的是："她和我很像。"

美夏跟法子搭话，是因为法子看上去情绪低落。

虽然她不知道法子是不是真的情绪低落。但是，每年合宿的时候，都有几个那样的孩子。

他们被小组里的朋友或是一起睡觉的小伙伴排挤，以至于落了单。美夏一眼就能从人群中把他们找出来，因为他们和美夏很像。

和那个无法融入山麓的学校的自己很像。

只因为是来自未来学校的孩子，就会被"特殊"对待。就连关系好的同学都会说："咦，美夏你是那个团体的人吗？真看不出来。"

"真看不出来"是什么意思？被当着面说还算是好的，有时还会被人在背后议论。每次听到这句看似夸奖的话，美夏都不知该做何感想。正是在那样的小学时代，美夏与法子相遇了。

美夏喜欢去给来合宿的大家帮忙，是因为在山麓的孩子面前，她可以变成那种特别、成熟又帅气的孩子。和未来学校的孩子朝夕相处的生活过于平凡，已无法给美夏带来慰藉。可来自外面的孩子却十分向往与美夏交朋友。就连与她同岁的孩子都把她当成前辈或是姐姐。这令美夏十分高兴。

就是因为想见到你。

法子的话仿佛刺进了美夏的胸膛。心中的某个角落被看不见的风吹得轻轻晃动了起来。

法子用温和的语气继续说："之前，在这个楼道里跟你说话时，我有些混乱，没能把自己的想法表达出来。再加上这么多年没见，一时没看出你就是美夏，特别惊讶。我很后悔，当时没能把自己的感受说出来，所以今天无论如何也要告诉你。"

法子坦然地直视着美夏。

"我很庆幸那具尸体不是你。知道你还活着，我非常高兴，真的。我绝对不会希望你已经死了。从尸体被发现的那一刻，我就在祈祷那不是你。"

法子热烈的视线，仿佛将美夏紧紧束缚住了。

"美夏还活着，还能见到美夏，真是太好了。"

法子目光坚定地望着美夏，又说了一次。一字一句，仿佛是要把这些话刻在美夏心里。

美夏心中隆隆的风声变得越来越大，似乎有什么东西被那单纯枯燥的风吹得有些动摇了。心中那些细小的褶皱互相碰撞着发出声响，似乎与法子的话产生了共鸣。

美夏盯着法子，意欲抵抗住心中的那阵风。可即使面对美夏那锋利的视线，法子也没有畏惧。她回视着美夏，眼神中没有一丝动摇。

美夏想反驳，说些"你可真会说""这肯定不是真心的"之类的话，可又怕一张嘴别的话冒出来，还是咬紧牙关没有开口。法子看美夏不说话，便从放在旁边椅子上的包中取出了一份资料。

"我查过了。那个夏天到底发生了什么，能查的我都查了。"

法子的语气极其平静、冷静，感觉不到丝毫的兴奋或是热度，不带任何强加之意。这令美夏有些动容。

本以为，今天当面拒绝这个人就可以了……

本来就没准备请近藤法子辩护，美夏想不通法子为何要插手。如果法子不过是参加过几次合宿就自以为很了解未来学校的话，如果法子只是想对那个见过几面的"美夏"表示同情的话，美夏是一定不会允许她介入的。她不认为这样的人有权利干涉她的事。

可是，现在一切都乱套了。法子这出人意料的沉着到底是怎么回事？

"我听说，井川久乃是那种不守规矩的孩子。"法子看向手头的资料，"可能也是因为正处于小学高年级这个麻烦的年龄，在那个暑假之前，久乃经常放学不回学舍，而是和山麓的孩子到处玩耍，有时连晚饭都不在学舍吃。学舍的老师很生气，会以'连带责任'为名惩罚其他孩子。比如要等久乃回来才让其他孩子一起吃晚饭。有时候，孩子们真的吃不上晚饭。"

美夏没说话，却在脑海中开始回忆。

要等久乃回来，大家才能吃上晚饭。低年级的孩子不懂什么叫"连带责任"，哭着说饿。都因为久乃不回来，那天夜里，没吃上饭的孩子和大人一起做了很长时间的问答。

那已经是久乃第三次不按时回学舍了，怎么办呢？

连年幼的孩子都因此吃不上饭，太可怜了。

"……一个当时上小学二年级，叫高崎的男人后来告诉我，当时久乃不回来大家都饿着肚子很难受，是美夏主动对老师们说：'我们这些和久乃同一个年级的人会对此事负责，请不要惩罚其他年级的孩子。'他还说，多亏美夏让他们吃上了饭，现在也时常想起美夏对自己的好。"

美夏故意板着脸，咬着嘴唇，看不出任何情绪，就像戴着能乐面具一样。

美夏记得高崎初，去北海道后就再没见过他。她听说，"瓶装水事件"发生后，高崎全家一起离开了未来学校。法子连已经脱离了未来学校的人都打听到了吗？居然打听得那么细。

美夏并不觉得自己是为了高崎他们才那么做的。

进行问答的时候老师们问了大家这些问题：

"低年级的孩子真可怜，要怎么办呢？只让跟久乃一个年级的孩子等她回来再吃饭，还是大家一起接受惩罚？"

老师们的提问听上去是在询问孩子们的意见，鼓励孩子们独立思考，实则是诱导。

　　我们接受惩罚，让其他孩子吃饭吧。
　　作为久乃的同学，我们会让她好好遵守规矩的。

这些才是大人们希望得到的回答。

美夏当时饿着肚子，以为只要说出大人们希望听到的"正确答案"就可以吃上晚饭，便那样回答了。

可是，最终她也没吃上晚饭。老师惩罚了所有和久乃一个年级的孩子。

同年级的孩子都哭着说"我最讨厌久乃了！"，美夏也觉得久乃最讨厌了。

"我去朋友家玩了。一家人一起去唱了卡拉 OK，在家庭餐厅吃了饭。我第一次喝饮料自助，特别开心。"

久乃回来后不仅毫无反省之意，还有些挑衅地冲美夏她们笑。

"美夏她从小到大都是好孩子哦。"

那一次，不是在学舍，而是在山麓的学校里的时候，午休期间，美夏听到久乃对身边的人谈论她。和美夏不一样，久乃在山麓也有很多朋友，他们聚在一起你一言我一语地说笑，嘻嘻哈哈地看着美夏。

"你不敢直接找我抱怨吧？对我也这么温柔呢，还很照顾我。你怎么不说话了？问答的时候，你不是跟老师们说，像我这样的人永远成不了优秀的大人吗？问答的时候你不是跟老师们这样说的吗？真是个笨蛋。"

"问答！"

久乃身后传来男生们的笑声。

"问答是什么啊？"

"我知道！在'未来学校'很重视问答哦！"

美夏想起当时自己无言以对、懦弱的样子。当时的退让只是因为不想让事情变得更复杂。在未来学校，不管老师还是孩子都很信赖、依赖美夏，而在山麓的学校，久乃比美夏强势得多，美夏什么话也说不出来。

久乃有些轻浮地笑着说："我早晚会离开那个鬼地方，肯定能离开那儿。我跟你不一样，可不想一直在那儿当'好孩子'。"

法子突然抬起头对美夏说："我也对井川久乃有印象，合宿的时候见过。"

"……你们说了什么？"美夏忍不住问，可能是因为一直没说话，刚开口声音有些嘶哑。

"你觉得她是个什么样的孩子?"。

美夏以为这突然的问题会让法子感到措手不及,但法子并不惊讶,表情没有丝毫变化。

"我对她的印象不太好,虽说不应该数落已经去世的人。可合宿的中途,当时我没跟她说过一句话,她却突然用语言攻击我,还故意说得很大声让我听见。"

"她说你什么了?"

"当时我有些喜欢小滋,所以她才会说那些话给我听。久乃和身边的孩子一起大声说着:'小滋和美夏早就心意相通了。'令我很难堪。就好像被他们警告'快滚开'一样。我不觉得我做错了什么,可她们就是看我不顺眼。第二年再去学舍的时候,我尽量与她们保持距离,没有再招惹她们。"

法子这么干脆地和盘托出,美夏有些意外,也有些佩服。甚至像是在说与自己无关的事。

原来法子都记得。

四年级的夏天,合宿结束之后,久乃来找过美夏。

"我帮你警告过那个孩子了。"

"你去帮忙的那个小组的孩子。昨天她跟小滋在一起,看上去有些飘飘然,我就说了她。"

说完,久乃一脸狡黠地笑着,亲密地抱住美夏的肩膀。美夏很喜欢有人那样对她表示亲昵。甜甜地说着"我们是朋友,是伙伴",然后又指着别人说"那孩子可真任性"。可是,久乃是个可怕的孩子。这时她搂着美夏的肩膀说别人坏话,下一刻便搂着别人的肩膀说美夏的不是。以袒护美夏时的表情,坦然地贬损美夏。

久乃就是那种孩子,令人害怕,正因为如此又魅力十足。

"关于自习室，我听说大人们有时会进去，可孩子们基本不会。孩子们知道有自习室这个东西，但都认为那是大人们待的地方。被赶进自习室的孩子倒也不是没有，可绝大多数情况下孩子们都是在教室里反省，写检讨，而不是去自习室。"

法子安静地望着美夏说。

"可我听说，美夏你进过自习室。小学的时候，你喜欢去看泉水。大人们不让你一个人去，批评过你很多次，可你还是不改，所以他们把你关进去过几个小时让你反省。还有四年级合宿的时候，夜里你带外面的孩子去泉边，后来也被关进去几个小时。"

美夏还是一言不发。法子面对将沉默贯彻到底的美夏，只是缓缓地说道：

"那个外面的孩子，就是我。"

法子一字一字地说，目不转睛地直视着美夏。这种压迫感令美夏有些不舒服。

"因为带我一起去，美夏被惩罚了。我也是到现在才知道。"

美夏心想，那又不是为了你。

是我自己想在夜里去看泉水，带你一起去不过是碰巧。自习室也是我自己主动要进去的。能在大人们平时用的房间里不慌不忙地思考，让我很高兴。平时干什么都要跟其他孩子一起，只有自习时能一个人待着，那可不是坏事。

美夏躺在自习室里，仰望着天窗想，如果早晚都要来的话，还不如等合宿结束了再来。和小滋一起去给合宿的人帮忙很开心。只是，法子有没有发现我不在了呢？她会担心吗……

"即便如此，也是早上、上午等比较明亮的时候把孩子关进去，只要孩子说想出去，大人们一定会放他们出去，这是必须执行的。久乃夜里被关进自习室的事确实是特殊情况，因为大人们都不在。"眼前，法子切回正题，美夏依然沉默，"很多人都不记得当时发生了什么，我让他们尽量回忆，将他们的证言相互对照。久乃应该是大人们走后的第二天夜里进入**自习室**的。那天，孩子们晚饭时一起吃了自己做的咖喱和沙拉，之后就去洗澡了。老师们不在，大家得了自由，比平时睡得晚。但是，要等人到齐了才能睡，睡前是你发现久乃不在的。你让低年级的孩子们先睡，然后和同年级的女生们一起去找久乃了。听说在未来学校，同岁的孩子很团结。"

美夏在心中反驳，根本不是那样。

未来学校原本很重视不同年龄的孩子之间的交流，可那年久乃肆意妄为，破坏了大家的团结。在那之前，大家从没想过什么"同岁的孩子要团结"，可因为"连带责任"，和美夏同一个年级的孩子只能选择"团结"。

那天夜里，美夏和同学们一起去找久乃。

大家毫不推脱，表现得很主动。没有大人的夜晚有一种特别的感觉。大家商量好分头行动，美夏先去了泉边。其实她并不觉得久乃会在泉边，单纯只是自己想去。老师们告诉过她，不要独自前往，要和小伙伴手拉手一起去，可现在老师不在。虽然是夜里，可美夏去过那么多次早就习惯了，闭着眼都能走到。有时美夏甚至觉得要是自己迷路了的话，就那样遇险丧命也不错。

她从很久以前就经常那样想过——什么时候迷路、丧命都无所谓。不知何时，她心中出现了一种自暴自弃的厌世情绪。正是这样的情绪促使她爽快地承认，是自己杀害了久乃。

"夜里，发现久乃的是你，美夏。"法子说，"提供证言的人里，很多都记不清那之前发生了什么，但都记得久乃是被你发现的，也记得那之后发生了什么。他们说，你发现久乃后生气地把她关进了**自习室**。其实除了你，大家都没见到久乃本人。很多人说，你并没有跟大家商量，就感情用事，自作主张地把久乃关进了**自习室**。听说**自习室**在大人们的宿舍里，原本是大人们住的一间屋子。"

法子看着美夏瞳孔深处，似乎想从中发现什么真相。

"有人怀疑久乃被关进去之前就死了。还有人说，久乃可能是被美夏杀死的，也可能是意外身亡，但是美夏把她的尸体藏到了**自习室**里。"

法子声音低沉，美夏面无表情地看着她。

法子立刻摇头说："到底发生了什么大家都不知道，毕竟后来谁也没见过久乃。有人说你把久乃关起来后，非常生气地回了寝室，还说绝不原谅久乃。很多人都推测你们俩吵架了。**自习室**很小，只有一扇天窗。可考虑到可能有大人长时间待在里面，又放了坐垫、毛毯、小桌子之类的东西，还是可以勉强生活的。所以，大家虽然知道你把久乃关进去，也没多说什么，都觉得关一晚也没关系，正好让久乃反省反省。久乃确实惹了很多麻烦，大家都想惩罚她。毕竟，连平常会护着久乃的温柔的美夏都看不过去了。"

美夏心中隆隆的风声不知何时平静了下来。此时，她能听到的只有法子的声音。她听着法子说的话，心渐渐回到那永远回不去的地方。

美夏觉得很不可思议。

学舍的风景，她竟还记得这么清楚。还有教室、走廊、山泉、大家一起睡觉的大教室、大人们的宿舍、**自习室**……在记忆中那么鲜明，可那些地方早已不存在了。

"可第二天早晨，情况突变。傍晚，老师们就会回来。孩子们起床后开始自己准备早饭。大家让你去**自习室**给久乃送早饭。有一个叫木下的六年级女生说可以陪你一起去，可你拒绝了她，还是一个人去了。"

木下……木下未绘。

这么说来，她好像确实找过我。虽说现在已经记不清了。那天早上，美夏本来就准备一个人去，如果有人说要跟她去，她八成会拒绝。

美夏以为自己依然清清楚楚地记得那天发生的全部事情，没想到竟然有别人记得可自己却想不起来的部分。

大家不是都走了吗？

他们跟我不一样，不是都离开了未来学校吗？

"你去送饭后没过多久，小学部的学舍里就来了好几个幼儿部的老师，每个人都脸色煞白。"

法子的声音仿佛在低语。

看来法子真的是尽可能去调查了。因为，美夏并不知道在那之后小学部的学舍发生的事。

她去送饭后就离开了，那之后也再没踏入过自己生活过的小学部的学舍。

美夏想象着那个正在敲自习室门的自己。在她的记忆中，门把手是木质的，很朴素，不太牢固。她想象自己站在门前的样子。圆圆的门把手被一把与门毫不相称的大铜锁锁了起来。那把锁是大人们用的。那天晚上，美夏把久乃推进屋里，用力锁上了门。

"久乃。"

美夏咚咚敲了两下门。

她单手拿着的托盘上放着牛奶、煎鸡蛋和面包，沉甸甸的。

"久乃，我给你送早饭来了。我们……"

美夏冲着屋里说。

"我们谈谈吧。"

久乃喜欢往煎鸡蛋上倒酱油，美夏把酱油瓶也拿来了。酱油瓶放在托盘上，不太稳，似乎随时有可能被打翻。在这里，每人每天只能往饭菜上浇一次酱油，每个餐桌上也只有一个酱油瓶。为了久乃，美夏特意把那珍贵的酱油瓶拿了来。

"久乃？"

美夏把托盘放到一边，拿出钥匙插进了锁中。打开门，美夏走了进去……

法子还在继续讲述。

"人们告诉我，到小学部来的那几个幼儿部的老师，神态举止跟平常完全不一样，脸色大变，看起来很亢奋，可眼中没有笑容。关于那天早上的情形，人们的描述不尽相同。但有一点可以肯定，那天早上大家都意识到学舍发生了什么不寻常的事。吃完早饭，孩子们都被带到了集会的地方。老师们让孩子们暂时在那里等待通知。没过多久，幼儿部、初中部、高中部，学舍所有年级的孩子都来了。高中部的孩子们带头，进行主题为'反思暑假生活'的问答。大人们并不在场，只是偶尔来看看孩子们的情况。他们好像有什么急事要处理，就把组织活动的事交给高中部的孩子。很多人都感到很奇怪，暑假不是还没过完吗？为什么要现在做问答反思暑假生活呢？"

进入自习室的瞬间，托盘从美夏手中滑落了下来。

酱油撒了一地，专程拿给久乃的珍贵的酱油瓶也摔碎了，醇厚的香味扑面而来。美夏飞奔而去，哭着喊着求救。那天，我是不是不知道应该去哪儿？那天的我有没有犹豫？明明是发生在自己身上的事，美夏却记不清了。不过，我应该没有犹豫。

那之后，美夏无数次地问过自己。

那天，我没想过去小学部求救吗？

那里有那么多伙伴。

那又为什么没去高中部呢？

去高中部的话，可以去找滋。很久之前，在黑夜里把神志不清的美夏从泉边背回学舍的，也是他……长大后，美夏以为滋早已忘记了自己。没想到他竟追到了北海道，拘谨而又不合时宜地说着"好久不见"，后来成了自己丈夫的滋。

那个用不谙世事的眼神望着自己，说"一起离开这儿吧"的人。那个成了孩子们父亲的人……

要是那天美夏没去幼儿部，而是去了小学部或高中部，她的命运会因此改变吗？那天她应该是没有犹豫。她只是按照大人们说的那样，自治期间遇到困难就去找幼儿部的老师。

她奔向幼儿部校长水野老师的办公室。除此之外，她没有其他道路可选。

法子继续说："虽然大家都意识到学舍有情况，可问答依然在继续。'反思暑期'的话题结束后，大家开始分班讨论秋日祭时表演什么节目，议题一个接一个。高中部的孩子带领大家把平时需要一点一点议论的话题说了个遍，一直说到晚上。那天晚饭也不是在食堂吃的，大人们把买来的三明治拿到集会的地方给孩子们吃。夜深了，孩子们终于回到了自己的学舍，发现出去视察的小学部的老师们早就在等候了。没有大人打扰的自由生活就此结束，孩子们有些失望。"

法子一动不动地望着美夏，在她的瞳孔中寻找着什么。美夏也直视着法子，下意识地想躲避法子的视线，可最终还是忍住了。

法子说："回到小学部的**学舍**后，大家才发现你不在。集会的时候大家以为你在其他班，就没在意。可你没回**学舍**，久乃也不在。大家想，要是久乃还待在**自习室**的话可不太妙，赶紧告诉了老师。老师们跟大家说没关系，已经知道了。大家松了口气，没再多想。"

法子几乎不看手头的资料，因为没必要。过去发生了什么她早已烂熟于心，随时可以复述给美夏听。

"第二天、第三天，大家发现你和久乃依然没回来。不知何时，你们俩的个人物品也从架子上消失了。直到暑假结束，**山麓**的学校就要开学的时候，才听说你们俩转去北海道的**学舍**了。事出突然，大家都没能跟你们道别。"

说到这里，法子忽然把讲述的主语换成了自己。

"我问大家有没有觉得不对劲。大家说确实有点怪，但没觉得有什么大问题。在**未来学校**，经常有人突然被父母领回家。没人告诉大家那些孩子为什么突然离开，没什么奇怪的。"

的确。美夏也经历过很多次那样的离别。那些突然离开**学舍**的孩子，连再见都来不及说。大人们不告诉其他孩子是什么原因，能不提就不提。

"那之后很长一段时间，大家都不能使用**广场**。"

广场——大家一起放烟花，切西瓜，出去玩时集合的地方。去年，尸骨被报道之前，美夏也不知道久乃被埋在了那里。

"那年夏天，**广场**上种天然草坪。校方以保护草坪为由，禁止大家踏入草坪。大家告诉我，他们接受了那个理由，不觉得有什么可疑之处。"

真有意思，美夏从小看到大的那个**广场**是没有草坪的。美夏走后，**广场**变了样，但她想象不出新的**广场**是什么样子。

"我从当时在场的学员们那儿了解的情况就是这些了。我也问了一些当时的老师，他们的描述和学员的描述有的地方不太一样。"

说到"老师"这个词时，法子的眼神似乎变得更加锐利。

"绝大部分老师在久乃死亡事件前后都没有直接见过你，不过他们几乎都提到了当时在幼儿部当校长的水野老师。也就是说，当时直接从你那儿知道发生了什么的只有水野老师。你的父母当时因为举办演讲活动长期在外，再次见到你已经是很久之后的事了。"

美夏禁不住问道："你见过我父母？"

一连串的讲述突然被美夏打断，但法子并没有动摇，只是点了点头说："见了。"

"这样。"

美夏又陷入了沉默，法子也没说话，就这样继续自己的讲述。

"我想，孩子们集会的时候你应该也一直待在水野老师的办公室里吧？水野老师不希望你再受其他刺激，在你父母回来之前尽量避免你与其他大人接触。他应该是按照自己的意思处理了那件事。"

美夏小声说："全部都是他的意思。"

她听出法子话里有话，忍不住出了声。

法子看美夏似乎领会了自己的意图，点了点头说：

"他隐瞒了久乃死亡的事实。"

"从当时的情况来看，"法子说，"你发现久乃情况异常，应该是去自习室送饭的时候。"

美夏下意识反问道："情况异常？"

她觉得法子的说法有些模糊不清，轻轻抬起了头。

法子点点头说："也就是死亡。我觉得你只是发现了死在自习室里的久乃的遗体，并不像你自己说的那样，对久乃抱有明确的杀意。不管怎样，你应该就是那天早上得知久乃的死讯的。"

美夏再次陷入了沉默。

法子预料到她会沉默，不在意地说："那我继续。就算是'杀人'，也不是那种有周密计划的杀人。我推测那是突发事件，最多算是意外事故。不管事实如何，有一点可以肯定，就是得知久乃的死讯后，你极度惊慌，去找留在幼儿部的水野老师求救。听说水野老师从你小时候就一直担任校长，你也很依赖他。"

美夏依然沉默，毫无回应的意思。

"水野老师率先采取了行动。他告诉大家久乃死于事故。大人们意识到问题的严重性，开始讨论怎么办。这时，不仅幼儿部的老师，视察归来的小学、初中、高中部的老师也参与了讨论。为了使未来学校能继续办下去，大家决定掩埋尸体。"

对水野老师来说，这简直易如反掌。每次进行问答时，最终结论看上去是大家自发讨论得出的，可实际上都是大人们的诱导，诱导大家得出唯一的"正确答案"。

他们让孩子们盲目相信这世上存在所谓的"正确答案"。

这世界上并不存在"正确答案"或"绝对的真理"。如果有人认为这世界上有绝对的"正确答案"，那一定是被谁误导了。明白这一点，美夏用了多久呢？在未来学校，大人们会告诉孩子，无论何时都能找到"正确答案"。那里的大人都坚信这一点，不断朝着"正确答案"前进。

"听说水野老师告诉其他成年人，久乃死于意外。可亲眼看到过尸体的人都说，尸体上并没有什么外伤。有人说，因为不清楚久乃被关进自习室时的气温和环境怎样，只能推测她死于衰弱。水野老师只告诉大家是意外，大家也不好多问，只能自己说服自己。也有人说……"法子停顿了一下，看了看美夏，"水野老师可能是想包庇擅自使用自习室的孩子。就算那个把久乃关进自习室的孩子既无恶意也无杀意，也需要对久乃的死负责。水野老师可能是为了那个孩子的未来，隐瞒了真相。"

美夏不由自主地念着"未来……"，但没有嘲讽或讽刺的意味，语气十分自然。

法子看着美夏点了点头："有一个人说，是为了美夏的未来。可只有那一个人是这样说的，我也不知道是不是真的。"

美夏皮笑肉不笑反问："是吗。"

这句话美夏也听过。对她那样说的不是别人，正是水野老师。

没关系的，没关系的，美夏。

未来是属于你的。为了你的未来，我们这些大人会保护你。我们不会让任何人伤害你。

法子直截了当地说："关于当时发生的，不论怎么调查，有一个问题我怎么也想不明白。"美夏慢悠悠地抬眼看了看法子，心想恐怕不止一个问题。

你真的杀了人吗？到底发生了什么？

在此之前，人们问过美夏无数次的那些问题。尸骨发现时，尸体身份确定时，久乃母亲的诉状寄来时……

就连未来学校的伙伴们都反复追问美夏当时到底发生了什么。现在在未来学校的人很多都不了解当时的情况，即便是当年参与过掩埋遗体的大人也都跑来跟美夏问长问短。

美夏的父母也是一样，事发当初明明是不闻不问，现在却……

"我们听水野老师说了。美夏，辛苦你了。"

他们说完，还要学着那些体谅儿女的父母的样子，一把抱住美夏。而美夏只能哭着说"久乃死了"。

美夏没有想到的事，现在还有人来问当时发生了什么，竟然没有一个大人理解当时到底发生了什么。

法子肯定也有无数个问题想问。可她却说"只有一个问题"，令美夏有些意外。

"你能告诉我吗？"法子问，"你为什么把久乃带到自习室里去？"

美夏不由得露出惊讶的表情，瞪大了双眼。确实非常意外。在与法子的"较量"中，她本来不打算表露出任何感情的。不过，美夏不确定法子有没有注意到自己表情的变化。

"人们都不清楚你为什么要把久乃关起来。有什么理由吗？"

美夏反问："理由？什么意思？"

美夏感到嘴唇有些干燥，微微地笑了。表情恢复了自然，可嘴角有些抽搐。

"大家没告诉你吗？久乃经常夜不归宿，惹是生非。那天夜里也是一样。"

法子说："提到当时的事，知情的那些人都说，美夏把久乃关进自习室是没办法的事。他们说久乃经常耍得大家团团转，可美夏不仅不在意还常常护着久乃。但是久乃一点不领情，越来越嚣张，最后美夏实在忍不下去了。可是……"法子摇了摇头，肯定地说，"我觉得，如果只是那样的话，你是不会把她关进去的。平时你对她很温柔，可那天你不跟任何人商量就擅自做了决定，一定是有什么理由。"

法子直视着美夏的眼睛。

"在未来学校，什么事都要在问答时商量。你在那样的环境中长大，不可能忽略问答这个环节。你决定自作主张，一定是有什么导火索。"

那天你许了什么愿望？

美夏耳朵深处响起一个声音，像银铃摇动一般悦耳的声音。

声音小到大人们听不见。

"那天你许了什么愿望？"

因为惊讶，还没上小学的幼小的美夏慢慢地眨了眨眼睛。

至今为止，没有一个人问过美夏。

黑夜里，跑呀，跑呀，把宝贝颜料挤进冰冷的泉水里后许下自己的愿望。提问的千岁表情严肃。千岁平时总是一副不知在想什么的样子，可现在，她的眼神特别认真，一动不动地望着美夏。

美夏回答："……我的愿望是能见到爸爸妈妈。"

美夏的声音，就好像担心话说出口后什么东西会融化消失一样。那时，美夏第一次意识到，自己其实一直希望谁能问自己这个问题。

千岁紧紧抿起嘴唇。

突然间，她无言地向美夏伸出双手，用力地抱住了美夏。

放开美夏后，千岁的眼里虽然没有泪水，可看起来仍像在哭泣一样。

为何会突然想起这几十年前发生的事呢？

她突然发现，眼前的近藤法子虽然成熟稳重、态度毅然，可也是一副眼中含泪的样子。

法子虽然没流泪，但看起来却像刚刚擦干了泪水，看向美夏的眼神十分真诚，眼里充满了真诚。

"美夏,"法子声音有些颤抖地问,"到底发生了什么?"

美夏想都没想,条件反射一样地回答:"什么都没发生。"虽然她一直在这里,哪儿都没去,可就像刚做完剧烈运动一样,有些喘不上气。

她看着法子回答道:"我把久乃关起来并没什么导火索。她不守规矩,还毫无反省之意。我很生气,所以把她关起来了。"

法子注视着美夏,不屈不挠地追问:"真的只是那样吗?"

"只是这样不行吗?"

"我不觉得你会无缘无故地做那样的事。可能你确实生气,确实有些冲动,可你不是那种不跟其他人商量就擅自处罚别人的人。"

"那我是什么样的人?你又懂什么?"

美夏脑袋里面热得要燃烧起来了,像小孩子般叫嚷起来。

可法子毫不胆怯地回答:"我懂,因为我是你的朋友。"

法子自知这么说过于自以为是,几十年没见的人说这话实在有点恬不知耻。可没想到美夏却像被迎头浇了一盆冷水一样,直勾勾地盯着法子。

法子也一动不动地望着美夏说:"现在的你我不了解,现在的我也不是你的朋友。可小时候,我和你曾是朋友。我知道的,小时候的美夏决不会无缘无故做那种事。"

美夏紧紧咬住嘴唇。

"第二天早上,有几个孩子说要跟你一起去给久乃送饭,可你拒绝了,坚持要一个人去。这点也引起了我的注意,你肯定是想和久乃单独说些什么吧?"

"不知道!"

美夏忍不住脱口而出,其实原本一直保持沉默就行了。她不想说话,也不想考虑那件事。她已经很久没思考那些事了,现在突然强迫她重新面对那些事,她很痛苦。

从法子对美夏亲密的称呼中可以听出，对她来说，过去的"美夏"和现在的"田中美夏"是一体的。法子并没有把过去和现在的美夏分开看待，这令美夏感到痛苦，没有人在意自己反而更轻松。

美夏拼命想甩开法子的手，可法子却拼命想抓住美夏的手，不离不弃。

"你不想说就算了。不过，我知道你一定是有理由的。那理由促使你把久乃关了起来，并让你说出'是我杀了她'这样的话。你们俩之间一定发生过什么，我想知道。你不想说的话也没关系，但我会一直问下去，因为我想知道真相。"

"你为什么那么执着于所谓的'真相'？你不觉得那很傲慢吗?"

"确实傲慢！"法子不退缩，她高声说，"我的态度确实很傲慢，但我还是想了解真相。因为我相信，那可以拯救你。"

泪水从法子的眼眶中流了出来。

不知何时，法子的脸上出现了两道泪痕。法子咬着牙，涨红了脸，看着美夏哭了起来。看到法子的眼泪，美夏一句话也说不出口，只是屏住呼吸看着她。看着看着，美夏的眼睛也热了起来。意识到自己的眼泪快要涌出来了，她急忙试着控制情绪。

美夏和法子互相对视着，表情一模一样，谁也不退缩，视线像是要射穿彼此。

"你是清白的。"法子斩钉截铁地说，"我会在法庭上强调你没有必要负法律责任，无论久乃死于意外还是他杀。不管你怎样强调久乃是自己害死的，这一点都不会改变。你可能会说你把她掐死了，也可能说你把她推下了楼梯，你想怎么说就怎么说，反正你是清白的。"

法子眼睛都不眨地看着美夏。

"当时你才十一岁，还是个孩子。就算你确实有过失，也无法追究当时还是孩子的你的法律责任。应当被追责的，是放弃监护义务的大人们。不管那是意外还是故意杀人，都不是你的责任。大人们说掩埋遗体是为了守护你的未来，那都是诡辩。他们迫使你相信他们的话，等同于虐待。那之后，你也一直被那样的想法束缚着。该负责的是大人们，不是你！"

美夏眼前划过一道白光，头痛了起来。她无法继续直视法子，默默地闭上了眼。

我一直被束缚着吗……？

正因为他们保护了我。

所以，我才无法走出这里吗？我不知道。理由一定不止一个。

明明那么讨厌父母所在的未来学校，那么鄙视那个地方，却离不开。为什么呢？

　　爸爸……妈妈……

自己一边哭一边往冰冷的泉水里挤颜料。

爸爸妈妈明明就近在眼前，却热衷于追寻那看不见也摸不着的、所谓高尚的理想，对自己的孩子不管不顾。连自己的孩子都无法拯救的人，却在教育其他孩子什么是理想社会。

我多么希望爸爸妈妈眼里只有我，多希望他们陪在我身边。

我心中透明的、美丽的"未来"，老师们边摸我的头边说，只存在于孩子心中的"未来"，一直占据内心的"未来"，不知何时已不见了踪影。

那天夜里，久乃没回来，美夏去泉边找她。其实，美夏并不觉得能在泉边找到久乃，可因为她喜欢山泉，还是去了。要是自己在看泉水的时候，谁能找到久乃就好了。

坐在泉边的美夏心情十分平静。被水的气味、森林的气味包围时，美夏觉得可以单纯地做回"自己"，可以有自己真正的愿望、自己真正的感受，而不是扮演人们心中的"好孩子"。

美夏坐在泉边发呆，心满意足后准备返回小学部。半路上，她看见大人们宿舍的灯亮着。

明明今天应该没人在的。

到底怎么回事？美夏疑惑地踏入了大人们的宿舍。

宿舍里传来窸窸窣窣的动静，进去一看，竟然是久乃。她站在大人们放东西的柜子前，不知在干什么。

"久乃？"

听到美夏的声音，久乃回过头来，手上好像拿着什么东西。

空气中飘浮着发霉的味道。平时美夏几乎不会来这里。

久乃面前的柜子是男老师们的柜子，她手里拿着的竟然是钱。

在学舍，孩子们既看不到钱也没有钱的意识。山麓的孩子有零花钱，但他们很少带钱去学校，带也不过几百日元。看到久乃手上的纸币，美夏受到了很大刺激，心脏剧烈地跳动着。

"久乃，那是……"

"哎呀，被发现了。美夏，我分你一点好了，你别告诉别人。"

久乃坏笑着，有些粗暴地一把关上了身旁的柜子。柜子上贴着"信田"的名牌，是丰老师的柜子。丰老师个子很高，是一位像大家的爸爸一样的老师。

"这样是不对的。"

美夏的声音有些颤抖，虽然她不想让久乃看出她的胆怯，可声音不争气。

久乃略显厌烦地瞥了一眼美夏问："为什么？"

看来久乃不是第一次，可能像这样偷偷摸摸进来过很多次了。和山麓的朋友在家庭餐厅、卡拉 OK 店玩到夜不归宿时，久乃说钱都是朋友或他们的父母出的，看来不是每次都有人给她出钱。

"不为什么……"

"因为不能偷东西？偷东西的人是坏人？确实啊。那为什么偷东西不好，大家一起思考吧！噢！噢！美夏是这样想的啊，真棒！"

久乃学着大人们主持问答时的声音语调戏弄美夏。美夏感到自己喉咙深处一股热流即将涌出。

"都是空话假话，你也是，老师们也是。"久乃侧着头斜眼看着美夏，轻蔑地说，"我告诉你，这儿的大人可没你想象得那么值得尊敬。他们可真能装，蠢得连柜子都锁不好。而且啊……"

久乃不屑地笑了笑，笑得有些毛骨悚然。她用手勾着美夏的脖子把美夏拉到自己这边，指着柜子前面的地板说："你看啊。"

大片肌肤的颜色进入了美夏的视野，美夏瞬间惊呆了。那是一个女人的泳装照片，照片上写着"情色"，还有"过激""激情""纯情""爆乳"。除了照片还有漫画，上面画着的人赤身裸体地微笑着。

不止一本，地板上放着好几本这样的书。

久乃笑了。

"这都是我从柜子里发现的，顺手拿了出来。老师们回来看到后会是什么表情呢？想想就好笑。他们在孩子面前像正人君子一样，背地里却在看这样的东西。好几个老师柜子里都有。"

美夏站在原地动也动不了，心中像是破了一个洞。

"你知道这是什么吗？"

久乃摇晃着一个糖果盒一样的小盒子，发出哗啦哗啦的声音。美夏不知道。久乃明知美夏不知道，还故意捉弄她。美夏不知道那是什么，但明白那是不该看的东西。盒子上画着圆圈和箭头的符号，美夏知道那代表男性和女性。

"丰老师要和谁做这种事呢?"

听久乃这么一说,美夏真想立刻把脸捂住。下腹部有一种沉沉的不舒服的感觉。

进行问答的时候久乃也老是这样。

有一次,问答的题目是"爱"。

"老师,爱不就是性吗? 没有爱也可以有肉体关系吧?"

那时,听到久乃这么说,美夏他们都傻了。他们不知道久乃说的"性"是什么意思。低年级的孩子更不知道了,只有老师们满脸通红,一副不知所措的样子。

现在,美夏知道自己的脸肯定也红了,耳边拂过的空气变得凉凉的。

久乃嘲弄着眼前一动不动的美夏:"美夏,傻,死认真。"

她随手从地板上捡起一本杂志拿到美夏眼前说:"看啊看啊。"

久乃一页一页地翻着那本杂志,杂志上一个男人正在摸女人的身体,还有马赛克、涂黑的方块。闭着眼的女人穿着红蝴蝶结的水手服,露着胸口,撩起裙子。还有其他的照片,嘴里叼着什么东西……

久乃把杂志封面举给美夏看。上面的女孩看起来和高中部、中学部的孩子年龄差不多。

"这是从你最喜欢的水野老师的柜子里找到的。"

久乃的声音回响在美夏耳朵深处,听起来很遥远。

久乃笑着说:"连老头子都看这种东西,看来他喜欢学生服啊。身为校长还爱好这个,可真恶心。你说我要是在问答时间他,他会怎么回答? 我们干脆把这些杂志拿回小学部给孩子们看看怎么样? 保证大家哈哈大笑……"

美夏大声喊道:"住手!!"

久乃闭上了嘴，吃惊地看着美夏。美夏也很惊诧自己竟能发出这么大的声音，就像一直沉睡在喉咙底部的悲痛的哭声。

讨厌、讨厌、讨厌。

声音在美夏的脑中轰鸣着，她抓住久乃的脖子，胡乱拉扯。纸币从久乃手中滑落了下来。

"哎哟，等、等一下，美夏你，啊——"

两人扭打在一起，美夏拉扯着久乃的头发。她没想到自己竟有这么大的力气，指尖传来头发离开头皮的触觉，那感觉很不好。

被美夏拽住头的久乃大声喊："你讨厌什么？莫名其妙！"

美夏这才发现原来自己竟下意识地不断喊着"讨厌"。她也不知道自己讨厌的是什么，也不知道自己为什么跟久乃动了手。

长大后，她明白了自己那时为什么那么生气。

一开始，是因为那些露骨的杂志刺痛了她的眼睛。没想到自己身边的老师们竟然看那样的东西，美夏很震惊。本以为那样的事和那样的人离自己很遥远，可没想到竟然就在身边，美夏受到了冲击。

但在美夏心中，对久乃的愤怒要远远超过对大人们的幻灭。

如果仅仅是说说可能大家不觉得，其实那时的美夏比早熟的久乃懂事得多，是真正意义上的成熟。

对她来说，久乃是"违反了规则"。

可能大人们确实看了黄色书籍，也确实做了下流的事，但久乃做的事践踏了别人的尊严。当时的美夏虽然无法用语言表达出这个意思，但有这个意识。不管是大人还是孩子，都有不想被他人入侵的地方。久乃不仅入侵了那个地方，还想公之于众，那是绝对不可原谅的。

未来学校重视语言，一直通过问答训练孩子们思考问题的能力。久乃说那都是大话空话，但也接受过这样的训练，心里其实是明白的。即便情况混乱，美夏的头脑也是清醒的。

对大人们的幻灭当然不是没有。久乃说，这些大人们没那么值得尊敬，这句话射穿了美夏的心，令她感到沉重、痛苦。

美夏的心中充斥着各种情绪。什么是错的，什么是正确的？就算现在进行寻找正确答案的问答，也许也找不到模范的解答。这样的主题，本来也不会出现在问答里。

美夏吼叫着："久乃你给我好好反省！"

久乃突然被美夏抓住脖子，痛苦地用手拍打着地面喊道："搞什么啊，你明明利用了我！"

这话令美夏感到一阵眩晕。

久乃继续喊道："你为了当'好孩子'，利用我这个'坏孩子'！"

"闭嘴！"

美夏制止久乃，是因为被戳到了痛处。她大脑一片空白。

利用了我！

久乃并非伶牙俐齿，可此时无意中说出的话却非常准确、尖锐，令美夏焦躁。

美夏明白久乃的意思。不知从何时开始，她意识到自己在利用久乃，比如美夏在学舍忘记值日的时候，没按时交作业的时候，故意多拿一份零食的时候。

当老师们用"像你这样的好孩子怎么会这样呢"的眼神质问、批评美夏的时候，美夏只要说"因为久乃……"，大人们就会原谅美夏。

因为要照顾久乃，所以忘记值日，晚交作业；因为照顾久乃，所以多拿了一份零食。这时大人们会想，既然是因为久乃那就没办法了，她就是那种孩子。只要有久乃这个"坏孩子"，美夏就能一直当"好孩子"。

发现自己的小心思被久乃看穿，美夏气急败坏。她先感到的是羞耻，随后是愤怒。没想到，竟被久乃看出来了。久乃平时那么迟钝，怎么偏偏这时候这么敏感呢？傲慢的怒火在美夏的心中越烧越旺。

"你这种人必须好好反省！"

反省、反省、反省。

美夏对久乃又打又拽，压制着久乃的反抗。她拽着久乃的手臂，拉着久乃的头发，把久乃拖出房间，拖到楼道里。她也不知道自己哪儿来的力气，只觉得久乃的所作所为无法原谅。

"好痛啊，住手啊！"

美夏无视久乃的喊声，把她拖到楼道里，发现**自习室**的门正好开着。怎么那么巧呢，这简直就像是在邀请美夏和久乃进去。**自习室**里没开灯，从天窗透下来的月光在屋里铺展开，召唤着美夏和久乃。

美夏拼命把久乃往屋里推。久乃一直被美夏拖着拽着，美夏突然松开手，久乃差点跌倒。美夏趁势把久乃推了进去。

久乃倒在天窗泻下来月光里。美夏把她一个人留在那里，关上门，锁上了那把大得与门有些不相称的大锁。

咔嚓一声，门被锁住了。

屋里传来喊声："放我出去！"

屋里的久乃好像爬了起来，咚咚咚地用力砸着门。

"放我出去，美夏！"

美夏也咚地捶了一下门，愤怒地喊道："你给我在这好好反省！好好自习！"

久乃的声音开始带哭腔："我不要，放我出去！我给你道歉。"

美夏闭上了眼睛，眼球被温热的泪包裹了起来。

"我道歉！我道歉好不好！"

美夏紧咬着牙，双手捂住脸，在门口蹲了下来。她不想让久乃知道她哭了。久乃说要道歉，可她肯定不知道为什么应该道歉。不管美夏怎么解释，久乃也不会明白她为什么受到了伤害，也许一辈子都不会。

"我会把钱还回去的！"

不可原谅的，并不是偷钱的事。

她无法原谅的是久乃故意给她看那些东西，还说要把那些东西公之于众。

美夏认为**未来学校**是个美好的地方，可久乃不认为。她并不觉得，肆意践踏美夏认为美好的东西有什么问题。美夏确实受到了伤害，事情既然发生了，她就再也回不到过去了。

美夏多么希望这一切都没发生过，她咬着牙听着背后传来的久乃咚咚捶门的声音。她这才意识到手臂很疼，是拖拽久乃时弄疼的。不仅是手臂，两人拳打脚踢弄得美夏浑身上下都疼。

"美夏，求你了美夏！"

门后久乃的声音渐渐变得无力，语气也变得近乎祈求，可美夏绝对不会心软。

美夏知道，久乃最希望的就是引起别人的注意。不管以怎样的形式，只要有人能注意到她，回应她，她就高兴。对久乃来说，把她一个人留在那儿让孤独折磨她是最好的惩罚。

美夏压抑着想哭的情绪回到了刚才那间屋子。地板上散落着一千日元和一万日元的纸币，还有几本封面皱皱巴巴的成人杂志。一连串银色的小袋子从糖果盒一样的纸盒里滑出来，落在了地板上。美夏边哭边收拾那些东西，既想看又不想看。眼前有一个柜子，她也不知道那些东西都是谁的，干脆全都塞进了那个柜子。

关上柜门后，她看见旁边的柜子上写着"水野"的名字。看到这个名字的瞬间，各种情绪涌上心头，她忍不住抽泣了起来，那是至今为止最强烈的抽泣。

久乃的话不断在耳边回响：

> 这是在你最喜欢的水野老师的柜子里找到的。
> 连老头子都看这种东西。

水野老师看着美夏长大，经常偷偷给美夏零食吃，还会把美夏抱到腿上安抚。此时，那些与水野老师的回忆一齐拥上美夏心头，她恨不得大喊大叫。但是，美夏弓着身子用手捂住嘴，尽量不让自己喊出声来，仍然哭个不停。

突然传来一个轻轻的、像空气破裂一样的声音。美夏抬头看向自习室。原本一片漆黑的自习室里亮起了灯，黄色的灯光从门缝漏出。原来屋里有灯啊，美夏总算稍稍放下心来。久乃的哭声已经听不到了，或许她以为美夏走了，放弃了哭闹。没人看就不哭了，可真像她干的事。美夏悄悄把耳朵贴在自习室的门上听里面的动静。虽然没有哭声，但能感觉到呼吸声。确认久乃没事，美夏便离开了。

为什么非要经历这种事？美夏觉得自己非常悲惨，满怀怨恨地离开了那里。

◇◆◇

"我把久乃关到自习室里了。"
"我是真的无法原谅她。"

◇◆◇

她至少应该在那儿好好反省一晚，我绝不会原谅她的。

晚上钻进被窝里后，美夏依然在生久乃的气，满脑子都在想怎样才能让久乃明白自己错在哪儿。美夏闭上眼，又想起了地上的那些杂志。说一点兴趣没有是骗人的，杂志上那些照片都是怎么回事？美夏知道不该看，但又想一个人悄悄回去翻一翻。可她又觉得，就连有这样的想法也是不对的。那些书确实是老师们的，他们一定看过，水野老师也一样。不管美夏怎样努力，她受的打击都牢牢印在脑海，久久挥之不去。

突然，美夏想起把久乃关进自习室时，久乃手上还拿着一本杂志。是那本从水野老师柜子里掉出来的杂志，封面上印着一个穿水手服的女孩。

得赶紧把那本书从久乃那儿夺过来，要不她准得给其他人看。

即便美夏自己还没从打击中恢复过来，她已经开始担心别人了。要是久乃跟其他孩子说了那些，他们肯定也会深受打击，就像现在的自己一样，知道了不想知道的事，再也回不到从前。

而且，久乃肯定会越来越嚣张，带着其他人一起嘲笑、捉弄老师们。

明天一早，自己得赶紧去说服久乃，告诉她如果想出来就不要跟任何人提起那些事。得让她保证，还要让她把那本杂志放回去。

早上，美夏只身一人去给久乃送饭。

"久乃？"

美夏咚咚地敲了两下门。

一只手拿着沉重的早餐托盘，上放着牛奶、煎鸡蛋、吐司。

"久乃，我给你送饭来了。"

美夏想着，应该先跟久乃道个歉。她觉得昨天晚上自己对久乃太凶了。

"我们谈谈吧？"

美夏认为，只有通过对话才能说服别人。久乃偷钱的事，美夏不准备告诉任何人，她希望久乃也能像这样对杂志的事保密。

托盘上放着一小瓶酱油，美夏知道久乃喜欢往煎鸡蛋上淋酱油。

"久乃？"

美夏手里握着从大人们的办公室里拿来的自习室的钥匙。久乃不回话可能是因为还在生气，也可能是因为还没睡醒。总之先跟久乃好好道个歉，她应该会跟自己好好聊聊的。

美夏把托盘放在一边，把钥匙插进了那把大锁。

大门打开……

久乃躺在地上。

美夏以为久乃在睡觉，拿起托盘对久乃说："久乃，起床了，天亮了。昨天对不起。你有没有好好反省？"

美夏努力让声音听上去活泼明朗，因为她觉得有点尴尬。可是，久乃没有回答。

看来她还在发脾气，美夏无奈地看了看久乃。

托盘从美夏手中滑落，摔在了地面上。特意为久乃拿来的酱油瓶打翻在地，酱油洒了出来，满屋都是酱油香醇的味道。

美夏发出这么大动静，久乃还是没有醒过来。她倒在地上，眼睛是睁开的。只消看一看就知道，那样子很不自然。那眼睛眨都不眨。不管美夏等多久，眼睛还是一直圆睁着。

"久……"

美夏想叫久乃的名字，可没等叫出口，声音已在喉咙深处变为恸哭。

久乃一动不动。

美夏惊恐地环视四周。昨天久乃拿的那本杂志上溅满了酱油，吐司也掉在了上面。房间中央有一张桌子，那张桌子昨天并不是放在这个位置的。桌子旁边是一把椅子，椅子也倒在了地上。

桌子正上方是天窗，美夏抬头一看，便明白过来。

久乃可能是想从天窗逃出去。她搬来了桌子，又在桌子上搭了把椅子，站在椅子上拼命伸手够天窗。可还是够不到，就跳了起来……桌子上有一道白色的、长长的、很深的划痕。

"久乃……"

美夏的手不停地颤抖。久乃的脸已经变得青白。从天窗射下来的阳光照在她的脸上，明亮得有些不合时宜。久乃的眼依然圆睁着，一动不动。

美夏的心坠落着，越落越深。

她放声大哭，飞奔了出去。

她想寻求帮助，便按照大人们临走前吩咐的那样，跑去了水野老师那里。

"没想到……"

坐在法子面前的美夏终于开口了，她也不清楚自己到底想说什么，只觉得一个一直被压抑的声音从身体内部钻了出来。

"没想到他们竟然处理得那么随意。"

法子喘了一口气，她的紧张透过空气传递给了美夏。

泪珠越来越重，眼眶再也承受不住，终于顺着美夏的脸颊滑落了下来。

"没想到，竟然埋在广场上。"

"嗯。"

法子没说什么，只是点了点头。

"没想到，他们把久乃'留在'了那里。他们放弃静冈的土地时，我以为他们会把久乃一起带走，没想到……"

美夏吸了一口气。那声音像风鸣一样，慢慢变成哭声。

"是啊。"

法子冲美夏点了点头，目光坚定。

"他们怎么那么冷酷，那么草率……怎么会……"

"是啊。"

"我以为他们会好好儿……"

"是啊。"

"怎么能……"

"是啊。"

法子静静地听着，时不时点头应和。

　　美夏朝着幼儿部跑啊跑，冲进了水野老师的校长室，讲了那天早上发生的事。她说久乃没有呼吸……可能是死了。

　　那时，其他老师都不在，水野老师正一个人坐在校长室里写着什么资料。

　　"哎呀，怎么了，美夏？"

　　美夏还没完全放弃希望，她觉得久乃似乎并没有真的死去，没准儿等他们回去就又活过来了。久乃怎么可能死？怎么可能发生那样的事？

　　美夏呜咽着、喘息着，上气不接下气地把事情一五一十地告诉了水野老师。

　　她丢掉羞耻心和恐惧感，把她和久乃间发生的事全说了出来。

　　久乃发现了什么，给美夏看了什么，如何嘲笑美夏的。

　　还有久乃从柜子里发现的那本杂志。

　　水野老师瞪着眼，看起来有些慌张，但还是一直催美夏继续说。水野老师边听边问："然后呢？""为什么？""发生了什么？"

水野老师说："总之我们去看看什么情况。"

他没通知其他老师，和美夏两个人走去了自习室。

一进入自习室，美夏的希望便破灭了。她意识到那并不是她做的一场噩梦，久乃依然倒在地上一动不动。

房间发霉的空气中混合着浓浓的酱油味。

久乃……这不是真的。太阳透过天窗照下来，酱油、鸡蛋、面包、牛奶的气味充满整个房间，杂志封面脏兮兮皱巴巴。久乃怎么能死在这里，太可怜，太可悲了。

美夏泣不成声地说："久……乃……说，那本……那本杂志是……从水野老师的柜子里……找出来的。"

她很害怕，但还是一遍遍地诉说着，她希望水野老师能否认此事。

虽然久乃那样说，但会不会是她搞错了。

水野老师不会看那种东西，那不是水野老师的。

她希望水野老师否认，希望水野老师说那怎么可能是他的。

可水野老师什么也没说，只是弯腰捡起了那本被酱油弄脏的杂志，卷了卷夹在了腋下。

水野老师说："没关系的，美夏。"

美夏不明白什么"没关系"，她依然期待着水野老师告诉她"没关系，美夏，她搞错了，这不是我的书"。

可美夏想错了，水野老师说出了完全不同的话："没关系的，美夏。美夏没做错任何事。未来是属于你的，为了你的未来，为了不伤害其他人，我们这些大人会保护你。"

水野老师把手伸向美夏的头顶。

水野老师以前经常这样做，对美夏说只有这里才有未来，然后摸摸她的头。在幼儿部的时候，美夏就常常坐在水野老师腿上。美夏原本很喜欢水野老师拍她的头，可是……

美夏下意识地躲开了，似乎是身体自己动了起来。水野老师的手从空中划过，那粗糙的、爬满皱纹的手。

躲开后，美夏才意识到自己不想再被水野老师抚摸。美夏感到有些不适。

不要碰我。虽然眼下没有任何人碰她，但她想起了别人摸她头的触感，打了个寒战。

那时的美夏——是怎样的表情呢？水野老师僵硬地瞪大了双眼，手尴尬地停留在半空中。

那之后的事，美夏就记不清了。

那是美夏记忆的极限，在那之后，时间过得像快进一样。她应该是去了校长室，在校长室的沙发上睡着了。后来，换了个地方继续睡。为了忘掉所有的事，美夏闭上了双眼。

下一段记忆始于和父母相见时。

"美夏！"

爸爸妈妈担心地看着美夏。

美夏没食欲，不想吃也不想喝，但口干舌燥。从那之后，也不知过了多久。

妈妈温柔地问："听说你一直没吃饭？"

美夏扑到妈妈怀里，握着爸爸的手臂哭了。她想告诉爸爸妈妈发生了什么，可不知道该说什么。

她真的很想把一切都告诉他们，发生的一切，看到的一切。想和水野老师好好聊聊，却又觉得不能多问。什么都不能说，什么都不能问……

就好像一开口，所有东西都会崩塌。久乃死了，美夏本就大受打击，要是再把事情经过一五一十都讲出来，可真的会崩溃。

自己相信的东西，似乎全都崩塌了。

她最怕的是，即便自己讲出来大人们也无动于衷。

就像水野老师那样，什么都不解释，只是重复着"没事、没事，我们会保护你"。为什么他们不好好说话呢？为什么都一副不想多说的样子呢？

大人们有自己的秘密，美夏知道自己帮他们保了密。自己帮他们保了密，可谁都不认真跟美夏解释到底是怎么回事，只当事情没有发生过。

"没事吧，美夏？"

爸爸妈妈担心地看着美夏的眼睛。美夏已经几个月没见过父母了。

美夏累得不行，恍惚地想着，自己一直乖乖听话时，父母不来看自己。一出事——久乃死了——他们就来了。早知道就应该早点搞些事出来。

美夏的嘴唇颤抖，不知道应该先说哪件事。

"久乃，偷了钱。"

她睡的时间太久，声音有些沙哑。

"嗯，"美夏的父母点了点头，"我们知道。听说你不想原谅她。"

"还有……"

"嗯？"

"久乃从老师们的柜子里翻出很多成人的书。"

她感觉自己几乎用尽了一生的勇气。

这两天发生了太多事，美夏不知怎样才能消化这件事，希望大人们能告诉她。

她以为泪水早已干涸，可话一说出口，泪珠又渗出了她的眼睑。她哭得太久，眼角的小伤口被泪水碰到很疼。哭声从她嘴中轻轻地漏了出来。她本想放声大哭，可早已没了体力。

爸爸妈妈沉默了。

美夏感到有些奇怪，怎么爸爸妈妈没有立刻做出反应。

他们沉默了那么长时间，长得美夏都要绝望了。美夏知道，他们是不约而同地选择了沉默。

美夏的爸爸轻抚了一下美夏哭肿的双眼说："这样啊，确实是被吓到了。"

爸爸的手大大的，很硬，很冰冷。

"忘掉那些事吧，美夏，可怜的孩子。"

啊……？

被爸爸的手挡住了视线，美夏看不见妈妈的脸。爸爸凉凉的手放在美夏肿肿的眼睛上，很舒服，美夏也没力气把他的手拨开。

"可是，妈妈，我……"

美夏有太多问题想问他们。那些杂志都是谁的？看那样的杂志是不是可耻的行为？她希望有人能回答她。美夏知道婴儿是怎样出生的，自己是从哪儿来的，她既不想指责大人们，也不想伤害大人们的尊严。她只想跟大人们一起思考，那时应该如何跟久乃对话。把久乃关起来是错误的决定，久乃因此丧命。那到底应该怎么做呢？什么才是正确的呢？

作为一个十一岁的少女，美夏受伤了。用尽全力寻求帮助。

当知道自己尊敬的老师们有不为人知的一面时，她受伤了。她还没来得及想明白自己为什么受伤，为什么悲伤，久乃就死了。她混乱极了，不知该以何种心情面对这些事。这样下去的话，美夏连自己为什么受伤，怎么受的伤都搞不清楚。

都是空话假话。

可没你想象得那么值得尊敬。

　　美夏想起久乃说过的话。空话假话也没关系，不值得尊敬也无所谓，美夏只希望他们能好好解释，和自己一起思考。

　　"不要紧，"妈妈说，"那不是你的错。"

　　妈妈说的话和水野老师说的一样。

　　　　不是你的错，不是你的错。

　　他们越这样说，美夏越觉得他们认为错在自己。

　　"忘掉那些事吧，美夏。"

　　没有一个大人认真对待美夏。为了保护美夏和所谓的"未来"，他们一言不发。美夏明白，想要被保护的话就接受一切，什么都不要说。

　　事情全都是因自己而起，所以大人们才会对自己说："你没错，我们会保护你，全部交给我们吧。"

　　美夏长大后，尸体被发现。

　　所有人都来问美夏那是怎么回事，可真正想知道那到底是怎么回事的人，是美夏。她比谁都想知道为什么久乃死了。没有人跟她解释，人们都只想着怎样隐瞒事实。美夏不知道久乃是怎么死的。大人们后来有没有好好调查死因呢？长大后，每次看到儿童脱水而死的新闻，美夏都紧张得说不出话。久乃的死会不会不是因为碰到了头，而是因为脱水什么的呢？失去意识之前，她是不是一个人痛苦了很久？她是不是在那狭小的房间中拼命挣扎了很久？我想知道真相，想赎罪，想忏悔。

　　久乃是怎么死的？要是我拼命咬着大人们不放，让他们好好把真相说出来就好了。美夏懊悔极了，不闻、不看、不知道竟然如此痛苦。

　　这么重要的事，竟没有一个大人认真和美夏交谈。我们不是什么事都要在问答时议论的吗……

　　究竟是谁的责任？大人们一边说着"谁都没错。""不让任何人受伤。"，一边把责任全推给美夏。全都是为了保护美夏。

就当事情没发生过。

可是——

不知何时，法子握住了美夏放在桌上的手。

法子的手很凉，但那细细的手指和纤薄的手掌却充满了力量。法子紧紧握住了美夏的手，紧到指甲快陷到美夏的皮肤里了。

不是你的错！

过去，大人们对美夏说过的话，法子也说过，但说法完全不同。

"法子。"

美夏叫了法子的名字，这是美夏长大后第一次亲密地叫法子的名字。

从重逢到现在，美夏从没在法子面前直呼过她的名字。她不知道该怎样称呼法子，犹豫之下便直呼其名了。好像我们还是小孩子的时候一样。

"法子，我……"

"嗯。"

法子的手握得更紧了。泪珠像断了线一样滑下脸颊，滑过下颚，掉落在桌子上，聚成一汪。法子任凭泪水滑落也不去擦，她的目光严肃而温柔。

"嗯，你说。"

"我，我没杀人。"

说出口的瞬间，美夏呜呜地哭了出来。那哭声就像水沸腾时烧水壶发出的爆鸣。

山泉的模样突然出现在美夏脑海中。

那个她再也去不成的地方，记得清清楚楚却从这世上消失了的地方，美夏抛弃了很多东西的地方。

本以为早已沉入水底的声音源源不断地涌出喉咙。美夏轻轻甩开被法子握着的手，捂住嘴，捂住脸，蜷缩起身体。

美夏听到喘息声，下一个瞬间，美夏的视野被什么东西遮住，整个身体被谁包裹了起来。不看也知道，那是谁的双手。

"知道了，我知道了。"

温柔的声音在美夏耳边响起。

"你什么也没有做错"

那个声音说。

那声音那么甘醇那么柔和，仿佛自己吐出的气息一般。美夏以为是自己幻听了，不过，就算是幻听也无所谓。

"久乃。"美夏边哭边呼唤着久乃的名字。被我关起来，时间永远停止了的朋友。

久乃对不起。在心中诉说着，美夏的心脏似乎要裂开了。

对不起，对不起，对不起。我是多么想和你一起长大。

尾声

"判决——"

在审判席中央正襟危坐的法官的话音响彻法庭。法庭肃穆的气氛被打破，旁听席上的人们有些躁动。法子真切地感受着法庭上紧张的氛围和人们内心的波动。

坐在被告律师席上的法子和山上，听到对面原告席上的井川志乃紧张地吸了口气。法子想看一眼原告席的情况，但忍住了，默默地注视着法官。

"驳回原告请求。"

法庭内紧绷着的弦一下子松弛下来。一些旁听席上的人起身走出了法庭，那是媒体工作者。开庭前，法子在法院入口看到了一些抱着摄像机的摄影师和记者的身影。这些起身的人应该是回去汇报法庭内的情况的。

法官继续宣告："诉讼费用由原告承担。"

井川志乃的脸模模糊糊地出现在法子眼角的余光里。不用看也知道，她正一脸茫然地看着法官和己方律师。法子感到井川志乃好像把头转向了自己这边，心怀怨愤的视线贴在自己身上一动不动。法子只好忍受着那视线的压力。但法子能感觉到，井川志乃盯着的其实既不是自己也不是山上律师，而是另一个人——被告人田中美夏。田中美夏曾和井川志乃的女儿一起生活，今天没有出庭。除了田中美夏，井川志乃还注视着另一个人的身影。

法官宣读判决，明示事实和判决理由。

首先，以被告当时的年龄，不需要承担刑事责任；其次，无法确认被告故意或过失杀人的事实，因此原告无法要求被告赔偿，驳回原告诉讼。

"闭庭。"

法官宣告后，法子和山上一起朝着法官鞠了一躬。虽然原告的眼神让法子浑身不自在，但法子还是尽量假装不在乎，自顾自收拾桌上的资料。法子的指尖还是有些颤抖。法子感到井川志乃依然盯着自己，做好了被她质问的思想准备，可井川志乃什么也没说。法子用余光扫到井川志乃的律师正陪在她身边。

"近藤律师，"山上悄声说，"你联系一下田中女士吧。"

"好的。"法子抬起头回答。

山上虽然没说什么，但显然松了一口气。他右手轻轻握着拳，像是在对法子说"辛苦了"。

这令法子有些激动。法子也是一样，虽然没有表现在脸上，但心里激昂起伏。她脸颊热热的，稳住呼吸，似乎一喘气激动之情就要从嘴里漏出来。

驳回诉讼请求。

美夏的证言被认可，法院认定井川久乃的死不是美夏的责任。就像法子主张的那样，当时年仅十一岁的美夏无须承担法律责任，久乃死于意外。美夏在法庭上也是那样说的。

今天，法院门口来了很多扛着摄像机的人，比三个月前美夏第一次出庭时还多。

美夏到底会不会好好为自己提供证言？会不会明确地说井川久乃不是自己杀的？法子虽和美夏提前沟通过多次，但还是很担心。毕竟美夏自责了那么多年，不管法子和她沟通多久，真到关键时刻，没准儿还是会一口咬定是自己杀了久乃。

虽然法子早已决定，不管美夏在法庭上怎么说都尊重她的决定。但美夏入庭时，法子还是紧张得不得了，连肩膀和手臂都变得有些僵硬。可看到美夏抬起头声音沉着地宣誓时，法子确信，一定没问题。

"我把久乃关进了那间被叫作自习室的屋子里。真的不该那样做，我很后悔。可我只是希望她能好好反省，并没有想害死她的意思。"

美夏的声音虽小但吐字清晰，毫不动摇地讲述着自己的真实经历。

准备阶段，美夏明确地跟法子表达了自己的意向。她希望法子尽可能调查清楚久乃的死因。虽说美夏是没有杀意的，但她还是想知道久乃在那间屋子里到底发生了什么。当时大人们以美夏还是孩子为由，究竟隐藏了什么，法子也想知道。

法子很理解美夏的心情。虽说二十多年前的尸体的死因很难验证清楚，但法子还是拜托鉴定员再次鉴定。可没想到井川志乃却怎么都不同意，最终也没鉴定成。

了解当时情况的**未来学校**的人说，久乃的死应该是因为从高处跌下时撞到了头部。法院审判时也是基于这一点进行判决的。

久乃的母亲志乃为何拒绝再次鉴定死因，法子不得而知。她肯定也想知道女儿是怎么死的，但一定有什么更关键的理由使她顽固地拒绝了被告方的要求。

美夏在证人席上发言的那天，原告席上的志乃多次探出身子观察美夏的侧脸。志乃虽然没直接跟美夏说话，但确实是一直盯着美夏看。

看着志乃那样的姿态，法子虽然不想相信，但还是隐约觉得她心中应该有什么超越了怨恨和愤怒的东西。美夏是女儿的同班同学。如果女儿还活着的话，和现在的美夏一样大。志乃时而闭起眼，时而用手绢掩着眼睛。

很多人指责志乃企图用女儿的死获取钱财，可法子却觉得，志乃想要的并非是金钱。因为志乃拒绝了调解，法子本来是做好了调解的准备的。法子当然希望能在法庭上证明美夏的清白，但比这更重要的是把美夏从那束缚她的过去中解救出来。可原告接连两次表示，坚决不接受调解。

原告方应该也明白，追究当时年仅十一岁的美夏的法律责任是极其困难的。她们坚持诉讼可能是为了给在**未来学校**做妇女部部长的美夏找麻烦，也可能只是想知道真相。如果她们的目的是钱的话，与其继续打对她们不利的官司，不如接受调解获取和解费。美夏他们早已做好了付钱的准备，可志乃仍执着于打官司。

在法庭上看到紧紧盯着美夏不放的志乃时，法子再次意识到，志乃可能只是想见见与自己女儿同岁的美夏，才把她叫到了法庭上。当然，法子明白事情不可能那么单纯，但在她看来，志乃的目的就是如此。

井川志乃作为原告的诉讼共有两件。一件是状告美夏杀人，要求损害赔偿和精神损失赔偿的诉讼；一件是状告未来学校过失致死、隐瞒真相的诉讼。为避免这两个诉讼在利益方面出现冲突，志乃要求法院分开审理这两个案件。

状告美夏的诉讼开庭早于另一个诉讼。审判前者时，法院没有追究美夏的法律责任，也没有提到未来学校的过失和监护责任。但团体隐瞒事件的事既然属实，在今后的审判中法院判决团体支付损害赔偿等赔偿金的可能性就非常大。

就此次审判来说，比起明确美夏应负的法律责任，追问井川志乃与其女儿久乃是怎样的关系更为关键。正因为这一点，法子感到自己不忍直视法庭上听审的志乃。

在审判中法子一直强调，志乃在女儿三岁时就离开了她，那之后十几年中也只是见过几面，甚至没有定期确认女儿是否平安。换句话说，她们之间不存在一般意义上的亲子关系。这就等于说，原告志乃跟女儿的关系并没有亲密到会为女儿的死伤心欲绝的地步。

说到这种地步真的好吗？

想到这里，法子有些心痛。虽然自己只是作为被告美夏的律师说的那些话，但美夏是否也会和自己有一样的感受呢？

有一次商讨时，美夏告诉法子，她一直以为久乃的姓是"高村"。还说直到尸体被发现，她都不知道久乃的妈妈再婚了。在新闻里看到

"井川久乃"这个名字，觉得很奇怪。

自从把女儿送到未来学校后，志乃就没怎么来看过久乃了，也没通知团体给女儿改姓。久乃户籍上的姓可能是"井川"，但她上静冈的小学时姓也没改，美夏一直以为久乃的全名是"高村久乃"。

审判时也问到了与此相关的问题。

原告的代理人问美夏："你认识井川久乃吗？"

美夏迟疑了一下回答道："认识。但她在学校时姓'高村'，我一直以为她叫高村久乃。"

听到美夏的证言，旁听席上的志乃和她儿子的表情并没有什么变化。

法子觉得，在法庭上再三强调志乃和久乃的亲子关系早已瓦解的事实，无论对志乃还是对死去的久乃都是十分残酷的。

就算在状告未来学校的诉讼中，法院判决未来学校支付赔偿金，也不是为了抚慰志乃痛失爱女。那不过是对未来学校隐瞒事实的惩罚。这虽属于细枝末节，但二者天差地别。

志乃到底抱着什么目的提起诉讼？虽说她应该不是想接受惩罚，但她的渴求应该与这个很接近。她选择诉讼，或许是为了更久地接近女儿已死的事实。法子甚至觉得，她意欲获得世间的关注是为了赎罪。

法子拿起电话，电话里传来数次铃声。

接下来有一场记者招待会，山上和法子准备出席。不管判决结果如何，美夏都不会到场。她决定让法子向媒体转述她的想法。

法子很尊重美夏的选择。美夏明确表示不想过多参与审判，所有事都尽可能交给法子和山上办，这说明她终于开始与过去拉开距离。

电话接通了。

"……喂。"

美夏的声音有些拘谨。

"我是近藤法子。"法子说,"法院驳回了原告的请求,认可了你的主张。"

法子不想用"赢了""输了"这样的词。美夏在电话那头舒了一口气,停顿了一下说:"是这样啊。"

"是的。"

两人都沉默了下来。

"近藤律师。"

美夏先开口了。

"你说。"

"谢谢你。"

从接手这个案子开始,已经过去了两年八个月。这段时间,美夏对法子的称呼变了很多次——近藤律师、老师、近藤女士、法子女士、法子。

美夏此时虽用了"近藤律师"这个过于官方的称呼,但说"谢谢"的语气十分柔和。听到这样的声音,让法子想起了小时候的事。

永远是朋友。

这是第二次去"未来学校"时,美夏给法子写的留言。但友情中断,两人没能成为永远的朋友,今后两人的友谊也可能会再次中断。井川志乃继续上诉的话,法子依然会作为律师帮助美夏。既然变成了律师与客户的关系,可能反而无法恢复纯粹的朋友关系。

但是,即便如此也无所谓。

"应该道谢的是我。"

法子真的很庆幸,能再次遇见美夏。

法子感到电话另一头的气氛也变得柔和了起来。

"你还记得以前你来接我的事吗?"

"嗯?"

"我们第一次见面的那个夏天。我半夜坐在泉边不回去,你不是回来接我了吗?"

法子很吃惊,至今为止,美夏从没提起过过去的回忆。

法子还没回答,美夏就抢着说:"我没想到你会回来找我,特别惊喜。还有,你说我们是朋友的时候,我也特别高兴。当然,长大后近藤律师还记得我,也让我很高兴。"

那时,法子和美夏曾牵着手从黑暗的泉边走回学舍。

时过境迁,美夏想起过去的事,对那时的法子表示感谢。法子庆幸自己把美夏从黑夜中领了回去。

"当然记得了。"

法子感动得快无法呼吸了。

"你现在在哪儿?"

法子对着电话问道。

记者招待会结束后,法子走向跟美夏约定的地点。美夏告诉法子自己在日比谷公园等她。从法院出来后走一会儿就能到日比谷公园。

法子没想到美夏会到离法院这么近的地方来。看来,等待公布判决结果的时候美夏也一直心神不宁。

秋天的日比谷公园显得更开阔了。树叶被秋天染成红色,天高云淡。广场中央的大喷泉喷出的水闪闪发光,几个孩子追着地上的鸽子跑来跑去。

进入广场后，站在法子身边的山上律师"啊"地喊了一声。他指着前方，看着法子说："近藤律师，那边，那边。"

山上律师说话的同时，法子也注意到了，她大吃了一惊。

在广场上追着鸽子跑的孩子。

她记得他们的样子。

那是美夏和滋的孩子，小遥和彼方。

距离跟他们第一次见面已过去三年，小遥是初中生了，手脚修长，喷泉的水光映得她神采奕奕。她很照顾弟弟，配合着弟弟的速度奔跑着。彼方也长大了，动作灵敏，每一步都很扎实。

喷泉广场的对面有几张长椅，美夏和滋并排坐在一张长椅上。他们似乎并没有注意到法子和山上，只是坐在那里沐浴着秋日温暖的阳光。两人似乎在说着什么，美夏有些无奈地笑了笑。

平时，美夏总是一副生气的表情。经过这几年的接触，法子明白美夏不是真的生气，只是不擅长表露自己的喜悦。即便是微笑，表情里也总带着几分讽刺。但法子知道，那是她对信赖之人表达感情时的独特方法。

美夏上身穿着一件深蓝色的西装外套，下面穿着一条百褶裙。美夏本来就不胖，两件衣服又都很合体，把她的身材衬得越发纤瘦。滋挨着美夏看着她的脸，法子望着他们俩的身影。法子突然感到有什么热热的东西涌上心头。

那天，法子其实是想向美夏提议。

那天，法子决定绝心要帮美夏辩护，来到*未来学校*。和美夏对峙的时候，甚至抱着决斗的心情。

她本想对美夏说："你没有犯罪，久乃的死不是你的错。"

"你有权利把未来学校告上法庭。"

正因如此，法子想和美夏一起对抗未来学校。

至于要不要告诉美夏，她有权起诉未来学校，法子其实是犹豫的。

法子曾想告诉美夏："忘不了久乃的死，被未来学校夺去很多东西的不只井川志乃一个人，你也是一样。"那天，法子抱着这样的觉悟，坐在美夏的对面。

但是，法子最终没说出口。

现在想来，不说是对的。美夏对未来学校抱有的感情很复杂，一定不是一两句话能说清的。对她来说，未来学校背叛了她，同时也保护了她。未来学校是她的故乡，她的亲人。

处理此事的过程中，不少曾在未来学校生活过的人来拜访法子，表示想帮助美夏。看到报道，他们得知小时候那个美夏被起诉，赶忙联系法子。他们中有的是参加合宿时认识了美夏，有的是美夏在幼儿部、小学部时的同学。

有一个叫森知登世的女性，专程从长崎赶过来看美夏。知登世和美夏见面时，法子也在场。刚记事时，她们俩一起在幼儿部生活。见面时，两人先是互相盯着看了半天，然后慢慢靠近彼此，温柔地拥抱了一下。知登世小声说道："我一直很想你。"

诉讼刚开始不久，美夏就主动辞去了未来学校妇女部部长的职务。但她并非脱离了未来学校，只是不再担任什么职务。在处理案件的过程中，法子感到美夏与团体的距离正一点一点地发生变化。但她什么都没问，也什么都没说。不管美夏与团体的关系发生怎样的变化，法子都是美夏的代理人。法子只希望，美夏能好好面对滋和孩子们，想想今后应该怎么办。

法子觉得，滋和美夏应该是有联系的。法子不知道在判决结果公布的今天，滋和美夏一起出现。这意味着什么呢？他们俩在说什么呢？单是想象，法子就觉得胸闷得说不出话。

应该相信他们，没问题的。

不管他们做出怎样的选择，法子都准备相信他们，默默守护他们的将来。一定没问题的。

法子第一次看见美夏和孩子们在一起的样子。孩子们沐浴着秋阳在公园中追逐打闹，美夏和滋就像什么都没发生过一样坐在一起。喷泉喷出高高的水柱，地面上的鸽子一齐飞上天空。

听到鸽子扑棱扑棱展开翅膀的声音，彼方喊："妈妈，鸟！"

他和姐姐一起把手伸向天空。挂在遥远天上的太阳把小遥和彼方的手照得近乎透明。

美夏从椅子上站起来，朝孩子们看过去。

"嗯？在哪儿？"

歪着头说话的美夏，声音比跟法子他们那些大人讲话时更甜美、更舒展。

听到那声音的瞬间，法子心中感慨不已。

不远处站着美夏的女儿，那个和小时候的美夏既相似又不同的女孩。

美夏顺着彼方手指的方向看去，又顺着转头看了看另一边。她终于注意到法子，露出了一个有些生硬的微笑。法子看见她嘴唇在动，隐约听到她在喊"法子"。法子把那声音牢牢记在了心里。

"美夏！"

一边呼唤着美夏的名字，法子一边慢慢向她走去。

一本书打开一个世界

欢迎订购、合作

订购电话：0571-85153371

服务热线：0571-85152727

KEY-可以文化

浙江文艺出版社

京东自营店

关注 KEY- 可以文化、浙江文艺出版社公众号，
及浙江文艺出版社京东自营店，随时获取最新图书资讯，
享受最优购书福利以及意想不到的作家惊喜